Oetinger

Die Bände der großen Meermädchen-Saga:

Alea Aquarius. Der Ruf des Wassers
Alea Aquarius. Die Farben des Meeres
Alea Aquarius. Das Geheimnis der Ozeane
Alea Aquarius. Die Macht der Gezeiten

Fortsetzung folgt!

Alle Bände der Serie sind ebenfalls als Hörbuch bei Oetinger audio erschienen, mit einem Alea-Song der Autorin.

Jetzt auch auf Instagram: @aleaaquarius_oetinger

Weitere Informationen zur Serie unter
www.alea-aquarius.de

Bei **Tanya Stewner** und den Büchern war es keine Liebe auf den ersten Blick. Nachdem ihre Grundschullehrerin gesagt hatte, Tanya würde wahrscheinlich niemals richtig lesen und schreiben lernen, entdeckte sie ihre Leidenschaft fürs Schreiben erst spät, mit zehn Jahren. Doch ab diesem Zeitpunkt begannen die Geschichten nur so zu fließen. Geboren 1974, studierte Tanya Stewner Literaturwissenschaften und arbeitete mehrere Jahre als Übersetzerin und Lektorin. Seit einigen Jahren widmet sie sich ganz der Schriftstellerei. Ihre Kinderbuchserien *Alea Aquarius*, *Liliane Susewind* und ihre *Hummelbi*-Trilogie sind sowohl in Deutschland als auch international große Erfolge.

TANYA STEWNER

Alea Aquarius

Die Macht der Gezeiten

Verlag Friedrich Oetinger · Hamburg

Dein SPIEGEL Bestseller-Autorin

*Für meine Herzensfreundin
Manuela TIKA Marmulla*

MIX
Papier aus verantwortungsvollen Quellen
FSC® C014496

Umschlagillustration und Vignetten: Claudia Carls
Lektorat: Simone Hennig, Hamburg
Satz: Dörlemann Satz, Lemförde
Druck und Bindung: GGP Media GmbH
Karl-Marx-Straße 24, 07381 Pößneck, Deutschland
Printed in 2018
ISBN 978-3-7891-0888-4
www.oetinger.de
www.alea-aquarius.de

Inhalt

Es war schwer, die Augen aufzuhalten. Heftig atmend lag sie auf dem Rücken und starrte in den wolkenverhangenen Himmel. Sie konnte kaum den Kopf wenden, aber dann sah sie, dass er neben ihr zusammenbrach. Bewegungslos blieb er liegen.

»Nein!«, hauchte sie, denn schreien konnte sie nicht mehr. Auf keinen Fall durfte sie ohnmächtig werden! Sie musste Hilfe holen!

Doch die Welt um sie herum wurde dunkler und dunkler. Ihre Augen schlossen sich, und sie konnte nichts dagegen tun.

Weit entfernt, wie aus einem Traum, hörte sie eine Stimme. Jemand rüttelte an ihr.

Sie spürte, wie ihr Mund geöffnet und etwas hineingeträufelt wurde. Es war süß und schmeckte wie halb aufgetauter Schnee.

Sie wollte etwas sagen, aber sie brachte keinen Ton hervor. Dann verlor sie das Bewusstsein.

Auf der Flucht

Alea stand am Bug des alten Segelschiffs und sah auf den sanft wogenden Nordatlantik hinaus. Die leuchtenden, verschlungenen Farben des Meeres strömten ruhig dahin wie Pinselstriche eines Gemäldes, das es gar nicht eilig hatte zu trocknen. In ihnen verbargen sich unendlich viele Geschichten, aber diese wollten heute nicht erzählt werden und flossen gemächlich und unaufgeregt dahin.

Nur die Augen der Walwanderer konnten die schillernden Verläufe im Wasser erkennen. Und Alea war genau das – eine Walwanderin.

Wehmütig strich sie sich eine Strähne ihres langen dunklen Haars hinters Ohr, wo ihre Kiemenknubbel saßen. Sosehr sie es liebte, ein Meermädchen zu sein, so traurig machte es sie auch. Denn die Meermenschen waren fort, ausgestorben, und Alea war nicht viel mehr als ein Überbleibsel einer untergegangenen Welt.

Mit der Hand schirmte sie ihre Augen ab und schaute hinauf zu den gewölbten Segeln der *Crucis*. Erst am Tag zuvor hatte Alea ein Loch im Vorsegel geflickt, und dieses Loch war bei Weitem nicht das erste gewesen. Doch obwohl seine beiden Segel regelrechte Flickenteppiche waren, hatte das Schiff etwas Erhabenes an sich, das trotz der abblätternden grünen Farbe und der vielen Dellen und Macken wie eine Aura um es herum lag. Die *Crucis* war etwas Besonderes und ihre Besatzung ebenso.

Die Alpha Cru bestand aus fünf Mitgliedern. Da war Benjamin Libra, der Skipper und einzige Volljährige an Bord. Samuel Draco, sein kleiner Bruder. Tess Taurus, die französische Ausreißerin. Lennox Scorpio, der zur einen Hälfte Landgänger und zur anderen Hälfte Meermensch war. Und schließlich sie selbst, Alea Aquarius, die fast ihr ganzes Leben bei den Landgängern verbracht und jahrelang geglaubt hatte, sie sei gegen kaltes Wasser allergisch. Bis sie schließlich herausgefunden hatte, dass sie in Wahrheit Schwimmhäute und Kiemen bekam, sobald sie vollständig im Meer untertauchte.

»Ahoi!«, hörte Alea eine Stimme neben sich. Es war Sammy, der sich zu ihr gesellte. »Du stehst echt oft hier am Bug, Schneewittchen.« Er nannte sie häufig so, denn sie hatte dunkle Haare, blasse Haut und märchenhaft wirkende grüne Augen.

»Ich schaue gern aufs Meer. Ist so schön bunt«, versuchte sie leichthin zu antworten, aber Sammys Miene war ernst.

Im nächsten Moment nahm er ihren Arm, legte ihn um seine Schultern und schmiegte sich an sie. »Bitte einmal knuddeln!«, sagte er und vergrub sein Gesicht in ihrer Jacke.

Alea zog den Jungen an sich und drückte ihn ganz fest.

»Mach dir keine Sorgen.« Vorsichtig streichelte sie ihm über den wilden roten Haarschopf. »Es wird alles gut werden.«

Sammy machte sich von ihr los. »Woher weißt du das?« Mit dem Ärmel fuhr er sich über die Nase und wirkte verletzlicher als sonst. »Doktor Orion ist hinter uns her! Wie soll da alles gut werden?«

Alea senkte den Blick. Sammy hatte natürlich recht. Die Gefahr, in der sie alle schwebten, seit sie aus Island geflohen waren, konnte nicht kleingeredet werden. Sie wussten nun: Doktor Orion selbst war für den tödlichen Virus verantwortlich, durch den die Meermenschen ausgerottet worden waren. Er hatte sein eigenes Volk aus dem Weg geräumt, um ihm einen aussichtslosen Kampf gegen die Landgänger zu ersparen. Das hatte er zumindest behauptet. Alea glaubte allerdings, dass es ihm wohl eher darum gegangen war, seine finsteren Geschäfte voranzutreiben und mit seinem weitverzweigten Verbrechernetz ungestört Müll im Meer abladen zu können. Und jetzt war Doktor Orion hinter ihnen her. Sie wussten zu viel über ihn. Mit seinen dunkelsten Geheimnissen im Gepäck war die Alpha Cru ihm entwischt und aus der Villa Konungur geflohen. Ohne Hilfe hätten sie das wahrscheinlich nicht geschafft. Nixen und Kobolde hatten ihnen im Meer den Weg zur *Crucis* freigekämpft, doch ohne Aleas Vater Keblarr und seinen Freund Ramin wären sie noch nicht einmal bis zum Strand gekommen.

Seit vier Tagen segelten sie nun unbehelligt gen Osten,

nur unterbrochen von einem kurzen Zwischenstopp auf den Färöer-Inseln. Doktor Orion würde sie aber nicht einfach so davonkommen lassen, dessen war sich Alea sicher. Sie kannte nicht nur seine geheimsten Gedanken, sondern war für ihn auch aus einem anderen Grund äußerst gefährlich: Sie war die Elvarion, die die Zeitenwende einläuten könnte. Orion kannte diese Prophezeiung, die besagte, dass Alea eine ganz besondere Rolle im Lauf der Dinge spielen sollte. Sie würde für die Ozeane kämpfen, und der Legende nach hatte sie die Chance, die Weltmeere zu retten. Als Elvarion – eine geborene Anführerin, von der es in jeder Meergeneration nur vier oder fünf gab – war sie dafür geradezu perfekt geeignet.

Alea musste schlucken. Die Größe ihres Schicksals schüchterte sie immer noch ein. Gerade diese Größe war es jedoch, die sich für Orion als fatal herausstellen konnte. Denn wenn die Prophezeiung sich bewahrheitete, würde Alea dem Doktor einen gewaltigen Strich durch die Rechnung machen.

Sammy drängte sich noch näher an Alea heran. »Ich bin zwar ein Abenteurer, aber das ist alles ganz schön heftig«, murmelte er. Dabei sah er aus wie ein Kind, das festgestellt hatte, dass in seinem Schrank tatsächlich ein Monster hauste.

»Es tut mir leid.« Alea war klar, dass die Ereignisse einen Neunjährigen extrem überfordern mussten. »Aber ich brauche dich, Sammy. Du hältst uns alle davon ab, uns wegen Orion total verrückt zu machen.«

»Ich? Wie meinst du das?«

»Du hast zwar selbst Angst, aber trotzdem singst du fröhliche Lieder und erzählst uns bei jeder Gelegenheit Witze.«

Sammy kratzte sich am Kopf. »Ich dachte, damit gehe ich allen nur auf die Nerven. Tess hat das jedenfalls gesagt.«

»Ach, das darfst du nicht so ernst nehmen. Tess motzt zwar ständig an dir rum, aber das heißt nicht, dass sie dich nicht furchtbar gernhätte.«

»Ja, bestimmt ist sie genauso verliebt in mich wie ich in sie!« Sammy grinste und präsentierte dabei seine riesige Zahnlücke. »Ich bin in alle verliebt! In dich, Schneewittchen, in den coolen Scorpio und in Ben schon mein ganzes Leben lang.«

Alea lachte. »Siehst du, genau das meine ich! Wenn ich mit dir rede, fühle ich mich … leichter. Und das ist im Moment für uns alle gut. Sonst frisst die Angst vor Orion uns noch auf.«

Sammys Grinsen wurde schmaler. »Wir sitzen ganz schön in der Tinte, oder?«

»Das dürfen wir uns aber nicht die ganze Zeit sagen!« Kopfschüttelnd blickte Alea ihn an. »Ich zähle auf dich, Samuel Draco. Ich brauche deine ganz besonderen Sammy-Schwingungen, um das alles schaffen zu können. Wir alle tun das! Ohne dich wären wir nichts als ein Haufen düsterer Grübelköpfe auf der Flucht. Aber du schaffst es immer wieder, uns alles kurz vergessen zu lassen.« Sammy war kein bisschen weniger wichtig als die anderen Mitglieder, obwohl er der Jüngste der Cru war.

Er starrte ins Leere. Dann straffte er die Schultern. »Ich bin Samuel Draco, Bestdrache und Angstbezwinger. Ich werde euch alle retten!«

Erleichtert lächelte Alea. »Ich bin so froh, dass ich dich habe«, sagte sie und zog ihn noch einmal an sich. »Bestsammy.«

Sammy machte eine Handbewegung, als wollte er Ballast abwerfen. »Besinnen wir uns also auf die guten Dinge«, schlug er vor. »Wenn man immer nur daran denkt, was schiefgehen könnte, hat der Kopf schon Schiffbruch, bevor überhaupt Sturm aufkommt.«

Alea musste abermals lachen.

»Das Wetter ist ausgesprochen gut für Ende Juli in diesen nördlichen Breitengraden«, stellte Sammy fest und setzte sein fachkundigstes Seemannsgesicht auf. »Neunzehn Grad, Windstärke drei, leichte Brise. Wir machen vier Knoten in der Stunde und kommen Norwegen ganz gemütlich näher.«

Norwegen. Alea rieselte ein kleiner Schauer über den Rücken. Wenn weiterhin alles reibungslos verlief, würden sie in drei Tagen die norwegische Westküste erreichen. Sie hatten Kurs darauf gesetzt, weil Alea vor Kurzem eine Wandererbotschaft erhalten hatte – eine Art Videonachricht, die übers Wasser gekommen war. Walwanderer waren nämlich nicht nur in der Lage, die Farben des Meeres zu sehen, sondern sie konnten mithilfe dieser Botschaften auch über viele Hundert Kilometer miteinander kommunizieren. Die Wanderernachricht stammte von einer Frau, deren Gesicht Alea tief berührt hatte. Bei ihrem Anblick war sofort ein Gefühl von *Zuhause* in ihr aufgekommen. Deswegen wollte sie diese Frau, die in Norwegen lebte, unbedingt finden. Leider hatte Alea tagelang nichts mehr von ihr gehört. Dennoch segelten sie weiter. Alea hatte zwar keine Ahnung, wie sie die Frau finden sollte – Norwegen war, wenn man keinen konkreten Anhaltspunkt hatte, ziemlich groß –, aber sie mussten es einfach versuchen.

»Meinst du, wir gehen in die Geschichte ein?«, fragte Sammy sie nun. »Wird vielleicht alles, was uns passiert, eines Tages in Büchern stehen?«

»Keine Ahnung.« Alea zuckte die Achseln. »Woher sollten die Menschen erfahren, was hier los ist? Wir haben ja keinen Berichterstatter an Bord«, scherzte sie.

Sammys Augen leuchteten auf. »Den Job kann *ich* doch übernehmen! Warte, ich hole Bens Handy!«

»Wieso?«

Sammy war schon losgelaufen und schnappte sich das Handy seines großen Bruders, das wie so oft in dessen Jacke steckte, die auf einer Kiste an Deck lag. Sammy kam zu ihr zurück, und Alea sah, dass er eine Sprachmemo-Aufnahme startete. »Die Alpha Cru segelt auf der legendären *Crucis* …«, sagte er und klang wie ein Hörbuchsprecher. »Das Schiff ist nach dem Sternbild *Kreuz des Südens* benannt, und der hellste Stern im Kreuz des Südens ist der

Acrux. Dieser heißt auf Lateinisch-Griechisch *Alpha Cru*. Die Bande nach dem Stern zu benennen, war die geniale Idee des jüngsten Mannschaftsmitglieds, Samuel Draco –«

»Das sind ziemlich viele Details«, unterbrach ihn Alea.

»Stimmt.« Überlegend kniff Sammy die Augen zusammen. »Am wichtigsten ist, was passiert ist.«

»Ja, erzähl doch einfach, was in den letzten Tagen war.«

Sammy begann von vorn. »Nachdem die Alpha Cru aus den Fängen des skrupellosen Doktor Orion entkommen konnte, segelte sie unerkannt davon. Ja, unerkannt, denn das glorreiche Schiff ist getarnt! Überall am Rumpf kleben magische Skorpionfische. Diese haben sich dort festgesaugt, um den heldenhaften Mitgliedern der Alpha Cru zu helfen, unentdeckt und für die Augen des Doktor Orion unsichtbar bis nach Norwegen zu gelangen.«

Tess Taurus, die gerade mit einem Arm voll frisch gewaschener Wäsche an Deck kam, um diese an der Leine am Bug aufzuhängen, verdrehte die Augen, als sie Sammy hörte. »Was erzählst du schon wieder für einen Quatsch«, murrte sie mit ihrem französischen Akzent. »Wir sind keine Helden.«

»Sind wir wohl!«, widersprach Sammy. »Wenn *wir* keine Helden sind, wer denn dann?«

Während Tess die Wäsche auf einer Kiste ablegte, verdrehte sie noch einmal die Augen.

»Hab ich dir schon mal gesagt, dass ich dich total bezaubernd finde?«, rief Sammy mit zuckersüßer Stimme.

Tess fuhr so schnell zu ihm herum, dass ihre langen

Dreadlocks nur so flogen. Sie holte Luft, als wollte sie zu einer Schimpftirade ansetzen. Sammy schenkte ihr jedoch sein unwiderstehlichstes Lausbubenstrahlen. Tess stemmte die Arme in die Seiten, aber dann schnaufte sie lediglich und wandte sich wieder der Wäsche zu.

Sammy grinste. »Es stimmt: Sie liebt mich auch.« Dann besann er sich wieder auf die Berichterstattung. »Sieben Tage ist das Schiff jetzt schon auf diese magische Weise getarnt, und die Cru ist überaus froh, dass die Skorpionfische nicht einfach davonschwimmen. Und das tun sie wahrscheinlich nur deshalb nicht, weil das mysteriöseste Bandenmitglied, Lennox Scorpio, sie jeden Tag aufs Neue beschwört …«

Alea schmunzelte. Lennox *beschwor* die Fische nicht. Er rief ihnen nur jeden Morgen von der Reling aus einen Spruch zu, der sie an die *Crucis* zu binden schien: *Bleibt und tarnt – verschleiert das, was kein Auge sehen darf.*

Lennox konnte die Skorpionfische herbeiholen, weil er zur Hälfte Oblivion war. Die Oblivionen gehörten, genau wie die Walwanderer, zu den Stämmen der Meermenschen. Ausgestattet waren sie mit der Gabe, Landgänger etwas vergessen lassen zu können. Glücklicherweise wurden sie aber meist von diesen übersehen, sodass es oft gar nicht notwendig war, die Erinnerung der Landgänger zu löschen. Dass Oblivionen darüber hinaus noch magische Tarnfische rufen konnten, hatte die Alpha Cru vorher auch nicht gewusst. Es lebte kaum noch jemand, der Lennox und Alea erzählen konnte, welche speziellen Begabungen die Stämme besessen hatten. Deshalb mussten sie vieles ganz allein herausfinden.

»Die Cru geht davon aus, dass sie von Doktor Orion verfolgt wird, auch wenn sie seit Tagen ohne Zwischenfälle segeln konnte«, sprach Sammy weiter. »Orion ist ein äußerst gewiefter Ganove mit einem riesigen Netz aus Ganoven-Untergebenen. Bestimmt wird er sich etwas einfallen lassen, um die Cru aufzuspüren, und dann –«

»Jetzt halt endlich die Klappe!«, platzte es aus Tess heraus. Mit einer zornigen Bewegung warf sie ein T-Shirt, das sie eben erst aufgehängt hatte, auf den Boden. »Was soll denn dieser Reporterblödsinn?«, fuhr sie Sammy an und bemühte sich sichtlich, genervt zu wirken anstatt ängstlich. Alea kannte sie mittlerweile aber zu gut. Hinter Tess' Pokerface verbarg sich eine überaus empfindsame Seele, und sie hatte, so wie alle anderen, schreckliche Angst vor Orion.

Sammy schien das auch zu wissen. Er kannte Tess immerhin schon ein paar Wochen länger als Alea. »Ich hör besser mal auf, über Orion zu reden«, sagte er und steckte das Handy weg. Dann klatschte er in die Hände. »Wie wäre es mit Musik machen?«

Alea lächelte. Das war der Sammy, den sie brauchte. »Wunderbärchen!«, rief sie.

»Moment mal!« Sammy reckte die Nase vor. »*Wunderbärchen* ist *mein* Wort!«

»Ich finde es aber super.«

»Ist es ja auch. Aber … ich hab Urheberrecht darauf. Für

die Verwendung musst du mir etwas geben. Zum Beispiel Kekse.«

»Ach so.« Alea grinste. »Jedes Mal, wenn ich das Wort benutze, kriegst du dafür einen Keks?«

»Oder fünf. Oder sechs.«

»Das finde ich sehr teuer.«

»Ich brauche Kekse aber! Wenn ich keine bekomme, sterbe ich, bis ich tot bin.«

»Ich hatte eh vor, heute zu backen.« Alea war die Keksbäckerin an Bord und fühlte sich persönlich dafür verantwortlich, dass Sammy immer genug Süßes bekam. Aber sie konnte natürlich nur dann backen, wenn sie die nötigen Zutaten an Bord hatten. Auf einem Schiff war das allerdings manchmal schwierig, denn man konnte nicht regelmäßig einkaufen gehen. Vor allem dann nicht, wenn man kein Geld hatte, und das kam leider öfter vor. Gegen Ebbe in der Kasse hatte die Alpha Cru aber eine ganz eigene Strategie: Musik machen. Sie waren eine richtig gute Straßenband! In Island hatten sie mit einem einzigen Auftritt so viel eingenommen, dass sie dort jede Menge Vorräte hatten kaufen können.

»Okidoki, sobald du die Kekse fertig hast, sagst du bitte ganz oft *Wunderbärchen* und gibst mir die Bezahlung für das Wort immer sofort!«, erklärte Sammy. »Damit unterstützt du ja auch mein Projekt. Projekt Wampe!«

Tess schüttelte den Kopf. »Noch mehr Blödsinn.«

Alea lachte. Gleichgültig, wie viel Sammy aß, er blieb trotzdem ein dünner Hering.

»Aber Musik ist keine schlechte Idee«, gab Tess zu, natürlich in schnodderigem Tonfall, damit Sammy nicht allzu sehr triumphierte.

Das tat er aber selbstverständlich trotzdem. »Jippie!«, jubelte er und stürmte los, um seine Cajón zu holen – eine Trommel, auf die man sich beim Spielen setzte und die aussah wie eine Lautsprecherbox.

Tess und Alea tauschten einen Blick. »Der geht mir so was von auf den Senkel«, behauptete Tess.

»Gar nicht«, antwortete Alea lächelnd.

Da lächelte Tess auch. »Ich hole mein Akkordeon. Und ich bringe dir deine Gläser mit.« Damit meinte sie die einundzwanzig Weingläser, die Alea immer mit Wasser befüllte, um darauf spielen zu können.

Alea blickte Tess nach, die nun unter Deck verschwand. Eines der Dinge, die sie an Tess besonders schätzte, war ihre Hilfsbereitschaft. Sie übernahm die allermeisten Aufgaben an Bord. Sie reparierte, putzte, kochte und flickte unermüdlich, und man musste sie nie lange um etwas bitten. Ben nannte sie sein wertvollstes Cru-Mitglied. Wahrscheinlich schimpfte und meckerte Tess auch nur deshalb so viel, damit niemandem auffiel, was für ein gutes Herz sie hatte.

Langsam schlenderte Alea nun zum Deckshäuschen hinüber. Durch die großen Scheiben sah sie Benjamin Libra und Lennox Scorpio, die gerade die Köpfe über einer Seekarte zusammensteckten. Alea ging ganz langsam, um den Augenblick auszukosten, in dem sie Lennox unbemerkt betrachten konnte. Er trug ein schwarzes T-Shirt, das seine muskulösen Arme besonders gut zur Geltung brachte. Die dunklen Haare hingen ihm tief in die Stirn und verliehen ihm diesen ganz speziellen verwegenen Ausdruck …

Da hob er den Blick und sah sie mit seinen azurblauen Augen an. Sein schöner Mund lächelte. Alea lächelte zurück.

Stöhnend warf Ben den Kuli, mit dem er gerade noch Gradzahlen eingetragen hatte, auf die Seekarte. »Wenn ich störe, sagt mir Bescheid«, beschwerte er sich, grinste aber dabei.

Alea lachte ein wenig zu laut. »Nein, schon gut.« Etwas linkisch stand sie vor der Tür zum Deckshäuschen. »Seid ihr schwer beschäftigt, oder können wir proben? Sammy und Tess holen schon ihre Instrumente.«

Lennox stand auf. »Gute Idee. Den Kurs für morgen können wir auch später noch berechnen«, sagte er und ging an Alea vorbei. Dabei strich seine Hand an ihrer entlang, und in ihr zuckte ein Blitz auf, der ihr mitten ins Herz knallte. »Ich hole meine Gitarre.« Schon war er fort.

Alea stand mit heißen Wangen da. Sie war innerhalb von Sekunden knallrot geworden.

Ben fächerte ihr mit einem Blatt Papier Luft zu. »Einfach weiteratmen. Immer schön ein und aus …«

Alea schob seine Hand weg. »Ich bin okay!« Gequält lächelte sie. Sie war eine absolute Lachnummer – so offensichtlich bis über beide Ohren verknallt, dass es einfach nur peinlich war.

Ben schenkte ihr ein beruhigendes Großer-Bruder-Lächeln. »Ich lache dich nicht aus. Ich bin eigentlich eher neidisch auf euch zwei. Verliebt sein ist … schön.« Etwas hastig wandte er sich ab, stellte den Autopiloten an und verließ das Deckshäuschen, um seinen Bass zu holen.

Fünf Minuten später waren die Jungs schon wieder an Deck und machten es sich mit ihren Instrumenten in der Sitzecke am Heck bequem. Kurz darauf brachte Tess Aleas Gläser auf einem Tablett nach oben und stellte sie auf dem Tisch ab.

»Du bist ein Schatz«, bedankte sich Alea. Dann erschrak sie. Durfte sie so etwas überhaupt zu Tess sagen? Schnell setzte sie sich und fing an, ihre Gläser zu stimmen.

Kurz darauf waren sie bereit. Ben zählte an, und sie rockten los. Alea spielte erst ab der zweiten Strophe mit, und so konnte sie zunächst zuhören und die anderen beobachten. Sammy war ein verdammt guter Drummer. Er drosch mit einer enormen Spielfreude und mit untrüglichem Rhythmusgefühl auf seine Cajón ein. Zur Unterstützung stampfte er mit seinen nackten Füßen auf den Boden, sodass die alten Balken der *Crucis* ächzten.

Ben war eigentlich Gitarrist, aber als Lennox an Bord gekommen war und sich als Naturtalent entpuppt hatte, war Ben auf den Bass umgeschwenkt. Den spielte er ebenfalls sehr gut, doch bei ihren Straßenauftritten war es wohl vor allem Bens Aussehen, das Aufmerksamkeit auf sich zog. Ben war groß, sportlich, immer braun gebrannt und hatte eine Frisur, die eines Rockstars würdig war.

Für Lennox war seine Gitarre über viele Jahre sein bester Freund gewesen, und es verging kein Tag, an dem er nicht spielte. Seine Riffs und Soli waren einfach fantastisch, und Alea platzte immer beinahe vor Stolz, wenn er vor einer Menschenmenge seine Flitzefinger über den Gitarrenhals jagen ließ.

Jetzt begann Tess zu singen. Tess, der geborene Superstar. So zumindest empfand es Alea. Wenn Tess sang, bekam sie jedes Mal eine Gänsehaut. Diese ausdrucksstarke, kratzige Rockröhre ging einem durch Mark und Bein. Im Alltag versuchte Tess sich meist hinter einer Maske aus Unantastbarkeit zu verstecken, aber in die Musik legte sie all ihr Gefühl und wirkte vielleicht gerade dadurch stärker denn je. Außerdem spielte Tess ziemlich gut Akkordeon, und der Klang dieses Instruments machte den Sound der Alpha Cru ungewöhnlich. Vielleicht waren es aber auch Aleas Gläser, die mit ihrer zart verträumten, beinahe mystischen Klangfarbe etwas in ihre Musik einbrachten, was man in dieser Art wohl noch nicht oft gehört hatte.

Nun kam ihr Einsatz. Alea spuckte sich auf die Fingerspitzen und ließ sie geübt über die Gläserränder gleiten. Sie fügte sich perfekt in die Band ein. Nicht zum ersten Mal überkam sie dabei das Gefühl, dass die Mitglieder der Alpha Cru auf irgendeine Weise über sich selbst hinauswuchsen, wenn sie gemeinsam spielten. Sie waren dann nicht mehr nur fünf einzelne Herzschläge, sondern einer – ein einziger starker Herzschlag, in dem die ganze Macht der Musik zu liegen schien.

Viel zu rasch war das Lied zu Ende. »Sofort das nächste!«, bat Alea, die noch lange nicht genug hatte. In den Gesichtern der anderen erkannte sie, dass es ihnen genauso ging.

Sammy schob den alten Strohhut zurück, den er meist beim Musizieren trug. »Oder wir schreiben zusammen einen Song!«

Darüber hatten sie tatsächlich schon öfter gesprochen, es aber noch nie probiert. Tess war eine geübte Songwriterin, die anderen besaßen hingegen noch nicht so viel Erfahrung damit. Nur Alea hatte schon einmal zusammen mit Tess ein Lied geschrieben, *Zu dir*, und obwohl sie mit dem musikalischen Ergebnis sehr zufrieden war, hatte die ganze Sache ein riesiges Missverständnis zwischen ihr und Tess heraufbeschworen.

»Wir sollten das langsam echt mal machen«, fand Ben.

»Wird sicher nicht so leicht«, wandte Lennox ein.

Tess widersprach ihm. »Du kannst das bestimmt, Scorpio.«

Lennox stutzte, ging aber nicht auf Tess' Kommentar ein. »Komponieren ist 'ne Kunst«, sagte er zu Ben.

Tess schnitt eine Grimasse. In den vergangenen Tagen hatte sie sich sehr darum bemüht, nett zu Lennox zu sein. Wegen des Missverständnisses war er ziemlich sauer auf sie, und Tess versuchte die Wogen zu glätten. Lennox ließ sie allerdings meist ungerührt abblitzen.

Alea sah, dass es Tess verletzt hatte, von Lennox wieder einmal wie Luft behandelt zu werden. »Ich finde auch, dass wir es versuchen sollten«, sagte sie deshalb zu ihr.

Zaghaft lächelte Tess. »*Bon.*« Sie setzte sich aufrecht hin. »Worum soll es in unserem Lied gehen?«

»Um uns!«, war Sammys umgehende Antwort. »Darum, dass wir die weltweit beste Straßenband sind!« Er sprang auf. »Weltbestband!«

»Gar keine üble Idee«, stimmte Ben zu. »Es wäre nicht schlecht, sich zur Abwechslung mal wieder auf die schönen Sachen zu konzentrieren.« Damit spielte er wohl auf Doktor Orion an. Aber daran wollte Alea jetzt nicht denken.

»Ja!«, rief sie. »Schreiben wir darüber, wie es ist, in dieser Band zu sein!«

»Es ist magisch!«, flüsterte Sammy geheimnisvoll und nickte, als wollte er sich selbst beipflichten. »Das Wort *Magie* muss unbedingt im Text vorkommen. Und an irgendeiner Stelle will ich *Eyo-Ba-Ba-Eyo* singen.«

»*Eyo-Ba-Ba-Eyo?*«, staunte Alea.

»Das klingt doch hammer, oder?« Sammy strahlte, und Alea wuschelte ihm durch die Haare.

»Warum nicht.« Tess zuckte mit den Schultern. »Machen wir's.«

Und so machten sie es. Sammy gab einen Rhythmus vor, und Tess spielte drauflos. Ben stieg ein und schließlich auch Lennox und Alea. Dann tüftelten sie herum, diskutierten, verbesserten, feilten, schrieben einen Text. Und schließlich war ihr erster eigener Song fertig, und sie spielten das Lied zusammen. Und dann noch einmal. Und noch einmal. Sie hätten es bestimmt auch noch ein paar weitere Male gespielt, wenn nicht plötzlich zwei Möwen auf dem Deck gelandet wären.

Als Tess die Vögel sah, zuckte sie zusammen und duckte sich. Sie hatte fürchterliche Angst vor Möwen, denn als Kind war sie einmal von einer angegriffen worden, die ihr fast das linke Auge ausgehackt hatte.

Alea und die anderen sprangen sofort auf und begannen mit dem Möwenvertreibungsprogramm. Sie wedelten mit den Armen und schrien herum, bis die beiden Tiere davonflogen. Am Himmel kreisten jedoch noch mehr.

Bens Miene verdunkelte sich. »Da stimmt was nicht«, murmelte er. »Wieso sind so weit draußen auf dem Meer so viele Vögel unterwegs?«

»Die dahinten sind ziemlich aufgeregt.« Sammy wies zum Horizont. Dort flogen tatsächlich unzählige Vögel wild durcheinander.

Lennox' Augen verengten sich. »Das sieht aus, als würden sie vor etwas fliehen«, sagte er alarmiert und lief zum Deckshäuschen. Mit zwei flinken Sprüngen war er auf dem Dach und von dort aus mit einem Satz am Hauptmast. In Windeseile kletterte er daran hoch.

»Alter …«, stieß Sammy beeindruckt hervor.

Oben hielt Lennox nach dem Ausschau, was die Vögel aufgescheucht haben könnte. »Verdammt!«, fluchte er. »Hubschrauber!« Er flog geradezu vom Mast herunter und landete geschmeidig wie eine Katze auf den Planken.

Alea hatte aber keine Zeit, ihn dafür anzuhimmeln. »Orions Hubschrauber?«, keuchte sie. Kurz nach ihrer

Flucht hatten Doktor Orion und seine Leute das Meer schon einmal aus der Luft nach ihnen abgesucht.

Im nächsten Augenblick hörten sie schon das Geräusch der Rotorblätter. Ben rannte nach Steuerbord zur Reling. Von dort schien es zu kommen. Und dann sahen sie sie. Zwei Helikopter näherten sich. Sie flogen dicht über dem Wasser.

»Mein Gott …« In Bens Gesicht spiegelte sich blanke Angst. »Es sind wirklich Orions Leute!«

»Woher weißt du das?«, rief Tess.

Ben schrie fast. »Die haben ein Netz zwischen sich!«

Alea gefror das Blut in den Adern. Jetzt sah sie es auch. Die beiden Hubschrauber hatten zwischen sich ein riesengroßes Netz gespannt, das sie über die Wasseroberfläche zogen. Als wollten sie etwas fangen. Etwas Unsichtbares.

»Die wollen die *Crucis* damit erwischen!«, gellte Tess.

Ben fuhr zu ihnen herum. »Wendemanöver! Motor an!« Sie mussten so schnell wie möglich hart nach Backbord drehen, denn die Hubschrauber kamen direkt auf sie zu. »Alle hören auf mein Kommando!«, donnerte er mit der ganzen Autorität eines Kapitäns. »Draco, Motor! Taurus und Aquarius, Vorsegel! Scorpio, Verteidigung!«

Sie verloren keine Sekunde. Ben rannte zum Deckshäuschen, Sammy zum Motor, Alea und Tess zum Segel, und Lennox sprang mit erhobenen Fäusten auf die Reling am Bug, als wollte er sagen: *Kommt nur her!*

Sobald Ben hinter dem Steuerrad stand, brüllte er: »Klar zur Wende!«

Tess und Alea hatten bereits die Schot von der Klampe gelöst und hielten das Seil des Vorsegels. »Ist klar!«

Der Motor fing an zu rattern. »Motor läuft!«, schrie Sammy.

Ben riss das Steuer herum. Das Schiff schwankte und fuhr hoch am Wind. Jetzt musste die *Crucis* beweisen, dass sie etwas aushalten konnte.

Mit aller Kraft hielten Tess und Alea das Seil, bis das Segel umschlug und das Schiff sich in die neue Richtung drehte. Gleich darauf schlug auch das Hauptsegel um.

Alea sah die Hubschrauber herankommen, das Netz wie ein weit geöffnetes Maul zwischen sich. Nur noch wenige Augenblicke, dann würden sie hier sein.

Ben lenkte mit aller Kraft, und die *Crucis* wendete vollständig nach Backbord.

Die Helikopter flogen unaufhaltsam näher. Und dann waren sie da. Mit ohrenbetäubendem Lärm dröhnten sie über sie hinweg – *hinter ihnen vorbei*. Denn das Netz verfehlte das Heck der *Crucis* um Haaresbreite.

Alea riss den Kopf herum und sah hinauf. Im rechten Hubschrauber erkannte sie Orion. Doktor Aquilius Orion. Konzentriert suchten seine Augen das Meer ab, und doch hatte er keine Ahnung, dass sie sich direkt unter ihm befanden.

Das nette Gesicht des Doktors mit der harmlosen Brille ließ Wut in Alea hochkochen. »Wir sind hier!«, brüllte sie gegen den Hubschrauberlärm an. »Ha, du siehst uns nicht!«, schrie sie voll Zorn dem Mann zu, der sie belogen, betrogen und verraten hatte. Dem Mann, der schuld am Untergang einer ganzen Zivilisation war. Dem Mann, der ihre Mutter getötet hatte. »Du kriegst uns nicht!«, schrillte sie und war wie von Sinnen. »Du kriegst uns nicht!«

Da war Lennox bei ihr und hielt sie fest. Sobald er sie umarmte, brach Alea zusammen und begann haltlos zu weinen.

Die Hubschrauber entfernten sich, wurden immer leiser, bis schließlich nur noch das Rauschen der Wellen und das Kreischen der aufgebrachten Möwen zu hören war.

Alea weinte in Lennox' Armen. Mit einem Mal brach die ganze zurückgehaltene Angst der vergangenen Tage aus ihr heraus und entlud sich in schnellen, zuckenden Schluchzern.

Sammy liefen ebenfalls Tränen übers Gesicht.

Tess wirkte wie erstarrt.

Ben ließ sich schwer auf einer Kiste nieder. »Das war … so was von knapp.«

»Aber wir haben es geschafft«, entgegnete Lennox mit fester Stimme. »Wir sind entkommen.« Er klang stark. Ungebrochen.

Alea schloss die Augen und nahm sich ein Stück von Lennox' Mut. Zitternd atmete sie durch und wischte ihre Tränen fort.

»Orion hat uns zum dritten Mal nicht erwischt«, fügte Lennox grimmig hinzu. »Und er wird uns niemals kriegen. So wahr ich Lennox Scorpio heiße!«

»So wahr wir die Alpha Cru sind!«, sagte Alea und richtete sich auf. Sie hatte genug geweint. Entschlossen streckte sie die Hand nach vorn.

Lennox legte seine darüber. Tess, Ben und Sammy kamen zu ihnen, einer nach dem anderen. Dann streckten auch sie ihre Hände vor.

Im Wind des Nordmeers erklang ihr Bandenruf laut und herausfordernd, so als wollten sie damit nicht nur Doktor Orion, sondern auch ihre eigene Angst bezwingen. »Alpha Cru!«

Jäger

Alea eilte durch die Bordtür nach unten, nahm die steile Treppe mit einem Satz, lief an der Küchennische und dem kleinen Bad vorbei und steuerte auf das Bücherregal im Salon des Schiffs zu.

»Was suchst du?«, hörte sie Lennox fragen, der ihr gefolgt war.

»Das antike Buch über Sternbilder. Das, mit dem wir unsere Bandennamen bestimmt haben«, erwiderte sie, während sie mit dem Finger an den Buchrücken entlangglitt.

»Hier ist es!«, sagte Ben, der auch nach unten gekommen war und nun mit einer gezielten Bewegung ein dickes Buch aus dem Regal zog.

Tess und Sammy betraten ebenfalls den Salon. »Was ist denn mit dem Buch?«, wollte Sammy wissen.

»*Orion* ist doch auch ein Sternbild, so wie *Aquarius*, *Scorpio* und so weiter«, erklärte Alea, während sie zu blättern begann. »Ich frage mich, ob die mythologische Bedeutung des Orion genauso harmlos ist wie sein Aussehen.«

»Warum?«, hakte Tess nach und ließ sich neben Sammy

auf einem der beiden Sofas nieder. Sie sah noch immer mitgenommen aus. Nur um Haaresbreite waren sie Orion entwischt.

»Wir dürfen nichts übersehen«, gab Alea murmelnd zur Antwort.

Ben nahm ihr das Buch sanft aus der Hand. »Du verstehst doch kein Latein.«

Tatsächlich war das ganze Buch in Latein verfasst. Zum Glück war das eine der acht Sprachen, die Ben beherrschte. Rasch hatte er die richtige Seite gefunden und fing an zu übersetzen: »Der griechische Halbgott Orion brüstete sich damit, der beste und gefährlichste Jäger der Welt zu sein …«

»Jäger?«, wiederholte Tess erschrocken.

»Orion ist das Sternbild des Jägers?«, japste Alea.

»Ja.« Ben wirkte ernst, aber da war auch ein erstauntes Funkeln in seinen Augen. »Hier steht, wie Orion starb.«

»Wie starb er denn?«, fragten Alea und Sammy wie aus einem Munde.

»Er wurde durch den Stich eines Skorpions getötet.«

Alle starrten Ben ungläubig an.

Ein Lächeln huschte über Lennox' Gesicht. »Der Überlieferung nach erledigt der Skorpion Orion?«

»Ja.« Ben übersetzte einen weiteren Satz aus dem Buch. »Zeus versetzte Orion und den Skorpion daraufhin als Sternbilder an den Himmel, wo sie seitdem auf ewig gegeneinander kämpfen.«

»Wie gemein«, sagte Sammy. »Da dachte der Skorpion,

er hätte Orion beseitigt, und dann war's das doch noch nicht.«

»Der Skorpion ist das Sternbild des Kriegers«, warf Ben ein. »Er kann gar nicht aufhören zu kämpfen.«

Tess schnaufte geräuschvoll. »Vielleicht hat das alles aber auch gar nichts zu bedeuten.« Sie sah aus, als hoffte sie nichts mehr als das. »Es könnte doch auch Zufall sein, dass die Bedeutungen irgendwie auf all das passen, was uns passiert.«

»Nee, das ist Schicksal!«, hielt Sammy dagegen. »In Aleas Bandenname steckt ja sogar die ganze Prophezeiung drin! Aquarius, der Wassermann, hat die Sintflut überlebt und wird zum Stammvater der neuen Menschen. Wie Alea! Sie hat den Virus überlebt, an dem fast alle anderen gestorben sind, und sie träumt davon, die Meerwelt wiederaufleben zu lassen!«

»Ja, ja, weiß ich doch«, wehrte Tess ab.

»Selbst dein eigener Bandenname hat mit Orion zu tun, Tess«, sagte Ben.

Alea horchte auf. »Taurus, der Stier?«

Tess verschränkte die Arme. »Die Mythologie zu meinem Namen ist doch langweilig – Zeus sandte einen Stier, der die schöne Europa auf seinem Rücken bis ins Mittelmeer brachte«, leierte sie die Bedeutung herunter.

»Ja, aber das Sternbild Stier liegt nördlich des Orion«, erklärte Ben. »Ihm wird nachgesagt, dass es aussieht, als würde der Stier mit gesenkten Hörnern auf den Orion losgehen.«

»Was? Nein!«, rief Tess. Dann sackte sie plötzlich zusammen. »Ich bin doch nur ich«, presste sie hervor. »Ich gehe bestimmt nicht auf einen Gangsterboss los …«

»Eines Tages vielleicht schon«, entgegnete Sammy.

»Aber das ist doch Irrsinn!« Tess schüttelte den Kopf. »Das alles! Ich meine … Ich bin wegen der Scheidung meiner Eltern von zu Hause ausgerissen und wollte … mal raus aus dem ganzen Mist, dem Stress und der Hetze. Ein bisschen frei sein, mehr nicht! Und jetzt werden wir von Verbrechern gejagt, und … wie sagt man … wir lesen in Sternbilder irgendwas hinein. Das ist verrückt!«

»Wir haben alle Angst«, versuchte Alea sie zu beruhigen.

»Ja, ich habe Angst!«, rief Tess. »Und ihr habt mir doch geraten, es immer zu sagen, wenn ich Angst habe!« Das stimmte, aber bisher hatte Tess das nur selten gemacht. Eine kleine Pause entstand. »Kann ich überhaupt jemals nach Hause zurück?«, fragte Tess, und nun schwankte ihre Stimme. »Meine Eltern haben mir inzwischen zwar erlaubt, bis zum Schulstart im September auf der *Crucis* zu bleiben. Aber was, wenn Orion meine Adresse recherchiert hat und dort auf mich wartet?«

Alea lief es eiskalt den Rücken hinunter.

Aufgewühlt sprach Tess weiter: »Ich kenne Orions Geheimnisse doch auch! Er würde mich nicht einfach unbehelligt mein ganz normales Leben weiterleben lassen, oder?«

Alea hatte auch schon darüber nachgedacht. Es stimmte.

Weder Tess noch sie selbst konnten nach Hause zurückkehren. Orion würde sie dort sofort schnappen.

»Das heißt, ich kann nie wieder zu meinen Eltern zurück.« Eine einzelne Träne glänzte in Tess' Augenwinkel. »Ich muss jetzt für immer vor Orion davonlaufen.«

Alea hätte Tess am liebsten in den Arm genommen, tat es aber nicht, denn das war noch schlimmer, als sie »Schatz« zu nennen. Tess war aber sowieso kein Knuddeltyp. Als Sammy sich nun an sie kuschelte, schob sie ihn weg.

»Wir werden nicht unser ganzes Leben lang vor Orion weglaufen«, erklärte Lennox. »Das ist nicht der Plan.«

»Was ist denn der Plan?«, fragte Tess tränenerstickt.

Lennox antwortete ruhig, aber bestimmt: »Wir kämpfen gegen ihn. Wir besiegen Orion.«

Tess nickte müde, als hätte sie von Scorpio, dem Krieger, nichts anderes erwartet. Doch sie selbst war wohl keine Kriegerin. »Ich brauche Musik«, sagte sie und blickte sich um, als suchte sie ihren MP3-Player. Alea hatte schon öfter beobachtet, dass Tess ihre Lieblingssongs wie Rettungsringe benutzte. Im mächtigsten Sturm war es die Musik, die verhindern konnte, dass sie unterging.

Ben schaltete kurzerhand das alte Radio ein, das in der Ecke des Salons stand. Es lief ein trauriges Lied, das Tess sehr mochte und das jeder kannte. Leise begann Tess mitzusingen. Schließlich sangen sie alle mit, und Alea hatte das Gefühl, dass auch ihre eigene Angst dadurch ein bisschen kleiner wurde.

Der Song war vorüber, nun kamen die Nachrichten. Ben

wollte schon ausschalten, als der Sprecher sagte: »*Auf dem Nordmeer wurden heute Dutzende von Hubschraubern mit seltsamen Netzen gesichtet, die das gesamte Gebiet um die Färöer-Inseln abzusuchen scheinen. Noch ist unbekannt, was es damit auf sich hat …*«

Als die nächste Meldung kam, schaltete Ben das Radio aus. »Nicht nur zwei, sondern Dutzende von Hubschraubern!«

»Orion nimmt in Kauf, dass die Öffentlichkeit auf ihn aufmerksam wird«, stellte Lennox besorgt fest. »So dringend will er uns kriegen.«

»Ohne unsere Tarnung hätte er uns längst erwischt«, bemerkte Tess und wischte sich über die roten Augen.

»Ich frage mich, ob Cassaras uns finden kann«, sprach Alea einen Gedanken aus, den sie seit Tagen für sich behalten hatte. Sie hatte niemanden unnötig beunruhigen wollen, aber sie kam, was diesen Mann anging, allein einfach nicht weiter.

»Cassaras?« Lennox spuckte das Wort aus, als wäre es schmutzig. »Der Verräter.«

Alea widersprach nicht, denn diese Bezeichnung stimmte wohl. Cassaras, der Mischlingssohn der Nixenkönigin Haruko, hatte seine Mutter verraten, als diese ihm ihren silbernen Umhang nicht hatte vererben wollen. Der Umhang besaß große Macht. Wer ihn anlegte, konnte damit einen Blick in die Zukunft werfen und die wahrscheinlichsten Versionen der kommenden Ereignisse erfahren. Haruko hatte mithilfe des Umhangs Alea in der Zukunft gesehen und erkannt, dass es genau diese Elvarion war, die die Ozeane retten könnte. Doch sie sah auch, dass Alea Hilfe brauchen würde. Die Chancen auf Sieg oder Niederlage schwankten. Deshalb entschloss Haruko sich, Alea den Umhang zukommen zu lassen, damit er ihr von Nutzen sein konnte. Die Nixenkönigin hatte ihn schon vor vielen Jahren zur *Crucis* gebracht, sodass Alea ihn dort eines Tages finden würde. Harukos Sohn Cassaras wollte den Umhang jedoch für sich selbst und hatte seiner Mutter einen Silberknopf stehlen können, bevor sie zur *Crucis* aufbrach, den Umhang dort zurückließ und für immer verschwand. Der Knopf – oder vielmehr der Rilling – zeigte wie ein Kompass immer dorthin, wo die *Crucis* sich gerade befand. Damit war Cassaras in der Lage, das Schiff jederzeit auszumachen und außerdem kleine Schnipsel aus der Zukunft zu sehen. Den Umhang fand er dennoch nie. Sammys und Bens Mutter hatte ihn zwischenzeitlich mit an Land genommen und sich an Karneval damit verkleidet. Einem Landgänger offenbarte sich die Zukunft aber nicht, wenn er den Umhang anlegte, und so war niemandem je aufgefallen, welche Macht in ihm lag. Und Onkel Oskar war vor einem halben Jahr mit dem Umhang nach Tibet gereist und hatte ihn dort verkauft, als sein Geld einmal knapp gewesen war. Inzwischen suchte Oskar jedoch nach dem magischen Gewand und setzte alles daran, es zurückzubekommen.

Alea seufzte. Wenn sie das alles früher erfahren hätte, hätte sie sich vielleicht nicht noch einmal so entschieden wie in der Villa Konungur. Dort hatte Cassaras ihnen geholfen zu fliehen, doch nur im Gegenzug für das Versprechen, dass Alea ihm den Umhang ohne Widerstand geben würde, sobald dieser auftauchte …

Lennox sagte gerade: »Cassaras hat sich zuerst gegen die Nixen gestellt – sein eigenes Volk! – und sich dann Doktor Orion angeschlossen. Und als er uns bei der Flucht geholfen hat, ist er damit Orion in den Rücken gefallen. Er ist ein doppelter Verräter!«

»Cassaras hat doch diesen Rilling«, erinnerte Alea Lennox gedankenvoll. »Und er hat gesagt, dass er die *Crucis* jederzeit damit finden kann. Die Frage ist nur, ob das auch funktioniert, wenn das Schiff getarnt ist.«

»Falls er uns auch unter Tarnung finden könnte, hätte er uns doch längst an Orion verpfiffen«, gab Ben zu bedenken.

»Bist du dir da so sicher?«, fragte Alea. »Cassaras will doch vor allem den Umhang. Wenn Orion uns schnappt, bevor ich den Umhang bekommen habe, hat Cassaras gar nichts davon.«

Cassaras' Dreizackpfeil, den er bei ihrer Flucht in die hölzerne Sitzbank ihres Beibootes geschossen hatte, befand sich direkt vor ihnen auf dem Couchtisch. Wie ein Mahnmal lag er seit Tagen hier und erinnerte Alea daran, dass sie einen Deal mit Cassaras geschlossen hatte.

Der Legende nach würde der Umhang von selbst zu der Elvarion finden, sobald die Zeit reif war. Sie sollte sich nicht auf die Suche nach ihm machen. Ob Onkel Oskar den Umhang finden würde und er auf diesem Weg zu ihr kam?

Alea hatte Oskar noch nie persönlich getroffen, aber sie war froh, dass ein Erwachsener auf ihrer Seite war. Am besten wäre es natürlich gewesen, wenn sie einen erwachsenen *Meermenschen* als Verbündeten gehabt hätten, der sich mit Nixenlegenden, Prophezeiungen und Umhängen auskannte. Alea spürte einen Stich im Herzen, als sie sich fragte, ob ihr Vater ihr wohl hätte helfen können. Wo war er jetzt? Die Kolonie der schwermütigen Überlebenden war aufgegeben worden. Aber wohin war Keblarr gegangen, nachdem er mit Ramin aus Orions Fängen geflohen war? Zu seinen Freunden in diese isländische Stadt, deren Namen Alea nicht aussprechen konnte? Würde sie überhaupt jemals erfahren, was aus ihm geworden war?

Alea presste die Lippen aufeinander. Obwohl sie sich anfangs nicht besonders gut mit ihrem Vater verstanden hatte, glaubte sie, dass es anders wäre, wenn sie sich wiederbegegnen würden. Er hatte sich verändert. Sie hatte es in der Villa Konungur in seinen Augen gesehen. Nach elf Jahren Dämmerschlaf war er aufgewacht.

Alea fasste sich ans Herz, denn es tat weh. Sie vermisste Keblarr. Auf merkwürdige Weise vermisste sie aber auch ihre Mutter, die vor elf Jahren an dem Virus gestorben war und an die sie sich nicht erinnerte, gleichgültig wie sehr sie es auch versuchte.

Wie zum Schutz zog sie die Schultern hoch. Wenn man von einem gemeingefährlichen Mann gejagt wurde, war es wahrscheinlich normal, sich nach seinen Eltern zu sehnen. Sie wären die besten Verbündeten gewesen, die man sich nur hätte vorstellen können.

Plötzlich sehnte Alea sich mehr denn je nach ihrer Pflegemutter Marianne. Sie wäre sicher keine Unterstützung im Kampf gegen einen Verbrecher gewesen. Aber sie hätte Alea so fest an sich gedrückt, dass sie für einen Augenblick alle Sorgen hätte vergessen können …

Tess riss Alea aus ihren Gedanken. »Meint ihr, meine Eltern sind in Gefahr?«, fragte sie. »Wäre es möglich, dass Orion sie …« Der Satz blieb unvollendet.

Ben setzte sich neben Tess aufs Sofa. Er sagte nichts, saß einfach nur bei ihr.

»Ich versuche noch mal, Marianne anzurufen«, erklärte Alea unvermittelt und ging in die Mädchenkajüte. Hier teilte sie sich mit Tess ein Stockbett. Tess schlief oben, Alea unten. Die Kajüte war sehr klein, und eigentlich passte außer dem Bett nicht viel anderes hinein. Dennoch brachte Alea es fertig, hier ständig Chaos zu verbreiten. Und Tess versuchte vergeblich, Ordnung zu halten.

Nach ihrem Handy musste Alea jedoch nicht lange suchen. Es lag auf ihrem Bett. Darunter hatte sie ein sauberes Handtuch platziert. Das hatte sie deshalb getan, weil an ihrem Handy ein Skorpionfisch klebte. Und der nässte ein wenig.

Es war Lennox' Idee gewesen. Als Alea nach ihrer Flucht ihre Pflegemutter hatte anrufen wollen, hatte er sie gewarnt, dass Orion vielleicht ihr Handy abhörte. Sie hatte aber trotzdem anrufen wollen, da sie sich große Sorgen um Marianne machte. Diese hatte vor ein paar Wochen einen Herzinfarkt gehabt und erholte sich nur sehr schlecht. Lennox hatte einen Skorpionfisch gerufen und an Bord gebracht – ein grummelmäuliges magisches Wesen, das sie mit schwarzen Augen anglupschte und das sich offenbar problemlos außerhalb des Wassers aufhalten konnte. Alea hatte sich höflich vorgestellt, aber der Fisch hatte natürlich nicht reagiert. Das taten Skorpionfische nie. Sie waren von allen Magischen, die Alea bisher getroffen hatte, die schweigsamsten. Als Lennox den Fisch aber bat, sich an Aleas Handy zu heften, um ihre Telefonate vor Abhörung zu tarnen, war das stachelige Ding seiner Bitte sofort nachgekommen. Mit einem Schmatzgeräusch hatte es sich an der Rückseite ihres Handys festgesaugt und war seitdem dort haften geblieben. Alea hatte sich in den vergangenen Tagen mehrfach bei dem magischen Tier erkundigt, ob es nicht irgendwann mal etwas fressen müsse, doch der Fisch hatte auch darauf nicht geantwortet.

Nun nahm sie das Handy vorsichtig hoch und wählte Mariannes Nummer. Seit Tagen hatte ihre Pflegemutter nicht abgenommen, und wenn Alea daran dachte, was passiert sein konnte, wurde ihr ganz schlecht.

Nicht gleich das Schlimmste denken, ermahnte sie sich. *Sonst hat der Kopf Schiffbruch, bevor überhaupt Sturm aufkommt.*

Sie lauschte dem Handyklingeln. Marianne nahm nicht ab. Wieder nicht.

Krampfhaft versuchte Alea ihre Angst zurückzuhalten. Vielleicht hatte Marianne ihr Handy nur verlegt? Doch was, wenn sie auch weiterhin nicht mit ihr sprechen konnte? Ihre Vereinbarung hatte ja gelautet, dass Alea zum Ende der Sommerferien nach Hause kommen und dann zu einer neuen Pflegefamilie ziehen sollte. Aber schon gestern war in Hamburg die Schule wieder losgegangen …

Alea legte das Handy wieder aufs Bett. »Danke«, sagte sie zu dem Fisch, obwohl er bisher noch keine Verbindung hatte tarnen müssen. Aber es war sehr nett, dass er überhaupt bereit war, das außerhalb des Wassers zu tun. Sie wussten nicht genau, wie mächtig Orion wirklich war oder wie weit sein Einfluss reichte. Sie mussten jedoch überaus achtsam sein und immer den Fall der Fälle mitbedenken.

Da hatte Alea plötzlich eine Idee. Einen Moment lang stand sie mit großen Augen da, dann stürmte sie zurück in den Salon. Lennox und Ben, die auf dem Sofa saßen, hoben die Köpfe. »Kannst du uns Selbstverteidigung beibringen, Lennox?«, platzte Alea heraus. »Ich meine … für den Fall der Fälle?«

»Selbstverteidigung?« Verwundert hob Lennox die Brauen. Dann stand er auf. »Ja, das ergibt Sinn …« Er drehte sich um und eilte nach oben. »Kommt mit!«

Ben und Alea folgten ihm. Oben rief Lennox nach Sammy und Tess, die gleich zu ihnen kamen. »Alea hat eine gute Idee.« Auffordernd schaute Lennox sie an.

»Ähm, ja«, bestätigte Alea. »Ich dachte, es wäre gut, wenn Lennox uns zeigen könnte, wie man einen Angreifer abwehrt.«

Sammy lachte. »Schneewittchen will Kung-Fu lernen!«

»Wegen Orion?«, fragte Tess mit gerunzelter Stirn. »Falls er die *Crucis* doch entdeckt?«

»Ja, es könnte doch sein, dass wir Orion oder seinen Leuten irgendwann wiederbegegnen ...«, antwortete Alea und sah in den Gesichtern der anderen ihr eigenes Horrorgefühl gespiegelt. Doch gerade deswegen mussten sie sich vorbereiten!

Tess verschränkte die Arme. »Also, ich will niemanden schlagen.«

»Ich eigentlich auch nicht«, sagte Sammy. »Aber wenn uns noch mal solche Finsterlinge wie in der Villa Konungur begegnen sollten, würde ich schon gern verhindern können, dass die mich umhauen.«

»In Ordnung.« Lennox überlegte kurz. Alea wusste, dass er nie eine bestimmte Kampfsportart gelernt hatte. Er kämpfte ganz instinktiv. »Ich zeige euch ein paar Verteidigungstechniken«, sagte er, und dann erklärte er ihnen, wie sie einen Schlag abwehren konnten.

»Das muss ich gleich mal ausprobieren.« Ben wandte sich an Sammy. »Greif mich mal an!«

Sammy stürzte sich auf Ben, der ihn genauso abwehrte, wie Lennox es ihnen gezeigt hatte. Zwar war Ben sehr behutsam mit seinem kleinen Bruder, aber wenige Sekunden später lag Sammy auf dem Rücken.

»Jetzt ich!« Sammy sprang auf und wappnete sich für Bens Angriff.

Während die Brüder kämpften, blickte Tess Alea unsicher an. »Sollen wir beide es auch mal versuchen?«

Bevor Alea antworten konnte, erwiderte Lennox in bestimmtem Ton: »Alea kann mit mir üben.«

Tess wich zurück. Ein paar Zentimeter nur, aber es war, als hätte Lennox sie mit seinen Worten fortgedrängt.

Ben hatte es wohl gesehen. Er stupste Tess an. »Wirf mich mal um!«, forderte er sie auf, und Tess übte nun mit den Brüdern.

Alea wandte sich Lennox zu. Der ging in Position. Alea wartete aber nicht lange auf seinen Angriff. Stattdessen machte sie eine Drehung und trat ihm mit dem vollen Schwung der Bewegung gegen den Oberschenkel.

Lennox taumelte rückwärts.

»Das gibt's ja gar nicht!«, schrie Sammy. »Habt ihr das gesehen? Schneewittchen ist eine Kampfmaschine!«

Verdattert hielt Lennox sich an der Reling fest. Mit einem solchen Tritt hatte er wohl nicht gerechnet.

»Ich dachte, dass ich dich nicht schonen muss …«, versuchte Alea zu erklären. »Hab ich dir wehgetan?«

»Nein.« Lennox kam wieder näher. »Du musst mich auch nicht schonen. Ich hatte nur nicht mit einem Angriff gerechnet. Aber okay. Mach noch mal!«

Alea spannte die Glieder und griff ihn erneut an. Diesmal allerdings nicht mit dem Fuß, sondern mit einem festen Handkantenschlag gegen seinen rechten Arm.

Lennox' Augen blitzten überrascht auf.

Sammy, Tess und Ben applaudierten.

»Kung-Fu-Schneewittchen!«, jubelte Sammy.

Verlegen lächelte Alea. »Dann greif du mich jetzt an«, schlug sie Lennox vor. »Mal sehen, ob ich dich abwehren kann.«

Lennox straffte sich, dann versuchte er sie umzuwerfen. Zuerst verlagerte sie ihr Gewicht genau so, wie er es erklärt hatte, aber dann ging sie doch zu Boden.

»Das war schon gut, aber ...« Lennox erläuterte ihr, was sie noch besser machen konnte, und sie versuchten es gleich noch einmal.

Während die anderen wieder zu dritt trainierten, kämpften Alea und Lennox miteinander. Dabei stellte Alea fest, dass es nicht nur sehr vernünftig war, Selbstverteidigung zu lernen. Sie genoss auch den Körperkontakt mit Lennox. Auf einem kleinen Schiff wie der *Crucis* hatte ein verliebtes Paar nicht viele Möglichkeiten, ungestört zu sein, und bei diesen Übungen kam sie Lennox näher als in der gesamten vergangenen Woche. Als sie versuchte, ihn in den Schwitzkasten zu nehmen, waren ihre Gesichter sich auf einmal ganz nah, und Alea merkte, wie gern sie ihn geküsst hätte. In Island hatten sie das bereits ein paarmal getan. Aber auf dem Schiff schien es ihr oft unangebracht. Vor allem, da es keinen Ort gab, an dem Tess nicht jederzeit auftauchen konnte, und Alea wollte sie nicht unnötig verletzen. Und das könnte sie mit solch einem Kuss doch, oder nicht? Alea wusste nicht, wie es ihrer Freundin damit ging, dass das Mädchen, in das sie verliebt war, einen anderen liebte. Brach es Tess jedes Mal das Herz, wenn sie und Lennox miteinander lachten? Oder wenn sie sah, wie intensiv sie miteinander kämpften …

Alea erwischte Lennox gerade mit einem gehörigen Tritt am Knie, und er schrie auf.

»Oh Mist! Das tut mir leid, ich –« Bevor Alea weitersprechen konnte, legte Lennox sanft seine Hand in ihren Nacken, zog ihren Kopf zu sich heran und küsste sie. »Ich bin so was von stolz auf dich, Kriegerin«, flüsterte er und küsste sie gleich noch einmal.

Alea begann zu grinsen, und sie spürte, dass Lennox auch grinste. In diesem Moment konnte sie nicht daran denken, wer es womöglich sah. Sie wollte nur, dass dieser Kuss niemals endete.

Alea stand am Bug, wie so oft. Es war früher Morgen, und die Sonne lachte blau gerahmt über dem Meer, das heute aussah wie ein vor Freude explodierter Regenbogen. Wehmütig seufzte Alea. Seit ihrem Ausflug zu den Ruinen der alten Unterwasserstadt Faramont vor über einer Woche war sie nicht mehr schwimmen gewesen. Wenn sie den Wellen zusah, tat ihr Körper vor Sehnsucht richtig weh. Doch das Risiko eines Tauchgangs durfte sie nicht eingehen. Nicht nur, dass sie die getarnte *Crucis* vielleicht nicht wiederfinden würde. Die Gefahr, Walen zu begegnen und in einen Rausch zu verfallen, hielt sie ebenfalls ab. Alea hatte das schon einmal erlebt und war nur knapp aus der lebensgefährlichen Situation entkommen. Bei den Walen zu sein, hatte sie in einen Glückstaumel versetzt, der sie al les andere hatte vergessen lassen. Bis sie schließlich kaum noch gewusst hatte, wer sie war. Keblarr hatte gesagt, dass man sich bei solch einem Rausch zu Tode schwimmen konnte und dass die Kinder ihres Stamms anfangs erst einmal lernen mussten, wie man überhaupt gefahrlos walwanderte. Ein paar Tipps hatte er ihr allerdings gegeben, und eigentlich wollte Alea nichts lieber als herausfinden, ob seine Hinweise ausreichten, um einen Walrausch zu verhindern …

Angestrengt versuchte sie das schmerzhafte Pochen der Knubbel – oder vielmehr Raffnarben – zwischen ihren Fingern und Zehen zu ignorieren, die sich nur allzu gern in Schwimmhäute verwandeln wollten. Gab es etwas, was man gegen diese »Entzugserscheinungen« unternehmen konnte? Bestimmt hätte Keblarr es ihr sagen können.

Nachdenklich schob Alea die Augenbrauen zusammen. Sie musste aufpassen, ihren Vater in ihrem Kopf nicht zur Lösung aller Probleme zu machen! Bei vielen Dingen war er ganz anderer Ansicht gewesen als sie. Ihre Hoffnung, dass die Meerwelt irgendwann wiederauferstehen könnte, hatte er beispielsweise glattweg als Unsinn bezeichnet. Das hatte wehgetan. Denn es war gar kein Unsinn, das wusste sie inzwischen ja sogar ganz sicher! Sie selbst war immun gegen den tödlichen Virus im Wasser, und Doktor Orion hatte mithilfe ihres Blutes ein Gegenmittel entwickeln können. Es war also möglich, die Überlebenden vor dem Virus zu schützen. Es war möglich, dass die Meermenschen eines Tages ins Wasser zurückkehrten! Zwar würde Orion Alea das Mittel garantiert nicht freiwillig geben, aber allein die Tatsache, dass es existierte, ließ ihr Herz ein klein wenig leichter werden. Alles, was sie tun musste, war, an das Gegenmittel zu kommen und die verschollenen Meerkinder zu finden – jene Kinder, die vor elf Jahren von ihren sterbenden Eltern an die Ufer gebracht worden waren, um in Sicherheit bei den Landgängern aufzuwachsen. Sobald sie diese beiden Dinge geschafft hatte, konnte die Meerwelt neu erblühen.

Nichts leichter als das, murmelte Alea zähneknirschend, und nicht zum ersten Mal überfiel sie das Gefühl, dass sie größenwahnsinnig sein musste. Aber nein. Die Prophezeiung und die Legende der Nixenkönigin sprachen tatsächlich von ihr – von Alea, Elvarion der letzten Generation. Die Dinge, die ihr viel zu groß erschienen, *waren* erreichbar. Außerdem sagte ihr Herz ihr ganz deutlich, dass sie nach den anderen Meerkindern suchen musste. Und vielleicht, nur vielleicht, war unter denjenigen, die sie finden würde, auch Anthea …

Bei diesem Gedanken krümmte sich Aleas Innerstes. Seit sie wusste, dass sie eine Zwillingsschwester hatte, schmerzte es sie regelrecht, von ihr getrennt zu sein.

Alea griff in ihre Tasche und zog den Fotostein heraus. Auf diesem magischen Stein, den sie im Wohnwagen ihres Vaters eingesteckt hatte, waren zwei schwimmende, lachende Babys zu erkennen. Anthea und sie. Beide hatten dunkles Haar, blasse Haut, klargrüne Augen und sahen absolut identisch aus. Eineiig.

»Da komme ich ja gerade recht«, hörte sie Sammys Stimme. »Immer, wenn du dir den Fotostein anguckst, siehst du aus, als ob du gleich anfangen würdest zu weinen. Aber Samuel Draco ist ja jetzt da.«

»Morgen, Sammy.« Alea steckte den Fotostein in ihre Hosentasche zurück.

»Ich absolviere gerade meine erste morgendliche Lach-Routine«, eröffnete Sammy ihr.

»Deine was?«

»Meine Lach-Routine. Ich gehe ab heute jeden Morgen einmal übers ganze Schiff und lache in jede Ecke«, klärte er sie auf. »Dadurch können sich nirgendwo düstere Energien festsetzen. Ich lache sie einfach weg!«

Sprachlos blickte Alea ihn an.

»Machst du mit? Den Bug hab ich noch nicht.«

»Öhm … ja. Klar.«

Sammy holte tief Luft und lachte aus vollem Hals in die Ecke des Bugs. »Du auch, Schneewittchen!«

Alea musste grinsen. In eine Ecke zu lachen, war ziemlich komisch. Das allein brachte sie zum Glucksen, und sie gluckste hübsch ordentlich in die Ecke. Sammy stieß sie auffordernd mit dem Ellbogen an, und dann lachten sie beide lauthals.

»So. Erledigt!« Sammy war zufrieden. »Danke übrigens für die Kekse, die du gestern Abend gebacken hast. Und dafür, dass du so oft *Wunderbärchen* gesagt hast. Ich glaube, ich bin heute schon fast pummelig.«

Das war er natürlich nicht, aber Alea nickte lächelnd.

»Jetzt muss ich meine Reportage fortsetzen – oder vielmehr mein Abenteuertagebuch.« Sammy zückte Bens Handy und startete eine weitere Sprachaufnahme. »Die Alpha Cru befindet sich weiterhin auf dem Weg nach Norwegen«, berichtete er. »In zwei Tagen wird sie voraussichtlich die Küste erreichen. An Bord haben sich derweil interessante Dinge zugetragen. Die ganze Bande hat von Lennox Scorpio unfassbar effektive Verteidigungs-Moves gelernt. Alea Aquarius stellte sich dabei als Naturtalent im Nahkampf heraus und könnte in einem Kampf wahrscheinlich sogar den Skorpion selbst niederstrecken.«

Alea fiel ihm ins Wort. »So ein Quatsch!« Sie hatte sich zwar nicht dumm angestellt, aber Lennox war ihr im Kampf natürlich nach wie vor haushoch überlegen. »Erzähl keinen Käse!«

»Ja, ja.« Sammy löschte die Aufnahme und begann von vorn. »Die Gemütslage der Cru-Mitglieder ist nicht nur wegen ihres Verfolgers Orion angespannt. So kam es gestern zu einem Kuss zwischen Scorpio und Aquarius, der Bandenmitglied Taurus erbleichen ließ. Nee, warte. Jemand mit dunkler Haut kann nicht erbleichen, stimmt's? Aber zumindest so innerlich? Innerlich ist Tess erblichen! Also, erbleicht. Erblochen!«

Alea lächelte schief.

»Scorpio scheint Taurus nicht verzeihen zu können, dass sie vor einiger Zeit versucht hat, Aquarius zu küssen«, fuhr Sammy fort. »Stellt sie eine Konkurrenz für ihn dar, oder hat sie sich inzwischen damit abgefunden, dass sie Aquarius nicht haben kann?«

»Sammy.« Alea legte ihm die Hand auf den Arm. »Lösch das bitte auch.«

Sammy stöhnte. »So komm ich nicht weiter!«, nörgelte er, tat aber, worum sie ihn gebeten hatte.

»Es ist bestimmt schwer für Tess«, sagte Alea.

»Die Cru ist auf dem Weg nach Norwegen«, sprach Sammy ins Handy. »Aber danach geht es nach Belgien.«

Überrascht runzelte Alea die Stirn. »Ach ja?«

»Dort gibt es das weltbeste Waffelcafé der Welt –«

Alea redete ihm abermals dazwischen. »*Weltbestes Café der Welt* ist doppelt gemoppelt.«

»Bestcafé!«, rief Sammy. »*De Wafelfabriek* in Brügge ist das weltbeste Bestcafé der Welt, wo man die allerbesten Weltbestwaffeln bekommt!« Er grinste von einem Ohr zum anderen. »Wenn irgendein Café eine solch extreme Moppelung verdient, dann *De Wafelfabriek*!«

»Na gut.« Alea lachte. »Sollen wir jetzt noch ein bisschen die Verteidigungsübungen machen, die Lennox uns gezeigt hat?« Alle Cru-Mitglieder hatten sich vorgenommen, regelmäßig zu trainieren.

»Aye!« Sammy grinste. »Ich versuch als Erster, dich umzuschubsen. Also mach dich auf was gefasst! Ich bin eine umwerfende Persönlichkeit!«

»So, so.« Alea ging in Position und achtete darauf, der Reling nicht zu nahe zu kommen. Da zuckte sie zusammen. Was war das dort auf dem Meer? Zwischen den Wogen war ein Kopf aufgetaucht! Im Wasser war jemand! Alea wollte schon *Alarm!* schreien, da bemerkte sie das schneeweiße Haar und die türkis glitzernde Haut. Eine Nixe. Dort war eine Nixe! Und sie war nicht allein. Alea erkannte noch eine Handvoll weiterer Nixen in den Wellentälern. Sie reckten sich aus dem Wasser, als suchten sie nach etwas. Dabei wurden ihre muskulösen Schultern und Arme sichtbar, und Alea bewunderte nicht zum ersten Mal ihre runzeligen, alten Gesichter und die gestählten Körper. Die Nixen waren wunderschön.

Sammy sprang nach vorn und zeigte mit dem Finger in die Wellen. »Mucki-Omas! Wie cool ist das denn?«

Nun begannen sie zu rufen. Nacheinander legten die Nixen ihre Köpfe in die Nacken und brachten lang gezogene, gespenstisch süße Töne hervor, die Alea durch Mark und Bein gingen.

Eine der Nixen erkannte sie: Shiro. Erst vor wenigen Tagen war sie ihr begegnet, und da hatte die Nixe Alea von der Legende der verschwundenen Königin, von Cassaras und dem Silberumhang erzählt.

Auf einmal war Lennox neben ihr. »Was ist das für ein Geräusch?« Er sah aus, als wäre er bereit, jedem Angreifer mit vollem Körpereinsatz entgegenzutreten. Dann entdeckte er die Nixen im Wasser, und seine Körperspannung ließ nach. Nixen waren keine Gefahr. Nixen waren magische Meeresbewohner – Freunde. Außerdem gehörten sie zu den wohl sagenumwobensten Wesen der Welt. Lennox' Augen verengten sich fasziniert.

Gleich darauf kamen auch Ben und Tess herangelaufen. »Da heult jemand!«, rief Tess beunruhigt.

»Das klingt für dich wie Heulen?«, fragte Ben. »Ich finde, das klingt eher nach einem Ruf.«

»Nö«, entgegnete Sammy. »Ich finde, das klingt, als hätte ein rosafarbenes Glitzereinhorn gerade festgestellt, dass es in einen Kuhfladen getreten ist.«

»Sammy!«, rügte Tess ihn scharf. »Das ist nicht witzig. Du –« Noch während sie sprach, entdeckte sie die Nixen. »*Mon dieu!*«

»Was?«, rief Ben, und Alea deutete über den Bug hinaus. Bens Mund klappte auf. »Heiliger Himmel.«

Die Nixen stießen weiterhin ihre langen, verzauberten Töne hervor und reckten sich dabei so weit aus dem Wasser, dass auf Höhe ihrer Hüften der Übergang vom menschenartigen Oberkörper zum schuppigen, glitzernden Fischschwanz erkennbar wurde. Alea konnte die Augen nicht abwenden, und den anderen ging es offenbar ebenso.

»Was machen die hier?«, flüsterte Ben.

»Das wüsste ich auch gern«, erwiderte Alea.

Lennox legte den Kopf schief und lauschte angestrengt. »Ich glaube, Ben hat recht. Die Nixen rufen nach jemandem.«

»Wirklich?« Alea versuchte sich zu konzentrieren. Da hörte sie es auch. »Sie rufen … nach mir!«, stieß sie verblüfft hervor. »Sie rufen meinen Namen!«

Sammy staunte. »Echt?«

»Sie können das getarnte Schiff nicht sehen.« Alea begriff. »Wenn sie mich finden wollen, bleibt ihnen gar nichts anderes übrig, als nach mir zu rufen.«

»Antworte ihnen!«, riet Lennox.

Genau das hatte Alea vor. Sie legte ihre Hände wie einen Trichter um den Mund. »Ich bin hier! Ihr Nixen! Shiro! Hier drüben!«

Die Köpfe der Nixen drehten sich zu ihr herum. Mit suchenden Blicken schauten sie in ihre Richtung. Sie konnten sie ganz offensichtlich hören, aber nicht sehen.

»Hierher!«, schrie Alea. »Folgt meiner Stimme!«

Die Nixen tauchten unter. Bestimmt schwammen sie in ihre Richtung.

»Letztes Mal hast du auf der Außenleiter gesessen, und Shiro hat sich an einer Sprosse festgehalten«, sagte Lennox. »So konnte sie dich sehen.«

Alea erriet, worauf er hinauswollte. »Das wird diesmal nicht klappen. Ich habe sechs Nixen gezählt. Die können sich nicht alle an der Leiter festhalten.« Sie überlegte. »Ich gehe ins Wasser.«

Das gefiel Lennox gar nicht. »Keine gute Idee.«

»Wie wäre es, wenn wir die *Hercules* zu Wasser lassen und sie am Schiff festbinden?«, schlug Ben vor. Die *Hercules* war ihr kleines Beiboot. »Dabei wird sie doch garantiert sichtbar. Die Nixen können sich drum herum versammeln.«

»Ja, das klingt gut«, fand Alea.

»Aber vielleicht ist die *Hercules* durch das Verbindungsseil auch getarnt?«, fragte Tess.

»Das kriegen wir nur heraus, wenn wir es ausprobieren«, sagte Lennox. »Machen wir es! Die Nixen tauchen bestimmt jeden Moment wieder auf. Dann sollten wir unten auf dem Wasser sein.«

»Wir?«, fragte Alea.

»Ich komme mit.« Für Lennox schien das gar nicht zur

Diskussion zu stehen, aber Alea war natürlich einverstanden.

»Ich komme auch mit!«, rief Sammy. »Ihr redet auf keinen Fall ohne mich mit den Nixen! Das lasse ich mir nicht entgehen.«

»Du würdest kein Wort verstehen«, wandte Alea ein. »Sie sprechen ja *Hajara*.« Das war die Sprache der Wasserwelt.

»Aber ich könnte sie von ganz Nahem sehen. Und hören. Und riechen! Riechen sie nach Fisch?«

Daran konnte Alea sich beim besten Willen nicht erinnern. »In Ordnung. Du kannst auch mitkommen.« Sie musste lächeln, als diese Worte ein breites Grinsen auf Sammys Gesicht zauberten.

»Ich wäre auch gern dabei«, sagte Ben.

Tess verschränkte die Arme. »Ich finde, es ist keine gute Idee, die *Hercules* runterzulassen. Wenn sie sichtbar wird, ist das gefährlich! Was, wenn ausgerechnet dann wieder Hubschrauber kommen?«

»Dann müssen wir die *Hercules* eben schnell wieder an Bord bringen«, parierte Lennox. Ganz offensichtlich wollte er das Risiko in Kauf nehmen, und Alea war seiner Meinung. Die Nixen schienen etwas Wichtiges mit ihr besprechen zu wollen. Unter allen Umständen musste sie hinunter zu ihnen.

»Wir passen auf«, beruhigte Ben Tess. »Willst du nicht auch mitkommen? Wann kriegt ein Landgänger schon mal Nixen zu Gesicht?«

Tess zögerte, aber dann schien ihre Neugier ihre Furcht zu besiegen. »Gut, gehen wir alle.« Damit lief sie zur *Hercules* und ließ sie gemeinsam mit Sammy hinunter.

Geschwind schwangen sich alle an der Außenleiter hinab und sprangen in das Schlauchboot. Ben stieß es ab, und sobald sie den Kontakt zur *Crucis* verloren hatten, war das Schiff nicht mehr zu sehen. Das lange Seil, das die *Hercules* mit ihm verband, schien im Nichts zu enden.

Alea suchte nach den Nixen. Waren sie an ihnen vorbeigeschwommen?

»Dahinten!« Sammy wies aufgeregt nach Backbord. »Dahinten sind sie!«

Alea entdeckte Shiro, die gerade ihrerseits Ausschau hielt. »Hier!«, schrie sie.

Shiro wandte sich um, und ihre Augen weiteten sich. Die Nixe konnte sie sehen!

»Sie kommen«, sagte Lennox, und in seiner Stimme lag etwas Feierliches.

Als die Nixen sich durch die Wellen näherten, ging jedoch plötzlich ein Ruck durch die Gruppe, und sie schreckten zurück. »Landgänger!«, entfuhr es einer, bevor sie abrupt rückwärtsschwamm. Drei andere taten es ihr gleich. Sie schienen instinktiv vor den Landgängern fliehen zu wollen.

»Nein, bleibt!«, rief Alea.

Widerstrebend blickte Shiro Alea an. »Wir wollten nur mit *dir* sprechen und vielleicht mit dem Oblivion. Aber diese drei …«

Sammy beugte sich vor. »Was haben die denn?« Entrüstet stemmte er die Hände in die Seiten. »Ich bin total nett!«

»Ich glaube, sie sind Landgängern gegenüber einfach sehr scheu«, versuchte Alea zu erklären, während sie den Nixen mit einer Geste signalisierte, dass keine Gefahr drohte.

»Die Nixen sind nicht nur scheu«, brummte Ben. »Sie mögen Landgänger nicht, oder? Sie vertrauen uns nicht. Kein Magischer tut das.«

»Vielleicht war es keine so gute Idee, dass ihr mitgekommen seid«, sagte Lennox, während die Nixen immer weiter zurückwichen.

»Wartet!«, bat Alea sie erneut.

Doch die Nixen tauchten ab. »Wir besprechen uns!«, rief Shiro, bevor sie im Wasser verschwand.

»Verdammt!«, fluchte Lennox.

»Sammy, Tess und ich gehen besser wieder.« Ben nahm die Ruder in die Hand und fing an, dorthin zurückzurudern, wo die *Crucis* sein musste. »Wir stören.«

»Menno, das ist Diskrimisophierung!«, beschwerte sich Sammy mit seinem ureigenen Wort, das er immer benutzte, wenn er sich von Magischen benachteiligt fühlte. »Außerdem sollen das Land und das Meer doch wieder zusammenkommen. Das hat der Tasfar gesagt!«

Alea stutzte. Sammy hatte recht. Das magische Seepferd, dem Sammy und sie vor einiger Zeit begegnet waren – der Tasfar –, hatte in seiner Prophezeiung gesagt, dass es einen Einschnitt im Zeitgeschehen geben würde, sobald

Landgänger und Meermenschen wieder zusammenkamen.

»Wie soll das gehen, wenn keiner den ersten Schritt macht?«, protestierte Sammy.

»Quatsch nicht so viel und beweg deinen Hintern die Leiter rauf«, empfahl Tess, die das Beiboot auf dem letzten Stück mithilfe des Seils immer näher zum Schiff zog, bis die *Hercules* dagegenstieß und die *Crucis* wieder sichtbar wurde.

Alea starrte angestrengt ins Leere. Die Magischen des Meeres würden niemals ihr Misstrauen verlieren, wenn man ihnen keinen Grund dazu gab. »Ihr müsst den Nixen zeigen, dass ihr anders seid.«

»Was?«, fragte Ben erstaunt. »Wie denn?«

Alea dachte nach. Sie wusste, dass die Nixen sehr schlechte Erfahrungen mit Landgängern gemacht hatten – außer in Bezug auf eine einzige Sache. »Musik! Ihr müsst sie mit einem Lied überzeugen!« Nichts liebten die Nixen so sehr wie Musik, aber sie selbst konnten keine machen, genauso wenig wie alle anderen Magischen. »Spielt als Friedenszeichen einen Song für sie! Nur ihr drei.«

Lennox schnalzte mit der Zunge. »Das ist gar kein schlechter Einfall.«

»Ja, das machen wir!«, begeisterte sich Sammy.

Ben war ebenfalls sofort einverstanden. »Holen wir unsere Instrumente!«, sagte er und kletterte die Leiter hinauf.

Kurz darauf waren die drei zurück, Ben mit seiner alten

Gitarre, Tess mit ihrem Akkordeon und Sammy mit der Cajón. Sie stiegen ins Boot, und Ben ruderte hinaus.

Wenig später tauchten die Nixen wieder auf. Bevor sie etwas sagen konnten, rief Alea ihnen zu: »Bitte habt keine Angst! Diese drei Landgänger sind unsere Freunde, und sie würden auch gern eure Freunde werden.«

Mit bedächtigen Schwimmbewegungen kam Shiro näher. »Es ist schwer für uns. Wir hatten jahrhundertelang keinen direkten Kontakt zu Landgängern.« Sie verharrte in einem Sicherheitsabstand.

Alea konnte verstehen, was in ihr vorging. Wenn ihr jemand sagen würde, Krokodile seien freundlich, hätte sie trotzdem Angst, wenn sie einem begegnen würde. »Bitte gebt ihnen eine Chance. Sie möchten euch beweisen, dass sie anders sind.«

»Wie denn?«

»Sie möchten euch Musik schenken.«

»Wie bitte?« Die Nixen wirkten erstaunt über diese Ankündigung. Alea konnte nicht hören, was sie nun untereinander sprachen, aber anschließend schwammen alle sechs ein Stück näher. Mit einer Mischung aus Wachsamkeit, Anspannung und Neugier beäugten sie die Landgänger im Boot.

»Ich bin Tomoko«, stellte sich eine der Nixen vor. Sie hatte leuchtend weißes, im Wasser wallendes Haar und ein wunderschönes faltiges Gesicht mit blausilbernen Augen. An den Schläfen prangten die verschlungenen Zeichen, die alle Nixen trugen.

»Noriko«, sagte nun die Nächste. Dann nannten auch die anderen drei ihre Namen – Yuma, Rumi und Akiko.

Alea stellte ihrerseits nun die gesamte Cru vor.

»Was sollen wir spielen?«, flüsterte Tess. Trotz ihrer prüfenden Blicke zum Himmel, die nach Hubschraubern suchten, schien sie bereit, sich zu beweisen. »Einen schnellen oder einen langsamen Song?«

»Am besten … was Schönes«, sagte Alea, die den Geschmack der Nixen nicht kannte, aber das Gefühl hatte, dass sie womöglich alte Weisen mochten. »Wie wär's mit *Scarborough Fair*?« Das war ein mittelalterliches englisches Volkslied.

Die anderen waren sofort einverstanden.

Alea rief den Nixen zu: »Die Landgänger spielen jetzt ein Lied, nur für euch!«

Auf Shiros Gesicht zeigte sich unverhohlene Vorfreude. Die Mienen der anderen Nixen schwankten zwischen Skepsis und Hoffnung. Noriko streckte sich ihnen entgegen wie eine Hungernde dem Geruch von Mittagessen.

»Das dürfen wir auf keinen Fall verbocken«, murmelte Sammy aufgeregt und setzte sich neben Ben und Tess.

Sie begannen zu spielen. Tess sang die erste Zeile, Ben und Sammy sangen die zweite zusammen, dann wieder Tess, dann alle zusammen. Es klang wundervoll.

Alea beobachtete die Nixen. In Shiros Augen sammelten sich schon nach der ersten Strophe Tranen, und Rumi starrte Tess an, als hätte sie noch nie etwas Schöneres gesehen – oder gehört.

»Die Nixen schwelgen richtig darin!«, wisperte Lennox Alea zu.

Auch die anderen Nixen lauschten dem Lied mit ergriffenen Mienen. Tomoko und Yuma hatten die Augen geschlossen, und Akiko stand vor Verzückung der Mund offen.

Als das Lied endete, kamen die Nixen langsam näher, bis sie direkt vor der *Hercules* waren. Sie applaudierten nicht, aber es war ihnen anzusehen, wie sehr sie das Lied genossen hatten.

Sammy lehnte sich leicht vor, als versuchte er die Nixen zu erschnuppern. Alea roch allerdings gar nichts.

Ben ergriff das Wort. »Ich grüße euch«, sagte er, und er sagte es auf *Hajara*.

Die Augen der Nixen wurden groß.

Seit Kurzem hatte Ben jeden Tag mit Alea geübt. Er brachte ihr Englisch bei und sie ihm im Gegenzug die Wassersprache. Ben stellte sich allerdings weitaus cleverer an als sie. Inzwischen konnte er schon ganze Sätze bilden, wohingegen ihr das Englische immer noch schwerfiel.

Die Nixen waren mehr als erstaunt, von diesem Landgänger in ihrer eigenen Sprache begrüßt zu werden. »Wir grüßen auch dich, Fremder«, erwiderte Shiro.

Ben verstand. »Ich möchte kein Fremder nicht sein«, sagte er – zwar nicht ganz korrekt, aber die Nixen neigten anerkennend die Köpfe. »Ein Freund ich möchte sein.«

Lennox pfiff leise durch die Zähne. Offenbar war auch er beeindruckt von Bens *Hajara*.

Nun bat Ben Alea allerdings, für ihn zu übersetzen, da es zu kompliziert wurde. »Bitte sag ihnen das: Ich kann verstehen, dass ihr Landgänger nicht mögt, aber bitte glaubt nicht, dass alle gleich sind. Es gibt viele, die sich für das Meer einsetzen.«

Alea übersetzte.

Shiro wirkte verwundert. »Wer? Du?«, fragte sie Ben.

Das verstand er. *»Mschah«*, erwiderte er, was auf *Hajara Ja* hieß. Er sprach auf Deutsch weiter, und Alea dolmetschte für ihn. »Ich gehöre einer Organisation an, den *Ocean Knights*. Wir sind viele, Tausende von Landgängern auf der ganzen Welt! Und wir tun alles, um die Meere zu schützen.«

Yuma fragte ihn: »Was tut ihr?«

Auch dafür brauchte Ben keine Übersetzung. »Einmal haben wir uns Waljägern mit Booten entgegengestellt und sie aufgehalten«, antwortete er auf Deutsch.

Alea starrte ihn an. Davon hatte sie noch gar nichts gewusst. Ben hatte Wale beschützt? Etwas in ihrer Brust wurde ganz warm.

Ben fuhr fort. »Vor allem informieren wir andere Landgänger darüber, wie schlecht es um die Ozeane steht. Denn das ist fast das schlimmste Problem. Die meisten wissen gar nicht, wie groß die Müllteppiche sind, wie oft Chemieabfälle im Meer entsorgt werden, wie viele Tierarten schon verschwunden sind und wie schnell die Korallenriffe sterben.«

»… oder wollen es nicht wissen«, knurrte Lennox.

Alea übersetzte, was Ben gesagt hatte, und die Nixen hörten ganz genau hin. Dann steckten sie die Köpfe zusammen und berieten sich. Schließlich wandten sie sich der Cru wieder zu, und Shiro richtete das Wort an Ben. »Dann kannst womöglich auch du helfen. Du und deine Ritter der Ozeane.« *Ocean Knights* bedeutete nichts anderes als Ozeanritter, und diesen Ausdruck hatte Alea benutzt.

»Helfen? Wobei?«, fragte Ben auf *Hajara.*

»Habt ihr mich gesucht, weil ihr Hilfe braucht?«, hakte Alea nach.

»Ja«, bestätigte Tomoko. »Wir haben nach der Elvarion aus der Legende gesucht, nach Alea Aquarius. Wenn jemand etwas tun kann, dann bestimmt sie – du.«

Shiro fügte hinzu: »Aber vielleicht könnt ihr auch zusammen etwas ausrichten – Meermenschen und Landgänger vereint.«

Bei diesen Worten spürte Alea ein Kribbeln, das ihr vom Kopf bis zu den Zehen über den Körper lief.

»Worum geht es?«, wollte Lennox wissen.

Shiro antwortete ihm. »Tomoko stammt aus dem östlichen Nordmeer«, sagte sie mit Blick auf ihre Nixenschwester. »Sie war tagelang unterwegs hierher, um uns etwas Wichtiges zu sagen. Um uns zu warnen.«

Während Tomoko bekräftigend nickte, fragte Alea: »Wovor denn warnen?«

Shiro erwiderte: »Eine der Grabemühlen im Osten ist beschädigt. Sie könnte bald leckschlagen und auslaufen.«

»Was für eine Grabemühle?«, fragte Alea und übersetzte, so gut sie konnte, das eigenartige Wort für die anderen.

Tomoko erklärte: »Eine Grabestelle der Landgänger im Meer.«

Ratlos kratzte Alea sich am Kopf.

Lennox rief: »Eine Bohrinsel?«

Ja, das musste es sein! »Wo ist diese … Grabemühle?«, hakte Alea nach. »Wo im Osten?«

Tomoko strich sich eine Strähne ihres dichten weißen Haars aus dem Gesicht, und ihre glitzernde Haut funkelte in der Sonne. »In der nördlichen See, vor der Küste der Bergufer.«

»Meinst du die norwegischen Fjorde?« Alea war überrascht. »Da wollen wir sowieso hin!«

»Tatsächlich?«, fragte Shiro. Sie und die anderen Nixen wirkten erleichtert.

Tomoko beschrieb ihnen nun den Ort, so gut sie konnte, und Ben sagte: »Ich weiß, welche Bohrinsel sie meint. Bestimmt *Kystens Stolt*. Es kann eigentlich nur diese sein.«

Tomoko seufzte. »Die Beschädigung muss dringend behoben werden. Sie sitzt gleich über dem Meeresgrund. Schon vor ein paar Tagen, bevor ich mich auf den Weg hierher gemacht habe, ist etwas Öl ausgetreten.«

»Grabemühlen sind furchtbar gefährlich«, sagte Rumi.

Alea überlegte. »Vielleicht könnten wir den Betreibern einen Hinweis geben …«

Tomoko schüttelte den Kopf. »Das wird nichts bringen.

Die Landgänger dort wissen von der Beschädigung. Wir haben schon vor einem Mond Taucher gesehen, die sich die Stelle angesehen haben. Sie haben das Leck schon mehrfach geflickt, aber sehr schlecht. Es könnte jederzeit zu einem Unglück kommen.«

Verwundert kniff Alea die Lippen zusammen. »Warum haben die das denn nicht ordentlich gemacht?«

»Was denn?«, klinkte Sammy sich ein, und Alea wurde bewusst, dass sie schon länger nichts mehr übersetzt hatte. »Vor Norwegen gibt es anscheinend –«

Sie kam nicht weiter, denn plötzlich ruckte das Boot.

Wie von der Tarantel gestochen, sprang Lennox auf. »Cassaras!«

Alea erschrak. »Was? Wo?« Sie folgte Lennox' alarmiertem Blick. Und dann sah sie ihn auch.

Ein Mann mit hartkalten blauen Augen und nassem, langem Haar hing mit einer Hand an dem Seil, das die *Hercules* mit der *Crucis* verband.

Shiro entfuhr ein Überraschungslaut. »Prinz Cassaras!«

Alle starrten den Nixenprinzen an. Und er starrte ebenfalls. Doch sein Blick war allein auf Alea gerichtet.

Aufgebracht sagte Noriko: »Er wird auch diesmal nicht antworten, Shiro.«

»Diesmal?«, fragte Alea, und es war eher ein Flüstern. Sie fühlte sich in Cassaras' Blick geradezu gefangen.

»Er hält sich seit Tagen im Meer auf und ist bereits einigen von uns begegnet«, erwiderte Shiro mit einer Miene, die deutlich ihre widerstreitenden Gefühle spiegelte –

Traurigkeit gepaart mit Zorn. »Aber er wechselt kein Wort mit uns. Dabei sind wir doch sein Volk!«

Cassaras entfuhr ein abfälliges Schnauben. Er hörte genau, was Shiro sagte, aber er würdigte sie keines Blickes. Vor seiner Brust trug er den Leierkasten, den er schon bei ihrer ersten Begegnung dabeigehabt hatte. Inzwischen wussten sie, dass der Leierkasten so etwas wie eine magische Jukebox war, mit der man Lieder »einsaugen« und später wieder abspielen konnte. Hatte Cassaras das Lied von Tess, Ben und Sammy eingesaugt, das sie gerade für die Nixen gespielt hatten?

In der rechten Hand hielt Cassaras den Dreizackpfeil, der seit Tagen auf ihrem Couchtisch gelegen hatte. Er musste im Salon der *Crucis* gewesen sein, um ihn zu holen!

Lennox wollte offenbar nicht länger darauf warten, dass der Nixenprinz etwas sagte. Mit einem Satz sprang er auf das Seil, an dem auch Cassaras hing, und balancierte mit ausgebreiteten Armen auf ihn zu.

Alea blieb beinahe das Herz stehen, denn niemand konnte voraussehen, wie der Prinz reagieren würde. Außerdem durfte Lennox unter keinen Umständen ins Wasser fallen! Er hatte schon seit Wochen keinen Rotfarntee mehr getrunken. Rotfarn – eigentlich Rofus – war ein Kraut, das am Meeresboden wuchs und Lennox vor dem Virus schützen konnte. Doch wenn er keinen Rotfarn hatte, durfte er nicht mit kaltem Wasser in Berührung kommen, sonst wurde er krank, bekam schreckliche Schmerzen, Schüttelfrost und Fieber. Zwar starb er nicht an dem Virus, da er nur zur Hälfte Meermensch war, aber anders als für Alea war das Wasser ohne den Rotfarnschutz für ihn überaus gefährlich.

»Er ist weg!«, rief Sammy.

Alea blinzelte. Tatsächlich. Cassaras war fort, bevor Lennox ihn erreichen konnte.

Mit finsterem Gesichtsausdruck drehte Lennox sich um und kam über das Seil zu ihnen zurück. Bestimmt ärgerte er sich gerade schwarz, dass er nicht einfach ins Wasser springen und Cassaras folgen konnte.

Alea fühlte sich vom Auftauchen des Prinzen ganz überfahren. »Das heißt dann wohl, dass der Rilling ihn trotz der Tarnung zu uns führen kann«, sagte sie.

Tess fluchte auf Französisch. *»Merde.«*

»Nein, das ist gut!«, rief Ben. »Das heißt doch, dass Cassaras Orion nichts verraten hat, *obwohl* er uns finden kann!«

Das stimmte, und dennoch wunderte Alea sich sehr. Cassaras hätte sich beim Zurückholen seines Dreizackpfeils und beim Einsaugen des Lieds leicht verstecken können. Offensichtlich hatte er aber gewollt, dass sie ihn sahen. Versuchte er Alea Angst zu machen? Wollte er sie mit seinem Erscheinen daran erinnern, was sie ihm versprochen hatte?

»Mit Prinz Cassaras ist nicht zu spaßen«, warnte Noriko sie nun. »Gebt gut auf euch acht.«

»Auch du«, sagte Shiro und blickte Ben dabei an. »Mir ist in all meinen Jahrhunderten noch nie ein Landgänger begegnet, der *Hajara* sprach. Pass gut auf dich auf, Benjamin Libra.«

Ben neigte den Kopf, und die Nixen schlugen sich mit einer kämpferischen Geste auf die Brust. Alea wusste, dass sie das zur Verabschiedung taten.

»Auf Wiedersehen«, sagte Ben auf *Hajara* und schlug sich ebenfalls auf die Brust. »Möge euch stets guter Wellenschlag begleiten.«

Alea lächelte. Ben hatte wirklich verdammt gut zugehört, als sie ihm von der Meerwelt erzählt hatte.

Die Nixen nickten respektvoll, dann tauchten sie eine nach der anderen ab.

»Wir werden uns um die kaputte Bohrinsel kümmern!«, rief Alea ihnen noch nach, aber da waren sie schon unter Wasser. Ein türkisfarbenes Glitzern leuchtete kurz zwischen den Wellen auf, dann waren die Nixen verschwunden.

Ben stand mit ernster Miene im Salon. Die anderen Cru-Mitglieder umringten ihn. In der Hand hielt Ben Aleas Handy, an dem nach wie vor der Skorpionfisch klebte. »Ich rufe jetzt sofort bei den *Ocean Knights* an und bitte sie, diese Bohrinsel zu überprüfen.« Er wählte bereits.

»Wen genau rufst du an?«, wollte Sammy wissen.

»Das Hauptquartier in Helsinki«, gab Ben zurück. Im nächsten Moment schien jemand abzunehmen, und er begann umgehend, auf Englisch alles zu erklären, und betonte, wie gefährlich das Leck an der Bohrinsel sein könnte. Er verriet aber nicht, woher er diese Informationen hatte.

Dann redete offenbar jemand am anderen Ende der Leitung. Von einem Augenblick auf den anderen wurde Bens Gesicht kalkweiß, und er sah aus, als ob er gerade einem Gespenst begegnet wäre – oder mit einem sprach.

Das Telefonat war kurz. Schon nach einer weiteren Minute legte Ben auf. Mit starrem Blick sagte er: »Das Hauptquartier wird sich um die Bohrinsel kümmern.«

Lennox' Augen waren schmal geworden. »Was ist mit dir?«
»Du bist weiß wie eine Wand«, stellte Sammy fest.
Ben schluckte. »Ich hatte … Niki am Apparat.«
Überrascht sog Lennox die Luft ein.
»Auweia!« Sammy biss sich auf die Unterlippe. »Wie kann das denn sein?«
Alea war verwirrt. »Wer ist Niki?«
Ben antwortete jedoch nicht. Stattdessen starrte er ins Leere.
»Niki ist Bens Exfreundin«, erwiderte Lennox an Bens Stelle.
Sammy verbesserte ihn. »Bens große Liebe.«
Als Sammy das sagte, sackte Bens Kopf auf seinen Brustkorb, und es war, als hingen zentnerschwere Gewichte an ihm. »Ich … gehe nach oben«, brachte er hervor. »Besser, es steht jemand am Steuer …«
Lennox schien besorgt. »Ich komme mit.«
Die beiden verließen den Salon. Alea schaute ihnen nach. Ben und Lennox waren in den vergangenen Wochen gute Freunde geworden, und anscheinend hatte Ben Lennox Dinge erzählt, die er Alea gegenüber nie erwähnt hatte.
»Ben hat eine Freundin bei den *Ocean Knights*?«, hakte Tess nach, die ebenso wenig über Niki zu wissen schien wie Alea.
»Hatte«, korrigierte Sammy.
Alea war nun furchtbar neugierig. »Wer ist sie?«
»Sie …« Sammy zögerte. Man konnte ihm ansehen, dass

die Geschichte nicht gut ausgegangen war. »Ich kann euch nur sagen, was ich mitbekommen habe.«

»Ja, bitte!«, rief Alea.

Tess schaute Sammy neugierig an.

Sammy kratzte sich am Kinn und war ganz offensichtlich längst nicht so erpicht darauf wie sonst, etwas zu erzählen. »Also, vor zwei Jahren waren wir den ganzen Sommer im Süden unterwegs, Onkel Oskar, Ben und ich«, fing er an. »Im Schwarzen Meer haben wir für längere Zeit vor Rumänien geankert. Ist echt schön da. Jeden Tag ist ein Mädchen an den Strand gekommen, vor dem wir lagen. Sie stand immer hinter ihrer Staffelei und hat Bilder gemalt. Schöne Bilder! Vom Meer. Sie hieß Niki.« Er wirkte geknickt. Auch für Sammy schien irgendetwas Schweres mit der Sache verbunden zu sein. »Damals wollte Ben plötzlich jeden Tag zum Strand, obwohl er normalerweise viel lieber auf dem Wasser ist. Na ja. Er hat sich oft mit Niki unterhalten, und sie haben festgestellt, dass sie beide Mitglieder bei den *Ocean Knights* sind. Niki liebte das Meer genauso wie er …«

»Hat sie auch Ben geliebt?«, kam Tess ohne Umschweife zum Punkt.

Sammys Augen bekamen einen traurigen Glanz. »Ja, ich glaube, das hat sie.«

Alea wagte kaum nachzuhaken, aber dann tat sie es doch. »Was ist aus ihnen geworden?«

»Also …« Sammy ließ sich ein wenig Zeit mit der Antwort. »Niki ist damals noch zur Schule gegangen und konnte nicht einfach mit uns auf Reisen gehen. Sie wollte gern, dass Ben stattdessen bei ihr in Rumänien bleibt. Und Ben wollte das einerseits auch …«

»Einerseits?«

»Er hat lange überlegt, was er machen soll.« Sammy vergrub die Hände tief in den Hosentaschen. »Ben war damals erst sechzehn und Onkel Oskar sein Adoptivvater. Oskar wollte auf keinen Fall sesshaft werden, sondern auf der *Crucis* weitersegeln, wie er es sein ganzes Leben lang getan hatte. Er hätte Ben aber sogar gehen lassen, und Ben wäre vielleicht auch bei Niki geblieben, wenn nicht …«

»Wenn nicht was?«, bohrte Tess.

Alea ahnte, was Sammy sagen wollte. »Wenn *du* nicht gewesen wärest.«

Als sie das sagte, ließ Sammy die Schultern hängen. »Ja, genau. Er … wollte mich nicht allein lassen. Ich war ja erst sieben.« Sammy stand da wie ein begossener Pudel. »Ben hat damals mit Niki Schluss gemacht und danach nie wieder was von ihr gehört. Ich glaube, er hat ihr das Herz gebrochen. Und sein eigenes gleich mit.« Es sah aus, als hätte Sammy die Hände in den Hosentaschen zu Fäusten geballt.

»Und jetzt ist diese Niki plötzlich im Hauptbüro der *Ocean Knights* in Helsinki, also in Finnland?«, wunderte sich Tess. »Und ausgerechnet sie ist ans Telefon gegangen? Schon ein komischer Zufall, oder?«

»Vielleicht war das Schicksal.« Sammy wischte sich mit dem Ärmel über die Nase. »Vielleicht –«

»Rede dir nicht gleich wieder was ein!«, warnte ihn Tess.

Sammy zuckte mit den Achseln. »Hm.« Niedergeschlagen scharrte er mit dem nackten Fuß über den Boden. »Ich geh mal grübeln.« Er trottete in die Jungenkajüte und zog die Tür hinter sich zu.

»Er nimmt sich das zu sehr zu Herzen«, bemerkte Tess.

Alea schwieg. Sie konnte Sammy verstehen.

Tess ging durch den Salon zur Küchennische hinüber. »Ich spüle mal das Geschirr.«

Alea folgte ihr. »Ich helfe dir.« Sie griff nach dem Spülmittel und gab einen kleinen Spritzer in das Wasser, das Tess gerade einlaufen ließ. »Ich wollte dich sowieso mal was fragen.«

Tess, die eben einen Teller zur Hand genommen hatte, um ihn ins Spülwasser zu tauchen, stellte ihn beiseite. »Was denn?«, fragte sie mit leicht beunruhigtem Unterton.

»Ich wollte dich mal fragen, ob es für dich okay ist, Lennox und mich … zusammen zu sehen.«

Tess' Antwort kam sehr schnell. »Ja, klar!«

»Gestern hab ich ihn vor euch allen geküsst, und –«

»Das sollst du ja auch!«, unterbrach Tess sie. »Ihr seid zusammen. Wieso solltet ihr euch nicht küssen?«

»Ich weiß halt nicht, wie es dir damit geht«, sagte Alea. »Ist es nicht komisch für dich?« Unverwandt schaute sie Tess an. »Bitte sei ganz ehrlich.«

»Nein, es ist echt in Ordnung«, versicherte ihr Tess. *»Pas de problème.«*

Alea fragte sich, ob das tatsächlich stimmte. »Beim letzten Mal, als wir darüber geredet haben, hast du gesagt, dass es eher ein Versehen war, dass du mich geküsst hast. Dass das nur passiert ist, weil man sich auf so einem Schiff eben sehr nahekommt. Dass du aber gar nicht wirklich in mich verliebt bist.«

Tess drehte den Kopf weg. »Alea!«

»Was?«

»Das ist mir alles tierisch peinlich!«, rief sie und verschränkte die Arme vor der Brust.

Alea kratzte sich am Kopf. Sie wollte Tess nicht quälen. Aber … »Vor mir muss dir nichts peinlich sein. Ich bin deine Freundin. Ich … möchte es jedenfalls sein.«

»Ich will auch, dass wir ganz normale Freundinnen sind!« Tess sah Alea wieder an. »Sind wir doch auch.«

»Bist du also nicht in mich verliebt?«, fragte Alea geradeheraus. Sie wollte endlich Klarheit. Immerhin hatte Sammy gesagt, Tess wäre bei ihrem Kuss mit Lennox *erblochen*.

»Ich … Ach, Mensch.« Tess seufzte. »Na gut, dann gebe ich es eben zu: Ich war in dich verliebt«, gestand sie, sprach aber mehr zur Wand als zu Alea. »Anfangs, als du zu uns kamst, war ich mir zwar gar nicht sicher, ob ich überhaupt ein zusätzliches Bandenmitglied an Bord haben wollte. Ich kam mit den beiden Walendy-Knallköpfen eigentlich ganz gut allein zurecht …« Walendy war Sammys und Bens richtiger Nachname. »Aber dann hab ich gemerkt, dass du … in Ordnung bist.« Sie zog die Schultern hoch. »Und dann, irgendwann, ich weiß gar nicht mehr genau … hab ich gemerkt, dass ich dich … toll finde.«

Alea war einerseits froh, dass Tess endlich mit der Wahrheit herausrückte. Andererseits schwappte das Gefühl, dass dieses Gespräch peinlich war, nun auch auf sie über.

»Du bist aber nicht das erste Mädchen, in das ich mich verliebt habe«, erklärte Tess und bemühte sich sichtlich, nicht allzu verkrampft dazustehen – was ihr nicht gelang. »Ich weiß schon seit der dritten Klasse, dass ich Mädchen mag. Ist ja auch egal. Jedenfalls …« Sie suchte nach Worten. »Es ist inzwischen nicht mehr so schlimm.«

»Nicht mehr so schlimm?«

»Ich bin nicht mehr so sehr in dich verliebt.« Tess klang aufrichtig. Allerdings fing sie nun an, ihren Zopf zu lösen, nur um ihre Dreadlocks gleich darauf wieder hochzubinden. »Seit ich weiß, dass ich … keine Chance bei dir habe, träume ich nicht mehr rum.«

Fragend zog Alea die Augenbrauen in die Höhe.

»Verstehst du? Ich war verliebt, aber … jetzt nicht mehr.« Tess hatte ihren Zopf fertig und wusste nun nicht, wohin mit ihren Händen. Sie verschränkte sie hinter dem Rücken. »Ich … wie heißt das … ich schwelge nicht mehr so in Tagträumereien. Also, ich mein … ich denke nicht mehr so oft an dich.«

Alea spürte, dass ihre Wangen heiß wurden. »Das klingt, als ob du entscheiden könntest, woran du nicht denken willst?«, fragte sie, um von ihrem roten Gesicht abzulenken. Das Thema Liebe war einfach verdammt heikel. »Wie geht das? Das könnte ich auch gut gebrauchen! Ich bin ja eine ziemliche Grübeltante …«

»Es gibt keinen Schalter, mit dem man bestimmte Gedanken komplett an- und ausknipsen kann, glaube ich.« Tess wirkte ebenfalls froh, über etwas anderes reden zu können. »Aber ich … also, ich meditiere. Und das hilft.«

»Du *meditierst*?« Alea kräuselte die Stirn. Sie hatte das Wort zwar schon einmal gehört, war sich aber nicht sicher, was es genau bedeutete.

»Ich beobachte meine Gedanken«, erläuterte Tess.

»Das heißt Meditieren?«, wunderte sich Alea. »Setzt man sich denn dabei nicht mit seltsam überkreuzten Beinen auf einen Stein und brummt vor sich hin oder so?«

»Na ja, das kann man auch machen. Muss man aber nicht. Eigentlich geht's bei Meditation vor allem darum, einfach ganz bewusst da zu sein, ohne irgendetwas zu tun. Nach einer Weile lernt man, mit seinen Gedanken besser klarzukommen.« Tess' Körperhaltung wurde entspannter. »Mein Vater hat mir Meditieren beigebracht. Eigentlich fand ich das immer total langweilig. Hier auf dem Schiff habe ich allerdings angefangen, es wirklich zu machen.«

Alea hörte staunend zu. Tess verdrehte ja schon die Augen, wenn jemand nur das Wort *Schicksal* sagte. Und diese Tess meditierte nun also?

Tess schien ihre Gedanken zu erraten. »Die letzten zwei Wochen waren echt nicht leicht. Und ich bin eigentlich ein Angsthase, falls du das noch nicht gemerkt hast. Der Gedanke an Orion …« Tess zog den Kopf ein, als würde sie sich ducken. »Ich konnte nachts nicht mehr schlafen.«

Traurig sah Alea fort und fragte sich zum wiederholten Male, in was für eine schlimme Situation sie ihre Freunde nur gebracht hatte.

»Seit ich richtig mit Meditation angefangen hab, geht das mit dem Schlafen sogar wieder«, fuhr Tess fort.

»Und was genau macht man beim Meditieren?«

Tess begann zu spülen, während sie weiterredete. »Man kann sitzen oder liegen oder stehen. Das ist ganz egal. Vielen hilft es, wenn sie sich extra Zeit nehmen, es sich gemütlich machen und dabei ganz ruhig sind. Das Wichtigste ist, dass man beobachtet, woran man denkt. So als wäre man ein Besucher im eigenen Kopf.« Sie suchte nach Worten. »Oft kommen nicht nur Gedanken, sondern auch Gefühle hoch. Die beobachtet man ebenfalls. So nach dem Motto: Ah, ich denke an Orion. Ich merke, durch den Gedanken an ihn macht sich Angst in mir breit.« Sie hielt kurz inne und schien noch einmal zu überlegen. »Es geht darum, dass man sich bewusst wird, was man denkt und fühlt und wie das miteinander verbunden ist. Dann ist man nicht mehr so darin verfangen.«

»Wie meinst du das?«

»Man lässt die Gedanken und Gefühle dann immer öfter durchfahren, ohne dass man einsteigt.«

»Hä?«

Tess lachte. »Stell dir deinen Kopf wie einen Bahnhof vor. Schau dir die Züge an, die reinkommen. In manche steigst du ein, aber in manche eben auch nicht. Die fahren dann einfach ohne dich weiter. Es ist deine Entscheidung.

Du *bist* nicht deine Gedanken und Gefühle. Du *hast* sie nur.«

Nachdenklich nagte Alea an ihrer Unterlippe. Das klang fast, als könnte Tess durchs Meditieren in eine eigene Art von Elvarion-Modus kommen. In einer Notsituation sorgte dieser dafür, dass Alea einen klaren Kopf behielt.

Tess sprach weiter. »Man muss aber wirklich viel üben, bis man seinen inneren Quark einfach wieder rausfahren lassen kann. Ich schaffe das auch längst nicht immer. Wenn ich daran denke, dass Orion inzwischen vielleicht alles über mich weiß und auch über meine Eltern …« Sie holte tief Luft und sah aus, als versuchte sie gerade, diesen Zug gar nicht erst in ihren Bahnhof hineinfahren zu lassen. Es entstand eine Pause.

»Das ist echt spannend, aber …« Alea sammelte Mut, um ihr ursprüngliches Gespräch zu Ende zu führen. »Wir waren ja eigentlich bei einem anderen Thema.« Sie räusperte sich. »Du kommst also wirklich klar mit Lennox und mir … als Paar?« Hilfe, warum war das nur so peinlich?

»Ja-ha!« Tess stöhnte genervt und zog wieder die Schultern hoch. »Ich kriege das schon hin. Können wir nicht einfach vergessen, dass da mal was war? Mir ist das echt unangenehm.«

Alea musste grinsen. »Das sieht man.«

Da lachte Tess. Alea lachte mit ihr und atmete auf. Zwar war sie sich nicht sicher, ob man Verliebtsein tatsächlich einfach so abstellen konnte. Aber sie konnte sich vorstellen, dass es ein Unterschied war, ob man sich durch Tagträume immer mehr in das Gefühl hineinsteigerte oder es innerlich losließ. Womöglich war es ja wirklich nicht mehr so schlimm für Tess? Alea konnte es nur hoffen.

Tess erkundigte sich nun nach Anthea und danach, ob Alea ihre ständigen Zwillingsschwestern-Träumereien eigentlich guttaten – zumal man ja nicht wissen konnte, ob sie Anthea jemals finden würde.

Alea wusste es nicht. Durch die Fantasien hatte sie das Gefühl, Anthea zumindest in ihren Träumen nahe zu sein. War das denn nicht besser als nichts?

Während sie das Geschirr abwuschen und abtrockneten, unterhielten sie sich wie ganz normale Freundinnen, und Alea war heilfroh, dass sie trotz der roten Ohren mit Tess über Lennox geredet hatte.

Dann fragte Tess nach Marianne. »Was könnte es für einen Grund haben, dass sie nicht ans Telefon geht?«

Alea hielt inne. »Ich … weiß es nicht.«

»Willst du noch mal versuchen sie zu erreichen?«, schlug Tess behutsam vor. »Ich spüle den Rest. Geh ruhig.«

Alea nickte. »Ja, das mach ich.« Sie trocknete sich die Hände ab und nahm ihr Handy an sich, das Ben nach dem Helsinki-Anruf auf den Couchtisch gelegt hatte.

In der Mädchenkajüte setzte sie sich aufs Bett und nahm all ihren Mut zusammen, denn sie hatte grauenhafte Angst davor, Marianne wieder nicht zu erreichen. Schließlich hob sie ihr Handy hoch, nickte dem Skorpionfisch freundlich zu und wählte die Nummer ihrer Pflegemutter.

Es klingelte und klingelte, doch niemand hob ab.

Aleas freie Hand krallte sich in ihre Bettdecke. Sie hatte Marianne so furchtbar lieb. Was, wenn etwas Schreckliches passiert war?

Da fiel Alea etwas ein. Sie stürmte in die Jungenkajüte. Dort war nur Sammy. Er hockte auf seinem Bett und aß mit abwesendem Blick Nüsse aus einer Tüte.

»Sammy …«

»Pscht!«, sagte er und hob den Finger. Er hatte sich gerade zwei große Nüsse zwischen die Zähne geklemmt und schien irgendetwas vorzuhaben.

Alea wartete, denn wenn Sammy so aussah wie gerade, dann durfte man ihn nicht unterbrechen.

Sammy biss krachend zu. Dann schaute er Alea mit wichtiger Miene an. »So klingen Nüsse.«

Sie stutzte. Dann lächelte sie. »Du bist echt ein komischer Vogel.«

»Und zwar gerne!«, konterte Sammy sofort und lächelte zurück. Doch sein Lächeln wirkte angestrengt. »Ich versuche, nicht daran zu denken, dass Ben wahrscheinlich meinetwegen die Liebe seines Lebens aufgegeben hat.«

»Ich versuche, nicht daran zu denken, dass Marianne tot sein könnte«, sagte Alea, und während sie das aussprach, schossen ihr Tränen in die Augen.

Sammy klopfte neben sich aufs Bett.

Alea setzte sich zu ihm und wischte sich übers Gesicht. »Vielleicht gibt es eine Möglichkeit, etwas über Marianne herauszufinden, ohne mit ihr zu telefonieren.«

Sammy runzelte die Stirn. »Welche denn?«

»Ich dachte, eventuell könnten mir die Silberfäden etwas über ihre Zukunft zeigen«, erwiderte Alea.

Sammys Augen weiteten sich. »Genial!«

Zaghaft lächelte Alea, denn es war ja wirklich keine schlechte Idee. Die Silberfäden waren etwas ganz Besonderes. Sie stammten vom Silberumhang der Nixen und waren schon vor Jahren von Sammy abgezupft und in eine Plastikdose gesteckt worden. Sammy mochte Flusen und Fussel, sammelte sie seitdem sogar, und die schönen Silberfäden waren sein wertvollster Schatz. Der Bedeutung des Sternbildes *Draco* nach war er sogar ganz offiziell der *Wächter eines Schatzes*. Was die Fäden aber so einzigartig machte, war das, was geschah, wenn ein Meermensch sie berührte. Man konnte einen kurzen Blick in die Zukunft werfen. Ähnlich wie bei Cassaras' Rilling, der vom selben Umhang stammte, zeigte sich ausschnittartig ein winziger Teil der wahrscheinlichsten kommenden Ereignisse.

Sammy wirkte jetzt richtig aufgeregt. »Du meinst, man kann die Silberfäden vielleicht um eine bestimmte Vision bitten?« Die Vorstellung schien ihm zu gefallen. »Das haben wir noch nie versucht!«

»Ja, deswegen würde ich es gern mal probieren. Gibst du mir deinen Schatz, Drache?«

»Letztens hast du einen Faden verloren!« Sammy wechselte unversehens in eine Abwehrhaltung und zog einen Flunsch. »Ich muss meinen Schatz hüten!«

»Natürlich. Dass ich einen Faden verloren habe, tut mir

echt total leid«, beteuerte Alea. »Dieses Mal passe ich besser auf. Versprochen!«

Prüfend betrachtete Sammy sie. »Wenn du wieder einen verschlampst, übernimmst du für mindestens drei Jahrzehnte all meine Nachtschichten!«

»Mach ich.«

»Meinetwegen.« Sammy stand auf und ging vor dem Einbauschrank der kleinen Kajüte in die Knie. Geübt drückte er eines der Holzbodenbretter nach oben, und darunter kam ein Hohlraum zum Vorschein. Hier bewahrte er seinen Schatz auf – unzählige große und kleine Dosen, zweckentfremdete Marmeladengläser und Kistchen. In jedem Behältnis befanden sich Flusen, Fusseln, Fädchen, Flöckchen und Möppchen, die Sammy nach einem System kategorisiert hatte, das nur er selbst verstand. Nun zog er eine kleine, unscheinbare Plastikdose hervor und schob das Bodenbrett zurück an seinen Platz.

Als er mit seiner Schatzkiste wieder vor dem Bett stand, überreichte er sie Alea mit andachtsvoller Miene. »Alea Schneewittchen Aquarius, hiermit erlaube ich dir, den Silberfäden die Geheimnisse der Zukunft zu entlocken«, sprach er bedächtig.

»Ich danke dir, o Drache.« Alea nahm die Dose entgegen und öffnete sie mit aller Vorsicht. Zwei kurze silberne Fädchen lagen darin. Beide wirkten fast unauffällig, und doch steckte solch große Macht in ihnen.

Alea wusste, dass Bilder in ihrem Kopf aufflackern würden, sobald sie einen Faden zwischen die Finger nahm.

Deswegen tat sie es nicht gleich, sondern sagte zunächst zu den Fäden: »Bitte zeigt mir, was mit meiner Pflegemutter Marianne in der Zukunft passiert.« Sie hatte keine Ahnung, ob man das so machen konnte. Aber einen Versuch war es wert.

Jetzt nahm Alea einen der beiden Silberfäden heraus. Sobald sie ihn berührte, setzten die Visionen schon ein, überfielen sie geradezu, als wollten die Fäden ihr Wissen in sie hineinschütten.

Das Erste, was Alea vor ihrem inneren Auge sah, war etwas, was sie schon beim letzten Mal gezeigt bekommen hatte und was bereits damals einfach fürchterlich für sie gewesen war.

Lennox. Mit Tränen in den Augen sagte er etwas Schreckliches zu Alea: »Leb wohl.«

Alea musste tief durchatmen. Lennox wirkte in der Vision derart verzweifelt, dass ihr Herz sich zusammenkrampfte. Wieso würde er sich von ihr verabschieden? Und wieso sah er dabei aus, als wäre es für immer?

Da folgte schon die nächste Bildabfolge. Auch diese kannte sie.

Ben und Sammy. Sie sangen lautstark auf einer Gondel und trugen helle Strohhüte mit roten Bändern. Sie wirkten glücklich.

Und da! Gleich darauf flackerten die nächsten Bilder auf.

Die norwegische Walwanderin. Sie hielt Aleas Hand und lief mit ihr über einen breiten, sonnigen Dünenstrand. Dann legte die Frau den Arm um Aleas Schultern und lachte mit ihr.

Sehnsüchtig seufzte Alea. Diese Vision hatte sie dazu gebracht, sofort nach Norwegen segeln zu wollen. Sie wünschte sich so sehr, in diesen Moment mit der Walwanderin hineinzuspringen. Denn wenn sie ihn sah, fühlte sie sich … geborgen.

Alea merkte, dass sie zu zittern begonnen hatte. Was der Faden ihr zeigte, löste ein kunterbuntes Gefühlschaos in ihr aus. Die Vision mit Lennox machte ihr Angst. Die mit Sammy und Ben und vor allem die mit der Walwanderin waren hingegen wunderschön.

Alea wartete. Jetzt kam es darauf an. Würde der Silberfaden ihr zusätzlich noch etwas über Marianne verraten?

Die Sekunden verstrichen, aber es erschienen keine weiteren Bilder.

»Und?«, fragte Sammy, der ihr voller Neugierde gegenübersaß. »Was hast du gesehen?«

»Genau dasselbe wie beim letzten Mal.« Alea bemühte sich, nicht allzu enttäuscht zu klingen. »Aber das war zu erwarten. Wir wissen ja, dass sich die Visionen in den Fäden erst ändern, wenn sie sich erfüllt haben und Vergangenheit geworden sind.«

»Nimm am besten auch noch den anderen Faden. Manchmal zeigen die Fäden ja auch unterschiedliche Sachen.«

Das stimmte. »Ja.« Alea legte den ersten Silberfaden zurück in die Dose und griff mit spitzen Fingern nach dem zweiten. Im selben Moment zuckte etwas in ihrem Kopf auf.

Marianne. Sie war schrecklich bleich und lag in einem Krankenhausbett. Sie wirkte klein, irgendwie geschrumpft, und überall hingen Kabel an ihrem ausgemergelten Körper. Alea war bei ihr. Sie hielt ihre Hand. Marianne lächelte sie voller Liebe an und sagte: »Dann ist ja jetzt alles gut.«

Alea atmete auf, obwohl sie gleichzeitig am liebsten geweint hätte. Marianne sah grauenhaft aus, aber sie wirkte auch seltsam zufrieden.

Dann ist ja jetzt alles gut.

Bevor Alea darüber nachdenken konnte, was das zu bedeuten hatte, überflutete sie ein weiteres Bild. Es stürmte so machtvoll und gewaltig heran, dass sie geradezu davon getroffen wurde.

Das Meer. Es stand in Flammen. Das Meer selbst brannte! Ein Feuersturm tobte auf den Wellen. Das Inferno erstreckte sich bis zum Horizont – Hitze, Funken, ein tosendes, alles zerstörendes Flammenmeer.

Alea ließ den Faden fallen. »O mein Gott.«

»Was ist?«, fragte Sammy erschrocken. »Was hast du gesehen?«

Alea konnte kaum sprechen. »Das Ende der Welt.«

Prinz der Tiefe

Alea saß auf der Außenleiter der *Crucis*. Ihre nackten Beine baumelten in den Wellen, und ihre Zehenknubbel pochten heftiger denn je. Sie wollten sich in Schwimmhäute verwandeln!

Alea achtete aber nicht auf das Pochen, denn sie hatte gerade ganz andere Dinge im Kopf. Erst eine Stunde war es her, dass sie die Silberfäden zur Hand genommen hatte. Die Bilder, die auf sie eingestürmt waren, hatten sie seitdem nicht mehr losgelassen. Die letzte Vision war einfach entsetzlich gewesen. Das ganze Meer hatte gebrannt!

Beklommen umschlang Alea ihren Oberkörper mit den Armen. Hatte sie tatsächlich das Ende der Welt gesehen, die ultimative Katastrophe? Würde das Meer in Flammen aufgehen, weil der ganze Müll, die radioaktiven Abfälle und die Abermillionen Tonnen von hineingekippten Chemikalien eine Feuersbrunst auf dem Ozean entfesseln würden?

Alea spürte, wie sich eine eiskalte Faust um ihr Herz schloss. Würde sie es also nicht schaffen? War sie doch nicht in der Lage, die Weltmeere zu retten? Die Schnipselbilder zeigten immer die wahrscheinlichste Zukunft. War demzufolge momentan anzunehmen, dass sie gegen Orion und seine Leute verlieren würden?

Unbeholfen versuchte Alea sich vorzustellen, dass all ihre Gedanken und Gefühle nur Züge wären, die sie durch den Bahnhof in ihrem Kopf durchfahren lassen konnte, ohne einzusteigen. Aber das Chaos in ihr war einfach zu groß.

Sammy hatte mehrmals nachgefragt, was genau in der Vision vorgekommen war, aber Alea hatte es ihm nicht verraten. Sie wollte ihm keine Angst machen. Genau wie sie selbst taten die anderen Mitglieder der Alpha Cru alles, was sie konnten, um die Ozeane zu schützen. Schreckensszenarien aus der Zukunft konnte dabei niemand gebrauchen.

Hastig wischte Alea sich über die Stirn, rubbelte regelrecht daran herum, als könnte sie damit alle unliebsamen Überlegungen vertreiben und ihre Gedanken auf etwas anderes richten. Sie wollte der norwegischen Walwanderin noch einmal eine Nachricht schicken.

Tief holte sie Luft und besann sich auf ihren Herzenswunsch, mit der Wanderin zu reden und irgendwann Hand in Hand und lachend mit ihr über einen norwegischen Strand zu laufen.

Da erschien Aleas Gesicht auf der Wasseroberfläche, ein deutliches Abbild ihrer langen, dunklen Haare, der klargrünen Augen und der blassen Haut. Alea wusste, dass sie nun zu sprechen beginnen konnte. Die magische Nachricht zeichnete ihr Bild und ihre Worte wie eine Videobotschaft auf.

»Hallo, hier ist noch mal Alea«, grüßte sie und fragte sich dabei, wie oft sie das schon gesagt hatte. In den vergangenen Tagen hatte sie der Wanderin mindestens ein Dutzend solcher Nachrichten geschickt. »Warum antworten Sie mir nicht? Nach Ihrer ersten Botschaft habe ich keine mehr gekriegt. Wo genau wohnen Sie? Meine Freunde und ich kommen mit unserem Segelschiff nach Norwegen! Wir sind wahrscheinlich schon übermorgen da. Aber ich weiß nicht, wo in Norwegen ich Sie suchen soll. Bitte melden Sie sich! Ich möchte Sie unbedingt kennenlernen!« Alea spielte mit dem Gedanken, danach zu fragen, ob die Walwanderin womöglich etwas über die Nixenkönigin und ihren Umhang wusste. Oder sollte sie sie auf die Bohrinsel ansprechen? Oder sich danach erkundigen, was man noch gegen einen Walrausch tun konnte? Aber nun zog sich ihre Nachricht schon zusammen und flitzte als helles Flackern über die Wellen davon. Alea schüttelte den Kopf. »Irgendwann kriege ich es auch noch hin, dass ich mich in meinen Nachrichten ordentlich verabschiede.«

Das Pochen zwischen ihren Zehen wurde unerträglich. Alea zog die Beine aus dem Wasser. Ihr Körper protestierte, und der Schmerz zuckte von ihren Füßen hinauf bis in den Nacken. »Au!«

»Was ist los?« Lennox tauchte oben an der Reling auf, stieg die Leiter herab und blieb auf Aleas Höhe mit einer

Hand an der Seitenstange hängen. »Hast du gerade geschrien?«

»Ja, ich will ins Wasser!« Sie rieb sich die schmerzpochenden Füße. »Mir tut alles weh.«

»Oh.« Lennox' alarmierter Blick wurde sanft. »Ist es sehr schlimm?«

»Ehrlich gesagt, hat es noch nie so wehgetan. Aber ich bin seit meiner ersten Verwandlung auch noch nie so lange auf dem Trockenen gewesen.« Sie streckte und dehnte die Füße, doch das half auch nicht.

»Ich vermisse das Wasser auch«, murmelte Lennox und betrachtete missmutig das Meer. Seit viel zu langer Zeit hatte er keinen Rotfarntee mehr getrunken.

Alea sah in seinen Augen ihre eigene Sehnsucht gespiegelt. Niemand verstand so gut wie Lennox, was es hieß, nicht ins Meer zu dürfen. Überhaupt verstand niemand sie so gut wie er. Sollte sie ihm vielleicht von der schlimmen Vision erzählen? Nein. Es reichte, wenn die Bilder sie selbst ängstigten.

»Pass auf, du darfst nicht nass werden«, sagte sie und schob Lennox auf der Leiter ein wenig nach oben, damit er nicht von einer hochschwappenden Welle erwischt werden konnte.

Irritiert lächelte Lennox. »Willst du mich beschützen?«

»Ich … äh.« Alea schürzte die Lippen, aber ihr fiel keine Erwiderung ein. Natürlich musste sie nicht auf Lennox aufpassen, ganz im Gegenteil. Er war ein Oblivion, ein geborener Beschützer, und hatte es zu seiner Lebensaufgabe gemacht, alles Böse von Alea fernzuhalten. Da Lennox jedoch auch Landgänger war und im Wasser weder Kiemen noch Schwimmhäute bekam, konnte er sie im Meer nicht optimal abschirmen. Alea war ihm unter Wasser sogar überlegen. Sie wusste, wie sehr ihn das wurmte, aber es war nicht nur sein Stolz, der litt. Er machte sich vor allem Sorgen um ihre Sicherheit – denn das, was ihnen bevorstand, hielt gewiss viele Gefahren bereit. Unter Wasser konnte Lennox in einer brenzligen Situation nicht so viel dagegen unternehmen. An Land war er jedoch der beste Bodyguard, den man sich nur vorstellen konnte – stark, schnell, unsichtbar! Es war mehr als unangebracht, diesen Krieger vor einer Welle zu warnen.

»Tut mir leid«, sagte Alea zerknirscht. »Ich … denke irgendwie immer für alle mit.«

»Das ist die Elvarion in dir.«

»Meinst du?« Wahrscheinlich hatte er recht. Ihr Impuls, den anderen nichts von der schlimmen Silberfadenvision zu erzählen, war wahrscheinlich auch so etwas wie Anführerverhalten. Sie wollte es lieber allein tragen, als die anderen zu belasten.

»Was ist?«, fragte Lennox, der ihr anzusehen schien, dass etwas nicht stimmte. »Dir tun doch nicht nur die Knubbel weh, oder?« Er lächelte dieses typische, leicht schräge Lennox-Lächeln, das ihr Herz innerhalb von Sekunden weit öffnete. Von einem Augenblick auf den anderen war sie nicht mehr die verantwortungsbewusste Elvarion, sondern Lennox' Freundin – die Freundin des Kämpfers, der mehr als jeder andere einstecken konnte und nie den Mut verlor.

»Ich hab vorhin die Silberfäden in der Hand gehabt …«, begann sie und erzählte Lennox von den Bildern. Sie sprach zwar nicht vom Ende der Welt, aber sie schonte Lennox auch nicht.

Aufmerksam hörte er ihr zu, und als sie fertig war, schwieg er einen Moment. Dann sagte er: »Das ist zwar ziemlich übel, aber es muss nicht so kommen. Weißt du noch? Silberfadenvisionen sind nicht in Stein gemeißelt!«

Das stimmte natürlich. Sie hatten schon erlebt, dass Dinge, die sie mit den Silberfäden gesehen hatten, später ein wenig anders stattgefunden hatten als vorausgesagt. Alea wiegte den Kopf hin und her. Wenn Lennox doch nur recht hätte und es bei dieser Vision ebenso sein würde …

Ein eigenartiger Ausdruck trat in seine Augen. Unsicherheit? Gleich darauf war der Ausdruck jedoch verschwunden, und Lennox quetschte sich neben Alea auf die Leitersprosse. Schlagartig stieg ihr das Blut ins Gesicht. Lennox zögerte kurz, dann zog er sie in seine Arme.

Alea wurde vor Schreck und Freude ganz steif. Als sie jedoch Lennox' besonderen Duft einatmete, entspannte sie sich. Ihre Glieder wurden weich, und sie vergaß fast ihre Verlegenheit. Lennox' Duft nach Weite, Wärme und Wasser war wie Nachhausekommen. Gleichgültig, was für komische Verliebtheitsverkrampfungen sie manchmal an den Tag legten, hier und jetzt war er einfach nur ihr Lennox. In seinen Armen war alles gut.

Wie lange hatten sie einander schon nicht mehr umarmt? Viel zu lange. Es war nicht so, dass es in den vergangenen Tagen unmöglich gewesen wäre, aber sie hatten einfach noch nicht herausgefunden, wie sie sich an Bord der *Crucis* als Paar verhalten sollten. Denn wenn es nicht Tess war, dann schaute entweder Ben oder Sammy zu. Irgendjemand war immer in der Nähe.

Aber hier auf der Außenleiter waren sie endlich einmal allein. Lennox hielt sie fest, und Alea schmiegte sich an ihn. »Mach dir nicht so viele Sorgen«, flüsterte er. »Ich weiß, das ist leichter gesagt als getan, aber wir sind ein Team. Was auch immer kommt – ich bin bei dir.«

Alea schloss die Augen und ließ den Gedanken an die Vision, in der Lennox Lebewohl gesagt hatte, nicht zu. Er sollte ihr nicht den Augenblick verderben.

Plötzlich zuckte der Schmerz aus den Füßen wieder ihre Beine hoch. Unwillig machte Alea sich von Lennox los und rieb sich die Zehen. Ihre knubbeligen Raffnarben an den Händen taten allerdings auch weh, und ihr Hinterkopf war auf Höhe der Kiemenstellen steinhart. Ob es besser werden würde, wenn sie nur einmal ganz kurz untertauchte, sich verwandelte und dann gleich wieder an Bord zurückkehrte? Wahrscheinlich nicht. Ihr Körper wollte schwimmen. »Wenn ich ins Meer könnte«, sagte sie und hörte selbst, dass sie ein bisschen verzweifelt klang, »würde ich als Erstes nach Rotfarn für dich suchen.«

Lennox grinste. »Netter Versuch.«

»Wirklich!«

»Das glaube ich dir ja. Aber es ist zu gefährlich.«

»Mein Vater hat mir doch ein paar Tipps gegeben, wie ich einen Walrausch verhindern kann …«, brachte sie verdrossen hervor, während sie sich den Nacken knetete.

»Lass mich mal«, sagte Lennox und begann ihre Schultern zu massieren.

Überrascht lächelte Alea, während ihr Herz heftig zu klopfen anfing. Lennox' Berührung war schön und sanft. Alea hätte ewig so dasitzen können. Gegen den Schmerz konnten Lennox' Hände aber nichts ausrichten.

»Wir haben das mit den Waltipps doch schon durchgekaut«, sprach er weiter, während seine Hände über ihren Nacken und über die Raffnarben hinter ihren Ohren strichen. Alea schloss genießend die Augen. Früher waren ihr die hässlichen Knubbelgeschwulste peinlich gewesen, aber vor Lennox schämte sie sich inzwischen nicht mehr. Sie wusste, dass er alles andere als angewidert davon war. Er wünschte sich nichts mehr, als selbst solche Knubbel und damit Kiemen zu haben. »Es ist viel zu riskant«, fand er. »Allein schon, weil du die getarnte *Crucis* nicht wiederfinden würdest.«

»Aber …« Sie vergaß seine Hände, da sie wie aus heiterem Himmel eine Idee hatte. »Moment mal!«

»Was?«

»Wir haben doch festgestellt, dass man die *Hercules* sehen kann, wenn sie nur durch ein Seil mit der *Crucis* verbunden ist! Wenn das Schiff die *Hercules* hinter sich herziehen würde, könnte ich sie als Anhaltspunkt nehmen!«

Skeptisch kratzte Lennox sich am Kopf. »Dagegen fallen mir jede Menge *Abers* ein.«

»Falls Hubschrauber kommen, hört ihr sie ja vorher. Dann zieht ihr die *Hercules* schnell an Bord. Ihr könnt sie später wieder runterlassen, damit ich euch finde«, kam Alea seinem Einwand zuvor. Ihr Körper pochte mittlerweile so sehr, dass sie bereit war, das Risiko auf sich zu nehmen. »Und von Walen halte ich mich fern.«

»Ach, wirklich, Walwanderin?« Zweifelnd blickte er sie an. »Wenn ich nur mitkommen könnte …« Er verzog unzufrieden den Mund. »Obwohl ich im Wasser für dich ja eher ein Klotz am Bein bin, könnte es trotzdem eine Situation geben, in der du mich doch brauchst …«

»Das stimmt.« Aber natürlich ging es dennoch nicht. Alea dachte angestrengt nach. »Weißt du was? Ich werde eine Finde-Finja rufen und sie bitten, mich zu etwas zu führen, was mich beschützen kann.«

»Das ist doch mal ein guter Gedanke!« Lennox' Blick hellte sich auf. »Du bittest eine Finja um Hilfe, und sie bringt dich zu irgendwelchen Magischen, die auf dich aufpassen können!«, rief er, und die Vorstellung schien eine große Erleichterung für ihn zu sein. »Vielleicht zu Gilfen! Auf die kann man sich trotz ihrer miesen Laune hundertprozentig verlassen.«

»So machen wir es.« Alea nickte heftig. »Das ist ein Plan, bei dem ja eigentlich gar nichts schiefgehen kann!« Sie hielt es kaum noch aus.

Lennox sah ihr das offenbar an. »Dann schwimm. Aber

pass auf, ja? Und ruf sofort eine Finja«, sagte er und küsste sie auf die Wange. »Versprochen?«

»Versprochen«, erwiderte Alea, und im nächsten Augenblick sprang sie schon ins Wasser.

Die Verwandlung vollzog sich schnell. Innerhalb von Sekunden nahm Aleas Haut einen silbrig grünen Glanz an, und aus den Knubbeln zwischen ihren Zehen und Fingern wurden starke, sehnige Schwimmhäute. Zeitgleich bildeten sich aus den Raffnarben hinter ihren Ohren Kiemen, durch die sie selig Meerwasser strömen ließ. Endlich konnte sie wieder richtig atmen! Sosehr die Landgängerwelt auch Teil ihres Lebens war – hier war sie vollkommen in ihrem Element. Das Wasser hielt sie sanft umschlungen wie ein alter Freund, der einen immer wieder herzlich willkommen hieß, ganz gleich wie lange man fort gewesen war.

Es war reine Euphorie, die Alea durch die Adern schoss und die nun auch als goldgelbe tanzende Konfettibläschen im Wasser um sie herum zerstob wie ein kleines Feuerwerk.

Alea lachte und drehte ein paar übermütige Pirouetten. Der Schmerz in ihren Gliedern hatte in dem Augenblick nachgelassen, als sie sich verwandelt hatte, und jetzt fühlte sie sich herrlich leicht und frei.

Sie hörte und spürte, wie etwas Großes ins Wasser fiel. Es war die *Hercules*. Lennox hatte sie heruntergelassen, damit Alea die Alpha Cru wiederfinden konnte. Das Beiboot sah sie auch tatsächlich ohne Probleme. Die *Crucis* aber, die ebenfalls ganz nah sein musste, war völlig verborgen.

»Danke.« Alea schickte ein Flugbussi nach oben zu Lennox, der bestimmt frustriert dastand und nichts lieber getan hätte, als ihr zu folgen. Sie musste unbedingt Rotfarn für ihn finden. Denn sie selbst liebte ihrerseits nichts mehr, als mit Lennox gemeinsam durch die Tiefen zu tauchen!

»Finde-Finja!«, rief sie auf *Hajara* in die Weite des Nordatlantiks hinein. »Hallo?«

Das magische Volk der Finde-Finjas war sehr speziell – wortkarg und ein klein wenig empfindlich –, doch überaus wertvoll, wenn es darum ging, etwas ausfindig zu machen.

Wenig später entdeckte Alea ein blau-grünes Etwas, das mit hoher Geschwindigkeit auf sie zusteuerte. Eine Finja!

»Ich bin gekommen«, klingelte das Wesen mit hoher Stimme, als es Alea erreichte. Es war blattgrün mit tintenblauen Flecken und wedelte mit seinen verästelten Zweigen wie ein Krake durchs Wasser. So wie alle Finjas hatte es derartig viele Augen auf den Zweigen, dass man gar nicht wusste, in welche man schauen sollte.

»Danke«, sagte Alea erfreut. »Ich suche zwei Sachen: zum einen Rotfarn, äh, Rofus, zum anderen ein Ding oder ein Wesen, das mich beim Rofus-Ernten beschützen kann. Am besten jemand, der mich außerdem davon abhalten könnte, mit Walen davonzuschwimmen. Kannst du das beides für mich finden?«

»Ich bin eine Finde-Finja!«, erwiderte das Korallenkrakenbäumchen empört.

»Natürlich. Sorry.«

Das kleine Wesen wurde sehr schweigsam und wedelte

sachte mit den Zweigen. Alea wusste, dass es gerade darüber brütete, wo das Gewünschte zu finden war. »Folge mir!«, trillerte es. Seine Ärmchen begannen sich zu drehen und zogen sich zusammen. Dann brauste die Finja wie ein kleiner Helikopter davon. Alea beeilte sich, ihr zu folgen.

Konzentriert düste die Finja voran und schwamm tiefer und tiefer. Zwar wurde es um sie herum zunehmend dunkel, aber Aleas Augen hatten bei ihrer Verwandlung in den Katzenmodus gewechselt und sahen auch hier unten alles so genau, als wäre es taghell.

Nach einer Weile konnte Alea den Meeresgrund erkennen. Die Finja strebte auf eine Art Müllhalde zu. Hier befand sich ein riesiger Berg Autoreifen! Sie waren meterhoch aufeinandergestapelt. Hatten Orions Leute diese gigantische Ladung alter Reifen abgeladen?

Die Finja glitt noch tiefer und hielt kurz über der Reifenhalde. »Wenn du immer in diese Richtung schwimmst, wirst du nach kurzer Zeit auf ein Rofusfeld stoßen.« Mindestens zehn ihrer Ärmchen deuteten nach Süden. »Du kannst es gar nicht verfehlen. Doch zuvor findest du hier deinen Beschützer.«

»Hier?« Neugierig blickte Alea sich um. Nichts als Autoreifen, so weit das Auge reichte. »Was denn für einen?«

»Ich beantworte keine Fragen!«, piepste die Finja frostig. »Ich habe gefunden, was du gesucht hast. Ich bin eine Finde-Finja!« Sie wartete kurz, dann hob sie ihre Armzweige nach oben, beschleunigte und rauschte davon.

»Danke!«, rief Alea der kleinen Magischen nach und wandte sich wieder der Reifenhalde zu. Hier musste irgendwo jemand sein, der eine ungeschulte Walwanderin davon abhalten konnte, Dummheiten zu begehen. Wachsam spähte sie umher. Lebten hier womöglich Kobolde oder vielleicht sogar andere magische Wesen, die sie noch nicht kannte?

Da! Dort war etwas! Ganz unten, nahezu verborgen zwischen den Reifen, erkannte Alea ... eine Hand. Das war ein Arm! Und er schien zu jemandem zu gehören, der dort unten schlief.

Alea wich zurück. Wie war das möglich? Den Umrissen nach zu urteilen, befand sich dort ein Mensch! Ihr Herz begann hart und schnell zu schlagen. Handelte es sich eventuell um eine Nixe? Aber nein. Nixen hatten zwar recht menschliche Arme und Hände, aber die Hautfarbe dieses Armes dort unten war nicht türkis, sondern blassbeige. Fast weiß. Doch was war das? Aleas Augen weiteten sich. Da waren Schwimmhäute zwischen den Fingern der Hand!

Alea konnte kaum atmen. Wie erstarrt verharrte sie über der Halde. Doch dann entschloss sie sich, der Finja zu vertrauen. »Hallo?«, rief sie nach unten.

In der nächsten Sekunde schoss etwas durch die Reifen nach oben, Hals über Kopf, so als hätte sie es aufgeweckt. Oder vielmehr ihn.

Er war nun direkt vor ihr.

Alea erschrak bis ins Mark.

Mit weit geöffneten Augen starrten sie einander an.

»Cassaras«, ächzte sie.

»Alea«, gab er sichtlich überrascht zurück. »Was machst du hier? Wie hast du mich gefunden?«

Alea konnte es kaum glauben. Was hatte die Finja sich nur gedacht? Wie konnte die Magische sie ausgerechnet zu Cassaras führen?

Hastig richtete Alea den Blick auf das Stimmungsspiel des Prinzen – die Farben und Formen im Wasser, die sie als Walwanderin bei jedem Lebewesen erkennen konnte und die ihr verrieten, wie es ihm ging und ob es eine Gefahr darstellte. Bei Cassaras war das allerdings nicht leicht zu sagen. Um ihn herum erkannte Alea ein Gemisch aus flackernden grellweißen Klumpen und flammend roten Zungen. Er war erschrocken und ärgerlich zugleich. Doch da waren auch herumschießende kakifarbene Gebilde – er war neugierig.

Was sollte sie tun? Fliehen?

Deutlich spürte Alea, wie sich ihr Geist klärte. Der Elvarion-Modus setzte ein. In erstaunlich sachlichem Ton stellte sie Cassaras nun eine Gegenfrage: »Sie können uns mit Ihrem Rilling finden, aber Sie haben Orion trotzdem nicht verraten, wo wir sind, oder?«

Cassaras wirkte überrumpelt. Offenbar hatte er weder mit Aleas Auftauchen noch mit einer so schnell abgefeuerten Frage gerechnet.

Alea versuchte seine Verwirrung für sich zu nutzen. Da der Nixenprinz nun einmal hier war, konnte sie vielleicht etwas aus ihm herausbekommen. »Warum wollen Sie den Umhang so unbedingt haben? Was möchten Sie damit machen?«, schickte sie gleich die nächsten Fragen hinterher. »Sie haben kein Volk mehr, Sie sind ganz allein. Wem nützt es, was Sie in der Zukunft sehen?«

Staunend blickte Cassaras sie an, dann lachte er urplötzlich. Doch es war kein freundliches Lachen. Es verhöhnte sie vielmehr. »Natürlich würdest du den Umhang nur zum Wohle der Menschheit und der Meere nutzen, nicht wahr?« Anscheinend fing er sich langsam. »Wie überaus edel von dir!«

»Was ist falsch daran, etwas Gutes tun zu wollen?«

Nun lachte er noch lauter. »Oh, du bist so jung …«

»Und wie alt sind Sie?«

»Hundertdreiundfünfzig«, erwiderte er, und die Antwort war ihm wohl eher herausgerutscht.

Alea musterte den Prinzen, der zur einen Hälfte Landgänger und zur anderen Hälfte Nixe war. Er hatte weder den Fischschwanz seiner Mutter noch das weiße Haar oder die türkis glitzernde Haut geerbt. Auch war sein Gesicht fast faltenfrei. Wenn nicht die verschlungenen Nixenzeichen seine Schläfen geziert hätten, wäre er kaum von einem Landgänger zu unterscheiden gewesen. Hinter seinen Ohren saßen jedoch Kiemen, und zwischen seinen Fingern waren Schwimmhäute, die ihn unmissverständlich als Sohn des Meeres auszeichneten.

»Ich kenne die Welt besser als du«, teilte Cassaras ihr mit. »Ich kenne die Menschen besser als du!«

»Und wie gut kennen Sie Doktor Orion? Ist dieser Dreckskerl Ihr Freund?«

Erneut stutzte Cassaras. »Du bist ja wirklich rotzfrech.«

»Ja, und zwar gerne«, lautete Aleas Antwort. Insgeheim wunderte sie sich allerdings selbst über ihre große Klappe.

Cassaras' stechender Blick stand in scharfem Gegensatz zu seinem überraschten Gesichtsausdruck.

Alea ließ keine Zeit verstreichen und sprach gleich weiter. »Glauben Sie nicht, dass Ihre Mutter gute Gründe dafür hatte, mir den Umhang schenken zu wollen?«

»Wenn meine Mutter mich als ihren rechtmäßigen Nachfolger angesehen hätte, dann hätte sie den Umhang niemals fortgegeben!«, brauste Cassaras auf. Augenscheinlich hatte Alea einen wunden Punkt getroffen.

»Das stimmt wohl«, wagte sie zu antworten. »Orion sagte übrigens, dass Sie schon seit Jahren nach mir suchen. Weil Sie wussten, dass ich den Silberumhang irgendwann bekommen würde. Mit *seit Jahren* hat er gewaltig übertrieben, oder?«

»Ganz und gar nicht«, schnaubte Cassaras. »Es waren viele Jahre! Seit meine Mutter damals mit ihrem Gefolge loszog, um das Landgängerschiff zu finden, auf dem du eines Tages auftauchen würdest – seitdem habe ich dich gesucht, Meermädchen. Denn der Umhang gehört mir!«

Er war wütend, und das hatte offenbar zur Folge, dass er gesprächig wurde. Sehr gut. »Anscheinend haben Sie mich anfangs aber gar nicht finden können …«, fragte Alea weiter.

»Aber nur, weil du damals noch gar nicht geboren warst!«, verteidigte er sich. »Ich konnte mit meinem Rilling jederzeit die *Crucis* finden und war auch viele Male dort, aber du warst noch nicht da, und der Umhang war es auch nicht. Er –« Cassaras brach ab. Mit einer zu langsamen Bewegung strich er sich das lange, in der Strömung wehende Haar aus dem Gesicht, als bräuchte er Zeit zum Überlegen. Hatte er bemerkt, dass sie ihn absichtlich zum Reden gebracht hatte? In seine Augen trat ein neuer Ausdruck, den Alea nicht deuten konnte. Gleichzeitig veränderte sich aber sein Stimmungsspiel, und haselnusskleine grüne Punkte hüpften um Cassaras' Kopf herum. Im nächsten Augenblick hatte Alea ein Wort im Kopf – *Gerissenheit*.

»Ich habe in den Zukunftsanrissen meines Rillings gesehen, wo und bei wem du an Land leben würdest.« Ein dünnes Lächeln umspielte nun Cassaras' Mund. »Damals bin ich nach Hamburg gegangen und habe fortan dort gelebt. Ich hatte Marianne schnell gefunden und wartete darauf, dass du zu ihr kamst.«

Alea fröstelte. Er kannte Marianne. Er kannte ihren Namen! Doch Moment … In Cassaras' Stimmungsspiel war ganz vehement seine Gerissenheit zutage getreten. Er wollte ihr mit seinen Worten bestimmt Angst machen! Alea musste sich eingestehen, dass ihm das wahrscheinlich auch gelungen wäre, hätte sie sich nicht im Elvarion-Modus befunden. Sich vorzustellen, dass Cassaras Marianne noch vor Aleas Geburt ausgekundschaftet und auf ihr Pflegekind gewartet hatte, war mehr als unheimlich.

»Dann warst du endlich da, und seitdem bin ich fast immer in deiner Nähe gewesen«, fuhr Cassaras fort. »Marianne hat mich nie bemerkt, aber ich bin euch unzählige Male gefolgt – in den Park, zum Einkaufen, auf den Spielplatz. Einmal habe ich dir sogar einen Lutscher geschenkt. Du mochtest meine Zeichen.« Er wies auf seine Nixenmale. »Landgänger denken immer, das wären Tätowierungen …«

Nun lief es Alea eiskalt über den Rücken. Sie waren einander begegnet? Daran konnte sie sich nicht erinnern, aber sie musste ja auch noch sehr klein gewesen sein. Es war unfassbar. Cassaras hatte sie seit ihrer frühesten Kindheit beobachtet und verfolgt!

Doch nein. *Stopp!* Das waren wahrscheinlich genau die Gedanken, die er hervorrufen wollte.

Der Prinz lächelte schmal. »Es scheint mir, dass ich niemanden so gut kenne wie dich, Meermädchen. Obwohl wir gerade zum ersten Mal wirklich miteinander sprechen.«

Sie erwiderte sein Lächeln so unbeeindruckt wie möglich. Da erklang mit einem Mal ein lautes Getöse. Erschrocken hielt Alea sich die Ohren zu. Gleich darauf war der Krach jedoch auch schon wieder vorbei.

Cassaras' Miene hatte sich verändert. Er wirkte plötzlich traurig. Mit zusammengezogenen Brauen starrte er nach unten zwischen die Reifen.

»Was war das?«, fragte Alea.

»Das war mein Leierkasten«, antwortete er abwesend.

»Ich habe ihn neben meinem Schlafplatz zwischen zwei Reifen festgeklemmt.«

»Aber … warum macht er so einen Krach?«

Cassaras' Kiefermuskeln traten hervor. *»Schattfa.«*

»Schattfa?« Das war ein *Hajara*-Wort, das Alea noch gar nicht kannte.

»*Schattfa* ist ein Meereswort für … Mist.«

Alea machte große Augen. »Und was finden Sie … *schattfa*?«

Cassaras knirschte mit den Zähnen. »Das war der *Choral der Wellen*.«

»Wie bitte?«

»Er ist gerade gestorben.«

»Gestorben?«, echote sie, denn sie hatte keine Ahnung, wovon er sprach.

»Wenn Lieder sterben, machen sie so einen Lärm.«

»Lieder können sterben?«

»In der Meerwelt schon. Sie halten sich im Wasser nicht ewig, und mein Leierkasten ist momentan leider ständig im Meer. Mir ist gestern schon die *Ballade von Loch Ness* weggestorben, aber die war auch wirklich sehr alt.«

Alea staunte.

Cassaras' Gesichtsausdruck wurde mit einem Mal hart. »Ich bin nicht dazu da, dir die Meerwelt zu erklären!«, donnerte er unvermittelt.

Alea wollte etwas erwidern, als sie auf einmal von weit her ein Geräusch hörte. Diesmal war es nicht das Gepolter eines sterbenden Liedes.

Es war ein Wal.
Er sang.
Er rief.
Alea erstarrte.
Dann wandte sie sich der unwiderstehlichen Stimme zu und schwamm los.

Walgesang

Alea folgte dem Ruf. Die singende Stimme des Wals war wie ein süßes Versprechen – das Versprechen, dass es sich lohnen würde, ihr zu folgen. Der Gedanke, dass es gefährlich war, streifte Alea. Dunkel erinnerte sie sich daran, dass sie etwas tun musste. Was war es noch? Hatte ihr Vater nicht gesagt, sie solle kurz durch die Nase atmen? Alea tat es – und musste furchtbar husten. Ihr Kopf wurde allerdings sofort etwas freier. War sie in Gefahr? Aber nein, wenn es so wäre, würde der Elvarion-Modus sie doch warnen! Aber das tat er nicht. Ihr Walwanderer-Hirn schien sich keines Risikos bewusst zu sein, sondern alles für ganz normal und wunderbar zu halten. Augenblick mal … War nicht genau das die Gefahr? Das Denken fiel ihr schon wieder schwerer. Alea atmete noch einmal durch die Nase und hustete. Sie musste sich einen Anker setzen! Das hatte Keblarr auch gesagt. Wenn man bei den Walen war, brauchte man einen Anker, um nicht …

Der Ruf erklang erneut. Dieses Mal waren es mehrere Stimmen. Mindestens drei oder vier Wale! Ihr Gesang war wie zartschmelzende Schokolade für Aleas Ohren.

Sie musste hin.

In Windeseile schoss sie durchs Wasser, und dann sah sie sie. Eine Schule von mindestens zehn Tieren durchquerte die Tiefen. Alea hatte in den vergangenen Wochen sehr viel über Wale gelesen und vermutete, dass es Zweizahnwale waren, aber darüber nachzudenken war schwer, und eigentlich fand sie das gerade auch überhaupt nicht wichtig.

Als die Tiere Alea entdeckten, wirkten sie überglücklich, sie zu sehen. Goldgelbe Konfettibläschen und rosafarbene springende Farbtupfer wirbelten um ihre Leiber. Das war doch gut, oder? Egal. Alea fand den Anblick einfach nur schön.

Die kleinen Wale, die kaum größer waren als Delfine, kamen näher und umrundeten sie. Behutsam stießen sie Alea an, als wüssten sie ganz genau, wie zerbrechlich Meermenschen waren, und könnten ihre Freude trotzdem kaum zügeln. Glückselig streichelte Alea sie und rieb ihre Stirn an ihrer kühlen Haut.

Unter den Walen war auch ein kleines Kalb, das sein spitzes Maul wissbegierig in ihre Richtung streckte. Alea streichelte auch das Kleine, woraufhin es übermütig an ihrer Seite entlangstrich, als wollte es sagen: *Komm, spiel mit mir!*

Alea lachte. Sie zögerte keine Sekunde und jagte los. Begeistert preschte der kleine Wal hinter ihr her. Rasch entwickelte sich ein Wettrennen, und der Kleine kiekste hohe Töne, die nach übersprudelndem Spaß und reinem

Glück klangen. Der Wal war schneller als sie und stieß einen triumphierenden Laut hervor, als er das merkte. »Du hast gewonnen«, sagte Alea lachend und klopfte ihm anerkennend auf den Rücken, als sie ihn einholte. Der Kleine reckte sich freudig ihrer Hand entgegen, fast wie eine Katze, die gekrault werden wollte.

Dann bot er ihr seine Finne an. Sie sollte sich festhalten. Er würde sie ziehen.

Finnsegeln.

Alea erinnerte sich an das Wort. Hatte ihr Vater es ihr nicht beigebracht? Und hatte er nicht noch mehr zum Finnsegeln gesagt? Saßen manche Finnen nicht zu tief, und man konnte durch den Widerstrom das Bewusstsein verlieren?

Sie erinnerte sich nicht mehr genau. Sie wollte sich aber auch gar nicht erinnern. Es war einfach zu drollig, wie der kleine Wal sie anstupste.

Alea griff nach seiner Finne.

Da riss sie jemand heftig nach hinten. Ein starker Arm hatte sich um ihre Taille gelegt. Jemand zog sie von dem Wal fort!

»Nein!«, protestierte sie. »Ich … Der Kleine …« Sie konnte es nicht erklären. In ihrem Kopf war alles wie im Nebel.

Sie wurde fortgezerrt. Die Wale schwammen ihr nach. Hinter Alea brüllte der Jemand: »Trollt euch! Haut ab!«

Zuerst schienen die Wale unschlüssig, aber dann stieß derjenige, der Alea fortzog, ein durchdringendes Geräusch aus. Es klang wie ein schrilles Pfeifen und tat in den Ohren weh. Die Wale reagierten. Unzufrieden drehten sie ab und schwammen davon. Nur der kleine blickte Alea traurig und fragend nach. Als jedoch ein erwachsener Wal zu ihm zurückkam und ihn auffordernd umkreiste, wandte auch der kleine sich ab und glitt mit dem großen Tier durch die Weiten des Meeres davon.

Alea starrte ihnen nach. Was geschah denn hier? Ihr Kopf arbeitete so langsam, dass sie kaum einen klaren Gedanken fassen konnte. Wer zog sie da nur?

Es dauerte eine Weile, bis Alea den Entschluss dazu fassen konnte, aber dann befreite sie sich mit einer Drehung aus dem Klammergriff.

Es war der Nixenprinz. Sein Name war … Wie hieß er noch? »Cassaras!«, schnaufte Alea.

»Wie dumm bist du eigentlich?«, fauchte er.

Mit offenem Mund glotzte Alea ihn an. Er war zornig. Aber warum nur?

»Atme durch die Nase!«, verlangte er.

Sie sog Wasser in die Nase ein und musste fürchterlich husten.

»Noch mal.«

Alea zögerte, aber dann tat sie es doch, denn sie merkte, dass sie dadurch wacher wurde. Nach ein paar Augenblicken wurde das lähmende Wabern in ihrem Kopf leichter.

Cassaras schien fuchsteufelswild. »Verflucht! Hast du aus dem letzten Mal denn gar nichts gelernt?«

»Letztes Mal?«, fragte Alea matt.

»Erst vor ein paar Wochen bist du in einen Walrausch gefallen, und der war so heftig, dass du beinah draufgegangen wärst!«

»Woher wissen Sie das?« Ihr Kopf arbeitete wieder. Langsam, aber zunehmend schneller. Sie erinnerte sich an den Rausch! Aber wieso tat Cassaras das auch?

»Ich war natürlich dabei«, gab er giftig zurück.

»Sie waren dabei?«

»Hast du das immer noch nicht kapiert? Ich verfolge dich und deine Bande seit Hamburg, seit Beginn eurer Reise.« Seine Stimme war so angespannt wie sein Gesicht. »Ich habe sichergestellt, dass ihr auch wirklich nach Island segelt.«

»Zu Orion …« Auch daran erinnerte sie sich wieder. »Sie haben uns direkt in Orions Arme getrieben!«

Darauf schien er nicht eingehen zu wollen. »Ich habe dir den Hals gerettet, als du im Walrausch warst!«

»Wie denn?«

»Als ich gemerkt habe, dass du es nicht alleine schaffst, hab ich deine Aufmerksamkeit immer wieder auf die *Crucis* gelenkt. Einmal habe ich sogar deinen Kopf in Richtung des Schiffs gedreht. Und du hast nicht mal gemerkt, dass ich da war!«

»Wieso denn zur *Crucis*?«

»Weil sie der perfekte Anker ist! Die besten Anker sind immer die, mit denen man sich stark verbunden fühlt.«

»Woher wissen Sie das?«

»Pah!« Er schnaubte, als wäre diese Frage lächerlich. »Das lernt jedes Kind im ersten Schuljahr. Ein junger Walwanderer schwimmt niemals ohne Anker mit Walen!«

»Aha.«

Cassaras griff nach ihren Schultern. »Du darfst nicht einfach draufgehen!«

Sie starrten einander an. Dann ließ er sie los und schwamm ein Stück von ihr weg. Doch er blieb in Sichtweite, so als wollte er weder bei ihr sein noch sie verlassen.

Auf dem Rücken trug Cassaras seinen Leierkasten. Er musste ihn geholt haben, als sie zu den Walen geschwommen war. Umgeschnallt hatte er ihn wie einen Rucksack. Offenbar war das magische Gerät sein Ein und Alles. Neben dem Leierkasten hing ein Köcher mit mehreren Dreizackpfeilen. Außerdem ein großer Bogen und eine Machete. Der Nixenprinz war bis an die Zähne bewaffnet.

Cassaras kam zu ihr zurück. Helle Lichtschwaden zuckten nun um ihn herum – *Einsicht*.

Mit einer nachgebenden Geste zog er etwas aus seiner Tasche. Es war ein silberner Knopf.

Der Rilling.

Gebannt kniff Alea die Augen zusammen. Der silberne Rilling glänzte und glitzerte, als wäre er nicht von dieser Welt. Noch faszinierender war jedoch, dass sich die drei kleinen Löcher in der Mitte des Rillings nun zu bewegen begannen. Sie kreisten innerhalb des Runds herum, dann blieben sie stehen und formierten sich zu einem kleinen Pfeil.

Alea wusste, was das zu bedeuten hatte: Der Rilling war ein Kompass. Und er wies immer auf die *Crucis.*

»Komm«, blaffte Cassaras ungehalten. »Wir schwimmen zu deinem Schiff.«

Alea folgte ihm ohne Widerworte, denn sie wollte ebenfalls zurück zur *Crucis*, und sie ahnte, dass Cassaras das Schiff schneller finden würde als sie die *Hercules.*

Schweigend glitten sie durch die Strömungen und strebten dabei immer weiter nach oben. Nach einer Weile erreichten sie die Oberfläche. Alea schaute sich um. Hier war nichts. Nur der Himmel und das unendliche Meer.

Cassaras schien sich seiner Sache allerdings sicher zu sein. Entschlossen schwamm er an der Oberfläche weiter, und Alea kraulte hinterher. Keine Minute später stießen sie gegen den Rumpf der *Crucis.*

»Wo ist die *Hercules?*«, wunderte sich Alea. Anscheinend hatten die anderen sie an Bord gezogen.

»Los«, sagte Cassaras und schob Alea zur Außenleiter.

Rasch zog sie sich auf die erste Sprosse hinauf. Dann hatte sie das Gefühl, etwas zu Cassaras sagen zu müssen. Sie drehte sich zu ihm um. Doch er war bereits fort.

»Danke«, murmelte sie.

Als sie über die Reling an Bord stieg, kamen Lennox, Ben, Sammy und Tess auf sie zugelaufen.

»Schneewittchen!« Sammy schien unendlich erleichtert.

»Ihr musstet die *Hercules* an Bord ziehen?«, fragte Alea.

»Ja, ein anderes Schiff hat uns gekreuzt«, erwiderte Ben, der mehr als froh zu sein schien, Alea zu sehen. »Wir konnten das Risiko, dass man das Beiboot entdeckt, nicht eingehen.«

Lennox eilte auf Alea zu und sah aus, als ob er ebenfalls in Sorge gewesen wäre.

Doch dann erstarrte er.

Die anderen blieben ebenfalls wie angewurzelt stehen.

Alea drehte sich um.

Hinter ihr war der Nixenprinz an Bord geklettert.

Dunkle Abmachung

Der Augenblick, in dem die Alpha Cru den Eindringling anstarrte, währte nicht lange. Es verging kaum eine Sekunde, dann sprang Lennox schnell wie ein Schatten nach vorn und verpasste Cassaras einen gewaltigen Kinnhaken. Der Prinz wankte zurück und taumelte gegen die Reling. Das war der ideale Moment, um ihm einen weiteren Schlag zu versetzen. Bevor Lennox das aber tun konnte, schrie Alea: »Nein, lass ihn!«

Lennox wirbelte herum. »Was?«

»Er hat mich gerettet«, erklärte sie hastig.

Cassaras richtete sich auf und fuhr sich über seine blutige Unterlippe. »Und das ist der Dank dafür«, grunzte er.

Ungläubig schüttelte Lennox den Kopf. »Wieso hat der Kerl dich gerettet? Wovor denn?«

»Es waren Wale im Meer«, antwortete sie. »Ich habe zuerst ein paar von den Tricks angewandt, die mein Vater mir erklärt hat, und es hat auch funktioniert! Aber nur kurz …« Sie war alles andere als stolz auf das, was passiert war. »Dann war ich wieder richtig weggetreten. Wie beim letzten Mal.«

»Du bist wieder in einen Walrausch gefallen?« Lennox schien es kaum glauben zu können. »Wir hatten doch abgemacht, dass du zuerst eine Finja darum bittest, einen Beschützer für dich zu finden!«

»Das hab ich ja auch gemacht!«, beeilte Alea sich zu sagen. »Und die Finja hat mich zu Cassaras geführt.«

»Diese verdammten Finjas …«, hörte Alea Cassaras fluchen, der gerade die Antwort auf die Frage erhalten hatte, wie Alea ihn überhaupt hatte aufspüren können.

»Du bittest die Finja um Schutz, und sie bringt dich zu diesem Mistkerl?«, rief Lennox.

Cassaras funkelte ihn böse an.

»Ja, und die Finja hatte recht«, sagte Alea. »Cassaras hat mich ja auch beschützt.«

Sprachlos stand Lennox da.

»Könnte mal jemand erklären, worum es geht?«, fragte Sammy kleinlaut. Sie hatten die ganze Zeit *Hajara* gesprochen.

»Cassaras hat Alea von den Walen weggeholt«, erwiderte Ben, der ihnen offenbar hatte folgen können.

Während die Brüder und Tess nun weitersprachen, ging Lennox langsam auf Cassaras zu. Der straffte sich, als rechnete er mit einem weiteren Angriff. Alea blieb beinah das Herz stehen. Hatte Lennox gesehen, dass der Mann bewaffnet war?

Der Oblivion-Junge und der Nixenprinz starrten einander an, ohne zu blinzeln. Es war, als versuchten sie die Kraft des anderen zu ermessen.

»Warum helfen Sie uns?«, fragte Lennox. »Arbeiten Sie nicht als Gretzer für Orion?«

Die Frage ließ Cassaras hochfahren. »Nein!«, schnappte er. Allein die Vorstellung verärgerte ihn offensichtlich. »Ich habe nie bei Müllabladungen geholfen!«

Alea wunderte sich. Warum verteidigte Cassaras sich? Und warum war er überhaupt an Bord gekommen? Er war doch schon verschwunden gewesen. Wieso hatte er es sich anders überlegt?

In wütendem Ton redete Cassaras weiter. »Außerdem sind die Gretzer gar nicht allein schuld an dem vielen Dreck im Meer. Die ganz normalen Landgänger sind es doch, die viel zu viel Müll verursachen, jeder Einzelne von ihnen, in seinem ganz alltäglichen Leben! Wenn die Landgänger endlich damit aufhören würden, so viele Plastikverpackungen und anderen Wegwerf-Mist zu produzieren, gäbe es auch keine Müllteppiche mehr im Wasser!«

»Trotzdem sind Gretzer Gangster der übelsten Sorte!«, feuerte Lennox zurück. »Ob die Landgänger auch schuld an dem Müll sind oder nicht – die Gretzer verpesten das Meer ganz bewusst!«

»Als ob die Landgänger nicht wüssten, was sie tun!«, konterte Cassaras bissig. »Sie wissen ganz genau, welche Folgen ihr Verhalten hat. Aber sie ignorieren das einfach, weil es ja alle anderen Leute auch so machen. Dann wird es schon in Ordnung sein!«

Lennox schwieg – wohl deshalb, weil das eigentlich auch seine eigene Sichtweise war.

Ben kam nun ebenfalls näher. »Viele … es nicht wissen wirklich«, sagte er auf *Hajara*. »Aber … was Sie machen mit Orion? Sie für ihn arbeiten!«

Cassaras antwortete ihm überraschenderweise in sehr gutem Deutsch: »Das geht dich gar nichts an!«, schleuderte er Ben entgegen.

Bens Augen wurden groß. »Sie sprechen Deutsch!«

»Er hat sehr lange in Hamburg gelebt«, erklärte Alea schnell, auch auf Deutsch.

»Was?«, rief Lennox. »In Hamburg?«

»Bei dir?«, quietschte Sammy, der nun ebenfalls alles verstand.

Tess stand mit verschränkten Armen und alarmierter Miene neben dem Mast und schien nicht näher kommen zu wollen.

Übellaunig blickte Cassaras zur Seite. »Ich bin jedenfalls kein Gretzer. Das bin ich nie gewesen«, beharrte er. »Allein der Silberumhang hat mich zu Orion geführt.«

Sofort warf Ben ein: »Aber Orion hat ihn doch gar nicht! Und er hat ihn auch nie gehabt, oder?«

»Aber ich dachte, er würde ihn bekommen!«, rief Cassaras. »Als Alea sieben Jahre alt war, habe ich in meinem Rilling gesehen, dass sie in ein paar Jahren in Island in einer Villa mit dem Namen *Konungur* auftauchen würde. In meinem Zukunftsanriss sah es so aus, als würde der Umhang zu ihr kommen, während sie dort ist …«

Alea verstand. Deswegen hatte Cassaras sich Orion angeschlossen! Sein Rilling hatte ihm die damals wahrscheinlichste Zukunft gezeigt, aber aus irgendeinem Grund war es anders gekommen.

»Deswegen haben Sie gemeinsame Sache mit Orion gemacht?«, hakte Lennox nach. »Um in der Villa zu sein, wenn der Umhang auftaucht?«

Cassaras brummte: »Richtig.«

»Und es war Ihnen egal, dass Orions Gretzer Abfall im Meer abladen?«, verlangte Alea zu wissen. »Selbst wenn Sie nicht mitgemacht haben, müssen Sie doch –«

»Nein, es war mir nicht egal!«, herrschte Cassaras sie an. »Ganz und gar nicht. Orion und ich haben einander nie vertraut. Wir konnten uns lediglich gegenseitig von Nutzen sein. Ich wusste, dass er mir bei der Suche nach dir helfen könnte, falls es schwierig werden sollte. Sein Arm reicht sehr weit.«

Während Alea dem Nixenprinzen zuhörte, fragte sie sich ernsthaft, wieso er ihnen das alles erzählte. Er hätte stattdessen auch einfach ins Wasser springen und sich davonmachen können.

»Sie haben jahrelang tatenlos zugesehen, wie Orion die Ozeane vergiftet hat!«, pfefferte Lennox ihm entgegen, und mit dieser Anklage sprach er Alea aus der Seele.

Cassaras knirschte mit den Zähnen. »Orion sagte einmal, wenn *er* es nicht täte, würde es ein anderer tun. Ich denke, damit hatte er recht.«

Alea ballte die Hände zu Fäusten. Diese Erklärung für seine Verbrechen hatte Orion ihr ebenfalls gegeben. Aber das war doch Schwachsinn!

»Und was haben Sie im Gegenzug für Orion getan?«, wollte Lennox von Cassaras wissen.

Wieder überraschte der Mann Alea damit, dass er antwortete. »Ich habe Orion von meiner Mutter und ihrem Umhang erzählt, davon, dass sie ihn der Elvarion geben wollte, die die Zeitenwende einläuten würde. Und natürlich, dass dieser Umhang *mir* gehört. Orion wurde sehr hellhörig, als ich ihm von dir berichtete und von dem, was prophezeit wurde – dass du für das Überleben der Ozeane kämpfen würdest. Er war sehr besorgt und befürchtete, dass du ihm bei seinen Geschäften in die Quere kommen könntest. Deswegen wollte er dich haben.«

Alea lachte kratzig. »Und Ihr Deal war, dass er Ihnen ein gutes Leben beschert und Ihnen hilft, mich zu finden. Im Gegenzug liefern Sie mich ihm aus, sobald Sie den Umhang haben.«

»Ja.« Cassaras hielt ihrem Blick ohne Probleme stand. »Orion wusste, dass ich magische Möglichkeiten habe, dich aufzuspüren. Ich habe ihm nie von dem Rilling erzählt, aber er hat auch nicht danach gefragt, woher ich bestimmte Sachen weiß. Er hat Angst vor magischen Dingen … und magischen Wesen. Deswegen war ich ihm wohl auch nie ganz geheuer.« Cassaras war immerhin zur Hälfte magisch.

Ben mischte sich wieder ein. »Wenn Orion weiß, dass Sie magische Möglichkeiten haben, uns zu finden – dann hat er Sie doch bestimmt geschickt, um uns aufzuspüren.«

Cassaras presste kurz die Lippen zusammen. »Ich habe ihm gesagt, dass ich euch unter Tarnung nicht finden kann. Dass ich aber nach euch suche.«

Ben rief: »Sie haben Orion angelogen!«

»Ja, aber zieh keine falschen Schlüsse, Skipper«, warnte ihn Cassaras. »Ich will nur das, was mir zusteht. Und wenn Orion Alea schnappt, bevor sie den Umhang hat, war alles umsonst.«

Alea schluckte. »Wenn es in Island geklappt hätte und der Umhang aufgetaucht wäre, hätten Sie für mich keine Verwendung mehr gehabt und mich Orion ausgeliefert.«

Cassaras zuckte mit den Schultern. »So lautete die Abmachung. Nun ist es anders gekommen. Der Umhang ist immer noch nicht da, aber in meinem neuesten Zukunftsanriss stehst du an Bord eures Schiffs und hältst ihn in den Händen. Du siehst nicht älter aus als jetzt, und du hast deine rosa Seidenjacke an. Es kann nicht mehr lange dauern. Und sobald du ihn hast, gibst du ihn mir.«

Alle Blicke richteten sich auf Alea.

»Ja, das ist unsere Abmachung«, sagte sie erstickt.

»Und Sie wollen Alea immer noch Orion übergeben, sobald Sie Ihren Umhang gekriegt haben?«, fragte Lennox.

Cassaras schwieg, sah ihn einfach nur mit diesen hartblauen Augen an.

Alea wurde kalt. Dass Cassaras sie vorhin beschützt hatte, war kein Zeichen dafür, dass er sie … mochte. Nein. Es ging ihm allein um seinen verdammten Umhang.

Dann sprang der Nixenprinz ohne jede Vorwarnung

über die Reling und war von einer Sekunde auf die andere fort.

Bewegungslos stand Alea da. Auch die anderen brauchten einen Moment, um sich zu sammeln.

Sammy, der genau wie Tess einen Sicherheitsabstand gehalten hatte, kam nun zu Alea. »Der Typ ist so was von … titanisch.«

Es war ein eigenartiges Wort, aber irgendwie passte es.

»Schon wenn der nur so dasteht, macht man sich in die Hose!«, fügte Sammy hinzu. »Habt ihr diese Muskeln gesehen?«

»Er ist zur Hälfte Nixe.« Lennox hob unbeeindruckt die Schultern. »Die sind alle stark.«

»Und du bist einfach so auf ihn los!«, rief Sammy. »Hattest du gar keine Angst?«

Die Frage schien für Lennox keine Rolle zu spielen. »Ich bin der Krieger hier an Bord. Wenn Gefahr droht, kümmere ich mich darum.«

Tess erwachte aus ihrer Erstarrung. »So, wie ich es verstanden habe, wird Cassaras uns erst mal nichts tun?«

»Er wird Alea nichts tun«, korrigierte Sammy und war plötzlich ganz blass um die Nase. »Wenn wir anderen ihm zu sehr auf die Nerven gehen, hält ihn bestimmt nichts davon ab, uns lozuwerden. Wir sind ihm total egal, oder?«

Lennox schüttelte den Kopf. »Das glaube ich nicht.«

»Wieso nicht?«, hakte Alea verwundert nach.

»Dann wäre er nicht an Bord gekommen.«

»Ich habe mich auch schon gefragt, warum er das überhaupt gemacht hat …«

Lennox' Antwort verblüffte Alea. »Weil er einsam ist.«

»Einsam?«, fragte Tess skeptisch. »Dieser Kerl?«

Lennox' Gesicht verhärtete sich. »Ich erkenne Einsamkeit, wenn ich sie sehe. Ich kenne sie gut.«

Alea wusste, was er meinte. Lennox hatte ihr erzählt, wie allein er sich sein ganzes Leben lang gefühlt hatte. Seine Meermenschenmutter war an dem Virus gestorben, als er noch sehr klein gewesen war, und sein Landgängervater war ein Trinker, der ihn schlimm behandelt hatte.

Betroffene Stille breitete sich aus.

Lennox schüttelte unwillig den Kopf und wandte den anderen den Rücken zu, als könnte er es kaum ertragen, dass sie ihn bemitleideten.

Alea wurde klar, dass keines der anderen Bandenmitglieder wirklich wissen konnte, was Einsamkeit war. Ben und Sammy waren zwar Waisen, aber sie hatten immer einander und Onkel Oskar gehabt. Tess stand ihren Eltern sehr nahe. Und Alea selbst war von Marianne behütet und umsorgt worden. Keiner von ihnen hatte ein Leben wie Lennox führen müssen, der sich in den Monaten, bevor er zur Alpha Cru gestoßen war, als Straßenjunge in Amsterdam mit Diebstahl über Wasser gehalten hatte.

Doch konnte es stimmen? War Cassaras einsam? Alea brauchte einen Augenblick, aber dann erkannte sie, dass Lennox womöglich recht hatte. Cassaras war durch seine Landgängerhälfte bereits bei den Nixen ein Außenseiter gewesen, und als er diese verlassen und später in Hamburg und Island gelebt hatte, waren bestimmt nicht viele Freunde an seiner Seite gewesen. Eher keine. Cassaras gehörte nirgendwo dazu. Er war anders als alle anderen, im Meer wie an Land. Ein Puzzlestück, das in kein Bild passte. Hatte er ihr deswegen so viel erzählt?

Aber nein. Der Nixenprinz war ein abgebrühter Mann, ein gerissener Schuft, den man keinesfalls unterschätzen durfte!

Nach einer Weile fragte Sammy: »Ich versteh das nicht. Ist Cassaras jetzt auf unserer Seite oder nicht?«

Die Antwort war bitter. »Er ist so lange auf unserer Seite, bis der Umhang auftaucht«, sagte Alea dunkel. »Aber dann wird Cassaras unser gefährlichster Gegner.«

Sternenklar

Es war eine klare, nordisch-kühle Sommernacht. Zehn Grad, leichte Brise. Alea hatte die Nachtschicht am Steuer und starrte bereits seit Stunden gedankenverloren durch die großen Scheiben des Deckshäuschens in den Himmel. Ben und Sammy konnten nach Sternen navigieren, aber bisher hatten sie noch nicht die Zeit gehabt, ihr das beizubringen. Alea kannte lediglich ein paar Sternbilder. Zum Glück hatten sie GPS …

Es musste schon drei oder vier Uhr sein, und Alea war mittlerweile recht müde, als jemand an Deck kam. Ihr Herz machte einen Sprung. Es war Lennox. Fragend sah er sie an. Sie lächelte. Mit schnellen Schritten lief er zum Deckshäuschen. In der Hand trug er seine Gitarre. Alea öffnete ihm die Tür.

»Ich bin früh aufgestanden, weil ich dachte … du fühlst dich vielleicht allein hier.« Er grinste schief, legte seine Gitarre auf dem Boden ab und setzte sich auf den alten Schemel neben sie.

Verlegen hielt Alea das Steuerrad umklammert. »Ich … hab gern Gesellschaft.« Wurde sie etwa schon wieder rot?

Forschend sah Lennox sie an, dann sagte er: »Eigentlich haben wir viel zu viel zusammen erlebt, um so rumzueiern.«

Alea stutzte, dann lachte sie.

Lennox fiel in ihr Lachen ein. »Hier an Bord sind wir extrem verklemmt, oder?«

Alea war gleichzeitig froh und verwundert darüber, dass Lennox das so offen ansprach. »Ja, wir eiern wirklich ziemlich rum.«

»Eigentlich waren wir doch schon weiter.« Er schenkte ihr einen langen Blick. »Ich mein, schließlich haben wir zusammen die schottischen Highlands durchwandert, nur wir zwei. Wir haben im Loch Ness zusammen eine Unterwasserstadt gefunden! Und als ich in der Bibliothek von Rach Turana erfahren habe, dass meine Mutter am Virus gestorben ist, da hab ich vor dir geweint. Ich hatte vorher noch nie vor jemandem geweint!«

Alea konnte gar nichts erwidern. Sie sah nur in Lennox' azurblaue Augen und fand es erstaunlich, was er da sagte – und wie. Er sprach mit einer Mischung aus Entschlossenheit und Bedacht, die recht untypisch für einen Jungen seines Alters war. Aber sie beide waren eben keine normalen Teenies. Genau das versuchte er ihr wohl gerade zu sagen.

»In der Villa Konungur hättest du fliehen können«, fügte Lennox hinzu. »Du warst in Lebensgefahr und hattest die Chance zu entkommen. Aber du bist geblieben, um mich zu finden. Das war für dich gar keine Frage.«

Alea schluckte. Es stimmte. Nie im Leben hätte sie Lennox in der Villa bei Orion zurückgelassen.

Er lächelte. »Ben hat gesagt, du wärst dermaßen energisch gewesen, dass kein Mensch dich hätte umstimmen können. Nicht mal dein Vater.«

Alea lächelte zurück.

»Und deswegen finde ich, dass wir uns den Verklemmtheitskram sparen sollten. Darüber sind wir hinaus.«

»Gut. Aber wie soll ich verhindern, dass mein Herz wegen dir so doll schlägt, dass ich komische Sachen mache?«, fragte sie und zuckte leicht. Hatte sie das wirklich gerade gesagt?

»Mein Herz schlägt auch schneller, wenn du da bist.«

Verblüfft starrte Alea ihn an. Hatte *er* das gerade wirklich gesagt?

»Ich bin auch manchmal unsicher, aber …« Er schüttelte den Kopf. »Ich will das sein, was wir sind.«

Alea ließ seine Worte wirken. Dann nickte sie. »Wir sind anders. Deswegen können wir auch anders sein.«

»Wir *müssen* anders sein«, wandte er ein, »weil …«

»… wir anders sind«, sagten sie gleichzeitig und fingen wieder an zu lachen.

»Wir sind echt komische Vögel«, gluckste Alea.

»Und zwar gerne.« Lennox' Lächeln war wunderschön. »Aber wir sind noch mehr.« Er beugte sich vor. Sein Gesicht war nur noch eine halbe Armlänge entfernt. »Ich bin dein …« Er schien nach einem Wort zu suchen, das mehr sagte als *Freund* oder auch *boyfriend*. »Ich bin dein«, wiederholte er dann. Damit war der Satz auf die bombastischste Weise beendet.

Mit wild schlagendem Herzen lehnte Alea sich vor. Ihre Lippen trafen sich und verschmolzen zu einem langen Kuss. Es war so schön, dass Alea leise seufzte. Das wiederum brachte sie zum Lachen, und während sie zusammen kicherten, küssten sie sich weiter.

Als sie sich nach einer kleinen Weile voneinander lösten, legte Lennox den Arm um sie. Alea liebte es, seinen Arm auf ihren Schultern zu spüren. Das gab ihr das Gefühl, dass alle Gefahren weit weg waren und ihr nichts Schlimmes passieren konnte.

Gemeinsam blickten sie in den Sternenhimmel und sahen die ersten Zeichen der Morgendämmerung heraufziehen.

»Polaris ist mein Lieblingsstern«, sagte Lennox versonnen und meinte damit den Polarstern.

»Meiner auch«, erwiderte Alea. »Er ist etwas Besonderes.«

»Ja, während alle anderen Sterne nachts über den Himmel wandern, bleibt er immer genau da, wo er ist. Wie ein Fels in der Brandung.«

»Als hätte er Wichtigeres zu tun als die anderen Sterne.«

»Genau.« Lennox bückte sich nach seiner Gitarre und nahm sie hoch. Leise begann er zu spielen.

Alea schloss ihre müden Augen und lauschte den sanften Gitarrenklängen. Sie kannte die Melodie nicht. »Spielst du von den Sternen?«

»Ich glaube, ja.« Bald wiederholten sich ein paar Akkordabfolgen.

Alea summte vor sich hin. Da wurde sie wieder wacher. »Ich glaube, wir schreiben gerade ein Lied.«

»Scheint mir auch so.« Lennox spielte die letzte Stelle noch mal. »Sing mal irgendwelche Worte zu deiner Melodie.«

Alea ließ die Gedanken schweifen, dann sang sie: *»Manchmal schaue ich aufs Meer …«*

Wie zur Antwort sang Lennox: *»Sag, wo komm ich her? Bleibt die Antwort ewig verwehrt?«*

Überrascht horchte Alea auf. Das war gut! Sie blickten sich an. »Das müssen wir aufschreiben!«, rief sie, holte einen Block und einen Stift aus der Schublade neben dem Steuerrad und schrieb die ersten Zeilen auf. »Es klingt, als ob wir in dem Lied nach uns selbst suchen.«

»Und Polaris wacht darüber.«

Sie schrieben weiter und fanden schnell die nächsten Zeilen. Anschließend kam der Refrain, der zwar gar nicht leicht war, aber auch hier vermochte der Zauber des Augenblicks sie zu inspirieren. Dann war das Lied fertig. Sie nannten es *Sternenklar*.

Manchmal schaue ich aufs Meer
Sag, wo komm ich her, bleibt die Antwort ewig verwehrt?
Manchmal fühl ich mich nur leer
Weiß nicht, wer ich bin, weiß nicht, wo,
wieso und wohin …

Sie sangen das Lied zusammen, und Alea fühlte sich ein bisschen wie im Rausch – im Musikrausch. Übermütig zwinkerte sie dem Polarstern zu, der noch immer am Himmel stand, obwohl alle anderen Gestirne bereits in der Dämmerung verblasst waren.

Zwar war Alea hundemüde, aber sie fühlte sich innerlich wie aufgeschäumt. Noch nie hatte sie etwas derartig Romantisches erlebt wie die vergangenen Stunden mit Lennox. Und bevor sie sich's versah, sprach sie diesen Gedanken schon aus.

In Lennox' Augen trat ein erfreutes Leuchten. »Geht mir genauso. Und ich finde es gut, dass wir jetzt so offen reden.«

Sie wunderte sich immer noch. »So was zu sagen ist schon … sehr ungewöhnlich.«

»Wie wir.« Er legte die Gitarre zur Seite und rückte ganz nah an sie heran. »Es ist bestimmt auch mehr als ungewöhnlich, dass wir überhaupt so romantisch sind.«

Alea brauchte einen Moment, um den Sinn hinter seinen Worten zu verstehen. Dann begriff sie. »Wie kann man selig in die Sterne schauen, wenn Orion einem im Nacken sitzt?« Noch während sie sprach, merkte sie, dass die Romantik zerplatzte wie eine Seifenblase.

Aufseufzend fuhr sich Lennox durch sein dunkles Haar. »Wenn wir es nicht schaffen, trotz Orion *wir* zu sein, können wir gleich einpacken.« Man hörte sehr deutlich, dass er keineswegs vorhatte, irgendetwas einzupacken.

Alea ging es genauso. »Wahrscheinlich wäre es das Vernünftigste, uns ein Leben lang vor Orion zu verstecken und zu hoffen, dass er uns niemals findet«, antwortete sie grüblerisch. »Aber das geht nicht.«

»Auf keinen Fall.« Darüber mussten sie nicht diskutieren. »Nur wegen Orion sind die Meermenschen so gut wie ausgestorben. Und sie waren diejenigen, die für den Schutz der Ozeane gesorgt haben!«, knurrte Lennox. »Die Meere sind dem Untergang geweiht, wenn keiner etwas gegen Orion unternimmt.«

»Wir müssen die anderen Meerkinder finden.«

»Das müssen wir.« In Lennox' Stimme mischte sich Frustration. »Wir brauchen jemanden, der dich im Wasser beschützen kann.« Er hoffte also immer noch, unter den überlebenden Meerkindern einen Oblivion zu finden – einen vollständigen Oblivion, der Alea im Wasser nicht von der Seite weichen und sie an seiner Stelle gegen jeden Angreifer verteidigen würde.

»Vielleicht kann ich im Wasser ja auch ganz gut auf mich selbst aufpassen«, wandte sie ein. *Außer, wenn es um Wale geht*, fügte sie in Gedanken hinzu.

»Ja, schon, aber …«, entgegnete Lennox. »Du gerätst ständig in Gefahr! Oft sogar absichtlich, wenn du jemandem helfen willst. Oder aus Neugier, oder weil du … einfach du bist. Du ziehst die Gefahr an wie ein Magnet! Deswegen brauchst du einen Leibwächter. Einen voll funktionstüchtigen Oblivion.«

»Aber dann am liebsten ein Mädchen?«, neckte sie ihn.

Lennox zog eine Grimasse. »Mädchen können sich auch in dich verlieben …«

Alea senkte den Blick.

Für eine Weile schwiegen sie nun, dann sagte Lennox: »Es war einfach nicht okay, wie Tess sich verhalten hat.«

»Ja, aber … das war ja ein Missverständnis. Sie hat meinen Songtext für Anthea auf sich bezogen. Sonst hätte sie mich bestimmt nicht geküsst.«

»Ja, klar.« Er winkte ab, als wäre das für ihn nach wie vor sehr schwer zu glauben.

»Meinst du, du könntest trotzdem etwas netter zu Tess sein? Ich habe mit ihr geredet, und sie will wirklich nur noch meine ganz normale Freundin sein.«

»Ach so.« Unverhohlene Ironie schwang in seiner Stimme.

»Selbst wenn das nicht so wäre … Ich empfinde nichts anderes für sie. Ich bin nicht in sie verliebt, sondern in dich.«

Über Lennox' Gesicht huschte ein Lächeln, aber schnell war es wieder verschwunden. »Wie kann ich sicher sein, dass ich Tess trauen kann?«

Das wusste Alea auch nicht. »Wahrscheinlich wird sich das erst im Laufe der Zeit zeigen. Du musst ihr einen Vertrauensvorschuss geben.«

Lennox zog die Mundwinkel in die Breite.

»Wie sollen wir hier an Bord zurechtkommen, wenn zwischen euch immer diese fiese Stimmung herrscht und du sie ignorierst, wenn sie nett zu dir ist?«

Lennox machte eine wegwerfende Handbewegung. »Ich bin generell kein *netter* Typ.«

Beinahe hätte Alea gelacht. »Nein, du bist der düstere Krieger des Vergessens.«

»Ganz genau.« Er grinste.

»Aber mal im Ernst – falls wir jemals wieder auf Orion und seine Leute treffen …«

»Was dann?«

»… dann braucht auch Tess deinen Schutz.«

Lennox' Blick wurde starr. Darüber hatte er offenbar noch nicht nachgedacht.

Eine weitere Pause trat ein. Schließlich sagte er: »Natürlich würde ich auch Tess beschützen. Wir sind eine Bande.«

Erleichtert atmete Alea auf.

Lennox hielt seine Hand hin, und Alea legte ihre über seine. »Alpha Cru!«, riefen beide leise.

Da hörten sie ein seltsames Geräusch. Gleich darauf erzitterte die Luft. Sie bebte, als wäre ein Sturm im Anmarsch – ein Sturm aus pulsierenden Windstößen.

Lennox sprang auf und stürzte aus dem Deckshäuschen. Alea folgte ihm mit vor Schreck weichen Knien. War das ein Hubschrauber? Hatte Orion sie gefunden? Kam jemand an Bord?

Als sie zum Heck schaute, erstarrte sie.

Es kam tatsächlich jemand an Bord. Doch es war nicht Orion. Vielmehr landete gerade ein Riese auf dem Deck. Ein magischer Riese. Mit weit ausgebreiteten, schlagenden

Flügelflossen näherte er sich aus der Luft dem Schiff und war nur noch wenige Meter über ihnen.

»Ein Tasfar …«, hauchte Alea, denn ihr versagte die Stimme. Bisher hatte sie Tasfaren nie außerhalb des Wassers gesehen. Dass diese Giganten tatsächlich fliegen konnten – in der Luft fliegen konnten! –, hätte Alea niemals gedacht. Das gewaltige Seepferd hatte kaum Platz, bewegte sich jedoch mit ungeheurer Präzision.

Auf einmal veränderte sich der Körper des Tasfaren. Seine hintere Hälfte verwandelte sich! Alea konnte kaum glauben, was sie sah, aber sein gebogener Schwimmschwanz, der an ein Seepferdchen erinnerte, wurde innerhalb von Sekunden zu zwei kräftigen Pferdehinterläufen. Mit diesen setzte der Tasfar auf dem Schiff auf, dann folgten seine Vorderläufe. Alea staunte mit offen stehendem Mund. Außerhalb des Meeres war der Tasfar ein übergroßes, edles schwarzes Pferd mit riesigen Schwingen. Ein dunkler Pegagus wie aus einem unbekannten Märchen, das noch nicht geschrieben war.

Mit majestätischen Schritten kam er auf Lennox und Alea zu, die wie zur Salzsäule erstarrt dastanden. Im Maul trug der weise Gigant ein Bündel. War das … Alea entfuhr ein Überraschungslaut. Ja, das war Rotfarn!

Jetzt fiel ihr etwas ein. »Wir sollten ihn nicht so anstieren!«, wisperte sie, denn sie hatte beim letzten Mal herausgefunden, dass die Tasfaren das nicht mochten.

Sofort richtete Lennox den Blick nach unten, und Alea und er schauten angestrengt auf die Schiffsplanken.

Sie hörten, wie der Tasfar etwas fallen ließ, und im nächsten Moment kullerte das Rotfarnbündel in ihr Blickfeld.

Und dann begann er zu sprechen.

Alea hatte bereits einmal zuvor die Stimme eines Tasfaren gehört, aber auch diesmal erzitterte sie geradezu unter der mächtigen Vibration, die wie ein tiefer Bass durch ihren Körper gewitterte. Noch erstaunlicher als der Effekt seiner Stimme war jedoch der Inhalt der Worte.

»Eine Finja zeigte mir euren verborgenen Aufenthalt«, begann der Tasfar. »Nun bin ich hier, in Landgestalt.«

Tasfaren sprachen immer in Reimen, das wusste Alea. Sie hatte bisher allerdings nicht gewusst, dass Finjas die getarnte *Crucis* finden konnten!

Der Tasfar fuhr fort. »Ich zeige mich euch, ihr dürft mich erblicken, denn beide Welten sollen sich verquicken. Die Zeit ist reif, die Zeit ist gekommen, in der die Düsternis fortgenommen.«

Alea hörte atemlos zu und versuchte sich jedes Wort einzuprägen. Sie war allerdings furchtbar aufgeregt. Außerdem schrie gerade alles in ihr vor Glück auf. Die Düsternis würde fortgenommen werden?

Lennox hob den Blick. Alea begriff, dass der Tasfar gerade gesagt hatte, sie dürften ihn ansehen.

Die klugen, dunklen Augen des Meerespegasus glänzten im frühen Morgenlicht. »Ich gebe euch Rat, wie nur ich es vermag«, sprach er. »Hört gut zu, spitzt eure Ohren, nicht alles ist verloren …«

Er machte eine kleine Pause, als wollte er sicherstellen, dass sie ganz Ohr waren. Dann sagte er: »Die Hilfe im Wasser müsst ihr erkennen, sodass die tausend Feuer brennen.«

Alea gefror innerlich. Die tausend Feuer. Die Feuersbrunst auf dem Ozean!

Da breitete der Tasfar schon wieder seine Schwingen aus. Mit kräftigen Flügelschlägen erhob er sich in die Luft, während seine Hinterbeine sich in den Schwimmschwanz eines kolossalen Seepferdchens zurückverwandelten. Er flog über der Meeresoberfläche und kam ihr rasch näher und näher. Dann schwebte er geradezu in das Wasser hinein, als wäre es für ihn kein Unterschied, ob ihn die Luft oder das Wasser trug. Wie schwerelos glitt er ins Meer und verschwand.

Sprachlos standen Alea und Lennox da. Ein Tasfar war auf der *Crucis* gewesen! Er war extra hergekommen!

»Er hat dir Rotfarn gebracht«, stieß Alea hervor und hob das Bündel vom Boden auf. Es war eine große Portion, die für mehrere Wochen reichen würde.

»Ja, das hat er.« Lennox schien ebenso überrascht zu sein wie sie. »Aber das war nicht der Hauptgrund für sein Kommen, oder?«

»Nein, das war es nicht«, sagte auf einmal Bens Stimme.

Alea fuhr herum. An der Bordtür standen Ben, Tess und Sammy.

»Wir haben ihn gesehen!«, rief Sammy und lief zu ihnen herüber. »Als ich diese wummernde Stimme gehört habe, bin ich vor Schreck fast aus dem Bett gefallen!«

Natürlich. Die Vibration musste auch unter Deck zu spüren gewesen sein. »Was habt ihr ihn sagen hören?«, fragte Alea und hoffte, dass auch die anderen drei sich etwas von der Botschaft gemerkt hatten.

»Ich hab nix verstanden!«, entgegnete Sammy säuerlich. »Das war doch alles in Wassersprache.«

»Ach so, stimmt.«

Ben und Tess kamen ebenfalls zu ihnen. Tess hatte ganz wirre Haare, und Ben trug nur eine Pyjamahose. Der Tasfar hatte sie alle aus dem Schlaf gerissen.

»Wie hat er das Schiff gefunden?«, fragte Ben besorgt. »Wir sind doch getarnt!«

»Anscheinend können Finde-Finjas uns aufspüren«, erklärte Lennox. »Auch unter Tarnung.«

»*Merde!*«, fluchte Tess.

»*Schattfa*«, murmelte Alea, aber die anderen hörten sie nicht, denn Tess und Sammy fragten gerade beide danach, was passieren würde, wenn Orion das erfuhr.

»Ich glaube nicht, dass er einfach so mit einer Finja reden würde«, sagte Alea. »Er hasst alle Magischen! Er geht ja auch nur mit diesem Abwehrgebräu ins Wasser, das magische Wesen fernhält.«

»Und was, wenn er irgendwann darauf kommt, dass die Magischen uns leichter finden können als alle Helikopter der Welt?«, fragte Tess. »Orion ist ja nicht blöd!«

Nein, er war alles andere als das.

»Wir können nur hoffen, dass seine Abscheu ihn davon abhält, sich an Magische zu wenden«, erwiderte Alea und fand das als Beruhigung selbst ziemlich mau.

Sie schwiegen.

Dann nahm Ben den Faden wieder auf. »Der Tasfar hat euch einen Rat geben wollen?« So viel hatte er offenbar verstanden.

»Und er war hier, um uns zu warnen«, antwortete Alea.

Lennox widersprach. »Nein, er hat uns nicht wirklich gewarnt. Er hat uns gesagt, wo wir Hilfe finden können, wenn die Feuerkatastrophe kommt.«

»Was für eine Feuerkatastrophe?«, hakte Tess nach.

Alea und Lennox tauschten einen Blick. Die anderen mussten eingeweiht werden. Vielleicht war es sowieso übertrieben gewesen, sie vor dem Horror schützen zu wollen, den die Feuervision voraussagte. Die Situation, in die Alea ihre Freunde gebracht hatte, war zwar schlimm. Aber sie konnte sie nicht dadurch verbessern, dass sie ihnen einen Teil des möglichen Desasters vorenthielt, in das sie nun alle verstrickt waren.

Mit verhaltener Stimme sagte Alea: »Die Silberfadenvision von gestern hat eine riesige Feuersbrunst gezeigt. Das Meer selbst stand in Flammen.«

Schockiert starrten Tess, Sammy und Ben sie an.

»Deswegen hast du mir nichts erklärt«, flüsterte Sammy. »Weil das … das Ende sein könnte.«

»Aber der Tasfar hat angekündigt, dass es Hilfe im Wasser gibt!«, warf Lennox ein. »Er ist hergekommen, um uns einen Ausweg zu zeigen. Das heißt, es gibt einen!«

»Er hat gesagt, wir müssen die Hilfe im Meer erkennen, wenn die tausend Feuer brennen«, erinnerte sich Alea.

Tess fuhr sich aufgebracht über die Dreadlocks. »Es gibt also ganz sicher Hilfe im Meer?«

»Ja, ganz bestimmt«, bekräftigte Alea und hoffte, Tess damit ihre deutlich hörbare Angst nehmen zu können. »Der Tasfar hätte das sonst nicht gesagt.«

»Wir müssen die Hilfe allerdings erst mal erkennen«, sagte Lennox. »Am besten aber nicht erst dann, wenn es zu spät ist.«

»Wie meinst du das?«, fragte Alea.

»Wenn es Hilfe gibt und wir sie schnell finden, können wir die Katastrophe vielleicht sogar verhindern!«

Das war ein fantastischer Gedanke. »Ja!«, rief Alea und hoffte inständig, dass das möglich war.

»Gehen wir ins Wasser. Auf der Stelle.« Lennox' Blick intensivierte sich. »Suchen wir nach dieser Hilfe.«

Alea spürte, wie sich ihre Mundwinkel hoben und in ein breites Lächeln verwandelten. Lennox hatte nun wieder Rotfarn. Er konnte sie begleiten. Wiederfinden würden sie die *Crucis* doch bestimmt, entweder durch die heruntergelassene *Hercules* oder durch eine Finde-Finja!

»Kommt nicht infrage«, mischte Ben sich ein, und er benutzte plötzlich seinen Kapitänstonfall. »Alea hat die ganze Nacht am Ruder gesessen. Sie schläft jetzt erst mal.«

»Aber –«, begann Alea.

Ben unterbrach sie. »Nix da, *aber*. Du legst dich jetzt hin und schläfst mindestens sechs Stunden. Danach kannst du mit Lennox ins Meer.«

Perplex sah Alea ihn an. Es war erstaunlich. Sie war eine Elvarion und zum Anführen geboren. An Bord hatte Ben jedoch das Sagen. Meistens hatte er mit dem, was er entschied, auch noch absolut recht. Wie jetzt gerade. Es war mehr als vernünftig, erst einmal zu schlafen, bevor sie sich mit Lennox auf eine solche Suche machte.

Ben, der offenbar Protest erwartete, wiederholte streng: »Ruh dich aus.«

Alea lächelte. »Du bist ein guter Anführer.«

Ben stutzte. »Ich … ähm.«

»Aye, aye, Käpten! Ich geh schlafen«, sagte sie und schaute zu Lennox.

Der nickte nachgebend. »Ich hau mich auch noch mal hin.«

Zusammen gingen sie unter Deck. Während Lennox erst noch einen Rotfarntee kochte, legte Alea sich in der Mädchenkajüte in ihre Koje. Sie ließ die Tür jedoch offen stehen. Wenn sie sich vorbeugte, konnte sie Lennox in der Küchennische sehen. »Heute Nachmittag schwimmen wir zusammen!«, rief sie zu ihm hinüber.

»Endlich wieder.« Lennox trank seinen Becher Tee in einem Zug leer. Dann ging er zu seinem Schlafsofa. Er legte sich aber nicht hin, sondern nahm sein Kissen und seine Decke und kam zu ihr in die Kajüte. »Darf ich bei dir auf dem Boden schlafen?«

Alea spürte, wie ihr Herz höherschlug. »Ja, klar.«

Und so machte er es sich auf dem harten Holzboden vor dem Stockbett bequem. Sie musste ihn nicht fragen, ob das wirklich okay für ihn war. Für Lennox war es okay.

Kaum hatte Alea die Augen geschlossen, schlief sie schon ein und träumte von züngelnden Flammen, Wasser und Magie.

Am frühen Nachmittag erwachte Alea. Der Wind musste aufgefrischt haben. Deutlich hörte sie, wie die Brise an den Segeln zerrte und wie die Leinen schnarrten.

Verschlafen streckte sie sich und rieb sich die Augen.

»*Misch Lateyna*«, hörte sie Lennox, der ihr damit auf *Hajara* einen guten Morgen wünschte. Er saß gegenüber ihrem Stockbett und lehnte mit dem Rücken an der Wand. Und er lächelte. »Gut geschlafen?«

Alea nickte. »Bist du schon länger wach?«

»Schon eine Weile. Aber ich wollte hierbleiben.«

»Hast du mich etwa beim Schlafen beobachtet?«

»Ein ganz kleines bisschen vielleicht«, gab er zu. »Du weißt gar nicht, wie schön du dabei aussiehst.«

Alea spürte die Hitze in ihre Wangen steigen. Obwohl sie sich vorgenommen hatten, den ganzen Verklemmtheitsquatsch zu vergessen, ließen solch schwere Romantik-Geschütze sie doch noch rot werden.

»Ich hab aber vor allem hier gesessen und nachgedacht«, schob er hinterher.

»Worüber?«

»Ich hatte eine Idee.«

»Was für eine?«

»Wie wäre es, wenn wir eine Finde-Finja fragen, ob sie für uns Hilfe im Wasser finden kann? Das sollten wir als Erstes versuchen.«

»Ja, das machen wir!« Alea schlüpfte aus dem Bett. »Ich geh kurz … wohin.«

Lennox lächelte. »Ja, klar. Ich mach mich an Deck in der

Zeit schon mal startklar. Ich nehme ein Tauchgerät mit. Dann müssen wir nicht mehr an die Oberfläche, nur weil mir die Puste ausgeht.«

»Wunderbärchen.« Alea ging ins Bad, und zehn Minuten später stand sie in ihrem Flex an Deck. Der Flex war eine Art Badeanzug, den ihr einmal ein Gilf namens Portikus geschenkt hatte. Das magische Kleidungsstück passte sich ihrem Körper an und ließ ihr volle Bewegungsfreiheit beim Schwimmen. Bei zu großer Kälte wärmte es sie, und bei Hitze wirkte es kühlend. Außerdem war der wasserglatte türkisfarbene Stoff ungemein hübsch.

Lennox hatte sich bereits einen Neoprenanzug, Schwimmflossen und das Tauchgerät angelegt. In dieser Montur würde er bestimmt gut mit ihr mithalten können.

»Und was macht ihr, wenn Wale kommen?«, wollte Ben wissen, während er Lennox' Tauchflasche überprüfte.

»Dann halte ich Alea fest und bringe sie zurück nach oben«, antwortete Lennox wie aus der Pistole geschossen. Offenbar hatte er sich darüber schon jede Menge Gedanken gemacht. »Ich hab zwar keine Kiemen und Schwimmhäute, aber dafür starke Arme.«

Ben schien zufrieden. »Wir lassen die *Hercules* ins Wasser, sobald ihr gesprungen seid. Aber wenn ein fremdes Schiff kommt oder was anderes ist, ziehen wir sie rauf.«

»So bald wie möglich kommt sie dann aber auch wieder runter«, sagte Sammy. Er beäugte Alea und Lennox, als könnte er es sich kaum verkneifen zu fragen, ob er auch mitkommen dürfe. Allerdings schien er zu spüren, dass die beiden dieses Mal gern allein schwimmen wollten.

»Fertig?«, fragte Alea, die es kaum noch erwarten konnte.

Lennox war startklar. Gemeinsam gingen sie zur Reling, kletterten hinauf, nahmen sich an den Händen und sprangen in die Wellen. Die *Hercules* klatschte gleich darauf ins Wasser.

Alea genoss ihre Verwandlung in vollen Zügen und zelebrierte den ersten Atemzug durch die Kiemen wie eine Wiedergeburt.

Lennox war neben ihr. Er wirkte aufgekratzt, und selbst durch die Tauchmaske konnte sie das erwartungsvolle Leuchten in seinen Augen erkennen.

»Finde-Finja!«, rief Alea in alle Richtungen.

Sie warteten. Währenddessen nahm Lennox Aleas Hand und betrachtete ihre grünlich glänzenden Schwimmhäute. Ganz genau schaute er sie sich an. Dann strichen seine Fingerspitzen mit einer Mischung aus Sehnsucht und Bewunderung darüber. Er sah aus, als ob er etwas sagen wollte, aber das ging wegen des Mundstücks der Sauerstoffflasche natürlich nicht. Seine Augen sprachen jedoch mehr als tausend Worte. Er fand Alea wunderschön.

Dann bemerkte Alea sein Stimmungsspiel. Um Lennox' Brust herum glitt ein sanfter Strom aus goldroten, schillernden Wellen. Die kleinen Wogen schienen aus seinem Herzen zu kommen und formierten sich zu einem fließenden Wirbel um seinen Körper, so als wäre das Gefühl zu stark, um stillzustehen.

Liebe. So sieht Liebe aus, dachte Alea.

Er liebt mich.

»Ich bin hier«, klingelte eine hohe Stimme. Vor ihnen wedelte eine bananengelbe Finja ungeduldig mit ihren tausendäugigen Ärmchen durchs Wasser. »Und?«

Alea brauchte einen Moment, um sich zu fassen. »Danke, dass du gekommen bist«, erwiderte sie und konzentrierte sich. »Mein Freund und ich suchen etwas … Besonderes.«

»Darauf bin ich spezialisiert«, ließ die kleine Magische sie wissen und wirkte fast, als ob sie sich auf die schwierige Aufgabe freute. »Was ist es denn?«

»Bitte suche etwas für uns, was gegen eine Feuersbrunst hilft«, sagte Alea.

Bewegungslos starrte die Finja sie an.

Alea wunderte sich. Normalerweise wedelten die Ärmchen bedächtig, wenn eine Finja über einer Anfrage brütete, aber diese schien nicht zu brüten. Stattdessen fragte sie: »Ist das dein Ernst?«

»Ja!« Hatte die Finja den Auftrag nicht verstanden? »Bitte suche etwas, was –«, fing Alea noch mal an, aber ein empörtes Grummeln der Finja brachte sie zum Schweigen.

»Hier ist es!« Die Finja hob ein paar ihrer Zweige und wedelte herum. »Wasser.« Sie machte ein paar Wellen. »Wasser hilft gegen Feuer.«

Alea starrte sie an. »Ja, klar, aber …«

»Unverschämtheit!«, piepste die Finja, drehte sich um und brauste davon.

»Bitte komm zurück!«, rief Alea ihr nach, aber die Finja würdigte sie keines weiteren Blickes.

Ratlos sah Alea zu Lennox. Mit den Händen signalisierte er ihr, dass sie noch mal rufen sollte.

»Finde-Finja!«, schrie Alea und hoffte, dass sich in diesem Gebiet vielleicht noch eine andere Finja als diese bananengelbe Entrüstungsliese befand. Aber es kam keine.

Dann mussten sie sich wohl selbst auf die Suche machen. Womöglich gab es hier ja auch andere Wesen, die etwas wussten. Der Tasfar hatte ihnen offenbar nicht mehr Informationen geben wollen oder keine weiteren besessen. Aber er hatte gesagt, *dass* es Hilfe gab. Also musste sie auch zu finden sein.

»Lass uns zum Meeresgrund schwimmen«, schlug Alea vor. »Ich habe eine Idee.« Sie wollte nach einer der Anzeigesäulen suchen, die vor langer Zeit von den Gilfen auf dem Meeresgrund errichtet worden waren, um andere Meeresbewohner über Neuigkeiten zu informieren. Konnte sie womöglich selbst etwas an eine dieser Säulen schreiben? Ein Hilfegesuch?

Lennox zeigte ihr den Daumen, und sie machten sich auf den Weg, einfach mitten hinein in den unendlichen Ozean. Lennox schwamm wie Alea mit eng angewinkelten Armen und wellenförmigen Körperbewegungen, die den Meerjungen in ihm unverkennbar zutage brachten.

Alea konnte gar nicht aufhören zu lächeln. Das Gefühl, von der Strömung getragen zu werden, war einfach wunderschön. Lennox ging es wohl ebenso. Um seinen Körper tanzten die schönsten Glücksfarben und -formen. Mit seinen Taucherflossen war er zwar immer noch nicht so schnell wie sie, aber es machte ihr nichts, ihre Geschwindigkeit zu drosseln. Da Lennox besser als andere Landgänger die Luft anhalten konnte, reichte seine Flasche bestimmt auch viel länger als für einen normalen Taucher. Sie hatten Zeit.

Sie schwammen und schwammen, und Alea genoss jede Sekunde, bis sie plötzlich in einen merkwürdigen Schwarm gerieten. Von einer Sekunde auf die andere war er da. Sie waren schon zuvor an ein paar Fischschwärmen vorübergekommen, aber Alea erschrak trotzdem. Denn es waren keine Fische, die auf einmal um sie herumschwebten. Es waren … Schneeflocken.

Mit einer raschen Bewegung zog Lennox Alea an sich und schirmte sie mit seinem Körper ab. Waren sie in Gefahr? Was waren das für Dinger? Alea schaute genauer hin. Um sie herum segelten Hunderte von papierdünnen Tupfen, die an glitzernde Schneeflocken-Deko im Advent erinnerten. Ein zartes Strahlen ging von ihnen aus, das ein verwunschenes Licht in die Meerestiefe zauberte.

»Ich glaube, das sind Wesen«, flüsterte Alea. »Magische Wesen.« Ruhig glitten die Tupfen dahin und verbreiteten ein tief greifendes Gefühl. Zuerst konnte Alea das Gefühl nicht genau zuordnen, das beim bloßen Anblick der Schneeflocken in ihr aufkam, doch dann wusste sie, was es war. Es war Frieden. Die Farbformen um sie herum sprachen ebenfalls davon.

Lennox ließ Alea los. So wie sie schien er zu spüren, dass keine Gefahr drohte. Staunend drehten sie sich um sich selbst. Das Licht der Magischen tauchte ihre Gesichter in ein sanftes Leuchten, und Alea atmete tief aus. Plötzlich fühlte sie sich vollständig sorgenfrei.

»Wer seid ihr?«, wandte sie sich an die Wesen.

Ihre Frage hatte ein leises Summen zur Folge. Hunderte von Schneeflocken summten gemeinsam. »Wir sind Jarias«, kam die Antwort im Chor. Alle schienen gleichzeitig zu sprechen, wie ein riesiger Kreis aus überirdischen, liebevollen Stimmen.

Fragend sah Alea Lennox an. Hatten sie schon einmal etwas von Jarias gehört? »*Was* seid ihr?«

Der Chor der süßen Stimmen antwortete ihr: »Wir sind alles. Und nichts.«

Lennox runzelte die Stirn.

Alea fragte weiter: »Und … was macht ihr gerade?«

»Nichts. Wir machen nichts.«

»Gar nichts?«

»Wir machen nie etwas«, erklärten die Jarias. »Wir sind einfach nur da.«

Wahrscheinlich meditieren sie, dachte Alea bei sich und lächelte.

Lennox lächelte nun ebenfalls.

»Ihr dürft gern eine Zeit lang bleiben«, lud der Jaria-Chor sie ein. »Wer bei uns ausruht, dessen Seele heilt.«

»Was?«, wunderte sich Alea. »Ihr könnt Seelen heilen? Wie macht ihr das denn?«

»Wir machen gar nichts«, war die Antwort. »Wir machen nie etwas. Wir sind einfach nur da. Genau das heilt die Seele.«

Alea sah, wie Lennox die Augen schloss. Wollte er sich ein wenig mit dem Frieden der Jarias auftanken?

Na gut, vielleicht sollte sie das auch für ein paar Minuten tun. Alea schloss ebenfalls die Augen und spürte, wie ihr Herz ganz warm und froh wurde. Hier bei den Jarias war es leicht, sich nicht zu fürchten, keine unheilvollen Gedanken zu haben, sich nicht zu sorgen oder zu ärgern. Man war einfach nur da.

Aleas Atem ging ruhig und stetig, fast wie im Schlaf. Mit Lennox an ihrer Seite schwebte sie inmitten der zart strahlenden Schneeflocken dahin. Lennox nahm ihre Hand. Alea öffnete die Augen und erwiderte sein beglücktes Lächeln mit einem tiefen Seufzen. Um Lennox' Brust herum wirbelte der goldrote Liebesstrom noch stärker als zuvor. Alea blickte an sich hinab. Auch um ihre Brust herum drehte sich solch ein schillernder Wirbel.

Sie ließen sich treiben, waren leicht und frei und glücklich. Es hätte noch ewig so weitergehen können.

Doch mit einem Mal wurden sie unsanft aus der heilen Jaria-Welt hinauskatapultiert.

Ein ohrenbetäubender Knall erklang.

Dann traf sie eine gewaltige Druckwelle.

Jemand schrie um Hilfe.

Im Auge des Seh-Saffiers

»Der Hilferuf kam vom Meeresgrund!«, rief Alea und schoss hinab. »Was war das für ein Knall?«

Lennox war dicht hinter ihr, konnte aber natürlich nicht antworten.

Je tiefer sie kamen, desto trüber wurde das Wasser. Das allein erstaunte Alea allerdings nicht. Auf dem Meeresgrund sammelte sich der Großteil des Mülls, der ins Wasser gekippt wurde. Oft war der Meeresboden von schleimigem Schlick bedeckt, der sich aus dem ganzen Abfall bildete. Hier kam jedoch auch frisch aufgewirbelter Sand hinzu.

Als sie den Boden fast erreicht hatten, erschrak Alea. Tote Fische schwebten gespenstisch umher.

Alea und Lennox kämpften sich in der bräunlichen Suppe voran, und das Atmen wurde schwerer für Alea. Schließlich griff Lennox nach ihrer Schulter. Mit den Händen signalisierte er, dass er umkehren wollte. Bestimmt machte er sich Sorgen, weil sie diesen Dreck einatmete.

»Aber da hat jemand um Hilfe gerufen!«, entgegnete sie. »Wir sind ins Meer gegangen, um Hilfe zu finden. Wie können wir wegschwimmen, wenn jemand anders Hilfe braucht?«

Lennox ließ die Schultern sinken und sah wohl ein, dass es keinen Zweck hatte. Alea konnte wahnsinnig stur sein.

Da trieb ein toter Blauhai an ihnen vorüber. Bestürzt schlug Alea sich die Hand vor den Mund. Der Hai war ganz zerfetzt. Was war nur geschehen?

»Was tut ihr hier?«, hörten sie auf einmal eine hallende Stimme. Durch die Brühe kam ein Gesicht auf sie zu – ein gigantisches Gesicht mit wagenradgroßen Bernsteinaugen.

Alea starrte es wie vom Donner gerührt an. Es gehörte zu einem Seh-Saffier – einem der sonderbarsten, eigenartig-schönsten Wesen der magischen Meerwelt.

Je näher er kam, desto mehr wurde von seinem langen Körper sichtbar, der dem eines riesigen Tausendfüßlers mit unzähligen angewinkelten Beinchen und geheimnisvoll glitzernden dunkelblauen Schuppen ähnelte.

Alea und Lennox waren Seh-Saffieren bereits einmal begegnet, aber dennoch war das Wesen so beeindruckend, dass Alea beinahe vergaß zu atmen. Es kam nun noch näher heran. Sein Körper war mindestens sieben Meter lang, und seine Schuppen klirrten bei jeder Bewegung leise aneinander wie tausend Glasstücke. Es waren allerdings vor allem seine bernsteinfarbenen Augen, die Alea erzittern ließen. Diese Augen waren … reine Magie.

»Ihr dürft nicht ins Wasser!«, rief der Saffier. »Der Virus wird euch töten.«

»Ich bin immun«, erwiderte Alea.

Während der Saffier »Ist es möglich …?« murmelte, fügte Alea hinzu: »Mein Freund ist nur zur Hälfte Meermensch und außerdem durch Rofus geschützt.«

»Gut. Und doch solltet ihr nicht hier sein«, warnte der Saffier. Hinter ihm war ein Geräusch zu hören. Es klang, als hätte jemand Schmerzen. »Walwanderin, du siehst mein Stimmungsspiel. Wir sind in Aufruhr.«

Erst jetzt richtete Alea den Blick auf die Farben des Saffiers. Sie waren in der schmutzigen Trübheit schlecht auszumachen, aber als sie sich darauf konzentrierte, erkannte sie um den Saffier herum kupferfarbene Schlieren. Alea kannte diese Schlieren. Sie zeugten von Verwirrung, Aufregung, Ratlosigkeit. Zwischen ihnen trudelten ein paar olivgrüne Tropfen – *Sorge.* Und um seinen Kopf kreiste ein zackenartiges grelles Gelb – *Gefahr.*

Dieser Seh-Saffier hatte so viele starke Emotionen auf einmal, dass Alea sie kaum erfassen konnte. Sie schaute wieder in seine riesigen leuchtenden Augen. Der Blick des Saffiers wurde durchdringender. Jetzt drehte er den Kopf so, dass nur eines seiner Augen auf sie gerichtet war, und dieses leuchtete nun noch heller. Der Saffier schien aber nicht Alea anzuschauen, sondern einen Punkt *in* ihr. Er blickte in sie hinein!

»Wir Saffiere sehen mehr als andere«, erklärte er. »Du bist kein normales Meermädchen.«

»Ja, das stimmt«, sagte Alea und merkte jetzt, dass sich ihr Hirn im Elvarion-Modus befand. Ihre Gedanken waren klar und zielorientiert. »Wir haben einen Hilferuf gehört. Können wir etwas tun?«

»Eine Elvarion …«, murmelte der Saffier, der ihr offenbar in diesem Moment angesehen hatte, dass sie genau das war. »Eine Elvarion würde niemals zögern, jemandem in Not zu helfen …«, sagte er gedankenvoll.

»Was ist hier passiert?«, fragte sie.

Die Farben des Saffiers wurden kräftiger. »Eine der Bomben ist explodiert.«

»Was für Bomben?« Unter normalen Umständen hätte ihr diese Antwort entsetzliche Angst gemacht.

Lennox war zusammengezuckt. Sein Stimmungsspiel ähnelte dem des Saffiers inzwischen sehr.

»Weißt du denn nicht, wie viele Waffen am Meeresboden liegen?«, fragte der Saffier.

»Nein, ich …«

»Gewehre, alte Munition, Handgranaten, Bomben …« Unendliche Traurigkeit trat in die großen Augen des Magischen. »Landgänger entsorgen Waffen, die ihren Dienst aufgegeben haben, im Meer. Sie werfen sie einfach hinein, und es kümmert sie anscheinend nicht, was für eine große Gefahr davon ausgeht.«

Alea krampfte ihre Finger zusammen. Das hatte sie nicht gewusst. Aber wirklich überrascht war sie darüber nicht.

»Alles, was hier am Meeresboden liegt, ist sehr alt«, erklärte der Saffier. »Es stammt von einem Krieg, der schon lange vorüber ist. Viele der Bomben sind aber noch intakt …«

»… und eben ist eine dieser Bomben hochgegangen?«

»So ist es, und leider waren wir in der Nähe.«

»*Wir?*«

»Wir sind drei. Seh-Saffiere sind immer zu dritt. Einer von uns ist verletzt worden. Ihn hast du um Hilfe rufen hören.«

»Was ist mit ihm?« Alea hörte wieder Geräusche hinter dem Saffier. »Sind die anderen beiden dort drüben?« Ohne auf die Antwort zu warten, schwamm sie los. Ein Stück hinter dem Magischen tauchten zwei weitere Saffiere auf, ebenso riesig und ebenso funkelschön wie der erste.

Alea schnappte nach Luft. Einer von ihnen hatte eine große klaffende Wunde an der Seite! Bläuliches Blut trat aus, und der Saffier wand sich vor Schmerzen.

Als die beiden Lennox und sie entdeckten, starrten sie sie verblüfft an. »Walwanderin, Oblivion!«, rief der verletzte Saffier. »Ihr dürft nicht hier sein! Es ist gefährlich für euch!«

Es war bemerkenswert, dass er in seiner Lage an ihre Sicherheit dachte. »Es ist noch viel gefährlicher für dich!«, wehrte Alea ab und fragte sich, wie schwer seine Verletzung war. Würde er sterben? »Mein Freund Lennox und ich möchten dir helfen. Gibt es irgendetwas, was wir tun können?«

Der verletzte Saffier richtete den Blick in sie hinein, der Saffier neben ihm tat es ihm gleich. Anschließend durchleuchteten sie Lennox, der ganz stillhielt.

Nach einer Bedenkpause sagte der Saffier mit der Wunde:

»Ja, ihr könnt uns helfen.« Er sah zu den anderen beiden. Die drei Magischen nickten einander zu. »Es gibt etwas, was ihr tun könnt.«

»Was ist es?«, fragte Alea. Auch Lennox wurde ganz unruhig. Da Oblivionen die magischen Wesen des Meeres beschützten, musste die Verletzung des Seh-Saffiers ihm regelrecht das Herz in der Brust herumdrehen.

Der Saffier erwiderte: »Macht den Landgängern klar, was sie anrichten. Sie benutzen das Meer als Müllhalde.« Er richtete sich auf und blickte nun wie eine Kobra auf sie herab. »Walwanderin, Oblivion! Erklärt es ihnen, zeigt es ihnen, haltet sie auf!«

Alea erzitterte innerlich. Das war nicht die Antwort, die sie erwartet hatte. Aber es war genau das, was sie tun musste.

»Ich werde überleben, macht euch keine Sorgen«, fügte der Saffier hinzu. »Wir werden jetzt fortschwimmen. Das solltet ihr auch tun. Aber wenn ihr uns wirklich helfen wollt, dann sorgt dafür, dass die Landgänger endlich verstehen, was sie tun. Und dass sie damit aufhören.« Er sah nun abermals mit diesem alles erkennenden Blick in Lennox hinein. »In dir vereinen sich beide Welten, die des Meeres und die des Landes. Das ist der Weg. Nur gemeinsam können die Welten es schaffen.«

Als wäre damit alles gesagt, schwamm der Saffier ein Stück nach oben. Man sah ihm an, dass es ihm schwerfiel. Doch er würde stark genug sein, von hier zu fliehen, das konnte man an seinen geschmeidigen, glasklirrenden Bewegungen erkennen. Die anderen beiden schlossen sich ihm an. »Möge euch stets guter Wellenschlag begleiten«, sagten sie zum Abschied, bevor sie durch das Wasser davonschwammen – ein blauer Funkelspuk, schnell wie das Licht selbst.

Alea merkte nun, wie schwer ihr das Atmen mittlerweile fiel.

Lennox wirkte aufgebracht. Mit heftigen Gesten forderte er sie dazu auf, nun endlich zurückzuschwimmen. Allerdings hatte sie gar nichts mehr einzuwenden. Sie musste aus dieser Plempe heraus, fort von den herumgeisternden toten Fischen, die sie bestimmt noch im Traum verfolgen würden.

Im Eiltempo setzten sie sich in Bewegung und schwammen nach oben. Lennox' Tauchflasche war beinahe leer, und es war höchste Zeit, zur *Crucis* zurückzukehren. Je höher sie kamen, desto besser konnte Alea atmen, und bald war alles wieder normal. An der Wasseroberfläche hatte man wahrscheinlich noch nicht einmal etwas von der Bombenexplosion bemerkt.

Sie folgten den hellgrauen Spuren, die sie selbst im Wasser hinterlassen hatten und die Alea als Walwanderin sehen konnte. Doch die Spuren waren durch die Strömung verwischt und bald gänzlich verschwunden. Dort, wo die *Crucis* ungefähr sein musste, war sie außerdem nicht.

Alea seufzte. »Finde-Finja!«, rief sie ins Meer hinein.

Es verging keine Minute, da kam eine zu ihnen. Es war

die bananengelbe von vorhin, und sie schien alles andere als begeistert, sie wiederzusehen. »Was ist?«, fragte sie in patzigem Ton.

»Wir suchen unser Schiff, die *Crucis*. Sie ist durch Skorpionfische getarnt. Könntest du sie für uns finden?«, bat Alea so freundlich wie möglich.

»Ich beantworte keine Fragen!«, schnappte die Finja.

Alea biss sich auf die Lippe und ärgerte sich. Sie wusste doch, dass Finjas niemals Fragen beantworteten! »Bitte finde die *Crucis* für uns!«, versuchte sie es noch einmal.

Die Finja zögerte und klimperte unzufrieden mit mindestens einhundert Augen. Dann fing sie jedoch an zu brüten, und kurz darauf spannte sie ihre immer schneller kreisenden Ärmchen hoch. »Folgt mir«, klingelte sie maulig und schwamm los.

Alea war froh, dass die Finja ihnen trotz allem half.

Wenig später hielt diese knapp unter der Wasseroberfläche an. »Ich habe gefunden, was ihr gesucht habt«, verkündete sie. »Ich bin eine Finde-Finja.«

»Vielen Dank«, sagte Alea und kämpfte mit sich. Sollte sie vielleicht …

Als sich die Finja schon abwandte, schob Alea schnell nach: »Vorhin haben wir etwas anderes gemeint als das, was du gedacht hast. Wir suchen nach einer Hilfe gegen –«

»Ich irre mich niemals!«, fauchte die Finja. Jetzt war sie richtig sauer. Mit einer wilden Bewegung drehte sie sich um und stob wütend davon.

Lennox schüttelte den Kopf. Alea seufzte, schwamm

mit ausgestreckten Händen voran und ertastete bald den Rumpf der *Crucis*. Sobald sie an Deck kamen, zog Lennox sich das Mundstück heraus. »Wir hatten so ein Schwein da unten!«

»Das stimmt.« Nur durch Glück waren sie nicht schon am Meeresboden gewesen, als die Bombe explodierte. »Hilfe gegen eine Feuersbrunst haben wir allerdings keine gefunden.«

»Wir müssen unbedingt bald wieder runter und weitersuchen«, sagte Lennox, während er seine Tauchflasche abnahm. »Hoffentlich kommt dann eine andere Finja. Diese war 'ne echte Zicke.«

»Sie hat uns aber zur *Crucis* gebracht«, wandte Alea ein.

Lennox schnaufte. »Richtig. Gründen wir einen Fanklub.«

Ben kam nun aus dem Deckshäuschen und stampfte zweimal fest mit dem Fuß auf die Planken. Das war das Zeichen dafür, dass alle, die unter Deck waren, heraufkommen sollten. »Wir mussten die *Hercules* hochziehen«, erklärte er und wies auf einen Tanker, der am Horizont zu sehen war. »Vielleicht guckt da jemand durchs Fernrohr …«

»Kein Problem, uns hat eine Finja hergeführt.« Lennox stieg aus den Schwimmflossen.

Es dauerte keine halbe Minute, bis Tess und Sammy durch die Bordtür stürmten. »Schneewittchen, du bist wieder da!«, freute sich Sammy. »Wo ist Scorpio?«

Obwohl Lennox direkt neben Alea stand, sahen Sammy

und Tess ihn wieder einmal nicht. Tess blickte sich suchend um.

»Hier«, sagte Lennox, und in diesem Moment wurde er für sie sichtbar. Es war ein Effekt, an den sie sich mittlerweile gewöhnt hatten.

»Habt ihr Hilfe gefunden?«, fragte Tess.

»Nein, leider nicht.« Alea schnitt eine Grimasse. »Es ist was dazwischengekommen.« Nun erzählten Lennox und sie den anderen zuerst von der eingeschnappten Finde-Finja, dann von der wundervollen Begegnung mit den Jarias und schließlich von der Bombenexplosion und dem verletzten Seh-Saffier.

Tess, Ben und Sammy waren entsetzt.

»Da ist eine Rostbombe hochgegangen?«, rief Ben.

Alea zog die Stirn in Falten. »Nennt man das so?«

»Ja.« Aufgewühlt fuhr Ben sich mit beiden Händen durchs Haar. »Der Saffier hat recht. Überall in den Meeren liegen ganze Waffendeponien – veraltete Bestände, die man loswerden wollte. Nach dem Zweiten Weltkrieg wurden sehr viele Waffen im Meer entsorgt. Und das, obwohl viele davon noch scharf waren und jederzeit hochgehen konnten.«

Das hatten sie ja selbst erlebt. Alea spürte, wie Wut in ihr hochkam. Diese Wut war nicht neu, aber sie war stärker als je zuvor.

Ben sprach weiter. »Dieses Zeug rostet seit Jahrzehnten vor sich hin. Das bedeutet aber nicht, dass es langsam unschädlich wird. Ganz im Gegenteil. Dadurch, dass die

Oberflächen brüchig werden, treten immer mehr Gifte aus.«

»Was?«, rief Lennox und klang ebenso zornig wie Alea.

Ben nickte finster. »Wir haben mit den *Ocean Knights* schon mal dagegen protestiert – Unterschriften gesammelt und dazu aufgefordert, die Waffen aus dem Meer zu holen.«

»Und?«, fragte Alea tonlos. »Hat es was gebracht?«

»Nein«, entgegnete Ben. »Es hat gar nichts gebracht.«

Alea sah ihm an, wie frustriert er war. Hilflosigkeit spiegelte sich in seiner Miene, und das war schwer zu ertragen. Wenn schon jemand wie Ben sich hilflos fühlte – Ben, der eine große, starke Organisation wie die *Ocean Knights* im Rücken hatte! –, was sollte *sie* denn dann gegen die Vermüllung der Meere tun?

»Zum Glück ist euch nichts passiert. Es gibt so viel gemeingefährlichen Mist im Meer!« Resigniert schüttelte Ben den Kopf. »Mir geht auch diese kaputte Stelle an der Bohrinsel nicht aus dem Kopf. Wenn aus der *Kystens Stolt* Öl austritt, ist das noch schlimmer als rostende Waffen. Wenige Tropfen Öl verunreinigen riesige Mengen Meerwasser. Nur wenige Tropfen!« Er schien aufgebracht und müde zugleich. »Ich habe übrigens eine Mail von Magnus bekommen. Das ist ein Freund von mir bei den norwegischen *Ocean Knights*. Er hat geschrieben, dass er mit jemandem von der Ölbohrinsel geredet hat. Ihm wurde versichert, dass eine Untersuchung stattfinden wird. Aber …«

»Was?«, fragte Alea. »Das ist doch gut!«

»Ich glaube nicht, dass da wirklich irgendwas gemacht wird«, antwortete Ben mit steiler Falte zwischen den Augenbrauen. »Bei denen rufen bestimmt ständig irgendwelche Leute an, die sich Sorgen machen. Und ich habe Magnus ja noch nicht mal verraten, woher ich die Information mit dem Leck habe. Wahrscheinlich haben sie ihn für einen Spinner gehalten.«

»Und jetzt?«, fragte Sammy.

Ben seufzte. »Am liebsten würde ich so schnell wie möglich zu dieser Bohrinsel segeln und Alea runterschicken, damit sie sich die beschädigte Stelle ansieht.« Fragend sah er sie an. »Du willst aber bestimmt zuerst zum norwegischen Festland, um diese Walwanderin zu suchen, oder?«

»Nein, ist schon okay«, erwiderte Alea. »Die Walwanderin hat sich noch nicht wieder gemeldet. Wir sollten unbedingt zuerst zu der Bohrinsel segeln.« Ihr war ganz und gar nicht wohl bei dem Gedanken, dass die Verantwortlichen die Warnung womöglich einfach ignorierten.

»Gut, dann machen wir das«, entschied Ben. »Ich hab den Kurs schon berechnet. Wenn sich der Wind nicht dreht, müssten wir *Kystens Stolt* morgen Abend erreichen.« Er wandte sich ab. »Ich geh wieder hinters Steuer.«

Aus Aleas feuchtem Haar tropfte es auf die Planken. »Und ich geh duschen.« Rasch lief sie unter Deck und stellte sich unter die kalte Dusche. Seit sie sich zum ersten Mal verwandelt hatte, mochte sie warmes Badewasser nicht mehr und fühlte sich in der Kälte viel wohler. Während das Wasser an ihr hinabfloss, blickte sie zum Bullauge hinaus. Was konnte sie nur tun, um die Meere zu retten? So viele schienen das feste Vertrauen in sie zu haben, dass sie es schaffen konnte. Aber *wie* sie das machen sollte, hatte ihr noch niemand gesagt.

Als Alea im Bademantel aus dem Bad kam, stand Tess in der Kochnische und bereitete das Abendessen vor. Nachdem Alea sich angezogen hatte, wollte sie Tess helfen, aber die sagte nur: »Ach was, das mach ich schon.« Wie immer wollte sie Alea Arbeit abnehmen. »Ruh dich aus. Du hattest einen denkwürdigen Nachmittag.«

»Danke.« Alea lächelte und ging an Deck. Lennox und Ben saßen gemeinsam im Deckshäuschen hinter dem Steuerrad. Sie schienen in ein Gespräch vertieft zu sein. Sammy lehnte am Türrahmen. Alea hörte ihn fragen: »Sollen wir Karten spielen?«

Alea konnte die Erwiderung der Jungs nicht verstehen, aber offenbar wollten sie nicht. Sie hörte lediglich, wie Sammy antwortete: »Wir machen das also nicht. Wann denn nicht? Jetzt? Oder machen wir es ein andermal nicht?«

Ben verdrehte die Augen und scheuchte Sammy weg.

Als dieser brummelnd davondackelte, entdeckte er Alea. »Schneewittchen, geh da besser nicht rüber«, warnte er sie. »Die Jungs sind in ein Männergespräch über Niki vertieft.«

»Oh.« Da wollte sie wirklich nicht stören.

Sammy zückte Bens Handy. »Sammys Abenteuertagebuch, einunddreißigster Juli, Eintrag dreiundzwanzig«, sagte er, während er eine neue Sprachaufnahme laufen ließ. »Scorpio, der schneidige Securityman der Alpha Cru, schlug Libra soeben vor, seine große Liebe Niki anzurufen und mal richtig mit ihr zu reden. Libra war jedoch dagegen. Er scheint sich zwar seit ihrem unverhofften Telefonat mehr denn je nach Niki zu sehnen, aber er will sie nicht in Gefahr bringen. Wörtlich sagte er: *Jeder, der mit uns zu tun hat, könnte in Orions Visier geraten.*« Sammy stockte. Plötzlich schien er Angst zu bekommen. »Genug«, sagte er und steckte das Handy weg. »Machen wir was Tolles, Schneewittchen?«

»Am besten was Lustiges.«

»Lachen?«

Sie grinste. »Deine Lach-Routine findet doch immer nur morgens statt, oder? Aber wir können natürlich auch einfach so lachen.« Ihr Grinsen wurde breiter. Nachdem sie an diesem Nachmittag nur knapp einer Bombe entgangen war, tat es gut, wieder in Sammys Welt einzutauchen. »Oder sollen wir lieber Karten spielen?«

»Hm.« Sammy kniff die Augen zusammen und blickte zu den gehissten Segeln hoch. »Der Wind steht gut. Wie wäre es, wenn wir einen Luftballon fliegen?«

»Einen Luftballon?«

»Ich zeig es dir.« Sammy lief los und holte einen knallroten Ballon aus einer Kiste. Er blies ihn auf und befestigte eine lange Schnur daran. »Am besten da drüben!«

Alea folgte Sammy zum Heck. Dort ließ er den Ballon los, der sofort vom Wind erfasst und fortgeblasen wurde.

Sammy hielt ihn jedoch an der Schnur fest und zog ruckartig daran, sodass der Ballon in der Luft zu tanzen begann. »Guck mal!«, rief Sammy mit leuchtenden Augen. »Ich flieg den!«

Staunend schaute Alea vom Ballon zu Sammy und von Sammy zum Ballon. Der Junge schien absolut und vollkommen glücklich zu sein, als gäbe es für ihn nur diesen einen Moment. Anscheinend hatte er alles andere vergessen – alle Sorgen, alle Befürchtungen, alle drohenden Gefahren. Und dadurch vergaß Alea sie ebenfalls für einen Augenblick. Lächelnd murmelte sie: »Samuel Draco, du bist mein ganz persönlicher Jaria.«

Hinterm Wasserfall

Plötzlich stürzte Ben zu ihnen und riss Sammy die Schnur aus der Hand. »Bist du verrückt geworden?« Er zog den Luftballon zu sich heran und brachte ihn zum Platzen. »Du hast sie doch nicht mehr alle!«

Sammy protestierte: »Ich hab den geflogen!«

Ben nahm ihn bei den Schultern. »Hast du vergessen, dass Dinge, die nur durch eine Leine mit der *Crucis* verbunden sind, für alle sichtbar werden?«

Alea erschrak. Daran hatte sie selbst auch nicht gedacht!

Sammy zog einen Schmollmund. »Der Tanker ist total weit weg!«

»Wir dürfen kein Risiko eingehen!«, wetterte Ben.

Sammy ließ die Schultern hängen. »Tut mir leid.« Seine Augen hatten ihren Glanz verloren. »Da hab ich nicht dran gedacht.«

Alea wurde das Herz schwer. Es war so schön gewesen, dass Sammy alles Schlimme hatte vergessen können! Seine Sorgen auszublenden, war aber wohl nur gut, solange die Sorglosigkeit niemanden in Gefahr brachte.

»Ist dir denn nicht klar, wie leicht alles schiefgehen könnte?«, rief Ben.

Alea senkte den Kopf. Wenn Sammy doch nur ein ganz normaler Neunjähriger hätte sein dürfen. Das alles tat ihr so furchtbar leid …

»Wir wissen nicht, wo Orions Leute lauern«, schimpfte Ben weiter. »Wir müssen vorsichtig sein!«

»Unser ganzes Leben lang?« Es war Tess. Sie musste eben an Deck gekommen sein. Als niemand etwas sagte, murmelte sie: »Das Essen ist fertig.«

Wortlos schlurften sie alle durch die Bordtür nach unten in den Salon. Abends wurde es draußen recht frisch, und im Bauch des Schiffs war es viel gemütlicher. Tess hatte auf dem Couchtisch gedeckt.

Sammy schüttelte sich wie ein nasser Hund, so als wollte er alle unangenehmen Gefühle abstreifen. Dann rief er: »Hm, lecker, Kartoffelsuppe!«, und ließ sich auf dem Fußboden nieder. Sie saßen beim Essen im Salon immer auf dem Holzboden um den niedrigen Tisch herum. Tess hatte zusätzlich zur Suppe eine große Schüssel Salat gemacht. Lennox und Alea liebten Rohkost.

Während sich nun alle setzten und zu essen begannen, merkte Alea, dass Sammy trotz Bens Tirade offenbar nicht vorhatte, sich die Stimmung vermiesen zu lassen. Mit Grüblermiene sagte er: »Meermenschen haben Knubbel zwischen den Fingern, die sie an Land am liebsten verbergen wollen …«

»Sag nicht so was«, brummte Tess.

Unbeeindruckt redete Sammy weiter. »Mir ist was aufgefallen. Die englische Queen winkt doch immer auf diese ganz spezielle Weise mit zusammengehaltenen Fingern. Und sie trägt Handschuhe …«

Alea verschluckte sich fast. »Du glaubst, die Queen ist ein Meermensch?«

Lennox brach in lautes Lachen aus.

»Könnte doch sein!«, beharrte Sammy.

»Das halte ich für eher unwahrscheinlich«, entgegnete Tess, allerdings zuckte es dabei um ihre Mundwinkel. »Die Queen hat kurze Haare. Hinter ihren Ohren sind bestimmt keine Raffnarben. Die würden sonst auffallen.«

»Aber diese kurzen Löckchen decken doch alles hinter den Ohren ab!« Sammy nickte, als wollte er sich selbst beipflichten. »Außerdem trägt die Queen ganz oft Hüte!«

Ben verpasste ihm eine Kopfnuss.

»Die Queen ist ein Meermensch!«, rief Sammy.

Brüllendes Gelächter war die Antwort. Selbst Tess lachte so sehr, dass sie sich den Bauch halten musste.

Als sich alle wieder beruhigt hatten, war die Stimmung so gelöst, dass eine Unterhaltung über ganz normale Dinge begann – über den Kurs, das Wetter, die angeknackste Planke achtern. Über den alten Fischereikorb, der schon seit Monaten am Heck in der Ecke gestanden und dort vor sich hin gegammelt hatte, weil niemand wusste, wozu er gut sein könnte. Und darüber, ob Alea Sammy beim nächsten Bandauftritt wieder ihre puscheligen Ohrenschützer leihen würde. Sammy fand, damit sähe er »echt heiß« aus. Ben konterte, dass ihm mit den dicken Dingern wahrscheinlich nur heiß *war*. Alle lachten – bis auf Sammy, der ein pseudobeleidigtes Gesicht machte.

Dann eröffnete er ihnen grinsend, dass er unbedingt einen neuen Zylinder haben wollte. Kaum hatte Sammy das gesagt, wurden alle schlagartig ernst. Jedem von ihnen war klar, wo Sammy seinen letzten Zylinderhut verloren hatte: in der Villa Konungur, auf der Flucht vor Orion.

Sammy sog scharf die Luft ein, als hätte er sich verbrannt. »'tschuldigung.«

»Schon gut«, versicherte ihm Alea, doch die anderen schwiegen nachdenklich.

Nach einer kleinen Pause legte Ben den Löffel zur Seite. »Ich habe noch mal über die Sache mit den verschollenen Meerkindern nachgedacht.«

Erstaunt hob Alea die Brauen. »Ja?«

»Wir brauchen unbedingt Verstärkung gegen Orion, und wir müssen jetzt endlich mal richtig darüber reden.« Ben sah in die Runde. »Selbst wenn wir nur eine Handvoll von den Meerkindern finden würden, wäre das schon eine riesige Hilfe. Aber wir haben immer noch keinen Plan für die Suche nach ihnen.«

»Eine Handvoll Kinder?«, zweifelte Tess. »Was können so wenige für einen Unterschied machen?«

»Es sind ja keine normalen Kinder«, erinnerte Lennox Tess und schien sich zu bemühen, ganz ungezwungen mit ihr zu reden. »Jeder Meermenschenstamm ist mit speziellen Gaben ausgestattet.«

»Was denn für welche?«, hakte Sammy nach. »Darüber habt ihr noch gar nicht so viel erzählt.«

»Viel wissen wir eigentlich auch nicht.« Alea überlegte. »Also, es gibt natürlich Walwanderer und Oblivionen. Außerdem einen Stamm namens Zalti, das sind Bauern, die wohl sehr stark sind. Dann die Kendarer, die Geschichtenbewahrer.« Alea lächelte in sich hinein. Die weise Artama, die Lennox und sie in Rach Turana getroffen hatten, war eine Kendarerin gewesen. »Sie können sich sehr leicht Erzählungen merken und diese wortwörtlich wiedergeben.«

»Und es gibt Roix, die Heiler«, merkte Lennox an.

Das war ihnen allen klar, denn Doktor Orion war selbst ein halber Roix und besaß daher die Fähigkeit, Krankheiten auf einen Blick zu erkennen.

»Die Darkoner waren die Polizisten der Meermenschen«, fuhr Alea fort. »Aber was für Gaben sie haben, weiß ich gar nicht.« Sie dachte nach. »Und dann gibt es noch einen Stamm namens Brim. Die Brim waren darauf spezialisiert, Müll mithilfe von Sengbohnen zu beseitigen.« Sengbohnen produzierten so etwas wie flüssiges Feuer. Die großen Bohnen, die die Brim dazu benutzt hatten, waren für andere Meermenschen allerdings lebensgefährlich. »Brim können große Hitze aushalten.«

»Wir haben auch von Quinks und Marmullas gehört«, setzte Lennox hinzu, »aber wir wissen nicht genau, was das für Stämme sind.«

»*Bien.*« Tess schien das Gesagte im Kopf noch mal durchzugehen. »Ihr wollt diese Meerkinder also finden, weil sie höchstwahrscheinlich so was wie Superkräfte haben und dadurch beim Kampf gegen Orion nützlich sein könnten?«

»Es gibt mehrere Gründe«, erwiderte Alea. »Ich möchte auch Anthea finden.« Die Sehnsucht nach ihrer Zwillingsschwester war ungebrochen, und während sie sprach, schloss sich ihre Hand um den Fotostein, den sie wie immer in ihrer Hosentasche bei sich trug. »Anthea ist ja auch ein verschollenes Meerkind.«

»Außerdem würdest du mit den Meerkindern gern eines Tages die Meerwelt wiederaufleben lassen, oder?«, fragte Sammy.

»Ja, wenn wir das Mittel gegen den Virus von Orion bekämen und wenn die anderen Kinder auch immun werden könnten, wäre das ja tatsächlich möglich.«

»Ich höre ziemlich oft *wenn …*«, bemerkte Tess.

»Der wichtigste Grund ist momentan aber, dass wir Leute auf unserer Seite brauchen, die Orion was entgegenzusetzen haben«, lenkte Lennox das Gespräch wieder auf die Verteidigung.

Zum Beispiel einen Oblivion, der mein Wasser-Bodyguard sein kann …, fügte Alea in Gedanken hinzu.

»Ich finde, das ist eine fantastische Idee«, sagte Tess, die am Anfang noch skeptisch geklungen hatte. Offenbar hatte sie nun eingesehen, dass andere Meerkinder zusätzlichen Schutz bedeuten konnten. »Je mehr wir finden, desto besser.«

»Ja!«, begeisterte sich Sammy. »Vielleicht einen Zalti mit

einem Kreuz wie ein Baum! Einen, der Orions Leute einfach so umhauen kann!«

»Besser eine von den Brim!«, rief Ben, der zu hoffen schien, dass so jemand sich irgendwann wieder um den Müll in den Ozeanen kümmern könnte.

»Aber wie?«, wies Alea auf die große offene Frage hin. »Wie sollen wir die anderen finden?«

»Leider leben ja alle an Land«, stellte Sammy fest. »Das heißt, man kann keine Finde-Finja mit der Suche beauftragen.«

Alea musste lachen, dann wurde sie wieder ernst. »Diese Kinder leben wahrscheinlich ganz normale Landgängerleben und wissen noch nicht einmal, dass sie Meermenschen sind.«

»Bestimmt war es bei vielen wie bei dir und Anthea«, sagte Lennox. »Ihre kranken Meereltern haben sie damals an Land gebracht, weil sie wussten, dass sie selbst an dem Virus sterben würden und ihre Kinder im Meer keine Überlebenschance hatten. Also übergaben sie sie wildfremden Landgängern und baten sie, ihre Kinder an ihrer Stelle großzuziehen.«

»Es leben also wahrscheinlich viele von diesen Meerkindern an den Küsten«, hielt Tess fest. »Das ist schon mal eine Gemeinsamkeit.«

Ben fasste zusammen: »Die Kinder sind außerdem alle Waisen und leben bei Pflegeeltern. Wie hilft uns das, sie zu finden?«

Alea dachte nach. »Artama hat gesagt, dass viele der

Meereltern damals die gleiche Lüge benutzt haben. Sie erzählten den Landgängern, dass ihr Kind Kälteurtikaria hätte und gegen kaltes Wasser allergisch wäre.« Ihr Blick wurde starr. »So wie meine Mutter das auch Marianne erzählt hat. Und ich habe dann geglaubt, ich würde an einem allergischen Schock sterben, wenn ich ins Wasser falle.« Sie blinzelte kurz. »Aber ich weiß natürlich, dass meine Mutter mich nur vor dem Virus schützen wollte. Sie hat garantiert nicht geahnt, dass ich immun bin.«

Ben kratzte sich am Kinn. »Wenn die meisten Meereltern diese Story benutzt haben, dann grenzt das den Rahmen ziemlich ein. Wir suchen nach Kindern, die denken, sie würden an Kälteurtikaria leiden. Wo findet man die?«

»Beim Arzt?«, fragte Sammy. »Können wir uns irgendwie in Ärztedaten reinhacken?«

»Lennox ist zwar ziemlich gut am Computer«, entgegnete Alea, »aber man müsste ja auf der ganzen Welt suchen. Und es gibt weltweit echt viele Ärzte!«

Lennox wirkte sehr nachdenklich. »Artama und die wenigen Überlebenden in Rach Turana haben ja damals diese Spielzeug-Schneekugeln entwickelt, um die Meerkinder zu finden …«

»Stimmt!«, rief Alea. Nur durch eine dieser Schneekugeln waren sie selbst überhaupt zum Loch Ness und nach Rach Turana gekommen. »Artama hat allerdings auch gesagt, dass du und ich innerhalb der elf Jahre die einzigen Meerkinder waren, die der Botschaft gefolgt sind.«

»So richtig gut hat das mit den Kugeln also nicht funktioniert«, kommentierte Tess.

Aber Lennox wollte wohl auf etwas anderes hinaus. »Es war damals trotzdem eine gute Idee, die Kinder über Spielzeug erreichen zu wollen. Inzwischen sind die Meerkinder allerdings längst keine Babys mehr. Die meisten müssten in unserem Alter sein. Und wie erreicht man Kids in unserem Alter?«

»Übers Internet!«, rief Tess.

Lennox lächelte sie erstaunlicherweise an. »Ganz genau.«

Aufgeregt beugte Alea sich vor. »Wie willst du sie übers Netz finden?«

»Wie wäre es, wenn wir so etwas wie eine Nachricht in den sozialen Netzwerken platzieren würden?«, schlug Lennox vor. »In etwa so: *An alle mit Kälteurtikaria, die trotz ihrer Krankheit den Ruf des Wassers spüren* … Und dann fordern wir die Meerkinder auf, an einen bestimmten Ort zu kommen. Da treffen wir sie.«

In Aleas Kopf ratterte es. »Das ist brillant! Wir machen ein Treffen aus!« Sie wurde ganz hibbelig. »Wie wäre es, wenn wir ihnen sagen, dass sie nach Norwegen kommen sollen?«

»Ein Ort in Zentraleuropa wäre wesentlich leichter zu erreichen«, wandte Ben ein.

Sammy schrie: »*De Wafelfabriek* in Brügge!«

Alea musste lachen. »Dann kämen wir endlich mal dahin.«

»Das ist gar keine schlechte Idee«, sagte Ben. »Brügge

ist mittendrin und liegt fast am Meer. Nachdem wir bei der Bohrinsel waren und nach der Walwanderin gesucht haben, könnten wir hinsegeln. Es ist nicht allzu weit. Bei gutem Wind etwa fünf Tage. So hätten auch die Meerkinder genügend Zeit hinzukommen.«

»Also ist es abgemacht? Wir treffen uns in der *Wafelfabriek* mit den Meerkindern?«, quiekte Sammy. »Das ist perfekt! Ben, erinnerst du dich? Da fließt doch so ein Flüsschen durch die Stadt, und hinter dem Waffelcafé ist sogar ein Wasserfall mit diesem Veranstaltungsraum! Der passt wie die Faust aufs Auge!«

»Bitte *was*?«, fragte Alea. Ein Wasserfall mit Veranstaltungsraum?

»Moment mal!«, bremste Tess den allgemeinen Überschwang. »Bevor wir über den Ort reden, müssen wir uns erst mal darüber Gedanken machen, ob Orion und seine Leute das Ganze nicht vielleicht auch sehen und uns so finden könnten.«

»Ich würde extra für diese Sache eine E-Mail-Adresse einrichten«, entgegnete Lennox. »Wenn Meerkinder unsere Nachricht im Internet entdecken und sich angesprochen fühlen, können sie an diese Adresse schreiben. Erst dann verraten wir, dass der Treffpunkt die *Wafelfabriek* in Brügge ist.«

»Aber wie genau soll diese Nachricht die Meerkinder erreichen?«, fragte Ben. »In den sozialen Netzwerken sind Millionen von Menschen unterwegs!«

Lennox schien einen Plan zu haben. »Es gibt Algorithmen, die Zielpersonen und eine bestimmte Altersgruppe einkreisen können.«

»Du meinst, bei einer Anzeige?«, rief Ben. »Ja! Wir geben eine Anzeige auf!«

Genau das hatte Lennox anscheinend im Sinn. »Bei Anzeigen kann man sagen, welche Altersgruppe den Inhalt lesen soll.«

»Das ist alles schon ziemlich gut«, murmelte Tess grübelnd. »Wir sollten aber auch ein Bild von Wasser oder Wellen dabeihaben. Oder … Moment … *oui*!« Sie sah aus, als wäre ihr gerade etwas Geniales eingefallen. »Ich hab's!«

Erwartungsvoll blickten alle sie an.

»Wir schreiben einen Song!«, rief Tess. »Wir schreiben einen Song für die Meerkinder!«

»Jaaa!« Sammy sprang auf. »Mit einem Song erregen wir viel mehr Aufmerksamkeit als nur mit einem Bild!« Sein Gesicht wurde vor Aufregung puterrot. »Wir singen darüber, dass wir die weltbeste Alpha Cru sind, die um die Welt segelt und von Island bis Peru schon überall war!«

»Peru?«, fragte Tess. »Wart ihr schon mal in Peru?«

»Nö, aber das steht ganz oben auf der Liste! Und außerdem reimt sich Peru auf Cru.«

Alea grinste. »Holen wir unsere Instrumente!«

Fünf Minuten später ging es schon los. Diesmal begann Alea. Sie spielte eine Melodie vor, die ihr irgendwann während der vergangenen Tage beim Stimmen ihrer Gläser eingefallen war. Sie war träumerisch und ein bisschen traurig, so wie Aleas Sehnsucht nach den Meerkindern.

Die anderen mochten sie sofort. Lennox und Tess fanden Akkorde dazu, und schon waren sie mittendrin im Songwriting. Als die Musik geschrieben war, machten sie sich an den Text. Über eine Stunde lang saßen sie daran, aber dann war auch dieser fertig. Das Lied hieß *Hinterm Wasserfall.*

Wo kannst du sein? Fühlst du dich allein?
Hältst dich fern von der See, und doch hast du Heimweh
Sie sagen dir: Pass auf, nimm kein Risiko in Kauf
Das Wasser bringt dich sonst um,
doch dein Herz fragt warum

Gehörst du dazu? Komm zur Alpha Cru
Wir segeln um die Welt, von Island nach Peru
Sag, träumst du vom Meer
Vermisst du die See so sehr
Fühlst du in dir den Widerhall?
Triff uns hinterm Wasserfall

Zwischen Fingern und Zehen ist dein wahres Ich zu sehen
Es zeigt sich hinter den Ohren – du bist anderswo geboren
Ein Geheimnis tut weh, wenn man es nicht versteht
Und der Ozean ruft, weil nur er dich erschuf …

»Wir müssen den Text später dann auch auf Englisch einblenden, damit er auf der ganzen Welt verstanden wird«, überlegte Tess laut. »Alea, übernimm du den Leadgesang«, setzte sie dann hinzu. »Wir anderen sind dein Background.«

Alea ließ die Hände sinken. »Ich soll allein den Hauptteil singen?«

»Mach dir mal nicht ins Hemd«, sagte Sammy grinsend. »Du singst wie ein Engel, und ein geheimnisvolles Gänsehautlied wie das hier braucht genau so eine Stimme wie deine.«

Das fanden die anderen auch, und Alea war überstimmt. Also fügte sie sich in ihr Schicksal und sang. Die anderen spielten dazu und begleiteten sie auch gesanglich an einigen Stellen. Erst als sie fertig waren, merkte Alea, dass Tess mit ihrem Handy alles aufgenommen hatte.

»Wir brauchen ja eine Datei fürs Internet«, erklärte sie. »Die Qualität ist zwar nicht gerade toll, aber es wird gehen.« Die Kraft des Liedes kam trotz eines penetranten Hintergrundrauschens gut heraus.

»Man muss sich halt vorstellen, das wäre Wellenrauschen«, sagte Sammy. »Apropos: Wer hat schöne Fotos von Wellen?«

»Ich!« Alea hatte mit ihrem Handy jede Menge gemacht. Nichts fotografierte sie lieber als das Meer.

»Schickt mir alles auf den Laptop«, bat Lennox. »Ich werde ein Video zu dem Song machen, und dann stellen wir ihn ein.« Er holte bereits den alten *Crucis*-Laptop heraus und schlug einmal kurz gegen die rechte Seite, da das Teil sonst nicht hochfuhr.

Alea lief schnell in ihre Kajüte zu ihrem Handy und

schickte Lennox ihre schönsten Aufnahmen – Fotos und kleine Videos von Wellenkämmen, auf denen helle Schaumkronen in der Sonne glitzerten.

Während Lennox sich an die Arbeit machte, räumten Alea und die anderen das Geschirr vom Abendessen weg.

Als Alea gerade Sammys Teller hochnehmen wollte, hielt er sie zurück. »Lass meinen Teller bitte stehen.«

»Wieso?«, fragte sie verwundert. »Wozu brauchst du den denn noch?«

»Zum Abräumen.«

Meeresgrund

Alea erwachte mit einem Lächeln. Zuerst wusste sie nicht, weswegen sie lächelte, aber dann fiel ihr wieder ein, dass Lennox inzwischen bestimmt mit dem Video zu ihrem Song fertig war. Als sie sich am vergangenen Abend ins Bett gelegt hatte, war er noch ganz vertieft darin gewesen, aber inzwischen war ihr Ruf vielleicht schon in die Welt hinausgegangen.

Alea sprang aus den Federn und schlüpfte in die Jeans vom Vortag. Tess, die in der Koje über ihr lag, grummelte etwas Unverständliches und drehte sich auf die andere Seite. Rasch warf Alea sich auch noch ein frisches T-Shirt über und huschte in den Salon.

Lennox lag schlafend auf seinem Sofa. Alea setzte sich auf den Rand. »Lennox«, flüsterte sie. Wenn er nicht reagierte, würde sie ihn in Ruhe lassen und ihre Neugierde zähmen, bis er von selbst aufwachte …

Er rührte sich nicht. Mit einem kleinen Seufzer stand Alea auf, aber gerade als sie gehen wollte, schlang sich ein Arm um ihre Mitte und zog sie auf das Sofa zurück.

Alea kicherte leise. »Du bist also doch wach!«

»Jetzt schon.« Lennox zog sie noch näher an sich heran.

Alea ließ es gern geschehen und blieb eine kleine Weile einfach so bei ihm liegen. Er war schlafwarm, und am liebsten wäre sie in seinen Armen noch einmal eingedöst, aber dazu war sie zu neugierig. »Hast du das Video gestern fertig gekriegt?«

»Na klar.«

»Kann ich es sehen?«

»Guck mal auf dein Handy.«

Alea schlüpfte aus seinen Armen und war schon dreißig Sekunden später mit ihrem Skorpionfisch-Handy zurück. Jetzt sah sie, dass Lennox ihr einen Link geschickt hatte. Sie klickte ihn an. Ihr Song begann – *Hinterm Wasserfall*. Unterlegt war das Lied mit Aleas schönen Wellenvideos und der englischen Übersetzung des Texts.

»Das ist ja super geworden!«, rief sie begeistert. »Du hast noch zusätzliche Instrumente reingebracht!«

»Ich hab stundenlang daran gesessen«, murmelte er und rieb sich die Augen. »Ich hab den Song noch mit ein paar Beats und Sounds aufgemotzt, die man im Internet runterladen kann. Jetzt klingt es professioneller.«

Das stimmte. Das Lied klang viel besser als vorher!

»Dann hab ich es auf mehreren Plattformen eingestellt und eine Anzeige bei ein paar sozialen Netzwerken geschaltet«, fuhr Lennox fort. »Da konnte man tatsächlich angeben, dass nur Jugendliche das Ganze sehen sollen.«

»Und wer bezahlt die Anzeigen?«

»Ben hat Onkel Oskar gestern Nacht noch davon überzeugt, dass wir dringend Geld brauchen.«

Alea grinste. »Danke, Onkel Oskar!« Sie schickte ein Flugbussi an den Schriftsteller, der irgendwo in Tibet auf der Suche nach dem silbernen Umhang war und ihnen schon so oft aus der Ferne geholfen hatte.

»Ich hab mir für diese Sache übrigens einen Skorpionfisch geholt«, sagte Lennox.

Erstaunt warf Alea einen Blick zum Laptop. Ein dicker Skorpionfisch klebte daran.

»Nachrichten von Leuten, die kein Meerkind sind, werden von dem Fisch getarnt. Sie sind unsichtbar. So kann es nicht passieren, dass wir den Treffpunkt versehentlich falschen Personen verraten.« Alea wusste sofort, worauf Lennox hinauswollte, und er bestätigte es, als er weitersprach. »Falls Orion den Clip zu sehen bekommt und uns unter anderem Namen schreibt …«

»Wie kannst du dir sicher sein, dass der Fisch das auch wirklich macht?«, fragte sie.

»Ich habe ihn darum gebeten, das zu tun, und er … hat zugestimmt.«

»Echt? Du hast einen Skorpionfisch dazu gekriegt, etwas zu sagen?«

»Nein«, gab Lennox zu. »Es war mehr so ein Gefühl.«

Alea lag eine kritische Antwort auf den Lippen. Doch sie schluckte sie herunter und entschloss sich, Lennox' Gefühl zu vertrauen. Bisher hatte er noch nie falschgelegen.

»Ich habe das Postfach zusätzlich mit zwei verschiedenen Passwörtern gesichert«, sagte Lennox sachlich. »So kann niemand von außen auf die Mails zugreifen.«

Alea lächelte. »Du hast wirklich an alles gedacht.«

»Das ist mein Job.« Er nahm ihr das Handy ab. »Lass mich mal was nachgucken.« Er wischte auf dem Bildschirm herum, dann hellte sich sein Gesicht auf. »Wir haben schon 5189 Views!«

»Was?« Über fünftausend Leute hatten ihr Video schon gesehen? »Und das nur auf dieser einen Plattform?«

»Ja!« Lennox freute sich. »Wunderbärchen.«

Sie kicherte. »*Scht!* Wenn Sammy das hört!«

»Dann muss ich ihm für das Wort mindestens sechs Kekse geben?«

»Ja, sonst stirbt er, bis er tot ist.«

Sie begannen zu lachen, und als sie merkten, dass sie zu laut waren, lachten sie in Lennox' Kissen hinein. Das brachte sie allerdings nur noch mehr zum Lachen.

»Wie spät ist es?«, fragte Alea plötzlich unvermittelt. Ein Blick auf die Uhr verriet ihr, dass es halb sieben war. »*Schattfa!*«

»*Schatt*… was?«

»Ich wollte Sammy doch um sechs Uhr am Steuer ablösen!« Alea sprang auf, griff sich eine herumliegende Jacke und flitzte über die Bordtreppe an Deck.

Sammy saß im Deckshäuschen und schnitzte an einem Stück Holz herum, das schon seit Wochen ein Drache werden sollte, aber eher wie eine Tonne mit Beinen aussah.

»Der Wind hat gedreht!«, begrüßte er Alea. »Scorpio hat mir letzte Nacht beim Segelwenden geholfen.«

»Ja? Aha«, antwortete sie in schuldbewusstem Ton. »Ich wollte eigentlich um sechs Uhr aufstehen.«

Sammy sah auf die Uhr. »Das kannst du jetzt nicht mehr schaffen.«

Sie grinste. »Lachen wir zusammen in alle Ecken?«

»Klar.« Sammy stellte den Autopiloten an und legte die Beintonne zur Seite. Dann lachten sie gemeinsam los. Sie waren sehr gründlich und lachten in jeden Winkel der *Crucis*. Als sie in den Salon kamen, schaute Lennox zwar etwas verwirrt drein, aber als sie ihm erklärten, wie wichtig ihre Mission war, ließ er sie grinsend machen.

»Jedes Lachen zählt!«, informierte Sammy ihn. »Wir müssen alle düsteren Energien vertreiben!«

Daraufhin lachte Lennox kurz in den Wandschrank, den er gerade geöffnet hatte, um einen Becher herauszuholen.

Während Alea und Sammy weiterlachten, setzte Lennox einen Rotfarntee auf, bereitete das Frühstück vor und ging kurz an Deck, um seine eigene Morgenroutine durchzuführen. Er stellte sich an die Reling und rief den Skorpionfischen am Schiff zu: *»Bleibt und tarnt – verschleiert das, was kein Auge sehen darf!«*

Alea hörte ihn die Worte sprechen und war einmal mehr froh, nicht der einzige Meermensch an Bord zu sein. Auf sie, die Walwanderin, hätten die Skorpionfische wahrscheinlich nicht gehört.

Wenig später war alles erledigt, und sie saßen vollzählig auf dem Boden um den Couchtisch herum. Sammy und Alea hatten Tess und Ben wach gelacht. Beide wirkten noch etwas verschlafen, aber die frisch aufgebackenen Brötchen weckten ihre Lebensgeister.

Sammy schmierte Butter auf sein Brötchen, dann Nussnougatcreme, dann Marmelade und legte zuletzt eine Scheibe Käse obendrauf. »Auf dass ich die beste Wampe aller Zeiten bekommen möge!«

Alea erhob ihren Becher. »Bestwampe!«

»Na, ihr seid ja gut drauf …«, murmelte Tess.

Alea drehte das Radio lauter. »Wenn ich eines gelernt habe, dann, dass man die fröhlichen Augenblicke in vollen Zügen genießen muss, denn sie können nur allzu schnell wieder vorbei sein!«

Die Wahrheit dieser Worte bekam sie schon eine Minute später aufs Härteste zu spüren.

Die Nachrichten fingen an. Gleich die erste Meldung erwischte sie alle eiskalt. Ben ließ vor Schreck sein Messer fallen. Tess schlug sich die Hand vor den Mund. Sammys Augen wurden vor Entsetzen so groß, dass sie ihm fast aus dem Gesicht zu fallen schienen. Lennox sprang auf und jaulte wie ein angeschossenes Tier. »Nein!«

Der Radiosprecher sagte: *»Es ist eine Katastrophe von ungeahntem Ausmaß. Durch den Unfall auf der Bohrinsel Kystens Stolt sind mittlerweile Millionen Liter Öl ausgetreten und ins Meer gelaufen. Offenbar kam es nach dem Ausströmen von Erdgas aus dem Bohrloch zu einer Explo-*

sion. Zur Abdichtung des Bohrlochs war trotz der Warnung von Experten eine kostengünstige Methode mit größerem Risiko eines Gasaustritts gewählt worden.« Der Sprecher schien selbst betroffen, und man hörte es seiner Stimme an. »*Es ist einer der größten Ölunfälle, die Norwegen je erlebt hat. Bereits seit mehreren Tagen läuft das Öl ungehindert aus. Da die Betreiber der Bohrinsel jedoch versuchten, das Unglück und ihre Schuld daran so lange wie möglich zu verheimlichen, erfährt die Öffentlichkeit erst jetzt davon. Durch Westwind trieb das Öl zuerst auf die Westküste Norwegens zu, die es vergangene Nacht erreichte. Dort hat es bereits verheerenden Schaden angerichtet. Inzwischen hat der Wind aber gedreht, und der Ölteppich bewegt sich nun im Nordmeer gen Westen. Zudem tritt das Öl nach wie vor ungehindert aus …«*

Ben hielt sich den Kopf, als würde dieser gleich zerbersten. »Das darf nicht wahr sein«, stieß er hervor. »Das ist viel … viel schlimmer als alles, was ich befürchtet hatte.«

Alea fühlte sich ganz taub, als hätte man ihr die grauenerregenden Neuigkeiten links und rechts um die Ohren gehauen. Sie spürte, dass Lennox sie umarmte. Es war eine verzweifelte Umarmung, auf die sie kaum reagieren konnte, denn sie war wie gelähmt.

Mit gepresster Stimme fragte Tess: »Wir segeln direkt auf diesen Ölteppich zu, oder?«

Ben richtete sich auf. »Wir müssen sofort den Kurs ändern. Auf keinen Fall dürfen wir auf unserer Route weitersegeln.« Mit schocksteifen Bewegungen erhob er sich und holte eine Karte, die er auf dem Boden ausbreitete. Alle versammelten sich darum.

»Hier ist die *Kystens Stolt.*« Er wies auf eine Stelle vor der norwegischen Westküste. »Das Öl treibt wegen des Ostwinds direkt auf uns zu. Wir müssen es südlich umsegeln, um Norwegen zu erreichen.«

»Wollen wir denn immer noch nach Norwegen?«, fragte Sammy bedrückt.

»Ja«, erwiderte Ben überraschend bestimmt. »Wir müssen helfen. Der Sprecher hat gesagt, dass das Öl das Festland erreicht hat, was bedeutet, dass wahrscheinlich sämtliche Küsten hier und hier« – er zeigte sie ihnen auf der Karte – »verseucht sind. Alle Tiere, die dort leben, die Menschen und die Natur sind in riesiger Not! Vielleicht sind auch Wale gestrandet …«

Alea erschauderte.

»Aber was sollen wir dagegen machen?«, fragte Tess.

»Wir helfen bei allem, was zu tun ist«, erklärte Ben. »Das Öl muss, so gut es geht, entfernt werden. Der Strand und die Seevögel müssen gereinigt werden, auch wenn das sehr schwierig ist. Es gibt sicher unglaublich viel zu tun, und jede mithelfende Hand ist wertvoll. Bestimmt sind die *Ocean Knights* schon auf dem Weg. Ich rufe Magnus an und frage, wo wir am besten hinkommen sollen. Kann ich mal dein Handy haben?«, bat er Alea.

Sie holte es, mitsamt dem Skorpionfisch. Als sie es Ben gab, fragte sie: »Und was ist mit dem Meer? Wer reinigt das Meer?«

Ben sah unendlich traurig aus. »Da gibt es nichts, was die Cru tun kann. Ich gehe aber davon aus, dass die Norweger Ölbekämpfungsschiffe und Ölsperren einsetzen. Damit kann man das Zeug aufhalten und abpumpen – aber nur, wenn man Glück hat. Falls nämlich der Wellengang zu stark ist, können sie niemals alles abschöpfen.«

»Verdammt noch mal!« Lennox schlug mit der Faust auf den Tisch. »Das kann doch nicht wahr sein!«

Alea konnte seine Wut und Verzweiflung so gut verstehen. »Wir müssen die Meerwelt wenigstens vor dem Ölteppich warnen«, sagte sie mit wankender Stimme.

Ben blickte sie an. »Wie denn?«

Aleas Gehirn arbeitete von einem Moment auf den anderen schneller und präziser. »Über die Anzeigesäulen«, erwiderte sie, und ihre Stimme klang auf einmal viel fester. »Dort hinterlasse ich eine Warnung.«

»Aber du weißt doch gar nicht, wie man da etwas dranschreibt«, wandte Tess ein.

Alea antwortete nicht, denn Tess hatte natürlich recht. Sie musste es dennoch versuchen.

»Wie gefährlich ist ein Ölteppich für ein Schiff?«, fragte Sammy. Er war käseblich. Selbst seine Sommersprossen schienen ihre Farbe verloren zu haben.

»Das kommt aufs Öl an«, erklärte Ben. »Wenn es dickflüssig ist, kann es ein leichtes Schiff wie unseres manövrierunfähig machen, dann kommt man nicht mehr vom Fleck.«

Alea stand auf. »Ich werde die Meerwelt warnen.«

»Ich komme mit.« Lennox erhob sich ebenfalls.

Alea zögerte. »Ich … bin ohne dich schneller.« Zwar hätte sie sich mit Lennox an ihrer Seite sehr viel wohler gefühlt, aber sie hatten keine Zeit. Niemand wusste, wann das Öl sie erreichen würde.

Lennox knirschte mit den Zähnen. »Das stimmt. Aber was ist, wenn du in Gefahr gerätst? Was ist, wenn Wale kommen?«

Alea zögerte abermals. Doch gleich darauf war die Antwort in ihrem Kopf, und sie war glasklar. »Cassaras wird mich nicht sterben lassen.«

Sie wartete Lennox' Reaktion nicht ab. Während sie aus dem Salon eilte, hörte sie, wie Tess ihr nachrief: »Du legst dein Leben in die Hand von diesem Fiesling?«

»Ich habe keine Wahl«, sagte Alea. Dann rannte sie die Bordtreppe hinauf, hastete durch die Tür und überquerte das Deck. Im Laufen kickte sie ihre Turnschuhe fort, und einen Atemzug später sprang sie in Jeans und T-Shirt ins Wasser.

Sobald sie sich verwandelt hatte, rief sie nach einer Finde-Finja.

Es verging nicht viel Zeit, bis sich eine grau-weiß gescheckte näherte. Zum Glück war es nicht wieder die bananengelbe. »Ich bin gekommen«, klingelte die Magische mit hohem Stimmchen.

Alea sparte sich diesmal alle Nettigkeiten. Sie durfte keine Zeit verlieren. »Finde eine Anzeigesäule für mich. Das ist so eine Säule, an der Nachrichten stehen.«

»Ich weiß natürlich, was eine Anzeigesäule ist«, teilte die Finja ihr in pikiertem Ton mit. Dann piepste sie: »Warte.« Vertieft wedelte sie mit ihren Ärmchen und brütete.

Alea fiel das Warten extrem schwer. Wie bald würde das Öl hier sein?

Schließlich rief die Magische: »Folge mir.« Mit rotierenden Korallenkrakenärmchen schwamm sie voraus, und Alea folgte ihr. Die Finja steuerte den Meeresgrund an, und schon nach kurzer Zeit hatten sie ihn erreicht.

»Hier ist eine Säule. Sie ist getarnt, aber ich finde auch verborgene Dinge«, sagte die Magische nicht ohne Stolz.

»Danke.«

»Ich bin eine Finde-Finja, ich –«

»Du musst vorsichtig sein«, unterbrach Alea sie. »Im Osten ist eine große Katastrophe passiert. Öl strömt aus, und es kommt direkt auf uns zu.«

Die Finja schien nicht überrascht. »Ich weiß.«

Auf einmal waberten Dutzende von breitmäuligen, stacheligen Fischen vom Boden herauf. Skorpionfische. Anscheinend hatten sie sich entschlossen, Alea zu offenbaren, was sie tarnten. Direkt vor ihr trat eine dreiseitige Anzeigesäule zutage, hoch wie ein Laternenmast.

Ohne zu zögern, schwamm Alea hinüber und berührte mit der Hand die dunkle, spiegelglatte Oberfläche einer Seite. Ein Bild zuckte auf. Alea staunte nicht schlecht. Die Abbildung zeigte sie selbst! Mit konzentriertem Gesichtsausdruck schwamm sie auf dem Bild durch die Tiefen des Meeres. Daneben stand in Wasserschrift:

Dies ist die Elvarion aus der Legende. Sie ist endlich hier. Ihr Name ist Alea Aquarius, und sie ist gegen den Virus gefeit. Bitte unterstützt sie in allem, was sie tut.

Alea konnte es kaum glauben. Wer hatte das geschrieben? Sie wusste, dass die Gilfen die Nachrichtensäulen früher immer auf dem neuesten Stand gehalten hatten. Aber seit die Meermenschen verschwunden waren, hatten sie damit aufgehört. Waren die Säulen nun wieder intakt?

»Oh, diese hier nachrichtet wieder?«, klingelte die Finja erfreut. Dann stutzte sie. »Das auf dem Bild bist du!« Neugierig kam sie näher. »Du bist Alea? DIE Alea?«

»Ja«, bestätigte Alea, die keine Ahnung hatte, was man der Finja erzählt hatte. Aber wenn die kleine Magische ihr wohlgesonnen war, würde sie ihr vielleicht noch einmal helfen. »Ich habe noch eine Bitte.«

Die Finja rief: »Sprich!«, und schien mehr als willig.

»Bitte finde für mich eine Möglichkeit, selbst eine Nachricht an diese Säule zu schreiben.«

Die Finja war sichtlich verblüfft. »Aber das können doch nur die Gilfen!«

»Ich will die Meerwelt vor dem Ölteppich warnen«, erklärte Alea. »Zwar wird eine einzige Säule keinen großen Unterschied machen, aber vielleicht spricht es sich ja herum. Wenn ich nur ein einziges Leben retten kann, dann ist das schon unendlich viel wert.«

Die Finde-Finja starrte sie an. »Man kann eine Nachricht auch an mehreren Säulen anzeigen lassen«, sagte sie dann langsam, als wäre sie es ganz und gar nicht gewohnt, Informationen dieser Art preiszugeben. »Die Gilfen entscheiden bei jedem Beitrag neu, in welchem Gebiet und auf wie vielen Säulen er lesbar sein soll.« Alea hatte eine Finja noch nie so viele Wörter am Stück sprechen hören.

»Dann hilf mir bitte, meine Warnung an so viele Säulen wie möglich zu bringen. Finde eine Lösung!«

»Gut.« Die Finja schloss die meisten ihrer Augen und brütete. Aber nach einer Weile rief sie in höchst unzufriedenem Ton: »Nein, dafür gibt es keine Lösung! Nur mit Gilfenmagie kann man nachrichten.«

Alea fluchte leise. »Ihr Skorpionfische!«, wandte sie sich an die Fische, die überall um sie herum im Wasser verharrten und sie anglupschten. »Wisst ihr Rat?«

Aber die Fische schwiegen, so wie sie es immer taten.

Da fiel Alea plötzlich etwas ein. »Ich habe doch Gilfenmagie bei mir!«, rief sie, griff in ihre Hosentasche und zog ihren Fotostein heraus. Gilfen hatten ihn angefertigt. Ihre Magie musste in dem Stein stecken!

Die Finja kam näher, begutachtete den Fotostein und wedelte um ihn herum. »Ja, die Magie darin ist stark genug. Damit wird es gehen.«

Alea konnte es kaum glauben – was für ein Glück, dass sie nicht in ihrem Flex ins Wasser gesprungen war! »Aber wie? Was soll ich machen?« Zu spät merkte sie, dass sie der Finja gerade Fragen gestellt hatte, gleich zwei hintereinander.

Die Finja antwortete jedoch. »Halte den Stein an die Säule!«

Alea tat es.

»Jetzt sprich die Worte deiner Nachricht!«

Auch das tat Alea. »Bei der Grabemühle in der nördlichen See vor der Küste der Bergufer hat es einen schrecklichen Unfall gegeben«, sagte sie, und während sie sprach, erschienen die Wörter in hellen Buchstaben auf der dunklen Oberfläche. »Eine Explosion hat eine der Leitungen schwer beschädigt, und nun tritt massenhaft Öl aus. Ein Ölteppich ist auf dem Weg von dort ins Nordmeer. Deswegen bitte ich euch inständig: Flieht, wenn ihr könnt!«

»Gut. Sag noch deinen Namen.«

Fragend blickte Alea sie an. Als die Finja nichts sagte, fügte Alea ihn einfach hinzu. »Alea Aquarius«, sagte sie und sah zeitgleich ihre Unterschrift auf dem Glas erscheinen.

»Stell dir nun vor, wo diese Nachricht überall angezeigt werden soll«, wies die Finja sie an.

Alea stellte sich unzählige Anzeigesäulen überall im Nordatlantik vor.

»Sehr gut«, lobte die Finja, die in ihrer brütenden Haltung auf anderer Ebene alles zu verfolgen schien. »Es ist vollbracht. Die Nachricht ist an einundneunzig Säulen zu finden.«

Alea staunte sie an. Einundneunzig Säulen waren weitaus mehr, als sie zu hoffen gewagt hatte! »Das ist gut«, sagte sie – was die Untertreibung des Jahres war – und steckte den Stein wieder in ihre Tasche. »Warum sollte ich meinen Namen sagen?«, stellte sie der Finja schon wieder eine Frage.

»Damit alle wissen, dass du es warst, die sie gewarnt hat.«

Alea seufzte. Sie wollte gar keine Dankbarkeit oder so etwas. Sie wollte nur, dass sich so viele Meerwesen wie möglich in Sicherheit brachten. Ihr kam der Gedanke, dass die Nixe Tomoko bereits vor Tagen eine Warnung vor dem Leck an eine Anzeigesäule hätte schreiben lassen können. Anstatt tagelang zu schwimmen, um ihre Schwestern zu warnen und nach Alea zu suchen, hätte Tomoko nur einen Gilfen darum bitten müssen. Aber anscheinend arbeiteten die magischen Völker nicht zusammen …

»Bitte finde die *Crucis* für mich«, bat Alea die Finja nun und hoffte, dass sie den Bogen damit nicht überspannte.

»Folge mir!«, klingelte das Korallenkrakenbäumchen allerdings nur und brauste los.

Während sie sich entfernten, tarnten die Skorpionfische die Anzeigesäule wieder, und gleich darauf war sie schon nicht mehr zu sehen.

Zusammen mit der Finde-Finja jagte Alea durch das Wasser, und bald hatten sie die Oberfläche erreicht. Aleas Angst, dass der Ölteppich schon hier sein könnte, war unbegründet. Alles wirkte normal.

»Dein Schiff ist direkt vor uns«, erklärte die Finja.

Alea konnte es nicht sehen, aber sie vertraute der Magischen vollkommen. »Ich danke dir von Herzen.«

»Ich bin eine Finde-Finja«, sprach die Finja die offenbar

rituellen Worte. »Ich finde.« Fragend blickte sie Alea an, so als erwarte sie eine Antwort.

»Bring dich in Sicherheit!«, sagte Alea rasch. »Danke und auf Wiedersehen!« Dann streckte sie die Hände aus. Sobald ihre Fingerspitzen auf das Schiff stießen, wurde die *Crucis* für sie sichtbar. Mit flinken Bewegungen kletterte Alea an Bord.

Pest

Alea stand mit ihrem Fotostein in der Hand am Bug. Unter Hochdruck segelten sie nach Südosten. Die Gischt schäumte nur so und schleuderte weiße Schaumflocken durch die Luft. Auf Öl waren sie noch nicht gestoßen.

Als Alea an Bord zurückgekehrt war, hatte Sammy sie so fest in die Arme geschlossen, dass sie kaum noch Luft bekommen hatte. Alle hatten furchtbare Sorge gehabt, dass Alea entweder vom Öl, von Walen oder von einer Bombe erwischt werden könnte. Lennox hatte kaum ein Wort gesagt. Für ihn war die Situation bestimmt ein absoluter Albtraum gewesen – Alea begab sich im Meer in große Gefahr, und er musste an Bord bleiben, weil er sie wahrscheinlich eher behinderte, als dass er ihr helfen konnte.

Alea stand schon eine ganze Weile hier am Bug und versuchte mit ihrer Wut zurechtzukommen. Ihr Zorn auf die Menschen war mittlerweile so groß, dass er wie ein harter, heißer Knoten in ihrem Bauch glühte. Die Betreiber der Bohrinsel hatten genau gewusst, wie gefährlich das Leck war! Aber sie hatten das Geld für die teuren Reparaturen nicht ausgeben wollen und offenbar den irrsinnigen Gedanken gehabt, dass es schon gut gehen würde. Hatten die Leute, die all diese Waffen und Bomben im Meer versenkt hatten, auch gedacht, dass schon nichts passieren würde? Oder war es ihnen egal gewesen? Wie hatten sie es vor sich selbst gerechtfertigt? Vielleicht so wie Orion, nach dem Motto: *Wenn ich es nicht mache, macht es ein anderer?*

Die Brise blies kräftig aus Nordost, und sie mussten am Wind segeln. Aber sie kamen gut voran. Bald würden sie Norwegen erreichen. Ben hatte Alea erzählt, dass er mit seinem Freund Magnus von den *Ocean Knights* telefoniert und dieser ihm den Tipp gegeben hatte, zu den Alvøyna zu segeln. Das war eine Inselgruppe etwa hundert Seemeilen südlich von *Kystens Stolt*, die bisher vom Öl verschont geblieben war und es allen Vorhersagen zufolge auch bleiben würde. Wenn man die Inseln umrundete und östlich im Schutz der Meerenge ankerte, konnte man dem Ölteppich entgehen.

Die Katastrophe hatte weiter nördlich stattgefunden, dort, wo die Fjorde am schönsten gewesen waren und das Wasser am reinsten. All diese Schönheit war nun bedroht oder bereits zerstört. Manche Fjorde hatte das Öl offenbar regelrecht verwüstet.

Die Alpha Cru wollte nach dem Ankern mit dem Bus zur Insel Vågsøy fahren. Die nördliche Bucht, Refviksanden, war aufs Schlimmste von dem schwarzen Gift heimgesucht worden. Dabei hatte sie bereits mehrfach den Titel *Norwegens schönster Strand* erhalten. Das gehörte nun wohl der Vergangenheit an, und dennoch war das Ziel der *Ocean Knights*, so viel wie möglich von diesem Strand und seiner Natur zu retten.

Es war ein guter Plan. Die Walwanderin, deretwegen die Alpha Cru eigentlich nach Norwegen unterwegs gewesen war, spielte darin allerdings keine Rolle. Alea wusste einfach nicht, wo sie nach ihr suchen sollte. Der einzige Anhaltspunkt, den sie hatte, war der Dünenstrand aus ihrer Vision. Doch um den zu finden, müsste sie unzählige Strände Norwegens abklappern …

Alea konnte sich nun allerdings zusammenreimen, warum sie keine weiteren Nachrichten von der Walwanderin erhalten hatte. Sie waren nicht durch das Öl gekommen. Die Explosion auf der Bohrinsel war bereits vor mehreren Tagen geschehen, und falls die Wanderin Alea eine Nachricht geschickt hatte, war diese höchstwahrscheinlich stecken geblieben – so wie auch Aleas Botschaften ihr Ziel wohl niemals erreicht hatten.

»Hey«, sagte eine Stimme. Es war Lennox. Er sah schrecklich niedergeschlagen aus. Wortlos zog Alea ihn in ihre Arme. Sie mussten nichts sagen. Alea wusste genau, wie es ihm ging, und er konnte sich seinerseits bestimmt sehr gut vorstellen, warum sie hier schon so lange stand.

Er nahm ihre Hand, und sie blickten gemeinsam aufs Meer. Stundenlang.

Am späten Nachmittag kam Land in Sicht. »Norwegen!«, schrie Sammy. Ganz so begeistert wie sonst, wenn sie sich einer Küste näherten, klang er diesmal allerdings nicht.

Zwar waren sie dem Öl hier im Süden bisher entgangen, aber sie hatten im Radio gehört, wie schlimm es weiter im Norden aussah.

Es dauerte eine gefühlte Ewigkeit, bis sie die dem Festland vorgelagerten Inseln umsegelt hatten. Sammy, Tess, Alea und Lennox standen währenddessen an der Reling und sahen sich Norwegen an. Die Landschaft war atemberaubend – rau, grün und voller steiler Klippen. Alea betete, dass die Prognosen recht behalten würden und die unglaubliche Schönheit in diesem Teil des Landes nicht ebenfalls zerstört werden würde.

Nach einiger Zeit erreichten sie den sicheren Bezirk, den Magnus ihnen empfohlen hatte, und hielten nach einem guten Ankerplatz Ausschau. Wie so oft wollten sie mit ihrem Schiff nicht in einen Hafen einfahren. Dieses Mal ging es jedoch nicht nur darum, die Gebühren zu sparen. Die *Crucis* war getarnt! In einem Hafen konnte ein unsichtbares Hindernis dieser Größe nur allzu leicht zur Gefahr für andere werden. Aus diesem Grund segelten sie an einigen kleinen Orten vorüber und suchten nach einer ruhigen Stelle ohne Schiffsverkehr. Schließlich fanden sie eine verlassene Steilküste. »Perfekt!«, rief Ben und fügte murmelnd hinzu: »Zum Glück ist hier nirgendwo eine Villa.« Das letzte Mal, als sie vor einer Küste geankert hatten, waren sie Doktor Orion geradewegs ins Netz gegangen.

Die Cru hatte lange überlegt, wie gefährlich es wohl war, an Land zu gehen. Skorpionfische tarnten leider nur Gegenstände und keine Menschen. Würde Orion sie auf dem norwegischen Festland finden? Wohl eher nicht. Denn bestimmt rechnete er nicht damit, dass sie der Katastrophe entgegen- anstatt von ihr fortgesegelt waren.

Während sie nun ohne viele Worte die Segel vertäuten und alles klar Schiff machten, fragte Alea sich, wo Prinz Cassaras sein mochte. Würde er ihnen auch über Land folgen, so wie er es anscheinend schon oft getan hatte?

»Alle bereit?«, fragte Ben kurz darauf.

Die Alpha Cru hatte sich an Deck versammelt. Alle trugen Jacken, feste Schuhe und ihre Rucksäcke. Lennox hatte sich zusätzlich seine Gitarre umgeschnallt. Es war bereits Abend, und sie wussten nicht, wo sie heute Nacht schlafen würden. Dennoch wollten sie sofort aufbrechen.

Und so ließen sie die *Hercules* zu Wasser und stiegen ein, einer nach dem anderen, ohne zu wissen, wann sie wiederkommen würden.

Ben ruderte zum Festland, und dort versteckten sie das Beiboot, so gut es ging, unter herumliegenden abgefallenen Ästen.

»Suchen wir nach einer Bushaltestelle«, sagte Ben. Sie marschierten los, hinein ins unbekannte Norwegen. Eine Haltestelle fanden sie allerdings nicht.

Sie waren schon mindestens eine Stunde an der Straße entlanggelaufen, als plötzlich ein vorsintflutlicher VW-Bus neben ihnen hielt. Die Tür ging auf, und ein alter, neugierig dreinschauender Mann musterte sie. Er fragte irgendetwas auf Norwegisch, aber das war eine der Sprachen, die Ben *nicht* beherrschte. »*English?*«, fragte er zurück.

»*Where are you going?*«, rief der alte Mann, und Alea verstand, dass er fragte, wo sie hinwollten.

»*North*«, antwortete Ben.

Lennox betrachtete den Mann eingehend und schien in ihm keine Gefahr zu sehen. Die abstehenden langen grauen Haare, die runde Nickelbrille, die Lachfalten – der Fahrer dieses Wagens wirkte eher wie ein Hippie als wie eine Bedrohung.

Der Mann musterte sie ebenfalls. Zu Ben sagte er: »*It's bad up there. The oil …*« Er schien sie vor der Ölpest im Norden warnen zu wollen.

»*We know*«, erwiderte Ben.

Der Mann schien sich noch immer keinen rechten Reim auf sie machen zu können. »*I'm driving up to Trondheim …*«

Er fuhr nach Trondheim! Das war im Norden!

»*We want to help. That's why we are going to Refviksanden*«, erklärte Ben. *Wir wollen helfen. Deswegen sind wir auf dem Weg nach Refviksanden.* »*We're meeting up with other Ocean Knights there.*«

Als Ben sagte, dass sie sich dort mit anderen *Ocean Knights* treffen wollten, riss der Mann die Augen auf. »*You are Ocean Knights?*« Das schien ihm sehr zu gefallen. »*Get in my van. You can come with me!*« Er nahm sie mit! Sie sollten einsteigen. Das war ja noch viel besser, als mit Bussen oder dem Zug zu fahren!

»*Yes!*«, rief Lennox und machte eine Siegerfaust.

Sammy jubelte ebenfalls und fing vor Freude an zu tanzen, und zwar auf seine ureigene Art, bei der er wild mit den Armen fuchtelte, als wollte er eine Wespe vertreiben.

Dem Mann schien auch das zu gefallen. Er lachte. »*I'm Snorre*«, stellte er sich vor, stieg aus und öffnete die Seitentür seines VW-Busses. Im Inneren befanden sich eine kleine Kochnische und ein Bett.

Während sie sich nun ihrerseits vorstellten, setzten Ben und Tess sich zu Snorre nach vorn. Lennox, Sammy und Alea stiegen hinten ein und nahmen auf dem Bett Platz. Schon ging es los, Richtung Norden. Snorre, Tess und Ben unterhielten sich über die Ölpest und die Folgen. Offenbar machte Snorre sich Sorgen um seine angelbegeisterte Schwester in Trondheim, von der er seit Tagen nichts gehört hatte. Er wollte die Cru in Nordfjordeid rauslassen. Von da aus war es mit dem Bus nur noch eine Stunde nach Refviksanden.

Während sie nun in dem alten, knatternden VW-Bus über die Straßen Norwegens zockelten, schaute Alea aus dem Fenster. Die Landschaft war malerisch schön, voller steiler Berghänge, grüner Täler und einsamer Seen, und die vielen kleinen Brücken, über die sie fuhren, waren jede für sich ein Stillleben wert. Die Norweger wohnten in hübschen Holzhäusern, die meist rot oder weiß, aber auch gelb oder blau waren. Lebte in einem dieser Häuschen womöglich auch die Walwanderin? War sie womöglich die Frau dort drüben an dem Holzunterstand?

Snorre erklärte gerade, was es mit dem Holzunterstand auf sich hatte: Dort deponierten die Leute Marmelade,

Obst oder Gemüse, und Vorbeikommende konnten sich einfach etwas nehmen und das Geld dafür in ein Kistchen werfen. Die Vorstellung gefiel Alea. Die Menschen vertrauten einander und teilten mit den anderen, was sie hatten. So ähnlich musste es auch bei den Meermenschen gewesen sein, in deren Kultur es noch nicht einmal Geld gegeben hatte.

Für eine Weile träumte Alea nun aus dem Fenster, doch langsam wurde es dunkel und Alea müde. Irgendwann ließ sie sich in dem Bett nach hinten fallen, und es dauerte nicht lange, bis Sammy sich dazulegte. Lennox schien zu zögern, aber etwas später kam auch er hinzu. Alea war schon fast eingeschlafen, aber sie kuschelte sich eng an Lennox, während sich Sammy von der anderen Seite an sie schmiegte.

Alea durchschlief den Großteil der Nacht, sicher gewiegt von Snorre und seinem alten Bus. Als sie am nächsten Morgen erwachte, war es bereits hell. Tess schlief an Bens Schulter, und Ben war ebenfalls eingedöst.

Ein Blick aus dem Fenster ließ Alea sich verwundert die Augen reiben. Nachdem sie die ganze Nacht durchs Landesinnere gefahren waren, sah sie nun wieder Wasser. Waren sie auf einer Insel? Alea weckte Lennox und Sammy. Während die beiden langsam wach wurden, tapste sie nach vorn und fragte Snorre: »*Where are we?*« Sie wollte gern wissen, wo sie waren.

»*We are in Vågsøy*«, eröffnete ihr Snorre mit einem Zwinkern. Er wirkte zwar ziemlich übernächtigt, aber in seinen

Augen blitzte es schelmisch. Dann sagte er etwas auf Englisch, was Alea nicht verstand.

Zum Glück war Ben aufgewacht. Snorres Worte schienen ihn überglücklich zu machen. *»You are the best!«*, rief er. »Snorre fährt uns bis Refviksanden! Bald sind wir da!«

»Was? Das ist ja …« Spontan umarmte Alea Snorre von hinten und gab ihm einen Kuss auf die Wange. Snorre lachte. *»I help you to help the ocean!« – Ich helfe euch, dem Ozean zu helfen.*

Tatsächlich dauerte es nur noch ein paar Minuten, dann hatten sie ihr Ziel erreicht. Zuerst fuhren sie an einem kleinen kristallklaren See vorbei, idyllisch zwischen grünen Hügeln gelegen, und dann näherten sie sich dem berühmten Strand.

Alea stockte der Atem. Der Strand war pechrabenschwarz. Das Öl war überall, es hatte sich ins Land hineingefressen und als dicke Schicht auf den Sand, auf Pflanzen und Gestein gelegt. Zwischen der Schwärze liefen ein paar Menschen in weißen Overalls umher. Auf ihren Rücken war ein Schriftzug zu lesen: *Ocean Knights*. Sie trugen Eimer und Schaufeln und manche auch verschmutzte, geschwächte Vögel. Alea sah, wie zwei Leute eine Möwe schleppten, deren Federn sich derart mit Öl vollgesaugt hatten, dass sie nur noch wie ein Gerippe wirkte. Diesem Tier konnte bestimmt niemand mehr helfen.

Snorre hielt den VW Bus an. Niemand sagte ein Wort.

Das Meer glänzte rostbraun, teilweise ebenfalls schwarz.

Alle anderen Farben oder formverschlungenen Regenbogenverläufe – nichts war mehr da.

Das Meer war tot.

Ein beißender Geruch hing in der Luft. Und eine schwere Stille.

Die Alpha Cru stieg aus. Snorre kletterte ebenfalls aus dem Bus, die Hände an den Wangen. Der alte Mann weinte. Alea ging zu ihm und nahm ihn in den Arm. Snorre schluchzte auf, aber dann machte er sich los, winkte ihnen hilflos zu, setzte sich in seinen Wagen und fuhr davon.

»Ben!«, rief jemand. Ein Mensch in weißem Overall kam auf sie zu.

»Magnus!«

Magnus war ein junger, dunkelhaariger Mann, der aussah, als verstünde er es anzupacken. Er sprach auch gar nicht erst von seiner Betroffenheit, sondern davon, was zu tun war. Er redete englisch mit Ben, und Alea verstand, dass bisher nur etwa zwanzig *Ocean Knights* hatten herkommen können. Von der norwegischen Küstenwache oder der Naturschutzbehörde war ebenfalls noch niemand da. Viel zu viele Orte und Küstenabschnitte waren betroffen, und es gab einfach nicht genügend Personal, um sich um alles gleichzeitig zu kümmern.

Tess übersetzte inzwischen, was Magnus sagte, denn Alea konnte ihm nicht mehr ganz folgen.

Offenbar mussten die verschmutzten Vögel von speziellen Expertenteams gesäubert werden. Da aber momentan nur die *Ocean Knights* und ein paar Anwohner hier waren, säuberten sie die Tiere, die im Öl festklebten, so gut es ging selbst. Dann brachten sie sie zu dem nahe gelegenen See, den das Öl nicht erreicht hatte und in dem es noch reines Wasser gab. Die Tiere konnten vorerst dortbleiben, um sich zu regenerieren. Magnus sagte zwar, dass dies keine gute Lösung sei, da die Vögel eigentlich vor allem ins Warme müssten. Doch bis die Spezialteams eintreffen würden, hatten sie keine andere Möglichkeit und mussten improvisieren.

Es gab so viel zu tun! Das Öl musste in Eimern zu einem Container gebracht werden. Sie durften aber nicht zu tief graben und keinen sauberen Sand fortschaffen, damit das Ökosystem dieses Strands später wiederhergestellt werden konnte.

Magnus nahm sie nun mit zum Strand und stellte sie den anderen vor. Ein paar Handschläge, ein kurzes Kopfnicken, dann ging es an die Arbeit. Jedes Cru-Mitglied bekam einen weißen Overall mit Schriftzug, außerdem einen Atemschutz, Handschuhe und Gummistiefel.

Ohne weitere Umschweife fingen sie an. Mit schweren Schaufeln machten sie sich daran, das Öl, das dickflüssig wie Schokosoße war, in Eimer zu schippen. Es war schwere Arbeit, und schnell waren die weißen Overalls voller Dreck. Als Alea zwischendurch verschnaufen musste, blickte sie sich kurz um. Die Leute hier taten, was sie konnten. Doch der Strand war groß und das Öl überall. Außerdem gab es entlang der Küste ja zahllose ruinierte Abschnitte wie diesen. Die Aufgabe war eigentlich nicht zu bewältigen. Aber nein, so durfte sie gar nicht erst denken!

»Help me over here, please!«, wandte sich wenig später eine junge Frau an sie, die anscheinend Hilfe brauchte.

Tess und Alea ließen ihre Spaten stehen, und während Sammy, Ben und Lennox weiterschaufelten, stapften sie zu der Frau hinüber. Sie bedeutete ihnen, dass sie mitkommen sollten. Tess und Alea folgten ihr zu einer Stelle des Strands, die mit Windschutzplanen abgesperrt war. Sie umrundeten die Planen. Auf der anderen Seite standen einige große Kübel, Waschkörbe und Bottiche. Hier wurden Vögel gereinigt! Zwei Männer in weißen Overalls waren gerade dabei, gemeinsam eine Möwe zu säubern. Einer hielt das Tier fest, und der andere wusch es mit einer chemischen Flüssigkeit.

Tess wich zurück. *»Non«*, murmelte sie erschrocken.

»Come over here«, sagte die Frau, die natürlich nicht ahnen konnte, welch große Angst Tess vor Möwen hatte. *»Please clean this bird and take it to the lake.«* Durch den Mundschutz, den auch die Frau trug, war es schwer, sie zu verstehen. Aber dennoch war klar, was sie wollte. Gerade wies sie auf ein junges Mädchen, das einen Sack trug. Aus dem Sack schaute eine leicht verschmutzte Möwe hervor. Sie sollten sie reinigen und anschließend zum See bringen.

Tess sah die Frau an, als wäre sie nicht ganz bei Trost.

Alea ging jedoch zu dem Mädchen und ließ sich den Sack geben. Das Mädchen nickte und sagte etwas. Alea begriff, dass es offenbar unzählige Vögel gab, deren Gefieder zu stark mit Öl vollgesogen war, um sie noch zu retten. Man konnte nichts mehr für sie tun. Das Mädchen holte wohl nur Vögel her, die nicht wie schwarze Skelette aussahen …

Jetzt eilte das Mädchen mit der Frau zur Wasserkante zurück, wahrscheinlich um noch mehr Tiere zu suchen.

Mit aufgerissenen Augen starrte Tess auf den Vogel. Alea konnte fühlen, wie er in dem Sack zitterte.

Einer der beiden Männer, die die andere Möwe wuschen, sagte zu ihr: »*Bird feathers are naturally waterproof. But …*« Er sprach weiter, aber Alea verstand nicht, was er sagte. Fragend blickte sie zu Tess.

Die schien sich sehr zusammenreißen zu müssen, um zu übersetzen. »Vogelfedern sind normalerweise wasserabweisend«, brachte sie tonlos hervor. »Das Öl zerstört diese wasserabweisende Wirkung aber. Dadurch kommt kaltes Wasser an die Haut, und der Vogel unterkühlt. Deswegen zittert er so.«

Der Mann wies auf einen Campingtisch am Rand. Darauf standen unzählige Utensilien. Eines davon war ein dampfender Wasserkocher. Der Mann ließ nun von seinem Vogel ab, nahm den Kocher und goss den heißen Inhalt in eine wassergefüllte Kinderwanne.

Jetzt sollte Alea offenbar den Vogel hineinsetzen. Sie zog die Möwe behutsam aus dem Sack und platzierte sie mit aller Sorgfalt in der Wanne. Das Wasser war lauwarm.

Tess stand in einigem Abstand und fixierte die Möwe,

als wäre sie bereit davonzulaufen, sollte das Tier sich auch nur regen.

Der Mann gab nun etwas ins Wasser, was wohl ein Spezialmittel war. Durch den Atemschutz konnte Alea nichts riechen, aber sie hätte wetten können, dass das Zeug nach Chemie stank. Dann zeigte der Mann ihr, wie sie die Federn des Vogels reinigen sollte. »*Your friend should help you*«, sagte er. *Deine Freundin sollte dir helfen.* Mit diesen Worten ging er zurück zu seinem Kübel.

»Machst du mit?« Forschend schaute Alea Tess an. »Ich glaube, die Möwe ist total geschwächt. Sie hat gar nicht die Kraft, jemanden anzugreifen.«

Tess bewegte sich nicht. Alea konnte ihr aber ansehen, dass sie mit sich kämpfte. Schließlich kam sie ganz langsam näher. »Jetzt ist der Moment, in dem ich meine Scheißangst überwinden muss?«

»Das wäre gut.«

»Ich versuche es.« Mit sichtlich bibbernden Beinen kniete Tess sich neben die Wanne.

»Halte du sie fest«, sagte Alea. »Ich wasche ihre Federn.«

Bebend griff Tess nach dem Tier. Ihre Arme waren starr durchgestreckt, und ihr Kopf bog sich zurück, als wollte sie größtmöglichen Abstand zwischen sich und dem Vogel bewahren.

Alea setzte sich in den Sand und fing an, das verdreckte Gefieder mit sanften Bewegungen vom Öl zu befreien.

Tess hielt durch. Ihre vorgestreckten Arme und ihr Gesicht wirkten allerdings wie eingefroren.

Alea konzentrierte sich auf das Tier, das auf einmal einen furchtbaren Schrei ausstieß.

Tess zuckte zusammen.

»Sie hat Angst«, sagte Alea schnell.

Tess schien widersprechen zu wollen, aber dann änderte sich etwas in ihrem Blick. Mit zusammengezogenen Brauen musterte sie das arme Wesen in ihren Händen. »Wahrscheinlich hat sie mehr Angst als ich«, murmelte sie, und plötzlich entspannten sich ihre Glieder ein wenig. Da krächzte das Tier abermals, aber Tess wich nicht zurück.

Feder für Feder arbeitete Alea sich nun vor, und die Möwe blieb gottergeben hocken, ohne sich zu wehren. Allerdings war sie auch nach etlicher Zeit noch alles andere als richtig sauber. Das Öl war einfach zu hartnäckig.

Die beiden Männer an der Wanne nebenan waren mit ihrem Vogel gerade fertig, hoben ihn heraus und setzten ihn auf eine Plastikplane. Alea staunte sehr, als einer der Männer nun einen kleinen Föhn in eine Steckdosenrolle steckte. Er föhnte die Möwe! Anschließend machten sie sich auf den Weg zum See.

Als Alea und Tess mit ihrem Vogel fertig waren, föhnten sie ihn ebenfalls. Sobald die Federn trocken waren, hoben sie ihn hoch und brachten ihn ebenfalls zum See, der nicht weit entfernt lag.

Hier tummelten sich schon einige andere gerettete Tiere, vor allem Möwen und Pelikane, aber auch Hummer, Schildkröten und Krebse, die offenbar jemand mehr schlecht als recht geputzt hatte. Alea fiel auf, dass das Wasser, das auf den ersten Blick aus dem VW-Bus noch kristallklar gewirkt hatte, am Ufer schon leicht trüb war. Bestimmt war es besser für die Tiere, in sauberes Wasser zu kommen, als wieder ins Meer zu müssen. Aber war es auch gut für den See?

Nachdenklich gingen Alea und Tess zurück zum Strand. »Ich habe dabei geholfen, einer Möwe das Leben zu retten«, stieß Tess hervor und schien sich sehr über sich selbst zu wundern.

Alea lächelte sie an. »Du bist echt meterweit über deinen Schatten gesprungen«, erwiderte sie. »Du bist eine Heldin.«

Zaghaft lächelte Tess zurück. »Ich glaube, das bin ich.«

Ein paar Schritte weiter war ein kleiner Campingplatz, in dessen Hauptgebäude es auch Toiletten gab. Alea ließ Tess allein weiterlaufen und ging aufs Klo. Als sie wenig später wieder aus dem Haus trat und zu den anderen zurückwollte, hörte sie plötzlich etwas, was sie zusammenfahren ließ.

»Nein!«, klingelte eine hohe Stimme. »Lasst mich!«

Ein Stück weiter unten am Strand umringten einige Menschen etwas, was am Boden lag. Etwas, was angespült worden sein musste. Etwas, was von dunklem, tödlichem Öl nur so triefte und wie eine Kreuzung aus einem kleinen Baum und einem Kraken aussah.

»Ich wollte euch gar nicht finden!«, schrillte es verzweifelt auf *Hajara*. »Lasst mich gehen! Bitte! Hilfe!«

Schwarze Finja

Lennox erreichte sie noch vor Alea. Er musste die verzweifelte Stimme auch gehört haben. Hastig schob er die Leute zur Seite, die sich um das um Hilfe rufende Etwas am Boden drängten. Gleich darauf war auch Alea da. Es war ganz eindeutig eine Finde-Finja – ölverschmiert, geschwächt, schwarz.

Behutsam nahm Alea sie hoch, zog ihren Seidenschal unter dem Overall hervor und versuchte das kleine Wesen damit abzuwischen. »Nicht!«, schrillte die Finja. »Hilfe!« Die Magische konnte nichts sehen! All ihre Augen waren verklebt.

»*Don't touch that thing!*«, schrie einer der drei Umstehenden, die die Finja gefunden hatten. *Fass das Ding nicht an.* »*We don't know, what it is!*« – *Wir wissen nicht, was es ist.*

»*I do*«, entgegnete Alea.

Lennox schnaubte gestresst. Kein Wunder – drei Landgänger starrten ein magisches Meerwesen an, und Alea hatte verraten, dass sie wusste, was es war.

Sie ging nun sogar noch einen Schritt weiter. »Ich bin ein

Meermädchen«, sagte sie in Wassersprache zu der Finja. »Eine Walwanderin.« Es war ihr egal, was die drei Leute denken mochten. Sie musste die Finja beruhigen.

Die Magische wurde tatsächlich ruhiger und zuckte nicht mehr so wild mit den Ärmchen. »Walwanderin!«, piepste sie. »Bitte hilf mir!«

»Das werde ich tun«, versprach Alea.

»*What language is that?*«, fragte einer der drei Landgänger, ein *Ocean Knight*. Er hatte bestimmt noch nie zuvor *Hajara* gehört und wunderte sich, was das für eine Sprache war.

Da traf Lennox eine Entscheidung. Alea konnte ihm regelrecht ansehen, wie er die Situation abwog und sich entschloss zu handeln.

Schnell schaute er sich um. Außer dem *Ocean Knight* und den beiden anderen war kein Landgänger in der Nähe.

Lennox trat vor den *Ocean Knight* und blickte ihm fest in die Augen. »*You will forget, what you found here. You will forget, what you saw and heard.*« – *Du wirst vergessen, was du hier gefunden hast. Du wirst vergessen, was du gesehen und gehört hast.*

Das Mädchen, das neben dem *Ocean Knight* stand, rief: »*Are you crazy? What's going on?*« – *Bist du verrückt? Was passiert hier?*

Schon war Lennox bei ihr, sah sie mit seinen azurblauen Augen an und sagte dasselbe zu ihr.

Der Blick des Mädchens wurde starr, dann nickte sie und ging langsam mit dem *Ocean Knight* fort.

Während Lennox sich dem dritten, verdattert dreinschauenden Landgänger zuwandte, versteckte Alea die Finja unter ihrem Schal.

Der dritte Landgänger machte sich nun wieder an seine Arbeit und würde sich, so wie die anderen, niemals daran erinnern, was sie heute am Strand gefunden hatten.

Lennox raunte Alea zu: »Den Hügel rauf, zwischen die Bäume!«

Mit weit ausholenden Schritten marschierten sie über den Strand. Alea konnte zwar fühlen, wie die Finja hektisch mit ihren Astärmchen wackelte, aber sie klingelte zum Glück nicht, und so wurden sie nicht weiter beachtet.

Als sie den Strand schon verlassen hatten, hörten sie Stimmen hinter sich. »Wo wollt ihr hin?« Alea erschrak, aber dann sah sie, dass es Ben war. Hinter ihm tauchten Tess und Sammy auf. »Wieso rennt ihr den Berg rauf?«

»Kommt mit«, rief Alea nur, und sie liefen zu den Bäumen. Hier konnte sie niemand beobachten.

Behutsam zog Alea ihren Schal fort, und die ölschwarze Finja kam zum Vorschein. Der Schal hatte ein paar ihrer Augen sauber gewischt, aber alles in allem sah sie schrecklich aus.

»Landgänger!«, quiekte die Finja. »Hilfe!«

»Das sind Freunde«, versuchte Alea ihr zu erklären. »Du hast ein viel größeres Problem als diese drei.«

Dem widersprach die Finja nicht. »Ich muss zurück ins Wasser. Ich darf nicht zu lange außerhalb des Wassers sein!«

Das war neu für Alea. Kobolde konnten sich, so lange sie wollten, an Land aufhalten, Skorpionfische wohl ebenfalls. Isibellen hingegen, die Hüterinnen der Flüsse, zerfielen zu Staub, sobald sie vollständig das Wasser verließen. Bei Finde-Finjas war es wohl irgendetwas dazwischen.

»Wir können dich nicht ins Meer zurückbringen«, entgegnete Alea. »Dort würdest du sterben.« Auf Deutsch sagte sie zu den anderen: »Wenn wir sie in den See lassen, wird jemand sie entdecken. Das geht auf keinen Fall!«

Lennox war ihrer Meinung. »Wir müssen etwas anderes für sie finden und zwar schnell.«

»Aber wo bekommen wir sauberes Wasser her? Willst du sie in einen Eimer setzen?«

»Nein, die Eimer sind zu klein zum Schwimmen.« Lennox sah den Hügel hinauf. »Hier sind überall Ferienhäuser. Wenn wir eins finden, in dem gerade keiner ist, gehen wir da rein und lassen die Badewanne für die Finja volllaufen.«

»Du willst einbrechen?«, fragte Alea widerstrebend.

Sammy mischte sich ein. »Das ist jetzt echt nicht der richtige Moment für deine Moralapostelei, Schneewittchen.«

»Ich finde die Idee mit dem Ferienhaus gar nicht schlecht«, sagte Ben.

Alea zögerte. »Was, wenn jemand uns erwischt?«

»Wir haben Lennox«, war Bens Antwort.

Damit war es entschieden. Sie liefen los und schauten sich die Häuser an, die zwischen den Bäumen in den Hügeln lagen. Alea war nicht wohl dabei, dass sie einfach irgendwo einsteigen wollten. Sie hatte schon öfter mit den anderen über Richtig und Falsch diskutiert, aber letztlich meistens nachgegeben. Und auch in dieser Situation sah sie ein, dass es kaum eine andere Möglichkeit gab, die Finja zu retten.

Das vierte der Häuser, die sie inspizierten, stand offenbar leer. Es war ein mittelgroßes Holzhaus. Als sie durch die Fenster spähten, entdeckten sie nirgendwo Koffer oder andere Anzeichen dafür, dass das Haus gerade bewohnt war. Es war perfekt.

»Kommt mal her!«, rief Tess. Sie war um die Ecke des Hauses gegangen und winkte aufgeregt.

Alea und die anderen liefen zu ihr. Hinter dem Haus war ein Pool! Ein abgedeckter Swimmingpool, wie geschaffen für einen magischen Meeresflüchtling.

»Ab und zu muss man auch mal Glück haben«, murmelte Alea.

»Das ist ohne Frage Schicksal«, belehrte Sammy sie.

Alea lachte. »Klar!«

Während die anderen im Eiltempo die Abdeckung entfernten, rieb Alea die Finja, so gut es ging, mit ihrem Schal sauber. Dann ließ sie sie ins Wasser gleiten.

»Oh!«, klingelte die Magische erleichtert. »Das ist gut …« Sie spannte ihre Ärmchen hoch, und während diese sich zu drehen begannen, spritzten Ölbröckchen von ihnen ab. Nun konnte man erkennen, dass sie eigentlich so etwas wie veilchenblau sein musste.

Zwar war es keine Dauerlösung, aber fürs Erste war die Finja in Sicherheit.

»Ich bleibe bei ihr«, sagte Lennox. »Ich lasse sie hier auf keinen Fall allein. Aber ihr solltet zum Strand zurückgehen und weiterhelfen.« Das Ganze schien ihm nicht zu behagen, obwohl es sein eigener Vorschlag war. Am liebsten hätte er sich wahrscheinlich zweigeteilt, um sowohl auf die Magische als auch auf Alea aufzupassen.

»Na gut.« Alea wollte die Finja ebenfalls nicht allein zurücklassen. Lennox würde gut auf sie aufpassen. »Wir kommen später wieder.«

Rasch verabschiedeten sie sich und liefen zum Strand. Glücklicherweise hatte niemand ihr Fehlen bemerkt. Die Menschen waren verzweifelt darum bemüht, zu retten, was zu retten war, und alle befanden sich im Ausnahmezustand.

Alea, Tess, Sammy und Ben schippten nun wieder, was das Zeug hielt. Langsam setzte die Ebbe ein, und im Watt kamen zahllose Tiere zum Vorschein, die Hilfe brauchten. Es waren so viele, dass Alea sich erneut fragte, wie sie das alles schaffen sollten.

Tess ging jedoch mit entschlossen-verkniffener Miene zu der Station für erste Vogelhilfe zurück, was Alea sehr beeindruckte. Vielleicht kurierte diese Sache Tess ein für alle Mal von ihrer Angst vor Möwen.

»Lass uns mal weiter raus ins Watt gehen«, sagte Alea zu Sammy, der neben ihr stand. »Nicht dass da draußen irgendwo noch mehr Magische liegen. Oder Wale …«

Sammy war sofort einverstanden. Sie sagten Ben Bescheid und machten sich auf den Weg ins Watt. Das Vorwärtskommen war mühsam, denn die frische, feuchtdicke Ölsandpampe saugte ihre Gummistiefel noch stärker ein als am Strand. Die Szenerie war zudem entsetzlich trostlos. Im Sand lagen tote oder sterbende Fische und unzählige Krebse, Schnecken, Würmer und Krabben, denen niemand mehr helfen konnte. Immer wieder trafen sie außerdem auf ölverschmutzte, starr dahockende Vögel. Alea kniete sich vor die ersten noch hin, aber dann entschied sie schweren Herzens weiterzugehen. Das Mädchen an der Station hatte gesagt, wenn Vögel zu sehr verschmutzt waren, konnte man ihnen einfach nicht mehr helfen …

»Da!«, rief Sammy nach einer Weile und deutete nach vorn. »Was ist das da?«

Ein paar Hundert Meter vor ihnen war ein dunkler Punkt zu erkennen … oder ein kleiner Haufen. »Gehen wir hin!« Alea und Sammy staksten los. Je näher sie kamen, desto sicherer waren sie, dass es sich bei dem Häuflein um etwas noch Lebendes handelte, denn es bewegte sich. Es zappelte.

»Das ist …« Alea stapfte schneller, und dann waren sie sich sicher.

Es war eine kleine Babyrobbe. Am Hals und am Oberkopf war sie ganz verdreckt vom Öl, und sie wand sich hektisch.

»Sie kriegt keine Luft!«, schrie Sammy. »Ihre Luftwege sind vom Öl verklebt!«

Bevor Alea reagieren konnte, fiel Sammy schon neben der Robbe auf die Knie, griff sich ihren Kopf, wischte ihre Nase sauber und pustete hinein. Er beatmete die Robbe!

Sprachlos sah Alea zu, wie Sammy dem Tier kräftig auf den Rücken klopfte, an ihm herumdrückte und es abermals beatmete.

Und dann erbrach das Robbenkind eine dunkle, ölige Masse. Es spuckte sie direkt auf Sammys Handschuhe, aber er freute sich. »Ja! Raus damit!«

Die kleine Robbe würgte noch ein paarmal. Dann fing sie an zu schreien. Es waren kurze, aufgeregte Laute, und Alea hatte keine Ahnung, was sie bedeuten mochten.

Sammy nahm sie allerdings, wie es schien, als gutes Zeichen. »Das war knapp, Röbbchen.« Rubbelnd streichelte er ihr teilweise klebriges Fell, und das aufgebrachte Tier ließ es sich gefallen – was erstaunlich war. »Jetzt ist alles gut.«

»Alles ist gut?«, zweifelte Alea. Sie war zwar sehr froh, dass Sammy der Robbe geholfen hatte, aber deren ganzer Lebensraum war zerstört! Wo sollte sie jetzt hin? »Sollen wir irgendeine Behörde anrufen?«

»Die Behörden haben doch gerade sowieso zu viel zu tun!«, warf Sammy ein. »Die würden bestimmt ewig brauchen. Momentan warten Tausende von Tieren auf ihre Hilfe!«

»Hm.« Alea dachte nach. »Bringen wir die Robbe dann erst mal zum See?«

»Lieber zum Pool zu Lennox«, entgegnete Sammy. »Falls doch noch was ist, wäre sie da nicht allein.«

»Ja, gut.« Alea überlegte. Am liebsten hätte sie noch weiter nach Magischen oder Walen gesucht, aber wenn sie die Robbe hier liegen ließen, würde sie verenden. »Gehen wir.« Gemeinsam hoben sie sie hoch und trugen sie zum Strand. Überraschenderweise wehrte sie sich nicht. Oder war sie einfach nur zu schwach dazu? Es schien Alea jedoch, als hätte die Robbe keine Angst vor ihnen. Lag das daran, dass Robben für Meermenschen einst so etwas wie Hunde für Landgänger gewesen waren? Hatte das Tier erkannt, dass Alea ein Meermensch war, und vertraute ihr deswegen?

Obwohl die Robbe noch ein Baby war, war es trotzdem nicht leicht, sie zu tragen. Sie durchquerten jedoch ohne weitere Probleme das Wattgebiet. Als sie durch die letzten schmutzigen Pfützen des Strands stiefelten und den Hügel schon fast erreicht hatten, bemerkte Alea ein Zucken im schwarzen Sand. Irgendetwas war unter der Ölschicht gefangen. Ein kleiner Krebs? Wie im Reflex bückte sie sich und griff mit der rechten Hand in den Dreck, während die linke die Robbe festhielt. Ihre Finger spürten etwas. Sie umfasste es und zog es nach oben.

Was zum Vorschein kam, war ein Wasserkobold.

Franklin

»Ahhh!«, schrie das kleine Wesen und wand sich in Aleas Hand. »Ahhh!«

Alea war so überrascht, dass sie den Kobold mehrere Sekunden lang nur anstarrte. Dann verbarg sie ihn an ihrem Overall. »Geht es dir gut?«, flüsterte sie ihm auf *Hajara* zu und schaute nach rechts und links. Hatte irgendjemand gesehen, was sie da aus dem Modder gefischt hatte? Nein. Die anderen Leute waren alle zu weit weg.

»Mir geht es schlecht!«, war die Antwort.

»Wie schlecht?«

»Kotzschlecht!«

»Bist du verletzt?«

»Nein, aber trotzdem halb hinüber.«

»Ich bringe dich an einen sicheren Ort.«

»Nach Grönland?«

»Nein. In einen Pool.«

»Ich möchte aber lieber nach Grönland.«

»Das geht nicht.«

»Geht wohl! Du willst nur nicht.«

»Ich will dich retten.«

»Hast du ja schon.«
»Du musst hier weg.«
»Ja, nach Grönland.«
»Ich bringe dich jetzt zum Pool.«
»Bist du so eine, die immer das letzte Wort haben muss?«
»Nein.«
»Doch.«
»Halt jetzt mal die Klappe!«
»Siehst du? Du willst das letzte Wort haben!«
»Ruhe jetzt!«
»Wusste ich's doch.«

Alea ignorierte den Kobold nun und steckte ihn kurzerhand in die Brusttasche ihres Overalls. Sie brauchte beide Hände, um Sammy beim Tragen der Robbe zu helfen.

»Was hat der Kobold gesagt?«, fragte Sammy, aber Alea wollte ihm das lieber später erzählen.

Schnaufend eilten sie den Hügel hinauf, bis sie das Holzhaus im Wald wiedergefunden hatten. Lennox staunte nicht schlecht, als sie mit der Robbe angelaufen kamen.

»Ich habe ihr das Leben gerettet!«, sprudelte Sammy hervor.

Alea bemerkte, dass die Tür des Ferienhauses offen stand. Fragend blickte sie Lennox an.

»Es gab ein gekipptes Fenster«, erklärte er achselzuckend.

»Und da bist du eingebrochen.«

»Na ja … wir könnten hier übernachten. Das Haus ist gut eingerichtet. Es gibt Handtücher, Geschirr, eine Badewanne …«

Alea seufzte. »Aber was, wenn –«

»Auf dem Belegungsplan sind erst in drei Tagen wieder Gäste eingetragen«, kam er ihren Bedenken zuvor. »So lange könnten wir bleiben.«

Alea wollte nicht diskutieren. Außerdem konnten sie die Magischen im Moment sowieso nirgendwo anders unterbringen. »Gut«, gab sie nach.

»Kann die Robbe auch in den Pool?«, wollte Sammy wissen.

»Äh, sicher.« Lennox betrachtete das dreckige Tier. »Wenn du sie vorher sauber machst …«

»Klar.« Sie setzten das Robbenbaby ab. Sammy eilte in das Haus und kam mit einer Schüssel voll dampfendem Seifenwasser, einer Handbürste und Handtüchern zurück. Mithilfe dieser Ausrüstung befreite er die Robbe vom gröbsten Schmutz, föhnte sie, um die wasserabweisende Wirkung des Fells wiederherzustellen, und ließ sie dann in den Pool. Das kleine Tier schien froh zu sein, endlich wieder schwimmen zu können, und drehte aufgeregt ein paar Runden.

Die Finja, die inzwischen fast wieder blau war, schwamm sogleich auf die kleine Robbe zu und klingelte freundlich.

»Sind wir jetzt da?«, fragte eine Piepsstimme in Aleas Brusttasche.

Lennox fuhr zusammen. »Was hast du da?«

Alea holte den Kobold heraus und zeigte ihn Lennox.

»Hallo, Oblivion!«, rief der kleine Kerl. Die azurblaue

Farbe seiner Augen zeichnete Lennox für jedes Meerwesen unverkennbar als solchen aus. »Das ist ja ein Ding! Ich hab noch nie einen echten Oblivion getroffen.«

»Wer bist du?«, fragte Lennox überrascht.

»Ich bin Franklin«, stellte sich der Kobold vor.

»Ich heiße Lennox Scorpio, und das ist Alea Aquarius.«

»Die da hat mich aus dem Matsch gerettet!«, rief Franklin und wies mit dem Kinn auf Alea. »Einer Walwanderin bin ich auch noch nie begegnet, aber ich habe schon gemerkt, dass sie … schwierig ist.«

Lennox staunte immer mehr. »Wo ist dein Clan?«

»Das weiß ich auch nicht.« Franklin ließ die ölschmierigen Händchen sinken. »Ich war in der Schule, als der Alarm kam.«

»In der Schule?«, wiederholte Alea.

»Yep. Ich weiß, ich wirke nicht so, aber ich bin noch nicht so lange auf der Welt.«

»Du bist ein Kind? Ein Koboldkind?«

»Ja, was denn sonst? Ein Nixenkind?« Er lachte schallend und schlug sich auf die Schenkel. »Nein, warte! Ich bin ein Tasfaren-Fohlen!« Nun krähte er richtig vor Lachen.

Alea lächelte. Franklin erinnerte sie an einen anderen Wasserkobold: Murphy. Der war jedoch alles andere als ein Lausebengel gewesen, sondern ein wahrer Held – clever, zuverlässig und geradezu tollkühn. Ohne ihn hätten sie niemals aus der Villa Konungur fliehen können.

»Was ist passiert, als der Alarm kam?«, hakte Lennox nach.

»Wir sind alle aus der Sandhöhle raus.« Franklin wurde ernst. »Keiner wusste so genau, was wir machen sollten. Unser Lehrer hat gesagt, wir müssen nach Nordwesten schwimmen, nach Grönland. Aber dann hat sich wohl der Wind gedreht, und wir sollten doch nicht nach Grönland. Alle waren in heller Aufregung, manche schwammen hierhin, manche dorthin, und irgendwie hab ich die anderen in dem Durcheinander verloren. Dann kam das Öl. Es hat mich einfach mitgerissen und hier an diesen Strand gespült.«

Mitfühlend wischte Alea ihm mit ihrem Schal über die Ärmchen. Diesen Clan hatte ihre Säulennachricht wohl nicht erreicht.

»Mit dem Ding kriegst du mich nicht sauber«, stellte Franklin fest, stieß den Schal zur Seite und hüpfte von Aleas Hand. Blitzschnell flitzte er zum Pool und sprang hinein.

Die Finja und die Robbe schwammen hier im Kreis herum und schienen sich über den Neuzugang zu freuen. Alle drei schwammen sofort einträchtig nebeneinanderher.

»Also dann«, sagte Alea. »Ich gehe erst mal wieder zur Bucht.«

»Ich komme mit.« Sammy schien zwar ebenso müde zu sein wie sie, aber es gab noch so viel zu tun!

Sie tranken zuerst noch Wasser aus dem Hahn und rannten dann wieder zu den anderen zurück. Die *Ocean Knights* schleppten mittlerweile dicke Sandsäcke zur Wasserkante und bauten dort eine Mauer. Wenn die Flut kam, sollten die gereinigten Stellen des Strands nicht wieder überschwemmt und aufs Neue mit Öl getränkt werden. Alea hörte allerdings ein paar Leute sagen, dass es längst nicht genügend Sandsäcke seien.

Sammy gesellte sich gleich zu der Gruppe *Ocean Knights*, die die Säcke aufeinanderstapelte. Doch Alea starrte auf einen älteren Mann, der am Rande des Strands stand und sich gerade eine Zigarette anzündete. Als Alea die Flamme seines Feuerzeugs aufzüngeln sah, erschrak sie. Öl war entflammbar. Der Mann konnte mit seiner Zigarette die ganze Bucht in Brand stecken!

Das dachten wohl auch ein paar andere Leute. Laut rufend liefen einige *Ocean Knights* auf den Mann zu und machten ihm offenbar klar, wie gefährlich es war, hier zu rauchen. Hastig drückte der Mann seine Zigarette an der Packung aus. Die *Ocean Knights* schienen ernsthaft auf ihn einzureden, aber schließlich gingen sie wieder an ihre Arbeit. Alea stand jedoch noch immer wie erstarrt da. Ein grauenerregender Gedanke war ihr gekommen.

Auch der Ölteppich auf dem Meer war entflammbar.

Augenblicklich zuckten die schrecklichen Bilder aus der Silberfadenvision in ihrem Kopf auf – die gigantische Brandkatastrophe, die den ganzen Ozean zu verschlingen schien. Würde sie hier stattfinden? Würde das Öl auf dem Meer brennen?

Es kam Leben in Aleas Glieder. Sie suchte Magnus. Am anderen Ende des Strands fand sie ihn und versuchte ihm in gebrochenem Englisch zu erklären, dass er unbedingt überall Rauchverbotsschilder aufstellen lassen sollte. *»No smoking!«*, rief sie. *»Smoking is dangerous! The whole sea … burns.«*

Magnus schien zu verstehen. Er versprach ihr, sich darum zu kümmern, und Alea blieb nichts anderes übrig, als sich wieder an die Arbeit zu machen. Doch während sie Ölmatsch in Eimer schaufelte und zahllose Sandsäcke schleppte, schaute sie sich immer wieder nach Rauchern um. Später hängten ein paar *Ocean Knights* überall behelfsmäßige *No smoking*-Plakate auf. Und Alea hoffte inständig, dass diese eine Katastrophe verhindern würden, die noch viel größer sein würde als die, die bereits stattgefunden hatte.

Sie schufteten und schufteten. Irgendwann gesellte Alea sich wieder zu Tess, die noch immer in der provisorischen Vogelstation half. Es war bereits später Nachmittag, als Alea allein mit einer Möwe zum See stapfte, deren Federn sie mindestens eine Stunde lang gewaschen hatten. Das Wasser am Ufer des Sees war inzwischen recht schmierig von all den nicht richtig geputzten Kleintieren, die man hier abgesetzt hatte.

Alea ließ den erschöpften Vogel zu Wasser und schaute zu, wie er hastig davonpaddelte. Sobald er wieder fliegen konnte, würde er zum Meer zurückkehren …

Als sie sich gerade umdrehte, um wieder zum Strand zu gehen, hörte sie plötzlich eine hohe Stimme. »Bist du ein Meermädchen?«

Alea fuhr herum. Wer hatte da gesprochen? Das war *Hajara* gewesen!

Da sah sie etwas Kleines auf einem Stein am Ufer stehen. Aleas Herz setzte einen Schlag lang aus. War das ein magisches Wesen? Staunend ging sie auf die Kreatur zu. Sie war ein wenig größer als eine Hand, stämmig, mit Beinen wie Froschschenkel und einem riesigen Kopf, aus dem sie zwei hervortretende helle Augen ansahen. Mit seinem merkwürdig ausufernden Haar erinnerte das Wesen ein wenig an eine Isibelle. Doch anders als die zarten Flussgeister hatte es eine dicke, beinahe ledern wirkende Haut, die grünlich schimmerte und unzählige dunkle Flecken aufwies. *Wie Krötenhaut*, dachte Alea bei sich. Außerdem hatte es eine sehr lange Zunge. Diese zuckte gerade blitzschnell hervor und schnappte sich eine herumsurrende Fliege. Genüsslich verspeiste das Wesen den Fang und musterte Alea dabei schmatzend.

»Wer bist du?«, fragte Alea verblüfft.

»Ich hab zuerst gefragt«, kam es wie aus der Pistole geschossen zurück. »Bist du ein Meermädchen? Deine Augen sind wanderergrün!«

»Das stimmt. Ich bin eine Walwanderin!« Alea kniete sich neben den Stein, auf dem das Wesen stand und beide Hände in die Seiten stemmte, als wäre es irgendwie sauer.

»Dann mach was gegen die schmutzigen Tiere!«, rief es da auch schon. »Die verdrecken das ganze Wasser!«

»Oh.« Alea verstand. »Wohnst du hier im See?«

»Ich wohne nicht nur hier!«, entgegnete die kleine Kreatur schnippisch. »Ich bin ein Kra, wie du ja sehen kannst.«

»Ein Kra? Ich … weiß nicht, was das ist«, musste Alea gestehen.

Der Kra schnaubte durch die Nase. »Wieso das denn nicht?«

»Ich weiß nicht so viel –«

»Das scheint mir auch so«, fuhr der Kra ihr dazwischen. »Du bist ein bisschen unterbelichtet, hm? Nicht so richtig helle im Kopf.«

»Doch! Aber –«

»Macht ja nichts. Kann ja nicht jeder schlau sein.«

»Das –«

»Ich erklär's dir. Wir Kras sind die Hüter der Seen, Teiche und Tümpel«, sagte er und sprach nun sehr langsam, als hätte er es mit einer Idiotin zu tun. »Wir kümmern uns hier um alles. Und all diese öligen Tiere müssen weg. Die versauen das Wasser. Verstehst du?« Er legte den Kopf schief und betrachtete sie kritisch. »Noch mal ganz langsam. See: gut. Dreckige Tiere: schlecht.«

Alea wusste nicht, ob sie sich verteidigen oder lachen sollte.

Die Zunge des Kras zuckte vor und erhaschte eine Mücke. Ohne den Blick von Alea abzuwenden, kaute der Kra seine Beute lässig und schluckte mit einem deutlich vernehmbaren *Gulp*. »Alles klar?«

»Ich werde den Landgängern sagen, dass sie die Tiere nicht mehr herbringen sollen«, versprach sie.

»Brav.« Der Kra sah sie an, als wäre sie ein gehorsames Kleinkind. »Kriegst 'ne Fliege dafür.« Und – *zack!* – schon schnellte seine Zunge erneut hervor und fing abermals eine Fliege. Gleich darauf entrollte sich die Zunge wieder und legte Alea das tote Insekt vor die Füße. »Aber nicht alles auf einmal essen!«, rief der Kra ihr zu, sprang mit seinen starken Froschbeinen vom Stein und verschwand im See.

Einen Augenblick lang stand Alea perplex da, dann machte sie sich abermals auf die Suche nach Magnus. Sie fand ihn am Container und erklärte ihm, so gut sie konnte, dass es enorm schlecht war, die vielen Tiere zum See zu bringen – nicht nur, weil besonders die geretteten Vögel ja eigentlich eine ganz andere Behandlung brauchten, sondern auch, weil der See zu stark verschmutzte! Magnus nickte nur. Seine Antwort verstand Alea nicht ganz, aber offenbar würde schon bald das spezielle Vogelteam kommen, das die Möwen und die anderen Vögel zu einer professionellen Auffangstation bringen würde. Das erleichterte Alea sehr, und sie mobilisierte ihre letzten Reserven, um Sandsäcke zu stapeln.

Am Abend versammelte Magnus die *Ocean Knights* und die anderen Helfer. Er dankte allen für ihre unermüdliche Arbeit. Auf dem Gebiet des Campingplatzes waren Zelte für sie aufgestellt, dort konnten alle schlafen. Ben sagte Magnus allerdings, dass sie mit einem gemieteten Wohnmobil gekommen wären und darin übernachten würden. Er flunkerte ihn an! Aber er hätte ihm auch kaum erzählen können, dass sie sich durch Einbruch Zugang zu einem Ferienhaus verschafft hatten – und dass dort im Pool magische Wesen herumschwammen, die niemand sehen durfte.

Sie verabschiedeten sich für die Nacht. Alea, Tess, Ben und Sammy marschierten nun ohne Overalls, dafür aber mit müden Knochen und geschulterten Rucksäcken den Hügel hinauf zum Holzhaus.

Lennox saß am Pool und schaute den drei unterschiedlichen Kreaturen im Wasser mit Grübelmiene zu. Alea entdeckte verschiedene Gegenstände, die er hineingeworfen haben musste: eine Gummiente, einen Strohhalm und eine seiner Socken. Am Grund erkannte Alea außerdem einen Topf, eine Blumenvase und eine Spülbürste. Gleich darauf verstand sie auch, warum Lennox das gemacht hatte.

»Ich bin vom Meer abgeschnitten!«, keuchte die Finja aufgeregt. »Ich brauche mehr Sachen zum Finden! Alles ist so kahl! Ich brauche mehr Sachen!«

Lennox seufzte, griff in seine Hosentasche und zog den Fotostein mit dem Bild seiner verstorbenen Mutter heraus.

»Im Ernst?«, rief Alea.

»Die Finja braucht was Interessantes!«

»Gut, aber dann bekommt sie meinen auch.« Lennox hatte recht, die Steine konnten im Pool nicht verloren gehen. Schnell griff Alea in ihre Tasche, und gemeinsam ließen sie die Fotosteine ins Wasser gleiten. Die magisch hervorgehobenen Gesichter leuchteten geradezu, das von Xenia, Lennox' Mutter, und die der lachenden Zwillinge.

»Oh!«, gurrte die Magische und kam näher. »Die sind spannend!« Während die Steine zu Boden sanken, schwebte sie neben ihnen her und wedelte sachte vor sich hin, als speicherte sie alle Details.

Plötzlich platschte die Robbe mit lautem Grölen auf die obere Sprosse der Pool-Leiter und schrie in den höchsten Tönen. Es schien fast, als ob sie Alea und Sammy wiedererkannte und Hallo sagen wollte. Ihre Rufe klangen lustig und erinnerten ein bisschen an das Meckern einer Ziege.

Sammy ließ seinen Rucksack fallen und lief zu ihr. »Na, Röbbchen, alles fit bei dir?« Er beugte sich hinab, hievte das Tier mit Lennox' Hilfe aus dem Pool und kraulte es.

»Er hat mich mit Seife gewaschen!«, hörte Alea auf einmal eine Stimme ganz nah an ihrem Ohr. Sie erschrak, aber dann wurde ihr klar, dass Franklin auf ihrer Schulter stand. »Er hat mich mit Seife und einem Lappen gewaschen und dann noch mit einer … wie nannte er das … Zahnbürste die Ritzen geputzt!«

»Wer? Lennox?«

»Ja! Zuerst noch vorsichtig, um auszuprobieren, ob ich die Seife vertrage. Aber dann hat er viel zu doll geschrubbt!«, beschwerte sich Franklin.

Alea ließ ihn auf ihre Hand springen. »Du siehst aber super aus!«, stellte sie fest. Franklin war nun erdbeerrot! Genau wie eine Erdbeere hatte er außerdem überall grüne Punkte am Körper. »Lennox hat dich sauber gekriegt!«, freute sie sich. »Du bist ja eine richtige Schönheit!«

Stolz streckte Franklin das Kinn vor. »Yep!«

Alea schmunzelte. Wasserkobolde hatten schuppige Haut, riesige Knollennasen und zusätzlich zu ihrem Fischschwanz kurze, dicke Beinchen. Sie waren eher keine *klassischen* Schönheiten, aber Alea hatte ihr Aussehen schon immer gemocht.

»Gehen wir ins Haus«, schlug Ben vor.

Nachdem sie durch die Terrassentür getreten waren, ihre Sachen auf den Esstisch und die Sofas geworfen und sich umgesehen hatten, merkte Alea, dass die Robbe ihnen ins Haus folgte. Niemand sagte etwas. Das Tier war mittlerweile recht sauber und hinterließ lediglich Wasserspuren auf den Fliesen.

Dann sagte Ben doch etwas: »Ich möchte, dass wir das Haus später genau so verlassen, wie wir es vorgefunden haben. Wir werden alles putzen, aufräumen und den Originalzustand wiederherstellen, wenn wir gehen. Verstanden, Cru?«

»Aye, aye, Käpten!«, rief seine Mannschaft.

Sie waren alle völlig geschafft und außerdem hungrig. Aber woher sollten sie jetzt noch Essen bekommen?

Als Ben seufzend den Kühlschrank öffnete, standen darin verwunderlicherweise einige Lebensmittel. »Scorpio?«, fragte er nur.

Lennox druckste herum. »Ich … also, ich war kurz in den Nachbarhäusern. Die meisten Kühlschränke waren voll! Es merkt bestimmt keiner, dass das eine oder andere weg ist.«

Alea war zu erschöpft, um eine Diskussion über Diebstahl anzufangen. Außerdem war sie froh, dass es etwas zu essen gab.

Ben inspizierte, was Lennox besorgt hatte. »Wir können Nudeln mit Pilzen und Tomatensoße machen.«

»Das war der Plan.« Lennox grinste. Dann reichte er Alea einen Apfel. Ohne sich zu sträuben, biss sie hinein.

Tess kam ins Wohnzimmer zurück. Anscheinend hatte sie sich das Haus angesehen. »Es gibt zwei Schlafzimmer mit Doppelbetten. Wer schläft wo?«

»Ich kann auf dem Sofa schlafen«, erwiderte Lennox mit unsicherem Seitenblick auf Tess. Es war offensichtlich, dass es ihm lieb wäre, wenn sie sich ebenfalls kein Doppelbett mit Alea teilen würde.

»Ich schlaf bei Schneewittchen!«, rief Sammy, und damit war die Sache geregelt.

Während nun alle nacheinander duschten, kochten die anderen, und schon wenig später verspeisten sie das leckere Nudelgericht. Sie waren alle derartig müde, dass sie kaum sprachen. Auch über die Robbe, die sich unter den Tisch gelegt und den Kopf auf Sammys Füßen platziert hatte, sagte niemand etwas – oder über den Kobold, der von einem Teller zum nächsten schlenderte und sich die besten Brocken nahm.

Nach einer Weile durchbrach Alea jedoch die Stille. »Habt ihr auch schon mal daran gedacht, dass die Silberfadenvision … das Flammenmeer … dass das hier passieren könnte?«

Lennox nickte. »Ja, nichts brennt schneller als Öl.«

»Der Gedanke kam mir auch schon«, sagte Ben. »Das würde auch erklären, wieso in der Vision das Wasser in Flammen stand.«

»Ja, genau.« Alea zögerte, doch dann setzte sie hinzu: »Einerseits bin ich froh, dass es nicht … das Ende der Welt war, was ich gesehen habe. Ich dachte bei den Bildern nämlich, dass der Ozean vielleicht durch die radioaktiven Abfälle und den Chemiemüll in Brand geraten würde. Wenn es aber nur das Nordmeer betrifft, geht zumindest nicht die ganze Welt unter.«

»Du hast gedacht, dass die Welt untergeht?« Lennox schaute sie mit zusammengezogenen Brauen an. »Und das hast du allein mit dir rumgetragen, ohne was zu sagen?«

»Ich wollte euch nicht … unnötig beunruhigen.«

Lennox beugte sich mit einem *Jetzt-reicht-es*-Gesicht vor. »Du bist zwar eine Elvarion, aber auf deinen Schultern lastet schon mehr als genug!«, erklärte er mit einer Mischung aus Zorn und Besorgnis. »Du musst uns sagen, was dir Sorgen macht!« Leise fügte er hinzu: »Wenigstens mir musst du es sagen.«

Alea senkte den Kopf. »Ja.« Nach einer Weile fragte sie: »Wie können wir verhindern, dass der Ölteppich in Brand gerät?«

»Der Tasfar meinte ja, wir könnten Hilfe im Meer finden«, sagte Lennox.

»Ihr könnt nicht ins Meer«, wandte Tess ein. Sie sah furchtbar erschöpft aus.

»Lasst uns morgen weiter darüber nachdenken«, beendete Ben die Unterhaltung und stand auf. »Vor dem Schlafengehen spülen wir aber noch das Geschirr.«

Alle erhoben sich, räumten auf, spülten ab und fielen dann in die Betten.

Sammy schien eingeschlafen zu sein, noch bevor sein Kopf das Kissen berührte. Als Alea sich auf die Seite legte und die Augen schloss, hörte sie eine Koboldstimme flüstern: »Gute Nacht, Alea Aquarius.«

Unter der Oberfläche

Alea erwachte. Sie hatte von Vögeln geträumt, die im Öl feststeckten und ihr vorwurfsvoll zuriefen, dass sie sie im Stich gelassen hätte.

»*Misch Lateyna!*«, begrüßte der Kobold Alea. Er lag in ihrer Halsbeuge und war offensichtlich selbst gerade erst aufgewacht. Mit einem Sprung war er auf den Beinen, streckte sich und strich sich über sein erdbeerrotes Bäuchlein. Ungeniert gähnte er und riss den Rachen sperrangelweit auf, während ihm seine drahtigen grünen Haare wild vom Kopf abstanden.

»*Misch Lateyna*«, erwiderte Alea schmunzelnd.

Sie hörte, wie Sammy sich neben ihr regte. Gleich darauf steckte er seine kalten Füße zwischen ihre warmen Waden. »Laterne?«, brummelte er schläfrig.

Alea musste lachen.

Sammy war noch nicht richtig wach. »Bestlaterne …«

Vorsichtig steckte Alea seine Füße unter seine eigene Decke zurück und stand auf.

Franklin flitzte putzmunter neben ihr her. »Was machen wir denn heute? Schwimmen wir nach Grönland?«

»Eher nicht.« Alea öffnete die Tür zum Bad. »Du bleibst draußen«, erklärte sie dem Kobold.

»Aber ich war schon mal da drin!«, meckerte er. »Ich hab schon gesehen, was da für komische Landgängersachen rumstehen!«

Alea antwortete nicht. Zwei Minuten später zwängte sich Franklin einfach unter dem recht hohen Türspalt hindurch.

»Du musst mich nicht vor den seltsamen Sachen hier beschützen«, versuchte der Kobold ihr klarzumachen. »Ich halte was aus!«

Alea zog die Toilettenspülung. »So, so.« Sie schlurfte zum Waschbecken und holte ihre Zahnbürste heraus.

»Ahhh! Das Putzmonsterding!«, schrie Franklin und versteckte sich in Aleas Hosenbein.

»Ich dachte, du hältst was aus?«, neckte sie ihn und putzte sich die Zähne.

Franklin kam aus ihrem Hosenbein hervor und kletterte wieselflink auf das Waschbecken. »Tu ich auch! Ich halte ja auch *dich* aus, obwohl du total schwierig bist.«

»Bin ich nicht!«

»Doch, tierisch! Aber das ist für mich in Ordnung, weil ich so abgehärtet bin.«

Alea lachte.

»In meiner Schule war ich der Stärkste!«, prahlte Franklin und lehnte sich lässig gegen den Seifenspender. »Alle haben gesagt, dass ich, wenn ich groß bin, bestimmt mal Klabautermann auf einem coolen Schiff werde.«

»Klabautermann?«, nuschelte Alea und spuckte die Zahnpasta aus. »Ist das nicht ein Schiffsgeist, der herumpoltert?«

»Einer, der den besten Schabernack der Welt auf die Beine stellt, ohne dabei je entdeckt zu werden!«, klärte Franklin sie auf. »Dazu braucht man Talent!«

Alea hatte noch nie darüber nachgedacht, ob der alte Aberglaube vom Klabautermann womöglich auf die Anwesenheit von echten Magischen zurückging. »Wir haben ein Schiff«, erzählte sie, während sie sich das Gesicht wusch. »Wenn du möchtest, kannst du bei uns Klabautermann werden.«

Franklin hielt, wie vom Blitz getroffen, inne. »Ich … Ihr …«, stotterte er. »Ihr habt ein Schiff? Und ich dürfte bei euch …« Sein kleines, knolliges Gesicht wurde ganz weich. »Ihr würdet mich nehmen?«

Alea lächelte. »Ja, klar!« Sie konnte sich nicht vorstellen, dass die anderen etwas dagegen haben würden. Außerdem war es für den Kobold erst einmal das Sicherste, bei ihnen zu bleiben.

Jemand klopfte an die Tür. »Ich muss auch mal!« Es war Sammy.

»Bin schon raus.« Alea verließ das Bad, während Sammy sich an ihr vorbeidrängte. Sie ging in den Wohnbereich, wo Lennox, Tess und Ben bereits am Frühstückstisch saßen. »Guten Morgen.« Sie begrüßte Lennox mit einem kleinen Kuss.

»Du hast da was!« Ben wies grinsend auf Aleas Schulter.

Dort saß Franklin. »*Misch Lateyna*«, wünschte Ben dem Kobold.

Franklin staunte. »Ich wusste gar nicht, dass Leute wie du *Hajara* können! In der Schule haben sie uns was anderes über Landgänger beigebracht – nämlich, dass es übel ausgehen würde, wenn sie jemals erfahren, dass es uns überhaupt gibt!«

Ben seufzte nur tief.

Vor der Terrassentür ertönte ein Grölen. Dort lag die kleine Robbe und wollte herein. Ben hatte sie letzte Nacht ausgesperrt, weil er befürchtete, sie könnte etwas kaputt machen. Aber nun stand er auf und ließ sie ins Haus. Mit einem kleinen Grunzen kam sie hereingerutscht und schaute sich um.

»Sie sucht Sammy«, vermutete Alea. Gestern hatte sie noch gedacht, das Tier wäre vielleicht so anhänglich, weil es sich bei Meermenschen instinktiv wohlfühlte. Aber inzwischen glaubte sie eher, dass die Robbe bei Sammy sein wollte. Er hatte ihr immerhin das Leben gerettet.

Kurz darauf kam Sammy aus dem Bad und freute sich ebenso, die Robbe zu sehen, wie sie sich ihrerseits zu freuen schien. Er setzte sich neben sie auf den Boden und knuddelte sie. Die Robbe johlte zufrieden und brachte zwischen den normalen Rufen ihre eigenartigen Ziegenlaute hervor. Solche Töne hatte Alea noch nie von Robben gehört.

Während Sammy dem Tier den Nacken kraulte, griff er nach Bens Handy, das auf dem Couchtisch lag, und startete eine neue Aufnahme. »Sammys Abenteuertagebuch, dritter August, Eintrag neunundzwanzig …«

Tess lenkte Alea ab. »Möchtest du Frühstück?«, fragte sie und stellte ihr einen Teebecher hin. »Wir haben Joghurt mit Früchten.«

»Ja, gleich. Ich will nur erst noch nach der Finja sehen.«

Tess nickte, und Alea huschte hinaus.

Lennox folgte ihr. »Ich hab ihr noch ein paar Sachen zum Finden reingeworfen.«

»Das hast du.« Der ganze Pool war voller Gegenstände: kleine und große, schwimmende und zum Boden gesunkene Dinge.

Die Finja kam an die Oberfläche. »Habt ihr noch mehr? Ich brauche mehr Sachen!«

Lennox stöhnte. »Ich guck mal, was ich noch finden kann.«

Er wollte schon wieder hineingehen, als Alea ihn zurückhielt. »Warte mal.« Sie setzte sich an den Rand des Beckens. »Finde-Finja«, sprach sie die Magische in offiziellem Ton an. »Finde für mich etwas, womit ich meinen Fuß wärmen kann.«

Überrascht lächelte Lennox. »Gute Idee.«

Die Finja klingelte erfreut, dann brütete sie kurz. »Folge mir!«, rief sie und tauchte ab.

Rasch zog Alea sich bis auf die Unterwäsche aus und glitt in den vollgepackten Pool.

Die Finja führte sie zu Lennox' Socke. »Hier«, zirpte sie. »Damit kannst du deinen Fuß wärmen.«

»Danke!« Alea nahm die Socke an sich.

»Ich bin eine Finde-Finja, ich finde!«

Alea tauchte wieder auf.

»Noch mal!«, klingelte die Finja, die gleich hinter ihr war. »Aber diesmal ein bisschen schwieriger!«

Nachdenklich runzelte Alea die Stirn. »Finde für mich etwas, womit ich eine Nachricht an eine Anzeigesäule schreiben könnte.«

Begeistert über diese schwere Aufgabe, begann die Finja mit den Ärmchen zu wedeln und offenbar alle Möglichkeiten durchzugehen. Nach einer kleinen Weile rief sie: »Folge mir!«

Erneut tauchte Alea mit ihr unter, und die Finja führte sie zielstrebig zu den beiden Fotosteinen, die am Boden des Pools lagen. »Hierin ist Gilfenmagie enthalten!«, vermeldete sie. »Damit könntest du eine Nachricht an eine Gilfensäule schreiben.«

Alea nahm die beiden Steine an sich. »Klasse.«

»Ich bin eine Finde-Finja. Ich finde.«

Mit zwei Fußkicks schwamm Alea nach oben.

Die Magische war gleich hinter ihr. »Noch mal!«

Alea lachte. »Ich muss jetzt erst mal was essen. Aber später können wir noch mal suchen und finden, ja?«

Die Finja brummte unzufrieden vor sich hin, aber Alea ließ sich nicht abhalten und stieg aus dem Becken.

Lennox reichte ihr ein Handtuch. »Was sollen wir bloß mit ihr machen? Sie kann ja nicht ewig hier im Pool bleiben.«

»Ich habe keine Ahnung«, musste Alea gestehen. Sie brauchten dringend einen neuen Plan.

Mit dem großen Handtuch um die Schultern ging sie mit Lennox ins Wohnzimmer zurück. Dort lief der Fernseher. Ben hielt die Fernbedienung in der Hand und hatte einen Sender eingeschaltet, der gerade über die Ölpest berichtete. Sie sahen Bilder von der Bohrinsel und der beschädigten Leitung. Schwarzes Öl strömte ins Meerwasser. Noch immer. Offensichtlich war es bisher niemandem gelungen, das Loch zu schließen, weil der Druck des herausprudelnden Öls zu hoch war.

Ben schaltete aus.

Frustriert ergriff Alea das Wort. »Wir können noch ewig Eimer mit Ölschlamm vollschaufeln und Möwen abschrubben. Es macht keinen Unterschied. Wenn an der Bohrinsel weiterhin dermaßen viel Öl austritt, wird es mit der nächsten Flut wieder angeschwemmt, und alles fängt von vorn an. Da helfen doch auch die paar Sandsäcke nicht!«

Ben schien das genauso zu sehen. »Durch die Gezeiten beginnt alles immer wieder von Neuem, wenn man nichts gegen die Ursache unternimmt.«

»Außerdem bin ich mir nicht sicher, wie viel das Vogelputzen wirklich bringt«, murmelte Tess. »Gestern hab ich gehört, wie jemand sagte, drei Möwen würden tot im See herumtreiben – nachdem wir sie stundenlang gewaschen hatten!«

Ben nickte. »Heute kommt ja zum Glück endlich das

Vogelspezialteam. Die wissen, wie man den Vögeln besser helfen kann.«

»Wir müssen etwas gegen das Loch an der Bohrleitung unternehmen!«, kam Alea zum Wesentlichen zurück. »Alles andere ergibt keinen Sinn.«

»Wir?«, wiederholte Tess.

Nachdenklich wiegte Lennox den Kopf. »Nicht mal die Experten haben es geschafft, das Loch zu stopfen …«

»Vielleicht sind diese Experten aber auch gar nicht die wahren Experten.« Grübelnd wandte Alea sich an Franklin, der auf ihrer Schulter herumturnte. »Sag mal, hattet ihr in der Schule ein Fach, in dem man lernt, Löcher zu stopfen?«

Franklin kratzte sich zwischen seinen grünen Drahthaaren. »Nee, wir haben eher gelernt, wie man Bilder malt, Höhlen baut oder wie man Sand auftürmt, um Landgänger abzuschrecken.« Er plusterte sich auf. »In *Trugbild-Pyramiden* war ich außerdem der Beste!«, behauptete er. »Löcher stopfen gehört aber zu *Sachen reparieren*. Das ist Gilfenkram.«

»Gilfenkram …«, murmelte Alea und dachte angestrengt nach. Als sie nicht weiterkam, rief sie innerlich die Elvarion-Stärke herbei. Sie befand sich zwar in keiner direkten Notsituation, aber das ganze Meer war in Not! Die Stärke kam, und Aleas Gedanken wurden kristallklar. Rasch formte sich in ihrem Kopf ein Plan. »Ich muss im Meer die Gilfen suchen«, sagte sie auf Deutsch.

Lennox' Augen verengten sich. »Was?«

»Wenn ich sie gefunden habe, bitte ich sie, mit mir zur Bohrinsel zu schwimmen, um dort das Loch zu verschließen.« Kurz dachte sie noch mal nach. »Außerdem frage ich sie, ob sie in der Lage sind, eine Feuersbrunst auf dem Meer zu verhindern.«

Entsetzt blickten die anderen sie an.

»Du gehst auf keinen Fall ins Wasser!«, rief Ben und wiederholte den Satz gleich noch einmal auf *Hajara*, so als hoffte er, in dieser Sprache eher zu Alea durchzudringen.

»Im Meer wird man ganz duselig«, warnte Franklin. »Zumindest, wenn man der Oberfläche zu nahe kommt.«

Lennox polterte: »Du kannst nicht da rein! Und erst recht nicht zu der Bohrinsel! Das ist lebensgefährlich!«

Alea sah die beiden scharf an. »Habt ihr eine bessere Idee?«

Hatten sie nicht.

»Alles, was bisher gemacht wurde – den Strand säubern, ein paar Ölsperren aufstellen, Landgänger-Experten zur Bruchstelle schicken –, das bringt alles nichts!«, regte Alea sich auf. »Das Öl tritt immer noch in Massen aus und verpestet alles! Jeder weitere Tag fordert unzählige Leben und zerstört Stück für Stück den Ozean!«

»Das stimmt ja alles –«, lenkte Ben ein.

Alea ließ ihn nicht ausreden, denn als Nächstes käme bestimmt ein *Aber*. »Die Gilfen sind nicht nur geniale Baumeister und Handwerker, ihnen steht auch Magie zur Verfügung! Ich weiß zwar nicht genau, welche, aber wir haben ja in Rach Turana gesehen, was sie alles können!« Die alte Unterwasserstadt, die von Gilfen erbaut worden war, hatte vor kleinen und großen Wundern nur so gestrotzt. »Die Gilfen können uns helfen«, fügte sie eindringlich auf *Hajara* hinzu, als könnte auch sie ihrerseits Ben so besser erreichen.

»Gilfen haben auch nicht mehr Magie als wir Kobolde«, bemerkte Franklin spitz.

»Und welche haben sie genau?«, wollte Alea wissen.

»Ich … äh.« Der Kobold rollte grübelnd mit den Augen. »So weit waren wir im Unterricht noch nicht. Ich hab nur gelernt, dass die Gilfen … so ganz generell … auch nicht toller sind als wir.«

Alea kam ohne Umschweife zurück zum Punkt. »Wenn ich die Gilfen finde, kann ich sie bestimmt überzeugen, mir zu helfen«, sagte sie nun wieder zu den anderen.

»Du wirst sterben, bevor du sie findest!«, rief Lennox aufgelöst. »Du kannst in diesem ölverseuchten Wasser nicht atmen!«

»Ich werde eine Sauerstoffflasche mitnehmen.«

»Und woher willst du die bekommen?«, versetzte Lennox. »Willst du etwa zur *Crucis* zurück?«

Nein, das dauerte zu lange. »Ich …« Alea stockte. Etwas in Lennox' Blick war seltsam. Hatte er womöglich … »Du warst doch in ein paar Nachbarhäusern«, sagte sie, und das kurze Flackern in seinen Augen verriet ihr, was sie wissen wollte. »Hast du da irgendwo eine Tauchausrüstung entdeckt?«

Entwaffnet sackte Lennox zusammen. »Verflucht noch mal.«

»Bitte hol sie mir.«

Sammy rief: »Schneewittchen! Du forderst Scorpio zum Raub auf? Was sind das denn für neue Gewohnheiten?«

»Ohne Tauchausrüstung sollte ich wirklich nicht ins Meer gehen. Aber ich muss einfach zu den Gilfen!«, sagte sie bestimmt. »Bei der nächsten Flut schwimme ich los.«

Ben rieb sich die Schläfen, als hätte er Kopfschmerzen. »Aber wie willst du die Gilfen finden?«

Tess verschränkte die Arme. »Wenn deine Warnung an den Anzeigesäulen funktioniert hat, sind alle Magischen geflohen, auch die Gilfen!«

»Franklins Clan ist auch nicht geflohen«, entgegnete Alea.

»Hast du meinen Namen gesagt?«, fragte Franklin, der die Unterhaltung auf Deutsch natürlich nicht verstand.

Während der Kobold sprach, klickte unversehens etwas in Aleas Kopf. »Was hast du eben gemeint?«

Franklin verzog das Gesicht. »Du redest über mich und erzählst den Landgängern –«

»Nein, das meine ich nicht!«, unterbrach ihn Alea. »Was hast du eben darüber gesagt, wann dir duselig geworden ist?«

Der Kobold knetete sich die dicke Nase. »Öhm … oben.« Er lächelte schräg. »Das Öl ist nur an der Oberfläche so fies und weiter unten gar nicht schlimm.«

Alea starrte ihn an.

Lennox sog scharf die Luft ein. »Natürlich! Öl schwimmt immer oben!«

Er übersetzte den anderen, was Franklin gesagt hatte, und in Aleas Kopf überschlugen sich die Gedanken. Wenn sie einmal durch den Ölteppich an der Oberfläche hindurchgetaucht war, bestand weiter unten eventuell gar keine so große Gefahr wie angenommen! »Wann kommt die nächste Flut?«

Ben sah auf die Uhr. »In etwa einer Stunde.«

»Sobald das Wasser zurück ist, gehe ich ins Meer.«

Niemand widersprach mehr. Lennox blickte sie jedoch flehentlich an. »Nimmst du trotzdem die Tauchausrüstung mit?«

»Wenn du sie mir besorgst …«

Lennox war so schnell aus dem Haus, dass Alea fast erwartete, eine Staubwolke aufwirbeln zu sehen. Zehn Minuten später kehrte er bereits zurück, mit zwei Tauchflaschen und allem Zubehör. »Ich komme mit«, sagte er in einem Ton, der seinerseits keinen Widerspruch duldete.

Obwohl das bedeutete, dass sie langsamer sein würde, war Alea froh, dass sie nicht allein gehen musste. Der Elvarion-Modus war inzwischen abgeebbt, und sie hatte ein wenig Angst vor der eigenen Courage bekommen. Natürlich war sie nach wie vor fest entschlossen, die Gilfen zu suchen und mit ihnen zur Bohrinsel zu schwimmen. Aber ihr wurde trotzdem ein wenig übel, wenn sie daran dachte, wie gefährlich das war.

»Wir sollten die Finja mitnehmen«, sagte Lennox. »Sie wird uns zu Gilfen führen – falls nicht alle geflohen sind.«

»Aber für sie hast du doch gar keine Tauchausrüstung!«, entgegnete Alea. Lennox sah aus, als wollte er lachen. Die Vorstellung war ja auch tatsächlich ein bisschen komisch. Trotzdem konnte es für die Finja gefährlich sein! »Was, wenn auch das Wasser in der Tiefe zu giftig zum Atmen ist?«

Franklins Stimme erklang. »Ist es nicht. Echt nicht!« Er machte eine wegwerfende Handbewegung. »Ich hab da unten ja auch geatmet und bin davon nicht kaputtgegangen. Die Finni kann das auch.« Plötzlich stampfte er aufgeregt mit dem Fuß auf. »Uh! Ich hab noch nie einen echten Gilfen gesehen. Das wird mordsspannend!«

»Du willst auch mitkommen?«, rief Alea. Überrascht wandte sie sich zu den anderen um. »Er will mitkommen«, übersetzte sie und knibbelte unbehaglich an ihrem Ärmel herum. Konnte sie das verantworten? »Hast du keine Angst?« Doch das war die falsche Frage.

»I wo! Kein bisschen!« Franklin warf sich in Pose. »Vielleicht kann ich euch ja auch helfen!«

Alea nickte langsam. Die Vorstellung, dass sie selbst über die Tauchflasche atmete, während sich die Finja und der Kobold ungeschützt im Meerwasser aufhielten, gefiel ihr ganz und gar nicht. Lennox würde allerdings nicht zulassen, dass Alea aus Gerechtigkeitsempfinden ebenfalls auf alle Hilfen verzichtete.

Franklin war ganz aufgekratzt. »Gilfen sollen ja schrecklich furchterregend sein. Es heißt, ihre Augen lodern im Dunkeln wie Fackeln und aus ihren Pupillen schießt glühende Lava! Ein einziger Blick von ihnen kann dich in ein Häufchen Asche verwandeln!«

»Wer hat das gesagt?«, wunderte sich Alea. »Dein Lehrer?«

»Nö.« Franklin drehte die Händchen. »Aber wir haben in den Pausen immer *Gilfen-gegen-Kobolde* gespielt. Daher weiß ich, dass sie scheußliche, grässliche Monster sind!«

»Sie sind mürrisch«, erklärte Alea. »Aber gleichzeitig sehr hilfsbereit. Ganz bestimmt sind sie keine Monster.«

Franklin stutzte und schien diese Information kaum mit dem Halbwissen in seinem Kopf in Einklang bringen zu können.

Tess, die gerade mit dem Abwasch fertig war, drückte Alea nun zwei große Gefrierplastiktüten mit Zippverschluss in die Hand. »Am besten packt ihr den Kobold und die Finja mit sauberem Wasser in die Tüten«, sagte sie. »Wenn ihr durch das Öl an der Oberfläche seid, holt ihr die zwei raus. So bleiben sie bis dahin sauber.«

Alea staunte. »Das ist grandios!«

Tess machte eine abwehrende Handbewegung. »Ach, Quatsch.«

»Doch!« Alea umarmte sie überschwänglich, denn diese Gefriertüten lösten das letzte Problem, das sie noch gehabt hatten.

Hastig machte Tess sich los und wischte die Anrichte zum zweiten Mal ab.

Nachdem sie ein wenig aufgeräumt hatten, gingen Lennox und Alea zum Pool. Die Finja kam sofort heran und klingelte: »Gebt mir einen Auftrag! Etwas Schweres, bitte!«

Alea kniete sich an den Beckenrand. »Wir haben einen Auftrag für dich. Aber der ist viel größer als alles, was wir bisher gemacht haben.«

»Prima!«, freute die Finja sich. »Große Aufträge sind mein Spezialgebiet.«

»Wir müssten dafür allerdings ins Meer zurückkehren.«

»Wie bitte? Dort ist doch alles voller Öl!«

»Nur an der Oberfläche«, erwiderte Alea. »Wenn man tiefer taucht, ist es nicht so schlimm.«

»Yep!«, rief Franklin, der auf Aleas Schuhspitze stand. »Manchmal schmeckt man das Öl zwar auch unten im Wasser, aber wir kommen bestimmt klar!«

»Ich könnte gut verstehen, wenn es dir zu unsicher ist«, sagte Alea. »Wir können nicht garantieren, dass keine Gefahr besteht.«

Die Finja überlegte allerdings nicht lange. »Ich will sofort zurück ins Meer!«, verlangte sie. »Das Becken hier ist viel zu klein für mich, und die achtundzwanzig Gegenstände zum Finden sind weit unter meinem Niveau.«

Alea schmunzelte. »Gut, dann gehen wir zusammen.«

»Was soll ich denn dort für euch finden?«, erkundigte sich die Magische.

»Gilfen«, erwiderte Alea und hoffte inständig, dass die

Finja nun nicht abwinken und sagen würde: *In diesem Gebiet leben gar keine.*

Doch das tat sie nicht. Stattdessen erklärte sie: »Kein Problem. Ich führe euch nach Rubenacht.«

Alea horchte auf. »Rubenacht?«

»Das ist eine Gilfenstadt«, antwortete die Finde-Finja. »Eine Stadt der ewigen Nacht.«

Die Flut kam. Mit langen schwarzen Fingern griff das Öl erneut nach dem Land, kroch über den Sand und brachte mehr Gift, mehr Schlamm, mehr Tod. Wo der ewige Kreislauf des Meeres zuvor voller Schönheit gewesen war, bescherte die Macht der Gezeiten dem Land nun Zerstörung und Verwüstung. Die dunkle Masse schwappte über die Sandsäcke, als wollte sie sie verhöhnen, flutete die gereinigten Stellen des Strands abermals und machte zunichte, was zuvor erreicht worden war.

Alea und Lennox sahen dem deprimierenden Schauspiel aus der Ferne zu. In Neoprenanzügen und mit Tauchflaschen auf dem Rücken standen sie an einem abseits gelegenen Stück der Bucht. Jeder von ihnen hatte eine wassergefüllte Gefrierplastiktüte mit einem magischen Meerwesen in der Hand. Die Finja in Lennox' Hand murmelte unruhig vor sich hin. Franklin kraulte hingegen entspannt in seiner Tüte umher und erzählte zum x-ten Mal, dass er richtig was aushalten konnte. Da der kleine Wasserkobold das so vehement behauptete, hatte Alea ihm eine wichtige Aufgabe gegeben. Er sollte an ihrer Stelle mit den

Gilfen sprechen, da sie selbst es wegen des Tauchflaschen-Mundstücks nicht konnte. Franklin war ganz begeistert von diesem Auftrag und hatte sich genau eingeprägt, was er sagen sollte.

»Bereit?« Lennox überprüfte mit den Augen die Felsblöcke, die ins Meer hineinführten und die ihr Weg ins tiefere Gewässer waren. So mussten sie nicht Hunderte von Metern durch das Öl waten.

»Ja«, bestätigte Alea. »Hoffentlich bemerkt uns niemand.«

Lennox brachte ein Grinsen zustande. »Mich sieht garantiert keiner.«

»Stimmt. Niemand ist gestern Vormittag so oft angerempelt worden wie du.« Mit Blick auf das Meer und all das, was kommen sollte, sagte sie: »Wir brauchen Glück.«

»Und zwar viel davon.«

Sie atmete tief durch. »Hoffen wir das Beste. Sonst hat der Kopf Schiffbruch, bevor überhaupt Sturm aufkommt.«

Lennox nickte.

Sie liefen los und sprangen von Stein zu Stein, immer weiter ins Meer hinein. Manche der Felsen waren enorm rutschig, aber sie schafften es, nicht hinzufallen, und schließlich hatten sie den äußersten erreicht.

Schnell zog Lennox seine Schwimmflossen an. Alea, die barfuß war, betrachtete indessen aufmerksam das Wasser. Überall auf den Wellen schwamm die dichte rostbraunschwärzliche Pampe, durch die sie nun erst einmal hindurchmussten.

Sobald Lennox bereit war, streckten sie die Füße ins Wasser. Es fühlte sich merkwürdig an – als würde man in schleimigen Honig eintauchen.

»Wir müssen möglichst schnell durch das glitschige Zeug durch«, wiederholte Lennox den Plan. »Und noch was: Wenn da unten irgendetwas passiert, lass mich dir helfen! Wenn ich signalisiere, dass es zu gefährlich ist, wirst du dann auf mich hören?«

Sie wich seinem Blick nicht aus. Ihre Antwort lautete jedoch: »Wahrscheinlich nicht.«

Er sah aus, als wüsste er nicht, ob er lachen oder weinen sollte. »Umso wichtiger, dass ich dabei bin und eine Irre wie dich beschütze«, murmelte er. »Falls ich das kann …«

Alea hoffte mehr als alles andere, dass das gar nicht nötig sein würde.

Jetzt war es so weit. Sie setzten die Schutzbrillen auf, schoben sich die Mundstücke in den Mund und atmeten nun Luft aus den Flaschen. Langsam ließen sie sich in die dunkle Masse gleiten, dann stießen sie sich an dem Felsen ab und tauchten unter. Alea fröstelte. Sie konnte nichts sehen. Vor ihrer Taucherbrille war alles beängstigend schwarz. Sie riss sich zusammen und schwamm nach unten. Noch ein Armzug, noch einer und noch einer. Dann wischte sie sich über die Brille und merkte, dass sie wieder etwas erkennen konnte. Das Wasser war hier klarer, obwohl es immer noch verdreckt war. Aber sie war hindurch! Alea sah, wie Lennox sich aus dem Ölteppich herausschlängelte. Er hatte es auch geschafft!

Die Finja fiepte, dass sie sie aus der Tüte lassen sollten. Alea wollte aber noch etwas warten. Mit kräftigen Schwimmzügen tauchten Lennox und sie noch ein ganzes Stück tiefer. Erst dort öffneten sie die Zipps, und die Finja und der Kobold kamen heraus. Beide schienen sehr erleichtert. Während die Finja all ihre Arme ordnete und ihre Augen durchzuzählen schien, schoss Franklin wie ein Pfeil durchs Wasser. »Ist ja gar nicht so schlimm hier!«

Tatsächlich wirkte das Wasser in dieser Tiefe relativ sauber. Womöglich stellte es gar keine akute Gefahr dar? Alea spielte mit dem Gedanken, ihre Tauchermaske abzunehmen, aber dann fiel ihr auf, dass sämtliche Farben des Meeres fort waren. Nirgendwo gab es bunte Ströme oder auch nur einen einzigen farbigen Klecks. Alles war milchig grau, und das zeigte überdeutlich, dass die Katastrophe auch hier unten ihre Folgen hatte.

Alea stopfte die leere Gefriertüte in den Ärmel ihres Neoprenanzugs. Sie hatte sich geschworen, niemals Müll im Meer zu hinterlassen. Lennox machte es ebenso.

»Ich habe meinen Auftrag bereits erhalten«, klingelte die Finja. »Gewünscht ist Rubenacht.« Sie begann zu brüten. Offenbar musste sie sich erst einmal orientieren. Nach einer Minute trillerte sie allerdings schon: »Folgt mir!« Mit ausgefahrenen Hubschrauberärmchen sauste sie los.

Alea, Lennox und Franklin eilten hinterher. Es ging nach Westen, und nach einer Weile erreichten sie den Meeresboden. Von einer Gilfenstadt war allerdings weit und breit nichts zu sehen. Alea nahm an, dass sie von Skorpionfischen getarnt wurde und wahrscheinlich direkt vor ihnen lag. Die Finja schwamm jedoch weiter. Sie hielt sich dicht über dem Boden und strebte auf eine dunkle Felsformation am Rande eines Tals zu. Dort angekommen, stoppte sie vor einem Felsspalt. »Dies ist der Eingang zu Rubenacht«, informierte sie die drei anderen. »Seid gewarnt: Die Stadt ist voller Dunkelheit!« Trotz ihrer Worte tauchte die Finja, ohne zu zögern, in den Spalt hinein.

Alea und Lennox wechselten einen Blick und folgten ihr.

Franklin war ihnen ebenfalls voraus. »Kommt ihr?«

Alea zog ihr Mundstück heraus. »Ja!«

Erschrocken hob Lennox die Hand.

»Das Wasser ist hier in dieser Tiefe eigentlich ziemlich klar, oder?« Alea holte durch die Kiemen Luft – was recht gut ging. Nur einen leicht benzinartigen Geschmack nahm sie wahr. »Vielleicht lasse ich das Mundstück weg und rede doch lieber selbst mit den Gilfen …«

»Nein!«, schrillte Franklin, der plötzlich wieder neben ihnen war. »Ich will mit den Gilfen sprechen! Bitte! Ich hab mir doch alles ganz genau eingeprägt. Ich werde heute zur Legende!«

Der Kobold sah sie so flehend an, dass Alea nachgab. »In Ordnung«, sagte sie und setzte das Mundstück wieder ein.

Lennox wirkte überaus erleichtert.

»Die Finja ist da entlang!«, rief Franklin und flitzte weiter.

Alea und Lennox folgten ihm durch einen düsteren

Gang, der von wenigen, eigenartig länglichen Lampen beleuchtet wurde. Sie verbreiteten ein schwaches, stumpfes Licht. Der Gang führte immer tiefer. Bald sahen sie auch die Finja wieder, die unbeirrt voraneilte. Der Gang wurde breiter, und nun durchquerten sie mehrere Höhlen. Alea war ein bisschen bange zumute, aber das ließ sie sich nicht anmerken.

Nach kurzer Zeit wurden die Höhlen weitläufiger, und schließlich tauchte eine gigantisch große Felsgrotte vor ihnen auf. Sie waren angekommen. Tief unter dem Meeresgrund, inmitten einer riesigen unterirdischen Höhle, lag die Stadt der Gilfen – Rubenacht.

Alea sah, wie Lennox' Augen sich verengten. Auch hier spendeten nur vereinzelte trübe Lampen ein spärliches Dämmerlicht. Es war schwer, überhaupt etwas zu erkennen. Ihre eigenen Augen befanden sich allerdings im Katzenmodus, und sie konnte ein paar Umrisse und Einzelheiten der Stadt ausmachen. Rubenacht schien eine Ansammlung unzähliger Bauten zu sein – dunkle, verschlungene, hochkompliziert ineinandergreifende Gemäuer –, die wie ein finsterer Architekten-Spielplatz anmutete. Ein Gebäude war sonderbarer als das andere. Manche waren kugelförmig, andere steil und hoch, wieder andere flach wie Flusssteine. Alle waren durch schmale Röhren miteinander verbunden, die dem Ganzen den Eindruck eines Irrgartens verliehen. In der Mitte der Stadt befand sich ein großer, offener Platz, in den die Röhren mündeten und der vielleicht so etwas wie eine Start- und Landestelle darstellte. Von einem Röhreneingang zum anderen schienen Schatten über den Platz zu huschen. Gilfen! Sie waren hier!

Alea griff nach Lennox' Hand und deutete auf die hastenden Schatten. Er nickte heftig.

»Diese Stadt ist … ein klitzekleines bisschen … unheimlich«, quetschte Franklin hervor, der sich dicht bei Alea hielt. »Ein richtiges Monsternest.«

»Ich habe gefunden, was ihr gesucht habt«, klingelte ihre veilchenblaue Begleiterin.

Dankbar sah Alea sie an.

»Ich werde mich jedoch nicht entfernen. Ihr benötigt meine Hilfe noch«, fügte die Finja hinzu.

Da erklang ein lautes Dröhnen. »Eindringlinge!«, donnerte eine blecherne Stimme, die aus den Felswänden selbst zu kommen schien. »Verlasst sofort unsere Stadt!«

Franklin entfuhr ein kieksender Laut. Die Stimme klirrte schmerzhaft in den Ohren und hallte mit einem gespenstischen Echo von den Wänden der Grotte wider.

Die Finja seufzte allerdings nur. »Keine Panik«, sagte sie unbeeindruckt. »Die Gilfen machen immer so ein Tamtam, wenn jemand kommt.« Sie verdrehte mindestens ein Dutzend ihrer Augen. »Einfach weiterschwimmen.« Sie setzte sich an die Spitze und steuerte direkt auf den großen Platz in der Mitte der Stadt zu.

Dort hatten sich bereits ein paar Gilfen versammelt. Alea erschauderte. Die gedrungenen Wesen mit den Echsenköpfen blickten ihnen argwöhnisch entgegen. Sie wusste zwar, dass Gilfen den Meermenschen überaus verbunden waren, aber der Anblick dieser Kreaturen war dennoch einschüchternd. Lange Echsenschwänze und schuppige Krallenhände zierten ihre kompakten Körper. Außerdem brachte jeder von ihnen es fertig, so griesgrämig dreinzuschauen, dass normale Menschen wohl automatisch zurückgeschreckt wären.

Aber sie schienen nicht nur schlecht gelaunt wie sonst. Sie wirkten besorgt.

Während Alea, Lennox, Franklin und die Finja sich näherten, drängten immer mehr Gilfen auf den Platz. Es war allerdings schwer zu sagen, wie viele genau es in dritter und vierter Reihe sein mochten. Dafür war es zu dunkel.

Kurz bevor sie den Boden erreichten, stoppte die Finja mit einem Mal und wedelte mit den Ärmchen. Brütete sie? Gleich darauf wandte sie sich nach rechts und schwamm auf eine merkwürdige Vorrichtung an einer der Röhren zu. Ihre Ärmchen schlossen sich um eine Art Griff, an dem sie kräftig zog. Auf einmal wurde es schlagartig heller.

Die Finja hatte das Licht angemacht.

Die Gilfen blinzelten. Offenbar mochten sie offenes Licht nicht besonders. Rufe wurden laut. Einige beschimpften die Finja. Diese schwamm jedoch unverdrossen zu Alea, Lennox und Franklin zurück und führte sie auch das letzte Stück zum Platz. Dort hielten sie an.

Die Gilfen stierten sie mit ihren gelben Echsenaugen an. Niemand sagte mehr etwas.

Alea hatte Franklin gebeten, den Gilfen zuerst das Problem zu schildern und sie dann um Hilfe zu bitten. Nun war sein Moment gekommen. »Ähm …«, krächzte der Kobold. »Ich … also … Hallo!«, grüßte er die Gilfen, die ihn unwillig anglotzten.

»Was wollt ihr hier?«, blaffte ein Gilf – einer mit zahllosen spitzen Stacheln im Nacken, die sich bei Gefahr bestimmt blitzschnell aufstellen konnten.

»Wir, also … nix!«, antwortete Franklin eingeschüchtert. »Wir … öhm … nur so.«

Ungläubig schüttelte Alea den Kopf. So hatte sie das dem Kobold nicht eingetrichtert!

Das dachte sich die Finja wohl auch. »Hört zu!«, klingelte sie und fand ihrerseits nun aber ganz eigene Worte für die Gilfen. »Ihr kommt mit uns zur Bohrinsel. Dort repariert ihr die kaputte Leitung.«

Auf dem Platz brach Tumult aus. Da riss Alea sich das Mundstück heraus und nahm ihre Schutzbrille ab.

Lennox zuckte, ließ sie aber gewähren.

»Ihr Gilfen!«, rief Alea der Menge zu.

»Was?«, blökte ein Gilf.

»Ihr habt es sicherlich bemerkt: Eine fürchterliche Ölkatastrophe hat stattgefunden.«

»Natürlich haben wir das bemerkt«, schnauzte der Gilf.

Ein anderer reckte sich vor. »Wer bist du? Wir können dich in dem blendenden Licht nicht richtig sehen. Komm mal hier rüber!«

Alea schwamm ein Stück näher. Lennox blieb dicht bei ihr. Als sie direkt vor den Gilfen war, ging plötzlich ein

Raunen durch die Menge. Es begann leise, fast flüsternd, dann schwoll es immer mehr an. Sie konnte einzelne Sätze heraushören: »Ist sie es?« und »Ja, das muss sie sein!«.

»Ich bin Alea Aquarius«, erklärte sie.

Die Gilfen schnappten nach Luft. »Portikus hat über dich genachrichtet!«, rief einer. »Du bist die Elvarion aus der Legende!«

»Ja«, sagte Alea. »Und das ist mein Freund Lennox.«

»Er ist ein Oblivion!«, stellte einer der Gilfen nach einem Blick in Lennox' Gesicht fest.

»Richtig«, erwiderte Alea. »Wir sind hier, um euch um Hilfe zu bitten. Das Öl strömt noch immer ungehindert aus einem Loch in der Leitung der Bohrinsel. Das Loch muss dringend geschlossen werden.« Sie ließ ihre Worte einen Augenblick im Raum stehen, dann fuhr sie fort. »Niemand kennt sich mit Reparaturen so gut aus wie ihr. Ihr seid Meister dieses Fachs! Keiner außer euch vermag dieses Loch zu stopfen. Deswegen bin ich hergekommen – um euch zu bitten, mit mir zur Bohrinsel zu schwimmen und die kaputte Stelle zu reparieren.«

»Yep!«, rief Franklin. »Sag ich doch …«

Unter den Gilfen entstand Gemurmel. Alea konnte hören, wie einer sagte: »Sie hat die Warnung an die Säulen geschrieben.«

»Ja, das war ich«, bestätigte Alea. »Ihr seid aber trotzdem nicht geflohen.« Es war mehr eine Frage.

»Wir haben darüber nachgedacht«, antwortete einer. »Wir denken auch immer noch darüber nach.«

»Man kann nicht einfach so fliehen«, erklärte ein anderer. »Wir müssen erst darüber diskutieren.«

Die Finja stöhnte. »Wenn Gilfen diskutieren, kann das Jahre dauern!«

»Habt ihr inzwischen denn diskutiert?«, fragte Alea.

»Nein«, entgegnete ein Gilf. »Wir haben uns aber darauf geeinigt, dass wir einen Termin finden müssen, an dem wir dieses Thema diskutieren. Wir müssen jetzt also nur noch über den Termin diskutieren, bevor wir das Problem diskutieren.«

Fassungslos starrte Alea ihn an. »Aber das Öl sprudelt in dieser Zeit immer weiter ins Meer!«

»Das ist in der Tat schlecht«, bemerkte einer der Gilfen.

»Ihr könnt doch etwas dagegen tun!«, rief Alea.

Die Gilfen schwiegen.

»Gut so«, sagte die Finja leise zu Alea. »Gilfen haben wenig Eigenantrieb und verheddern sich außerdem viel zu schnell in Details.«

Verblüfft blickte Alea die Finja an. »Wirklich?«

»Ja. Es waren immer die Meermenschen, die sie dazu gebracht haben, sich auf das Wesentliche zu konzentrieren und ihre Wunder zu vollbringen.«

Alea staunte. Gilfen brauchten einen Tritt in den Hintern? Den konnten sie haben! »Hört alle her!«, donnerte sie mit Anführerstimme. »Kommt mit mir zur Bohrinsel. Falls ihr Werkzeug oder andere Hilfsmittel mitnehmen müsst, um das Loch zu schließen, packt das ein. Wir machen uns in fünf Minuten auf den Weg.«

Die Gilfen glotzten sie an. Dann wandte sich der erste ab. »Ich hole Planktonritrat«, brummte er.

»Ich hole Kalkbornit«, sagte ein anderer, und innerhalb kürzester Zeit leerte sich der Platz.

»Sie begleiten uns!«, klingelte die Finja. »Du hast sie aufgerüttelt!«

Alea war noch immer erstaunt, dass es letztlich so einfach gewesen war. Bestimmt lag es an der Säulennachricht über sie. Oder daran, dass jemand die Führung übernehmen musste?

Tatsächlich kehrten die ersten Gilfen schon bald zurück. Zwei hatten sonderbare lange Stangen dabei. Die anderen trugen Beutel um die gedrungenen Leiber. Was auch immer sich darin befand, es würde wahrscheinlich bei der Reparatur des Lecks helfen.

Innerhalb weniger Minuten waren mehr als ein Dutzend Gilfen bei ihnen. »Wir folgen dir«, sagte einer zu Alea.

»Gut«, erwiderte sie. »Bevor wir losschwimmen, habe ich aber noch eine Frage.«

»Was denn für eine?«

»Der Ölteppich an der Oberfläche kann sich leicht entzünden. Habt ihr Möglichkeiten, das zu verhindern?«

»Feuer ist nicht unser Fach«, entgegnete der Gilf schlicht. Ohne weiter darauf einzugehen, machten die magischen Echsen sich bereit, zur Ölbohrplattform zu schwimmen.

Während Alea mit der Finja vorauseilte, versuchte sie ihre Enttäuschung über die Antwort der Gilfen zu verarbeiten. Bestimmt war der Meermenschenstamm der Brim für das Thema Feuer zuständig gewesen. Die Brim waren aber ausgestorben! Als der Tasfar sie auf die Hilfe im Wasser hingewiesen hatte, konnte er also weder die Brim noch die Gilfen gemeint haben …

Kurz spielte sie mit dem Gedanken, Zavana Ravanda zu schicken. Als Walwanderin hatte sie die Möglichkeit, sämtliche magischen Wesen zu rufen, die sich in der Nähe befanden. Auf diese Weise könnte sie die anderen um Hilfe gegen die drohende Feuersbrunst bitten. Doch würde sie die Magischen mit solch einem Ruf nicht in Gefahr bringen? Über die Säule hatte sie allen gesagt, dass sie von hier fliehen sollten. Sie konnte sie nicht zurückholen, ohne sie zu gefährden – und das wollte sie auf keinen Fall.

Sie kamen schnell voran. Durch niedrige Höhlen ging es, durch breite Felsspalten und verschachtelte Gänge. Schließlich erreichten sie den Ausgang und befanden sich wieder über dem Meeresboden.

»Mir nach!«, surrte die Finja und zischte mit hochgestreckten Ärmchen los. Im Eiltempo folgten ihr Alea, Lennox, Franklin und die Gilfen.

Während des Schwimmens schob Alea sich die Taucherbrille wieder auf die Nase, steckte sich das Mundstück ihres Tauchgeräts in den Mund und überprüfte, wie viel Luft sie noch hatte. Die Hälfte des Sauerstoffs war bereits aufgebraucht, bei Lennox bestimmt sogar noch mehr. Kurzerhand zog sie das Mundstück wieder heraus.

Als Lennox sie besorgt anstupste, sagte sie: »Ich kann hier immer noch gut atmen. Ich spare meinen Sauerstoff lieber.« *Für dich*, schob sie in Gedanken nach, *falls deiner zu früh aufgebraucht ist.*

Lennox machte aufgeregte Handzeichen.

Alea verstand. »Wenn wir der Bohrinsel näher kommen, setze ich das Mundstück wieder ein«, versicherte sie, dachte aber bei sich, dass sie das verschmutzte Wasser aushalten konnte, wenn die Finja, der Kobold und die Gilfen es auch schafften.

So oder so – sie mussten diese Sache nun durchziehen, gleichgültig, was kam.

Kystens Stolt

In Windeseile schoss die Finde-Finja durchs Meer. Alea, Lennox, Franklin und mehr als ein Dutzend Gilfen folgten ihr. Alea war unendlich erleichtert, dass die grummeligen Echsen sich auf die Mission eingelassen hatten. Hoffentlich konnten sie tatsächlich etwas gegen das Öl unternehmen! Doch es war ein weiter Weg, und Lennox' Sauerstoff ging zur Neige.

Nach einiger Zeit konnte Alea das Öl im Wasser immer deutlicher schmecken. Als leichtes Brennen drang es über die Kiemen in ihren Körper ein und lag ihr beißend auf der Zunge. Lennox sagte sie allerdings nichts davon.

»Dort!«, rief die Finja und hielt an.

In der Ferne ragte ein riesiges Gerüst vom Meeresgrund empor – die Pfeiler der Ölbohrplattform. Zwischen dem verzweigten Gerüst führten lange, mannsbreite Rohre nach oben. Durch diese wurde bestimmt das Öl aus den tiefsten Tiefen der Erde an die Oberfläche befördert. Doch die Leitung war unterbrochen. Aus einem der Rohre schoss das Öl hervor wie dunkles Blut aus einer Wunde und ergoss sich als schwarze Wolke in die See.

Schaudernd starrte Alea auf das Loch. Hier begann er, der Tod.

Nun erkannte Alea, dass Taucher im Wasser waren! Vier Männer nahmen mit Geräten Messungen vor.

»Landgänger!«, spuckte einer der Gilfen abfällig hervor. Sein Blick wanderte zu Lennox und schien ihn zu fragen, ob er seinen Job machen würde.

Lennox zog sein Mundstück heraus. »Ich kümmere mich darum«, sagte er und steckte es wieder hinein.

Alea staunte. Lennox hatte noch nie unter Wasser gesprochen, aber offenbar war es kein Problem für ihn. Allerdings kostete ihn das Reden bestimmt mehr Sauerstoff …

»Gut, dann machen wir uns an die Arbeit«, grummelte der Gilf und schwamm los, geradewegs auf das heraussprudelnde Öl zu. Die anderen schlossen sich ihm an.

Auf einmal war Alea nicht mehr wohl bei der Sache. »Seid ihr sicher, dass euch nichts passieren kann?«, rief sie ihnen nach. »Kann der Ölstrom euch verletzen?« Das Zeug schoss mit einer ungeheuren Wucht aus dem defekten Rohr!

Einer der Gilfen drehte sich im Schwimmen zu ihr um. »Wir sind zäh.«

»Das bin ich auch!«, rief Franklin, ohne dass irgendjemand das Gegenteil behauptet hätte. »Kobolde können genauso viel ab wie Gilfen!«

Die Gilfen ließen sich nicht weiter aufhalten. Unbeirrt schwammen sie auf die Bruchstelle zu.

Lennox setzte sich ebenfalls in Bewegung. Als Alea ihm

folgte, schüttelte er heftig den Kopf und gestikulierte abwehrend. Daraufhin schob sie sich jedoch lediglich das Mundstück der Tauchflasche wieder in den Mund. Sie würde mitkommen. Es war für sie unvorstellbar, dass die anderen sich in Gefahr begaben und sie nur vom Rand aus zuschaute. Geschickt drängte sie sich an Lennox vorbei, dem daraufhin nichts anderes übrig blieb, als nachzugeben.

»Ich bleibe hier!«, rief die Finja ihnen nach.

Alea nickte ihr zu. Doch wo war Franklin?

»Ich bin hier, falls du mich suchst!«, sagte der Kobold. Er war gleich neben ihr.

Alea zeigte ihm mit Gesten, dass er bei der Finja bleiben sollte.

Franklin ließ sich aber nicht abschütteln. »Nö, ich komm mit!«

Alea hatte keine Zeit, mit ihm zu streiten. Lennox war vorausgeeilt, und Alea musste sehen, dass sie hinterherkam.

Zielstrebig hielt Lennox auf den ersten der Taucher zu. Der sah ihn kommen. Seine Augen traten vor. Schon war Lennox bei ihm, blickte ihn bohrend an, zog das Mundstück heraus und sagte: »*You will forget me and my friend and the beings you saw here.*« – *Du wirst mich und meine Freundin und die Wesen vergessen, die du hier gesehen hast.*

Der Blick des Mannes wurde starr. Er drehte ab und schwamm zur Oberfläche. Zwei der anderen Taucher hatten sie inzwischen ebenfalls entdeckt. Innerhalb von Sekunden war Lennox bei ihnen und sagte zu beiden dasselbe wie zum ersten. Sie nickten und machten sich auf den Weg nach oben.

Alea schaute sich um. Wo war der vierte Taucher?

Plötzlich merkte sie, dass Lennox' Körper sich verkrampfte. Was war los? Seine Tauchflasche war leer! Sein Sauerstoff war aufgebraucht!

Ohne lange zu überlegen, nahm Alea ihre Flasche ab, in der noch Luft übrig war. Lennox drückte ihre Hand zuerst weg, aber dann ließ er sich Aleas Flasche doch anlegen. In seinen Augen konnte sie erkennen, wie schwer ihm das fiel. Sie selbst musste nun das verdreckte Wasser einatmen. Doch das war ohne Frage besser, als Lennox ersticken zu lassen! Das wusste er wohl auch, trotzdem konnte sie ihm ansehen, wie sehr ihn das beschämte. Sobald er durch den Schlauch ihrer Flasche wieder Luft bekam, entspannte sich jedoch zumindest sein Körper, und auch Alea atmete auf.

Abermals schaute sie nach dem vierten Taucher. Er musste doch irgendwo sein!

Da tippte Franklin sie an und deutete zu den Förderleitungen. »Da drüben!«

Es überkam Alea heiß und kalt zugleich. Der vierte Taucher hatte die Gilfen entdeckt! Diese hatten sich bereits an die Arbeit gemacht, hingen an dem kaputten Rohr und befestigten mit seltsamen Werkzeugen etwas wie Halterungen rund um die beschädigte Stelle. Doch nicht nur, dass der Taucher sie entdeckt hatte. Er hatte auch eine

Kamera in der Hand, die auf die Gilfen gerichtet war! Er filmte sie!

Entsetzt schrie Alea auf und schwamm los. Lennox hielt sie fest. Unmissverständlich machte er ihr klar, dass sie bleiben sollte, wo sie war. Der Taucher war sehr nah an der Wolke des ausströmenden Öls. Das war zu gefährlich für sie, da sie ungeschützt atmete. Lennox' Blick befahl ihr, sich nicht vom Fleck zu rühren.

Alea nickte besiegt und hielt auch den Kobold fest.

Lennox hechtete nach vorn, schnellte durchs Wasser und war gleich darauf bei dem Taucher. Der hatte ihn aber kommen gesehen und schlug Lennox ins Gesicht. Das war keine gute Entscheidung, denn Lennox versetzte dem Mann daraufhin einen gezielten Fersenkick, der so viel Kraft hatte, dass der Kerl heftig zurückgeschleudert wurde. Dabei verlor er seine Kamera. Trudelnd versank sie im dunklen Strom des Öls, während Lennox mit dem Taucher kämpfte.

»O nein«, stieß Alea hervor.

Franklin kräuselte die Nase. »Was ist?«

»Er hat die Kamera verloren! Wenn sie irgendwo angespült wird und die Aufnahmen noch abrufbar sind …«

»Was dann?«

»Dann erfahren die Landgänger von der magischen Meerwelt!«

»Das darf nicht sein!«, schrie der Kobold auf. »Ich hole sie!«

»Nein!«, gellte Alea.

Franklin grinste sie nur an. »Ich halte genauso viel aus wie die Gilfen. Hab ich das nicht schon mal gesagt?«

Bevor Alea ihn zurückhalten konnte, war er schon losgezischt. Todesmutig stürzte er sich in die dunkle, sprudelnde Wolke. Alea schlug bestürzt die Hand vor den Mund.

Lennox kam zu ihr zurück. Der vierte Taucher war ohne Erinnerung an die magischen Echsen auf dem Weg zur Oberfläche.

»Franklin!«, rief Alea. »Franklin ist wegen der Kamera in die Wolke geschwommen!«

Lennox sah mit schockgeweiteten Augen zum tödlich sprudelnden Öl, und Alea wurde klar, dass sie besser nichts gesagt hätte, denn er schien mit dem Gedanken zu spielen, dem Kobold hinterherzutauchen!

Alea griff nach seiner Hand und hielt sie ganz fest. »Nein«, sagte sie. »Bitte nicht.« Sie wusste, dass Lennox im Beschützermodus war, aber er durfte Franklin nicht folgen!

Lennox schien mit sich zu kämpfen. Sein Drang, das magische Meerwesen zu beschützen, musste unvorstellbar stark sein. Alea blieb nur eins. »Wenn du Franklin folgst, folge ich dir«, drohte sie.

Zornig und zugleich verzweifelt starrte Lennox sie an. Doch dann verwandelte sich sein Ausdruck in ohnmächtige Resignation.

Sie war seine erste Wahl. Immer.

Er wandte sich von der Wolke ab, nahm das Mundstück

heraus und hielt es ihr hin. Offensichtlich wollte er abwechselnd mit ihr atmen. Alea widersprach nicht, denn der beißende Geschmack in ihrem Mund war schlimmer geworden. Ihre Kehle war wie ausgedörrt und brannte. Außerdem tat ihr die Brust weh. Doch nicht nur die. Auch in ihrem Bauch, den Nieren, im Kopf und im Hals schmerzte es.

Lennox schlang den Arm um ihre Hüfte und gab ihr von seiner Luft. Abwechselnd atmeten sie nun aus der Tauchflasche und hielten die Luft an, wenn der andere atmete. Währenddessen sahen sie den Gilfen aus der Ferne zu, wie sie mithilfe der merkwürdigen Stäbe eine große Blase erzeugten, in der sie eine zähe Masse aus Schlick, Sand und ein paar weiteren Komponenten herstellten. Hier war offenbar sowohl Magie als auch meisterhafte Fachkenntnis am Werk. Dann war die Mixtur fertig, und die Gilfen dirigierten die Blase mithilfe der Stangen wie Marionettenspieler zu dem Leitungsloch. Die unbändige Kraft des austretenden Öls machte es ihnen mehr als schwer, und es schien, als müssten die Gilfen all ihre Kräfte und all ihr Können aufbringen. Doch schließlich legte die Blase mit der dickflüssigen Masse sich auf das Loch und hakte sich in den zuvor angebrachten Halterungen fest. Die Gilfen ruckten an ihr, bis sie das Loch vollständig abdeckte, anschließend wurde die Blase innerhalb von Sekunden hart. Wie ein gigantischer Pfropfen verschloss sie nun das Leck.

Alea stieß einen kleinen Schrei aus. Das Loch war gestopft! Sie konnte sich allerdings gar nicht richtig freuen.

Erneut wanderte ihr Blick umher und suchte nach Franklin. Der Kleine war hart im Nehmen. Das hatte er ihr immer wieder versichert! Bestimmt würde er gleich mit der Kamera angeflitzt kommen und triumphierend *Siehst du!* rufen.

Aber der Kobold war nirgendwo zu sehen.

Aleas Hand drückte die von Lennox so fest, dass es ihm wahrscheinlich wehtat. Mittlerweile wuchs ihre Besorgnis mit jeder Sekunde. Lennox schien ebenfalls nach dem Kobold zu schauen.

»Ich bin gekommen«, klingelte eine Stimme hinter ihnen.

Alea und Lennox wandten sich um. Ihre veilchenblaue Finja schwebte mit eigenartigem Ausdruck im Wasser.

»Was ist los?«, fragte Alea, die gerade kein Mundstück im Mund hatte. »Was ist passiert?« Es war zwar nicht leicht, die Mimik einer tausendäugigen Finja zu deuten, aber Alea kannte sie langsam. Das magische Wesen wirkte bestürzt!

»Ich kann für euch finden, was ihr sucht«, piepste es.

Alea musste schlucken. Unfähig weiterzufragen, nickte sie nur.

Die Finja schwamm los. »Folgt mir.«

Lennox steckte Alea das Mundstück in den Mund, und gemeinsam folgten sie der Finja. Die Magische tauchte unter ein paar Strömungen hindurch und führte sie ein kleines Stück von der Bohrinsel fort.

Da sah Alea etwas in der Tiefe treiben.

Ihr Herz zog sich zusammen.

»Nein!«, schrie Lennox.

Alea war wie gelähmt. Lennox schwamm hastig weiter, aber sie blieb zurück, unfähig, sich zu bewegen.

Das kleine erdbeerrote Wesen, das reglos im Wasser schwebte, hielt ein Band, das mal zu einer Kamera gehört hatte, in der winzigen Hand.

Lennox und die Finja waren bei Franklin angekommen, und Lennox nahm den Kobold so vorsichtig in die Hände, als wäre er aus Glas. »Bitte sag etwas!«, rief er und legte zwei Finger auf die Brust des Kleinen. Doch offenbar schlug Franklins Herz nicht mehr. »Nein!«

Alea war wie erstarrt. Ihr eigenes Herz schmerzte, als hätte jemand einen Dolch hineingerammt.

Lennox wandte sich zu ihr um. Das Gesicht gramverzerrt. »Er ist tot!«, rief er, und seine Stimme brach. »Franklin ist tot.«

Alea nahm alles wie in Zeitlupe wahr. Mit unendlich langsamen Bewegungen schwamm sie zu Lennox und der Finja.

Bebend hielt Lennox den kleinen Kobold in Händen. Franklin war voller Öl, aber sein erbeerrotes Bäuchlein stach wie ein fröhlicher Farbklecks hervor – als würde der Kobold gleich in die Höhe hüpfen und *Bätsch! Reingelegt!* rufen.

Doch das tat er nicht.

Alea zitterte am ganzen Leib. Tränen traten ihr in die Augen.

Mit verzweifelter Miene übergab Lennox ihr den kleinen Körper, und sie nahm ihn mit der größten Behutsamkeit entgegen. Ihre Hände zitterten.

Da schien Lennox etwas gesehen zu haben. Es war die Kamera. Sie lag ein Stück tiefer am Meeresgrund. Er schwamm hin, griff nach dem Gerät und zertrümmerte es mit einem lauten Schrei an einem Felsen. Immer wieder schlug er die Kamera gegen den Stein, und sein Brustkorb hob und senkte sich, als würde er schluchzen.

Da besann Alea sich. Lennox brauchte Luft, sonst würde er jeden Moment Meerwasser einatmen!

Mit Franklin in der Hand schwamm sie zu Lennox und gab ihm das Mundstück. Widerwillig nahm er es und atmete. In seinen Augen lag all der Schmerz, den Alea selbst fühlte.

Einen Augenblick später kamen die Gilfen heran. »Wir haben den Durchbruch verschlossen«, verkündete einer.

Dann bemerkte er den Kobold.

»Oh, das tut uns leid«, sagte der Gilf betroffen.

Alea erwiderte nichts. Es gab nichts, was sie sagen konnte. Nichts, was dem gerecht wurde, was passiert war. Mühsam räusperte sie sich und antwortete schließlich: »Wir danken euch für euren Mut und eure Arbeit. Es ist kaum in Worte zu fassen, was ihr heute hier getan habt. Ihr habt so viele Leben gerettet – und das Meer selbst.«

»Es ist noch nicht vollbracht«, entgegnete der Gilf.

»Was … muss denn noch gemacht werden?«, fragte Alea, der es unendlich schwerfiel, überhaupt zu sprechen.

»Unsere Arbeit muss vor den Blicken der Landgänger verborgen werden.« Der Gilf schaute Lennox an. »Ruf die Skorpionfische, bevor weitere Landgänger herunterkommen und unsere Kalktonblüte entdecken.«

Lennox, der ebenfalls noch ganz aufgelöst war, zog sich das Mundstück heraus und rief mit lauter Stimme: *»Kommt und tarnt – verschleiert das, was kein Auge sehen darf.«*

Es vergingen mehrere Minuten, und Lennox wurde zunehmend unruhig. »Wie lange brauchen die denn?«, murmelte er immer wieder. Dann tauchten die Skorpionfische endlich auf. Mit ihren großen glupschigen Augen starrten sie Lennox fragend an.

»Ich zeige euch, was ihr tarnen sollt«, sagte er und eilte mit den Fischen zur Bohrinsel zurück. Alea und die anderen schwammen hinterher.

Lennox zeigte den Fischen die Blase – oder *Blüte* –, und ohne auf weitere Erklärungen zu warten, setzten sich die Skorpionfische auf das harte, pfropfenartige Gebilde. Und dann verschwand es. Als hätte jemand einen Schleier über die Konstruktion gelegt und ein anderes Bild davorgeschoben. Was Alea nun sah, waren unzählige mannsbreite Rohre. Alle unversehrt. Die Landgänger würden sich extrem darüber wundern, dass das Leck so plötzlich verschwunden war. Doch sie würden keine Spuren der Magischen finden. Nichts weiter als ein Rätsel würde zurückbleiben.

Die Gilfen wälzten sich nun im Sand, um sich vom Öl

zu befreien. »Wir kehren nach Rubenacht zurück«, sagte einer von ihnen. »Über eine Flucht müssen wir nicht mehr diskutieren.«

»Nein«, pflichtete Alea ihm mit bebender Stimme bei. »Das Öl, das bereits ausgelaufen ist, wird zwar nicht einfach so verschwinden, aber es kommt kein neues mehr hinzu. Das hat die Meerwelt allein euch zu verdanken. Ihr habt euer Leben riskiert!« Sie verspürte das dringende Bedürfnis, sich bei den Gilfen zu bedanken. Doch Worte waren einfach nicht ausreichend. Würde sie es schaffen zu singen? Nichts liebten diese mürrischen Echsen mehr als Musik. Ja, ein Lied war das beste Dankeschön. Und auch für Franklin wollte sie singen. »Ich möchte euch zum Dank ein Lied schenken.«

Die Gilfen stutzten.

Alea schloss die Augen und versuchte ihr Zittern, die heraufziehende Übelkeit und die Schmerzen in ihrem Körper zu ignorieren. Die Gilfen und Franklin hatten nicht weniger als das Beste verdient.

Sie begann. Behutsam sang sie *Gloria*, eines von Mariannes Lieblingsliedern, das sie schon Hunderte Male mit ihrer Pflegemutter angestimmt hatte. *»Engel auf den Feldern singen, stimmen an ein himmlisch' Lied … Gloria … in excelsis deo.«*

Es war schwer, nicht in Tränen auszubrechen, denn ihre Gefühle drohten sie zu überwältigen. Doch Alea riss sich zusammen, sang das Lied zu Ende und öffnete die Augen.

Die Gesichter der Gilfen brachten sie nun doch noch

zum Weinen. Die Echsen wirkten auf einmal weich und verletzlich, als hätte das Lied ihre grantige Schale durchbrochen und den Weg zu einem empfindsamen Kern freigelegt. »Danke«, sagte einer von ihnen sanft. »Das war … bezaubernd schön.«

Alea weinte und schluchzte nun haltlos. Die Gilfen, die Bohrinsel, der tote Kobold in ihrer Hand … Alles brach über ihr zusammen. Franklins Körper war so leicht. Wie konnte er so leicht sein, wenn sich sein Tod doch so unendlich schwer anfühlte?

Lennox umarmte sie und schien selbst mit den Tränen zu ringen. Trotzdem steckte er ihr wieder das Mundstück zu.

Einer der Gilfen fragte: »Habt ihr eine Sengbohne?«

Lennox schüttelte den Kopf. »Wieso?«

»Damit könnten wir den Kobold zur Ruhe betten.« Als Lennox und Alea ihn verständnislos anschauten, fügte der Gilf hinzu: »Ihr scheint es nicht zu wissen, aber so bestatten wir im Meer unsere Toten. Nach einer Zeremonie wird der Körper mithilfe einer Sengbohne vaporisiert.« Kurz sprach er sich mit den anderen Gilfen ab. »Wir nehmen den Kobold mit und erweisen ihm in Rubenacht die letzte Ehre.« Ruhig streckte er eine Krallenhand aus.

Alea brauchte einen Augenblick, um ihm Franklin übergeben zu können. Ein letztes Mal sah sie den kleinen Kobold an und dankte ihm von Herzen für das, was er getan hatte. Dann legte sie Franklin vorsichtig in die ausgestreckte Gilfenhand.

»Wir kümmern uns um ihn«, versicherte der Gilf, wandte sich ab und schwamm gemeinsam mit den anderen davon.

Alea und Lennox blickten ihnen nach, und Alea wurde speiübel – ob vor Trauer oder wegen des Öls, konnte sie nicht sagen. Alles in ihrem Kopf drehte sich.

»Ich bringe euch zu eurem Strand zurück«, zirpte die Finja, die die ganze Zeit neben ihnen ausgeharrt hatte. Sie schwamm voraus, und Lennox und Alea machten sich mühsam auf den Heimweg. Der Sauerstoff war beinahe aufgebraucht, aber die Finja versprach, dass es nicht weit war.

Alea und Lennox wechselten sich mit der Tauchflasche ab und mobilisierten ihre letzten Kräfte. Alea konnte die Schmerzen im Oberbauch, im Kopf und in den Nieren inzwischen kaum noch aushalten. Sie klammerte sich an Lennox, der mehr Kraft zu haben schien als sie. Den letzten Teil der Strecke zog er sie mehr, als dass sie selbst schwamm.

Schließlich hatten sie es fast geschafft und waren dem Land ganz nah. Ein Stück unter dem Ölteppich verabschiedete sich die Finja. »Ihr müsst nur noch durch die Oberfläche, und dann seht ihr euren Strand schon.«

Alea war zu schwach, um sich zu bedanken oder zu verabschieden. Krampfhaft hielt sie sich an Lennox fest, der sie so besorgt ansah wie nie zuvor.

Wohl unter Aufbietung all seiner Kräfte tauchte Lennox durch die Öldecke und zog Alea mit. Oben angekommen, steckten sie im schleimigen Morast fest. Dort drüben war

Refviksanden! Sie waren etwas nördlich der Bucht herausgekommen und mussten es noch hinüberschaffen.

Alea versuchte es, aber vor ihren Augen verschwamm alles. Ihr Kopf hämmerte, als wollte er zerspringen.

Lennox nahm sie in den Abschleppgriff und zog sie zu dem großen Felsen, über den sie zuvor ins Meer geglitten waren. Alea wusste nicht, woher Lennox die Kraft nahm, aber gleich darauf zog er sie aus dem Wasser und hievte sie auf den Felsen. Sie waren schwarz vor Öl. Mit einer schwachen Bewegung streifte sie sich die Tauchmaske vom Kopf und wischte sich über die Nase, sodass sie besser atmen konnte. Es war schwer, die Augen aufzuhalten. Heftig atmend lag sie auf dem Rücken und starrte in den wolkenverhangenen Himmel. Sie konnte kaum den Kopf wenden, aber dann sah sie, dass Lennox neben ihr zusammenbrach. Bewegungslos blieb er liegen.

»Nein, Lennox!«, hauchte sie, denn schreien konnte sie nicht mehr. »Bitte!«, wimmerte sie. Ihr Sichtfeld wurde immer unschärfer. Auf keinen Fall durfte sie ohnmächtig werden! Sie musste Hilfe holen! Doch wie? Sie konnte sich nicht mehr regen. Die Welt um sie herum wurde dunkler und dunkler. Ihre Augen schlossen sich, und sie konnte nichts dagegen tun.

Weit entfernt, wie aus einem Traum, hörte sie eine Stimme. *»Schattfa.«*

Jemand rüttelte an ihr. Rief etwas. Rüttelte wieder.

Dann spürte Alea, wie ihr Mund geöffnet und etwas hineingeträufelt wurde. Es war süß und schmeckte ein wenig wie halb aufgetauter Schnee. Kurz darauf öffnete jemand auch ihre Augen und gab hier ebenfalls ein paar Tropfen Flüssigkeit hinein.

Alea sah ein verschwommenes Gesicht.

Nixenmale.

Auch in ihre Ohren und in ihre Nase wurde die Flüssigkeit getropft, die sich von dort wie kühles, reinigendes Schneewasser einen Weg in ihren Körper bahnte.

Alea wollte etwas sagen, aber sie brachte keinen Ton hervor. Dann verlor sie das Bewusstsein.

Gewonnen und verloren

Alea erwachte mit einem Schrei. Sie fuhr hoch und rang nach Atem. Ihr Herz hämmerte wie verrückt. Wo war sie? Hektisch schaute sie sich um. Sie befand sich noch immer auf dem Felsen vor der kleinen Bucht. Kein Mensch weit und breit. Nein, Moment, direkt neben ihr lag Lennox! Er war auf die Seite gerollt, und seinen Körper überzog ein eingetrockneter dunkler Ölfilm. Nur um die Nase, den Mund und die Augen herum war er nicht schwarz.

»Lennox!« Sie drehte ihn auf den Rücken. »Lennox!«

Langsam öffnete er die Augen und blinzelte. »Oh, verdammt, mein Schädel«, nuschelte er.

»Du lebst!«, rief Alea mit dünner Stimme, und es war mehr ein Schrei. »Ich dachte, du wärst tot.«

Anstatt zu antworten, zog Lennox sie an sich. Sie war ebenfalls noch immer ganz schwarz vom Öl. Ihre Haare, ihre Haut, der Neoprenanzug – alles klebte. Aber das war egal. »Wir leben«, flüsterte sie und hielt Lennox fest umschlungen. »Er hat uns gerettet.«

»Wer?«

»Cassaras. Er war hier. Er hat mir etwas eingeflößt.«

Lennox richtete sich auf. Sein schwarzes Gesicht starrte sie ungläubig an.

»Und dir muss er auch etwas gegeben haben!«, sagte sie. »Um deinen Mund, die Augen und die Nase herum ist alles sauber!«

Lennox musterte sie. »Bei dir auch …« Er rieb sich die Schläfen. »Bist du sicher, dass er es war?«

»Ja. Ich habe ihn gesehen.«

Lennox' Blick richtete sich ins Leere. »Dann wärst du ohne seine Hilfe wahrscheinlich gestorben«, stieß er hervor, und in seine Augen trat ein todtrauriger Ausdruck. »Du hast so viel von diesem Dreck eingeatmet … und ich konnte es nicht verhindern.«

»Du hast mich aus dem Meer geholt!«, rief sie. »Ohne dich hätte ich es nie an Land geschafft! Außerdem hast du dafür gesorgt, dass die Taucher alles vergessen haben, und dafür, dass diese Blasenblüte von den Skorpionfischen getarnt wird! Die ganze Sache wäre ohne dich komplett anders ausgegangen«, sagte sie mit Nachdruck. »Der heutige Tag hat ein für alle Mal bewiesen, dass du mir unter Wasser alles andere als ein Klotz am Bein bist! Ich brauche keinen anderen Oblivion.«

»Ich bin zu langsam.« Sein sachlicher Tonfall sollte vermutlich darüber hinwegtäuschen, wie elend ihm zumute war. »Und ich habe Franklin nicht beschützt …«

Dieser letzte Satz traf Alea mitten ins Herz. Ihre Augen füllten sich mit Tränen. »Nicht *du* bist schuld an seinem Tod, sondern *ich*«, brach es aus ihr heraus. »*Ich* habe ihm gesagt, wie gefährlich die Kamera der Meerwelt werden könnte. Und *ich* habe ihn nicht aufgehalten, als er in die Wolke geschwommen ist.« Sie spürte, wie sich ihre Tränen einen Weg über das eingetrocknete Öl auf ihren Wangen bahnten. »Er ist meinetwegen gestorben.«

»Das ist nicht wahr«, widersprach Lennox. »Ich hätte ihn retten müssen. Nicht du bist hier der Oblivion, sondern ich. Zumindest ein halber.« Er senkte den Kopf. »Wenn ich ein vollständiger Meermensch wäre, hätte ich blitzschnell in diese Wolke tauchen können und –«

»Aber ich habe dich doch davon abgehalten, deinen Job zu machen!«, fuhr sie dazwischen, und während sie sprach, verwandelten sich ihre Worte in ein leises Schluchzen. »Ich wollte nicht, dass du in diese Wolke schwimmst.«

Auch in Lennox' Augen glitzerten Tränen. »Du hast eine Wahl getroffen«, sagte er heiser. »Und ich genauso.«

Eine tiefe Stille entstand nun zwischen ihnen. Reglos weinend sah Alea in die Wolken am Himmel. Die Frage, ob sie Franklin hätten retten können, hing in der Luft, laut und anklagend. Doch sie mussten nun damit leben, dass sie es nicht getan hatten.

Nach einer Weile schlug Lennox mit verhaltener Stimme vor: »Lass uns zum Haus gehen und versuchen das Öl abzubekommen.«

Schweigend machten sie sich auf den Weg zu dem Holzhaus im Wald. Sie waren zwar erschöpft und hatten auch noch Kopfschmerzen, aber es war kein größeres Problem, von Fels zu Fels zu springen und den Hügel hinaufzulaufen. Was immer Cassaras ihnen verabreicht hatte, es hatte ihnen neue Kraft verliehen.

Sie fanden das Haus leer und verschlossen vor, aber Lennox benötigte nur einen Augenblick, und schon hatte er die Terrassentür geknackt. Sie hinterließen schwarze Spuren auf den Fliesen, und Alea dachte bei sich, dass sie noch nie so dringend ein Bad gebraucht hatte wie jetzt. Wenige Minuten später saß sie in der Wanne und versuchte das Öl aus ihren Haaren und von ihrer Haut zu waschen, aber es saß so tief in den Poren, dass es unmöglich vollständig zu entfernen war. Dennoch fühlte sie sich um einiges besser, als sie kurz darauf in einem Bademantel, der an der Tür im Bad gehangen hatte, ins Wohnzimmer zurückkehrte.

Lennox hatte ihr Tee gekocht, und während er badete, stand Alea mit der Tasse am Fenster und grübelte, bis er zu ihr zurückkam. Sein Gesicht war einigermaßen vom Öl befreit, aber nicht vom Kummer.

Plötzlich hörten sie Stimmen. Sie erkannten sie sofort. Es waren Ben, Tess und Sammy! Gleich darauf kamen die drei schon durch die geöffnete Terrassentür, blieben wie angewurzelt stehen und starrten Lennox und Alea an, als wären sie Geister.

»O Gott, Schneewittchen!« Sammy lief zu Alea und umarmte sie aufgewühlt. Die Robbe rutschte hinter ihm herein und schaute mit großen Augen zu ihm hoch, als fragte sie sich, warum er so kiekste.

Ben rief: »Ihr habt überlebt!«

»Wir haben gedacht, ihr schafft es vielleicht nicht!« In Tess' Gesicht spiegelten sich die großen Sorgen, die sie sich offenbar um sie gemacht hatte. »Magnus hat uns erzählt, welche Schäden die Tiere im Meer vom Öl bekommen können und wie –«

Sammy unterbrach sie. »… wie gefährlich das wirklich ist!«

Ben betrachtete Alea und Lennox ganz genau. »Wart ihr unten?«

Alea nickte.

Ben schien es kaum glauben zu können. »Magnus hat gesagt, das Öl im Wasser führt bei Meerestieren zu schweren inneren Schäden und Organversagen! Sie können vom Öl auch blind werden oder ersticken! Und das gilt dann ja wohl auch für Menschen.«

Alea horchte abermals in sich hinein. Ihr Körper fühlte sich zwar abgekämpft, aber ansonsten ganz normal an. »Ich glaube, ich hätte mehr als nur Organschäden gehabt, wenn Cassaras uns nicht geholfen hätte. Wahrscheinlich wäre ich tot.«

»Was?« Ben bekam runde Augen. »Cassaras war da?«

Nun erzählten Lennox und Alea alles. Wie sie mit der Finja nach Rubenacht gelangt waren, wie sie mit den Gilfen die Bohrinsel erreicht hatten und dort ihr Sauerstoff knapp geworden war. Als sie berichteten, dass die Gilfen das Leck hatten schließen können, brach Sammy in Jubel aus.

»Wirklich? Das Loch ist dicht?«, schrie er.

Offenbar verwirrt über diesen Ausbruch, wackelte die Robbe unruhig mit dem Kopf.

Ben schnaufte. »Ihr habt es tatsächlich geschafft?«

»Ja«, erwiderte Lennox, was zu einem kollektiven Freudensturm der anderen führte.

Lennox und Alea konnten sich aber nicht mit ihnen freuen. »Es ist nicht alles gut gegangen«, sagte Alea leise.

»Tut dir doch noch was weh?«, erkundigte sich Sammy.

Sie schüttelte den Kopf.

»Wo ist eigentlich der Kobold?«, fragte Tess, als ahnte sie auf einmal etwas.

Schmerzlich presste Alea die Lider zusammen. »Franklin ist tot«, sagte sie und hatte Mühe, die Worte hervorzubringen, die wie eine Sense durch die Luft zu schneiden schienen.

Schockiert starrten die anderen sie an.

Ben fuhr sich mit beiden Händen durchs Haar. »Wie?«

Alea konnte nicht antworten. Ihr Brustkorb verkrampfte, aber sie wollte nicht schon wieder weinen.

Lennox erklärte den anderen nun, wie Franklin gestorben war. Es fiel ihm sichtlich schwer. Bruchstückartig berichtete er dann, wie sie wieder an Land gekommen und dort zusammengebrochen waren.

»Und als ihr aufgewacht seid, wart ihr wieder okay?«, hakte Tess nach. »Was war das denn für ein Zeug, das Casaras euch gegeben hat?«

»Irgendwas Magisches, nehme ich an«, antwortete Lennox.

Tess schien zu überlegen. »Und wieso hat er es dir auch gegeben?« Es klang schroff. Aber Alea verstand, was Tess meinte. Cassaras hatte zwar nicht zulassen können, dass sie, das Mädchen aus der Legende, starb. Aber nichts hatte ihn dazu gezwungen, auch Lennox zu retten …

»Das hätte er tatsächlich nicht gemusst«, räumte Lennox ein.

Sie ließen sich auf die Sofas fallen und starrten vor sich hin. Alea fühlte sich von diesem Tag erschlagen und überfordert. Das Öl, die Gilfen, Franklin … Und als wäre das nicht alles schon genug, wäre sie selbst fast gestorben.

Nach einiger Zeit war Ben der Erste, der wieder etwas sagte. »Wir haben seit heute Morgen am Strand geschuftet«, erzählte er mit deprimiertem Unterton. »Inzwischen sind viel mehr Leute da als gestern, aber es bringt trotzdem alles nichts. Sobald die nächste Flut kommt, ist der Strand wieder verdreckt. Wir haben einfach nicht genügend Sandsäcke.«

»Selbst wenn jetzt kein Tropfen mehr aus der Bohrinsel austritt …«, setzte Tess hinzu und klang unendlich müde. »Da draußen sind immer noch Abermillionen Tonnen von Öl auf dem Meer.«

Aus der Ferne hörten sie Donnergrollen. Alea nahm es zuerst gar nicht richtig wahr, doch dann fuhr sie entsetzt in die Höhe. »Gewitter!«

»Hier drin kann uns doch nichts passieren«, sagte Sammy, der neben seiner Robbe saß und sie streichelte. »Was guckst du denn so erschrocken, Schneewittchen?«

»Was ist, wenn Blitze ins Meer einschlagen?« Alea spürte, wie ihr vor Schreck eine Hitzewelle ins Gesicht schoss. »Dann könnte es in Brand geraten, oder? Es würde …« Sie konnte nicht weitersprechen. Das Grauen, das sie bei der Silberfadenvision empfunden hatte, überkam sie mit neuer Wucht.

»Das ist es«, ächzte Lennox entsetzt. »Das muss die Vision sein! Wenn der Blitz in den Ölteppich einschlägt, löst das die Katastrophe aus, die du gesehen hast!«

Es begann zu regnen. Dicke Tropfen fielen auf die Terrasse und klatschten in den Pool. Donner grummelte in der Ferne.

Hektisch wandte Lennox sich Alea zu. »Denk nach!« Seine Hände griffen nach ihren. »Ruf die Elvarion-Stärke! Wir brauchen jetzt sofort eine Antwort. Was kann der Tasfar gemeint haben? Wer ist die Hilfe im Meer? Wer kann verhindern, dass Blitze –«

»Helmse«, fiel Tess ihm ins Wort. »Helmse können Blitzeinschlag verhindern.«

Alea stierte sie an. Sie hatte recht. Helmse konnten etwas unternehmen, natürlich! Sie waren immerhin magische Gewitterhüter.

»Es ist mir heute Mittag beim Schippen eingefallen«, sagte Tess achselzuckend. »Bei dem Gewitter damals in Schottland haben die Helmse dafür gesorgt, dass die *Crucis* nicht in Brand gerät. Ich dachte, vielleicht können die Helmse generell was gegen Feuer machen. Aber jetzt geht es sogar um ein Gewitter! Das ist genau ihr Spezialgebiet, richtig?«

»Richtig!« In Aleas Kopf überschlugen sich die Gedanken. Helmse bildeten mit ihren eigenen Flammen ein Gegenfeuer, das bei Blitzeinschlag wie eine Schutzhülle wirkte. »Wir müssen sie suchen!«

Sie wollte gerade aufstehen, da hielt Ben sie zurück. »Warte mal. Falls Helmse in der Nähe dieser Küste sind, würden sie sich sowieso darum kümmern, dass kein Blitz einschlägt, oder? Das ist doch, was sie eh machen. Warum wollt ihr sie dann suchen?«

»Weil der Tasfar das gesagt hat«, erwiderte Alea, war sich nun aber selbst nicht mehr ganz sicher. »Der Tasfar hat uns extra darauf hingewiesen, dass wir die Hilfe im Wasser erkennen sollen – so, als hinge alles davon ab.«

»Was hat er noch mal genau gesagt?«, fragte Tess.

Lennox und Alea tauschten einen Blick. Wortwörtlich konnten sie die Botschaft nicht mehr wiedergeben. »Wir hätten es aufschreiben sollen …«, ärgerte Alea sich.

»Moment mal!«, rief Sammy, sprang auf, flitzte aus dem Raum und kam gleich darauf mit Bens Handy zurück. »Ich habe damals an dem Morgen eine Aufnahme gemacht!«

Verblüfft zog Alea die Augenbrauen in die Höhe. »Du hast die Botschaft des Tasfaren aufgenommen?«

»Jawohl. Für mein Bandentagebuch!« Stolz strahlte Sammy sie an. »Mal im Ernst: Was tätet ihr nur ohne mich?«

Seeteufel

Sammy tippte auf dem Handy herum und suchte nach dem richtigen Eintrag. In Tess' Richtung murmelte er: »Sag nie wieder, dass mein Tagebuch nur Blödsinn ist.«

Tess saß mit undurchdringlichem Pokerface da. Lennox und Ben beugten sich jedoch vor und schauten angespannt auf das Display. Das Donnergrollen klang, als käme es näher. Doch Lennox schien nicht nur deswegen angespannt zu sein. »Löschst du das später wieder?«, fragte er Sammy, der auf dem Bildschirm auf und ab scrollte. Es klang nicht wie eine Bitte.

Alea verstand. Ein solcher Beweis für die Existenz eines magischen Meerwesens konnte einem Oblivion nicht gefallen.

»Ja, ja«, murmelte Sammy abwesend. »Hier, ich hab es!«, triumphierte er gleich darauf und ließ die Aufnahme laufen. *»Sammys Abenteuertagebuch, dreißigster Juli, Eintrag achtzehn«*, kam es wispernd aus dem Handy. *»Leute, an Deck der Crucis steht ein geflügeltes magisches Meerwesen!«* Im Hintergrund hörte man die markerschütternde Stimme des Tasfaren, der in *Hajara* davon sprach, dass »*die Zeit gekommen*« sei. Sammys Stimme quatschte allerdings darüber: *»Es ist ein sogenannter Tasfar, ein riesiges schwarzes Seepferd! So einem bin ich schon mal begegnet. Ich habe halt auch schon einige Abenteuer erlebt. Ein Tasfar ist echt beeindruckend. Hört euch mal dieses Organ an!«*

Der Sammy in der Aufnahme hielt endlich die Klappe, und der Tasfar war allein zu hören. Die Tiefe der Stimme erzeugte bei Alea sofort eine Gänsehaut.

»Ich gebe euch Rat, wie nur ich es vermag«, sprach der Tasfar. *»Hört gut zu, spitzt eure Ohren, nicht alles ist verloren …«*

Alea hielt den Atem an, und die anderen schienen es auch zu tun.

Der Tasfar fuhr fort. *»Die Hilfe im Wasser müsst ihr erkennen, sodass die tausend Feuer brennen.«*

Alea schrie auf. *»Sodass!«*, rief sie auf *Hajara*. »Nicht *wenn*!«

Sammy stoppte den Tagebucheintrag. »Auf Deutsch bitte!«

»Wir haben gedacht, es hieße, *wenn* die tausend Feuer brennen«, erklärte Alea hastig. »Aber er hat gesagt, wir müssen die Hilfe erkennen, *sodass* die tausend Feuer brennen!«

Lennox' Mund war ganz schmal geworden. »Wir sollen die Brandkatastrophe gar nicht verhindern?« Es schien ihm ebenso schwerzufallen wie Alea, das zu glauben. Aber die Worte des Tasfaren waren eindeutig gewesen.

»Das Feuer soll brennen«, sagte sie baff. »Wir müssen uns Hilfe im Wasser suchen, *damit* es brennt.«

»Wie habt ihr das denn dermaßen falsch verstehen können?«, fragte Tess.

»Es ist nur ein einziges kleines Wort!«, versetzte Lennox gereizt.

Ben hob die Hände. »Ist ja egal. Jetzt geht es darum, das Ganze zu verstehen. Warum soll das Meer brennen?«

Ein heftiges Donnern, das gar nicht mehr so weit entfernt zu sein schien, ließ sie alle zusammenfahren.

Alea rieb sich den Kopf. »Wieso könnte das Feuer gut sein …«

Alle dachten angestrengt nach.

Plötzlich schnappte Lennox nach Luft. »Aber klar!« Er sah aus, als fiele es ihm gerade wie Schuppen von den Augen. »Wenn der Ölteppich in Brand gerät, verbrennt das Feuer das Öl!«

Alea stierte ihn an. Sie begriff. »Dann wäre das Öl … weg.« Ihre Augen weiteten sich, als ihr klar wurde, was das tatsächlich bedeutete. »Mit dem Feuer können wir abbrennen, was noch auf dem Meer ist!«

Skeptisch verzog Tess das Gesicht. »Wenn man das Öl nur anzünden müsste, um es loszuwerden, hätte das doch schon längst jemand gemacht – die Regierung, die *Ocean Knights* oder sonst irgendwer!«

»So leicht ist es wirklich nicht.« Ben winkte ab. »Das wäre sogar mordsgefährlich. Stellt euch vor, mit was für einer Kraft das Öl brennen würde!«

Alea brauchte sich das nicht vorzustellen. Sie hatte es in der Vision gesehen. Der Feuersturm hatte mit solch einer Macht gewütet, dass er ihr wie das Ende der Welt vorgekommen war.

»Es wäre fatal, wenn das Öl auf dem Meer in Brand geraten würde!«, bekräftigte Ben noch einmal.

»Aber warum denn?«, fragte Alea. Sie hatte immer noch das Gefühl, dass das genau die Lösung sein musste, über die der Tasfar gesprochen hatte.

»Dieser Ölteppich liegt viel zu nah am Strand. Den würde man niemals willentlich anzünden. Das Feuer würde sofort aufs Land übergreifen!«, sagte Ben voll Sorge. »Dann stünde die Küste in Flammen und außerdem alles, was sich in Küstennähe befindet. Das wäre noch schlimmer als die Ölkatastrophe!«

Sammy schien das genauso zu sehen. »Ich hätte auch lieber ein ölverranztes Haus als ein abgebranntes.«

»Das ist nicht lustig!« Ben warf ihm einen mahnenden Blick zu. »Die Blitze können das Meer jeden Moment in Brand stecken, falls keine Helmse in dieser Gegend sind! Es bleibt nicht genug Zeit, alle Menschen an den betroffenen Küsten zu warnen.«

»Jemand muss das ölverseuchte Land vor Blitzeinschlag bewahren«, murmelte Alea. »Die Helmse müssen das *Land* schützen, während das Meer brennt.«

Lennox fuhr zu ihr herum und starrte sie überrascht dann. Dann japste er: »Das ist es!«

»Ja, das ist die Lösung!«, rief Sammy und sah aus, als

versuchte er gerade, sich dieses Szenario bildlich vorzustellen.

»Die Helmse müssen verhindern, dass die Küsten brennen!«, fiel auch Tess ein, die plötzlich gar kein Pokerface mehr hatte, sondern so aufgeregt aussah, wie Alea sich fühlte.

»Hat der Tasfar nicht auch gesagt, dass die Welten sich vereinen sollen?«, fragte Lennox.

Alea nickte. »Ja. Wieso?«

»Wenn die Helmse nicht das Meer, sondern das Land beschützen, wäre das … ein Aufeinanderzugehen der Welten«, antwortete er.

Alea erschauderte, denn genau das war es.

Sammy klinkte sich wieder ein. »Jetzt haben wir nur noch ein Problem: Wie fragen wir die Helmse, ob sie das machen würden?«

Bevor Alea etwas erwidern konnte, herrschte Ben sie an: »Ihr geht auf keinen Fall noch mal ins Meer, um die Helmse zu finden!« Er war viel zu laut. Aber er wollte wohl klarmachen, dass das absolut nicht zur Diskussion stand. »Noch mal lasse ich euch nicht euren Hals riskieren!«

Da erklang mit einem Mal eine hohe Stimme. »Hallo.«

Alea erstarrte. Ihr Herz begann wie wild zu schlagen. Konnte es sein?

Wie in Zeitlupe wandte sie den Kopf.

Und da stand er.

Mitten auf dem Esstisch.

Ein erdbeerroter Kobold.

»Franklin!«, schrie sie, sprang auf und stürzte zum Tisch.

Flink hüpfte der ölverschmierte kleine Kerl auf ihre Schulter. »Ihr habt echt gedacht, ich wäre tot, oder?«

Aleas Beine gaben nach. Lennox fing sie auf, als sie fiel, und zu dritt landeten sie auf dem Fliesenboden. Dort begann Alea haltlos zu lachen. Es klang vollkommen hysterisch, aber sie lachte nur noch lauter.

Tess, Ben und Sammy starrten den Kobold verblüfft an.

Franklin hopste auf Aleas Knie. »Ich hab doch gesagt, dass ich was aushalten kann!«, krähte er. »Du hörst einfach nicht richtig zu!«

»Aber du warst tot!« Lennox klang fassungslos. »Du hattest keinen Herzschlag mehr!«

»Wirklich nicht?« Franklin kratzte sich am Kopf. »Hast du auch richtig über den Löchern gefühlt?«

Lennox stutzte. »Über den Löchern?«

»Na klar! Bei uns Kobolden sitzt das Herz in der Nase. Wusstet ihr das nicht?« Franklin rubbelte sich die knubbelige Knollennase. »Nach dem Herzschlag muss man direkt über den Nasenlöchern fühlen!«

Alea begann wieder zu lachen. Jetzt war sie es, die krähte. Das Ganze war einfach unglaublich. »Du warst also nur bewusstlos?«

»Scheint so.« Franklin zuckte mit den Schultern. »Ich bin in Rubenacht aufgewacht, mitten in einem dieser düsteren Kugelhäuser. Da war so ein Gilf bei mir, und ich schwöre euch, der hat gelächelt, als ich aufgehüpft bin! Er schien sich zu freuen, dass ich noch lebe. Anscheinend wusste er auch nicht, wo er nach meinem Herzschlag suchen soll. Er heißt Barkiustus und hat gesagt, er findet, dass Gilfen und Kobolde eigentlich viel zu wenig übereinander wissen. Wir haben uns dann unterhalten und irgendwie angefreundet.«

»Echt jetzt?«, fragte Lennox mit wachsender Verblüffung.

»Yep! Ich bin halt sehr sympathisch.« Franklin strich sich über sein erdbeerrotes Bäuchlein. »Die anderen Gilfen sind aber auch gar nicht so übel. Sie haben mich eingeladen, eine Zeit lang bei ihnen zu wohnen – bis mein Clan irgendwann wieder in diese Gegend zurückkommt.«

Alea blieb die Spucke weg. »Du willst bei den Gilfen leben?«

»Bitte nicht böse sein«, bat der Kobold. »Ich wär auch total gern Klabautermann auf eurem Schiff geworden. Aber wenn ich meine Kumpels jemals wiederfinden sollte, fänden sie es wahrscheinlich viel beeindruckender, dass ich bei den Lava schießenden Monstern gelebt habe.« Er zwinkerte ihr zu.

Alea lachte. »Das ist …« Sie fand keine Worte. »Ich bin so froh, dass du lebst«, sagte sie schließlich.

»Mich kriegt man nicht so leicht kaputt.« Franklin griente breit. »Ich bin sogar ohne Gefrierdings durch den Ölteppich gekommen!«

Ein schepperndes Donnern erklang. Nicht mehr lange, und das Gewitter würde hier sein.

Alea besann sich. »Sag mal, Franklin, hättest du vielleicht eine Idee, wie man die Helmse kontaktieren kann?«

Der Kobold dachte kurz nach. »Klar. Ist ja ganz leicht! Da unten ist doch so ein See.«

»Der See?«, fragte Lennox. »Was ist damit?«

»Na, da sind Helmse drin.«

Alea hätte mit den Ohren geschlackert, wenn sie gekonnt hätte. »Im See sind Helmse?«

Schimpfend hob Franklin den Zeigefinger. »Also, das weiß wirklich jedes Meerbaby: Helmse beschützen das Wasser bei Gewitter. Alle Arten von Wasser! Also nicht nur das Meer, sondern auch Flüsse und Seen. Was glaubt ihr, wieso die Tiere in einem See oder Fluss nicht sterben, wenn ein Blitz einschlägt? Hm? Hm? Hm?«

Alea wurde ganz zappelig vor Aufregung. »Bist du dir sicher, dass welche in diesem See sind?«

»Yep! Ich hab da welche gesehen.« Der Kobold grinste schräg. »Gestern war mir zwischendurch langweilig, als ihr am Strand wart. Da bin ich ein bisschen spazieren gegangen. Im See wohnen ein paar coole Kras. Und eine Lafora. Und eben Helmse.«

Alea hatte leider keine Zeit, zu fragen, was eine Lafora war. »Lennox, wir müssen sofort los!« Sie sprang auf.

»Wir kommen auch mit zum See!«, rief Ben, der offenbar das Wesentliche ihrer Unterhaltung verstanden hatte.

»Ihr …« Alea überlegte kurz. »Besser nicht. Vielleicht kommen die Magischen nicht raus, wenn Landgänger dabei sind.«

»Warum wollt ihr denn zum See?«, hakte Sammy nach und motzte gleich hinterher: »Es ist Diskrimisophierung, wenn wir nicht mitdürfen!«

Er hatte zwar recht, und es tat Alea furchtbar leid, aber so war es nun einmal. »Sorry.« Sie nahm sich nicht die Zeit, sich richtig anzuziehen, bevor sie loslief. In Latschen und Bademantel stürmte sie in den Regen hinaus, Lennox an ihrer Seite.

»Wer als Erster da ist!« Franklin flitzte wie ein Salamander zwischen den Bäumen den Hügel hinab.

Alea rannte, so schnell sie konnte. Im Laufen kickte sie sich die Latschen von den Füßen und spurtete barfuß über den Waldboden.

Bald hatten sie den See erreicht. Er lag ruhig und verlassen im Regen. Inzwischen kümmerte sich wohl das Spezialteam um die Seevögel, denn von hier waren alle verschwunden.

»Ihr Helmse!«, rief Alea, kaum dass sie am Ufer angekommen war. Sie war zwar völlig außer Puste, aber sie wollte keine Sekunde verlieren. Das Lärmen des näher kommenden Donners hing drohend in der Luft.

Lennox hielt neben ihr an, stützte sich auf seinen Oberschenkeln ab und rang nach Luft. »Ihr Helmse!«, schrie dann auch er über den See.

»Du schon wieder!«, keifte kurz darauf eine Stimme. Direkt vor Alea stieg der Kra aus dem Wasser, dem sie schon zuvor begegnet war.

»Hallo!«, grüßte Franklin den froschbeinigen Seehüter.

»Fröhlichen Seeabend«, erwiderte der Kra in großspurigem Tonfall. Gleich darauf schnellte seine Zunge vor und erhaschte einen Käfer, der gerade noch nichts ahnend zwischen den Grashalmen herumgekrabbelt war.

Franklin hüpfte auf Aleas Schulter und flüsterte ihr ins Ohr: »Der Typ ist so was von lässig!«

»Fröhlichen Seeabend«, sagte Alea zu dem Kra. »Wir suchen die Helmse.«

Der Kra schnaubte abfällig durch die Nase. »Die haben gerade zu tun. Du hast es wahrscheinlich noch nicht bemerkt, aber da kommt ein Ge-wit-ter.« Er sprach nun wieder sehr langsam und deutlich. »Gewitter: Helmse beschäftigt. Meermädchen: nix Helmse gucken.«

Franklin brach in grölendes Gelächter aus.

»Wir müssen etwas sehr Wichtiges mit ihnen besprechen«, sagte Alea über das Koboldlachen hinweg. »Es geht um Leben und Tod.«

Der Kra verdrehte die Augen. »Wie dramatisch!«

»Ich meine es sehr ernst«, setzte Alea scharf hinzu.

»Das befürchte ich auch.« Seufzend kratzte sich der Kra am Kinn, als überlegte er, wie man ihr helfen könnte. »Hast du vielleicht mal zu lange in der Sonne gelegen? Leidest du an einem überkochten Hirn?«

Franklin hielt sich den Bauch vor Lachen.

Alea reichte es nun. Sie fixierte den Kra und sagte: »Ich bin Alea Aquarius, Tochter der Nelani und des Keblarr, Elvarion der letzten Generation. Und du hörst jetzt sofort mit deinen Scherzen auf!«

Der Kra verlor alle Farbe. Von einem Moment auf den anderen war er nicht mehr krötengrün, sondern schmandweiß. »Heiliger Seeteufel«, quetschte er hervor. »Du bist Alea Aquarius?«

»Genau die ist sie«, erwiderte Lennox mit unverhohlenem Stolz.

»Warum … sagt ihr das denn nicht gleich?«, stammelte der Kra.

»Darauf kommt es jetzt nicht an.« Alea wischte die Frage mit einer ungeduldigen Handbewegung beiseite. »Hol die Helmse her.«

»Ja, das mach ich!« Ohne weitere Diskussion straffte der Magische seine Froschbeine und war gleich darauf im See verschwunden.

Franklin wischte sich eine Lachträne aus dem Augenwinkel. »Tut mir leid. Der Typ ist so was von witzig!«, hechelte er. »Vielleicht könnten Seeteufel und ich ja Kumpels werden.«

Alea glaubte nicht, dass der Kra so hieß, aber auch darauf kam es nicht an. Ihnen blieb nun nichts anderes übrig, als zu warten. Unruhig begann Alea am Seeufer auf und ab zu gehen. Der Regen wurde immer stärker.

Und dann, nur wenige Minuten später, drang ein leises Knistern an ihr Ohr.

Flammenmeer

Rasch schwoll das Knistern zu einem raschelnden Knirschen an. Und dann erhob sich aus der Mitte des Sees ein seltsames bläuliches Feuer – eine hohe Feuersäule, die aus unzähligen kühl funkelnden Flammen zu bestehen schien.

Die Helmse waren gekommen.

Alea wusste, dass jede der Flammen in der Säule ein Helms war. Gemeinsam hatten sie die immense Kraft, sich einem tobenden Gewitter entgegenzustellen und selbst die stärksten Blitze zurück in den Himmel zu jagen.

Das Knistern waren ihre Stimmen, doch Alea konnte sie nicht genau verstehen. »Hierher bitte!«, schrie sie ihnen zu.

Langsam setzte sich das blaue Funkelfeuer in Bewegung und schwebte über die Wasseroberfläche auf sie zu.

»Sie kommen bestimmt nur, weil du Alea Aquarius bist«, flüsterte Franklin beeindruckt. »Sie würden ihre Posten bei dieser Wetterlage sonst garantiert nicht verlassen.«

Beklommen nickte Alea und hoffte, dass kein Blitz in den ungeschützten See einschlagen würde, während sie mit den Helmsen sprach.

Die Feuersäule hatte das Ufer erreicht. Das Rascheln verklang, und eine der Flammen löste sich aus der Menge. Alea sah ihr gebannt zu. Sie ritt auf der Luft wie ein Surfer auf einer Welle. Der Körper der magischen Feuergestalt schien aus reinem Elektrofeuer zu bestehen. Die Arme und Beine flackerten unablässig, und auf dem Kopf saß so etwas wie ein glänzender Helm, aus dem immer wieder bläuliche Blitze hervorzuckten. Die Flamme hielt sich am Wind fest und segelte auf Alea zu. Instinktiv streckte sie die Hand aus, und der Helms landete zart wie ein Schmetterling auf ihrer Fingerspitze. Sein loderndes Gesicht drehte sich zu ihr um. »Warum hast du uns gerufen, Elvarion der letzten Generation?«, zischelte er.

»Ich möchte euch Helmse bitten, mit euren Brüdern im Meer zu sprechen. Das Gewitter, das gerade heraufzieht, könnte eine große Gefahr sein – oder ein Segen. Das hängt von euch ab.«

»Wie meinst du das?«

»Die Blitze müssen dieses Mal ins Wasser einschlagen dürfen«, erklärte Alea. »Es soll brennen.«

Erschrocken rief der Helms: »Nein! Das können wir auf keinen Fall zulassen!«

Die Feuersäule auf dem See begann leise zu raunen.

»Habt ihr von dem Öl gehört?«, fragte Alea.

»Selbstverständlich. Unsere Meerbrüder hatten schon öfter mit Öl auf der Wasseroberfläche zu tun und haben es bisher immer geschafft, einen Brand zu verhindern. Denn solch ein Feuer wäre verheerend!«

»Aber … wenn das Öl abbrennt, verschmutzt es das Meer nicht mehr. Dann ist es weg!«

»Wie bitte?« Der Helms sperrte seinen kleinen Mund auf. »Es kann dann niemanden mehr töten?«

»Während es in Flammen steht, müssen sich natürlich alle in Sicherheit bringen. Aber wenn der Ölteppich erst einmal abgebrannt ist, kann sich das Meer wieder erholen.«

Darüber schien der Helms nachdenken zu müssen.

Angespannt kniff Alea die Lippen zusammen. Jetzt kam es darauf an.

Nach einer kleinen Weile sagte der Helms: »Gut. Wir sprechen mit unseren Brüdern im Meer.«

Aleas Herz machte einen Sprung. »Ich danke euch!«

Bevor der Gewitterhüter sich abwenden konnte, fügte Alea hinzu: »Es gibt allerdings ein Problem.«

»Genau, da ist noch was!«, quakte Franklin dazwischen.

Der Helms knirschte: »Was für ein Problem?«

»Wenn das Meer brennt, wird das Feuer sehr wahrscheinlich auch auf das Land übergreifen …« Alea merkte, dass sie plötzlich einen richtigen Kloß im Hals hatte. Jetzt musste sie den Helms überzeugen, oder die Küsten waren verloren. »Viele Strände sind ja richtig in Öl getränkt. Ich habe auch Holzstege gesehen, die voll davon sind und ganz in der Nähe von Häusern stehen …«

»Worauf willst du hinaus?«, fragte der Helms unwirsch. »Was haben wir mit Landgängerhäusern zu schaffen?«

Alea sammelte innerlich Kraft, dann sagte sie: »Ich bitte

euch, dieses Mal das Land anstelle des Wassers zu beschützen.« Der Helms zischte auf, aber sie fuhr unbeirrt fort. »Bewahrt anstatt des Meeres die Häuser, Bauten und Schiffe der Landgänger vor Blitzeinschlag. Bewahrt sie davor, dass das Feuer vom Wasser aus übergreift. Helft den Tieren, Pflanzen und den Menschen hier und in allen anderen betroffenen Landgebieten. Bitte!«

Der Blick des Helms erforschte ihr Gesicht. »Warum?«

»Weil eine Zeitenwende bevorsteht, in der das Meer und das Land wieder zusammenkommen werden. Ihr Helmse könnt hier und heute einen ersten Schritt dazu tun.« Alea bemerkte, dass Lennox sie sowohl verwundert als auch bewundernd ansah. Und sie hatte selbst gehört, wie sie geklungen hatte – wie jemand, der sich hundertprozentig sicher war, dass die Zeiten sich ändern würden und alles zum Guten stand.

»In Ordnung«, raunte der Feuergeist. »Wir sagen es unseren Brüdern. Die Helmse werden heute zum ersten Mal in ihrer Geschichte nicht das Meer beschützen, sondern das Land.«

Alea war so erleichtert, dass ihr ein keuchendes Geräusch entfuhr. »Ich danke euch von Herzen.«

Der Helms segelte nun zu den anderen zurück und verschmolz wieder mit der blauen Feuersäule. Das leise Rascheln schwoll daraufhin an und knisterte bald so laut, dass Alea sich die Ohren zuhalten musste.

Dann setzte sich das Funkelfeuer in Bewegung. Es kam direkt auf sie zu. Atemlos standen Alea, Franklin und

Lennox da. Als die Säule das Seeufer erreichte, zerplatzte sie geradezu. Hunderte von Helmsen stoben auseinander und flatterten in die Luft. Manche streiften Alea mit Berührungen, hauchzart und kitzelig wie die Flügelschläge kleiner Hummeln. Trotz ihrer Anspannung lachte sie. Die Helmse fühlten sich angenehm und eher kühl an, obwohl sie wie Feuer knisterten.

»Die sind total schön«, flüsterte Franklin, der die flatternden, leuchtenden Helmse strahlend betrachtete. »Wie Wunderwesen.« Ein Helms klebte ihm mitten auf der Nase, und Franklin kicherte kehlig.

Lennox hingegen wirkte besorgt. »Was, wenn sie jemand sieht?«

»Das darf nicht passieren.« Alea schaute sich um. Da niemand mehr Vögel herbrachte, war der Weg zur Bucht menschenleer. »Gehen wir zu dem kleinen verlassenen Strand.«

»Ja, gut«, willigte Lennox ein.

»Folgt uns!«, rief sie den Helmsen zu und lief los.

Alea, Lennox und Franklin rannten auf den Hügel zu, und die Helmse folgten ihnen als flimmernder, schwirrender Schwarm. Mit klopfendem Herzen erreichte Alea zuerst den Schutz der Bäume. Wenn jemand sie entdeckte, würden sie niemals erklären können, was ihnen da hinterherflog, und Lennox müsste seine Gabe anwenden. Aber zum Glück begegneten sie niemandem. Eilig durchquerten sie den kleinen Wald und kletterten auf der anderen Seite einen steilen Hang hinab, um zum Wasser zu kommen. Die Helmse waren dicht hinter ihnen. Sie hatten das Meer beinahe erreicht.

Lauter Donner rollte heran, und am Horizont zuckten bereits Blitze über dem Meer. Und dann sah Alea, dass einer von ihnen in die Wasseroberfläche einschlug! Doch wie durch ein Wunder wurde er umgekehrt und schoss in den Himmel zurück. Die Helmse im Meer waren bei der Arbeit.

Sie hasteten über ölglitschigen Untergrund. Es war gar nicht auszudenken, was geschehen würde, falls sie es nicht schafften …

Die Helmse, die sich die ganze Zeit hinter ihnen gehalten hatten, überholten sie nun. Raschelnd segelten Hunderte von Blauleuchtflimmerflämmchen über den Strand. Sobald sie das Wasser erreicht hatten, formierten sie sich abermals zu einer Feuersäule, die sich über die Wasseroberfläche vom Land fortbewegte.

»Könnt ihr denn einfach so durch den Ölteppich nach unten tauchen?«, rief Alea ihnen nach.

Eine Helms-Stimme antwortete: »Sieh einfach zu.«

»Mhm.« Nervös verknotete Alea ihre Finger ineinander.

Lennox' Gesicht war vor Anspannung ganz starr.

Franklin raufte sich die grünen Haare.

Das Funkelfeuer schwebte über dem Wasser, das noch ebenso rostbraunschwarz war wie zuvor. Jetzt schwoll das leise Knistern erneut an. Es wurde lauter und lauter, und dann stob die blaue Säule auf einmal mit ungeheurer Wucht ins Meer hinein. Das schmutzige Wasser wurde zurückgedrängt, öffnete sich, verschluckte die Feuersäule und schlug dann krachend über ihr zusammen.

»Bumm!«, schrillte Franklin begeistert.

»Wow.« Lennox pfiff durch die Zähne. »Das war die beste Arschbombe aller Zeiten.«

Alea hätte am liebsten gelacht, aber das Lachen blieb ihr im Hals stecken, denn ein weiteres Donnergrollen ließ sie erzittern. »Können die Helmse es denn überhaupt schaffen, rechtzeitig genügend ihrer Brüder zu informieren?«

Darauf hatten weder Lennox noch Franklin eine Antwort. »Wir werden sehen«, sagte Lennox. Dann blickte er sich um. »Lass uns jetzt so schnell wie möglich abhauen.«

Alea nickte. Der kleine Strand war voller Öl, da ihn noch niemand freigeschippt hatte. Wenn hier der Blitz einschlug …

»Da!«, schrie Franklin und wies nach oben.

Alea hob den Blick. Auf einer Klippe hoch über dem Strand stand jemand. Ob er die blaue Feuersäule noch gesehen hatte? Lennox' Glieder spannten sich reflexartig an. Er war bereit, loszurennen und jeden Mitwisser alles vergessen zu lassen, was der Meerwelt schaden konnte.

»Moment mal!«, rief Alea. »Das ist Ben!«

Lennox entfuhr ein erleichtertes Stöhnen. Gleich hinter Ben erkannten sie Tess und Sammy. »Lasst uns zu ihnen laufen!«

Schnell kletterten sie die Anhöhe hinauf. Oben angekommen, rannten sie zu der Klippe. Tess, Ben und Sammy standen am Rand und betrachteten die zuckenden Blitze über dem Wasser. Sammy liebte Naturschauspiele, und dieses war schon jetzt gewaltig. Doch Alea wusste aus der Vision, wie gigantisch es noch werden würde, wenn alles so kam, wie sie es vorhergesehen hatte.

Die drei drehten sich zu ihnen um. Jetzt bemerkte Alea die kleine Robbe, die zu Sammys Füßen lag. »Fussel und ich haben mitgekriegt, wie ihr mit den Blaufunkelglühwürmchen durch den Wald gelaufen seid!«, rief Sammy zur Begrüßung.

»Fussel?«, fragte Alea.

»So habe ich Röbbchen genannt.«

Alea lächelte matt.

»Sie geben den anderen Helmsen im Meer also Bescheid?«, wollte Ben wissen.

»Das tun sie«, bestätigte Lennox.

»Ich hoffe nur, sie schaffen es rechtzeitig«, murmelte Alea und setzte sich an den Rand der Klippe. »Lasst uns von hier aus zusehen«, schlug sie vor und reckte ihr Gesicht kurz dem Regen entgegen, der immer stärker wurde. Tanzende goldblaue Tropfen fielen auf sie herab und wollten Alea ihre Geschichten erzählen. Sie liebte Regen, doch sie konnte ihn nicht genießen und seinen Geschichten nicht lauschen, denn hier und jetzt stand ein gewaltiges Naturereignis bevor.

Schweigend nahmen die anderen neben ihr Platz. Sammy hielt die Robbe, Fussel, fest umschlungen, damit sie nicht von der Klippe fiel. Das Tier bewegte sich aber gar nicht viel, sondern schien von dem, was es sah, ebenso gebannt zu sein wie die Alpha Cru. Die Blitze schwangen sich wie gleißende Lichtschwerter durch den Himmel, und der Donner folgte rascher und rascher, tosend und merkwürdig nachhallend, als trüge er eine unheilvolle Ankündigung in sich.

Und dann schlug ein Blitz ins Meer ein und entzündete es.

Alea sog scharf die Luft durch die Zähne.

Es begann.

Die Helmse schützten das Wasser nicht länger.

Augenblicklich setzte der Blitz das Öl in Brand. Es explodierte geradezu, und eine kolossale Kettenreaktion folgte. Die Flammen produzierten neue Flammen, verbreiteten sich rasend schnell auf der Wasseroberfläche und eroberten das Meer. Dichter schwarzer Rauch wirbelte an Hunderten von Stellen gleichzeitig auf. Funken sprühten, Feuerfontänen loderten, und überall schlugen weitere Blitze ein, die neue Brandherde entfachten. Es war ein rasendes Inferno.

»*Mon dieu …*«, stieß Tess hervor. »Seid ihr sicher, dass uns hier oben nichts passieren kann?« Das Flammenmeer kam dem Strand mit hoher Geschwindigkeit näher.

Aus der Bucht drangen angsterfüllte Schreie zu ihnen herauf. Alea beugte sich vor und konnte ein Stück des großen Strands von Revfiksanden erkennen. Einige Schaulustige, die mit ihren Handys das Inferno gefilmt hatten, rannten in Panik davon. Sie schrien und kreischten, fielen hin, rappelten sich hektisch auf und flohen vor dem unsagbaren Grauen.

Doch dann bemerkte Alea etwas. Hinter den Rücken der Menschen segelten unzählige bläulich funkelnde Lichter aus dem Meer! Sie setzten sich auf den Sand, auf Ölschleim, auf Gestein, auf Windschutzplanen, Eimer, Stühle und Campingtische. Weitere Lichter folgten – eine ganze Armee blauer Flämmchen strömte über den Strand! Sie erreichten den Campingplatz, die Zelte der *Ocean Knights*, Häuser, Autos und Lastwagen und hefteten sich auf Dächer, Wände, Balken, Reifen, Fenster und Türen. Die meisten der fliehenden Menschen bemerkten die Lichter in ihrer Panik jedoch nicht. Nur zwei der Flüchtenden wandten sich um und wiesen aufgeregt darauf. *»Saint Elmo's fire!«*, hörte Alea einen von ihnen schreien.

Elmsfeuer. Die Landgänger hielten die Helmse für Elmsfeuer, wie sie es seit Jahrhunderten taten. Gut.

Alea sah, wie Lennox tief aufatmete. Bestimmt hatte er sich schreckliche Sorgen gemacht, dass die Helmse als magische Wesen entlarvt werden könnten.

Im nächsten Moment zuckte direkt über ihnen ein Blitz vom Himmel und schlug auf dem Campingplatz in das Dach des Haupthauses ein. Nur eine halbe Sekunde später kehrte sich der Blitz jedoch um und wich zurück in den Himmel.

Alea fragte sich kurz, was Landgänger davon hielten, falls jemand es gesehen hatte. Aber dann zog etwas anderes ihre Aufmerksamkeit auf sich. Das Feuer auf dem Meer hatte den Strand beinahe erreicht. Wenn es sich weiter mit dieser Kraft voranfraß, würde es bald auf die Bucht von Revfiksanden übergreifen! Alea konnte die Hitze schon auf ihrer Haut spüren. Scharfer Brandgeruch lag in der Luft. Was, wenn die Helmse es nicht schafften? Die Feuersbrunst schien dermaßen übermächtig, dass Alea Zweifel bekam. Hatten sie die Gefahr unterschätzt?

Beunruhigt stand sie auf. Die anderen taten es ihr gleich. Das Feuer stürmte wie ein orkanartiger Schlund heran, der alles verschlingen, sich alles einverleiben wollte. Es war, als hätte es sich in einen regelrechten Wahn hineingesteigert.

Weit unter ihnen trafen die ersten Funken auf das Land, doch sie prallten wie Pingpongbälle an den blauen Lichtern ab! Dann folgten rußgekrönte, lodernde Flammen, die sich mit Funkenhänden nach dem Land streckten. Aber die Helmse hielten stand. Sie schienen das Feuer geradezu fortzukatapultieren – wie durch eine unsichtbare Welle wurde es zurückgestoßen! Es krümmte sich und zuckte, als hätte es gerade eine schmerzhafte Lektion gelernt. Aber das bildete Alea sich wahrscheinlich nur ein. Unbestreitbar war jedoch, dass die Feuersbrunst sich zurückzog! Sie wütete zwar ungebrochen weiter, aber nun wieder ausschließlich auf dem Wasser. Dem Land näherte sie sich kein zweites Mal.

Alea beobachtete alles mit offen stehendem Mund. Was auch immer die Helmse da taten – das Feuer blieb auf dem Wasser. Es griff tatsächlich nicht über!

Sammy hustete.

»Wir sollten gehen«, sagte Ben.

»Ich bleibe noch ein kleines bisschen«, entgegnete Alea. Und dann blieben sie alle, zogen sich ihre Klamotten als Atemschutz über die Nasen und verfolgten, was geschah.

Langsam setzte die Dämmerung ein. Das Inferno wirkte durch die zunehmende Dunkelheit umso erschreckender. Wie schaurige Wunderkerzen sprühten die Flammen Funken hoch in den Himmel. Der Wind kam vom Land und blies den Rauch aufs Meer hinaus, und doch konnten sie den beißenden Gestank des Feuers riechen, der ihnen immer wieder Tränen in die Augen trieb. Außerdem goss es mitterweile in Strömen.

Die Alpha Cru verließ die Klippe und ging schweigend zum Holzhaus zurück. Eine Stunde oder länger saßen sie noch im Wohnzimmer beisammen, ohne etwas zu sagen. Die Bilder, die sie gesehen hatten, waren zu stark, als dass irgendwelche Worte darüber gesprochen werden konnten.

Als Alea schließlich fast die Augen zufielen, stand sie auf und ging ins Bett. Ihr Kopf schien unendlich schwer und voller viel zu großer Eindrücke. Und doch …

Ihr Herz war leicht. Sie hatten es geschafft. Sie hatten es tatsächlich geschafft.

Als Alea am darauffolgenden Morgen erwachte, war Sammy bereits aufgestanden. Es war schon zehn Uhr, und sie hatte außergewöhnlich lange geschlafen. Einen Augenblick lang blieb sie liegen und genoss die Leere in ihrem Kopf, bis die Erinnerung zurückkam.

Seufzend richtete Alea sich auf und griff nach ihrem Handy. Der Skorpionfisch hing noch immer so unerschütterlich daran, als hätte man ihn festgeleimt. »Wird dir eigentlich nie langweilig?«, fragte Alea ihn. Natürlich bekam sie keine Antwort. »Und musst du denn nicht auch mal was essen oder trinken?« Er schwieg, und Alea zog die Achseln hoch. Ein Fisch, der sich derart lange außerhalb des Wassers aufhalten konnte, brauchte wahrscheinlich rein gar nichts.

»Ich versuche noch mal, Marianne anzurufen«, erklärte sie ihm. Zwar hatte sie in der einen Silberfadenvision gesehen, dass Marianne lebte und irgendwann zu ihr sagen würde, alles sei gut. Dennoch hätte Alea wahnsinnig gern die Stimme ihrer Pflegemutter gehört und ihr darüber hinaus versichert, dass sie sich keine Sorgen um sie machen musste. Seit der Vision hatte Alea es darum weiterhin jeden Tag versucht. Doch ohne Erfolg. Alea wählte nun zum wohl hundertsten Mal die Nummer ihrer Pflegemutter. Marianne nahm jedoch auch diesmal nicht ab.

Als Alea wenig später in den Wohnbereich des Ferienhauses schlurfte, lief dort der Fernseher. Ben, Tess, Lennox, Franklin und Sammy saßen oder standen lauschend im Zimmer und sahen zum Bildschirm. Fussel hatte es sich zu Sammys Füßen gemütlich gemacht.

»Die Betreiber von *Kystens Stolt* sind solche Lügner!«, wisperte Sammy Alea zu, als er sie entdeckte. »Sie haben eben in einem Beitrag behauptet, es wäre ihnen gelungen, das Leck zu schließen. Verstehst du? Sie tun so, als hätten sie es selbst repariert! Und dabei seid ihr das doch gewesen!«

»Das waren die Gilfen«, verbesserte Alea leise, aber dann machte sie eine wegwerfende Handbewegung. Das würde in der Landgängerwelt sowieso niemals jemand erfahren.

Gerade lief ein Bericht eines deutschen Senders. Es wurden Bilder der rasenden Feuersbrunst gezeigt. Der Sprecher sagte: »*Die norwegische Regierung hatte sich erst vor zwei Tagen gegen das gezielte Abbrennen des Ölteppichs entschieden, da sich das Öl zu nah an der Küste befand und die Risiken als zu groß eingeschätzt wurden. Durch das heftige Gewitter und die Blitzeinschläge am gestrigen Abend entzündete sich das Öl jedoch von allein, was äußerst ungewöhnlich ist. Es gibt keine Aufzeichnungen darüber, dass*

Blitze bei einer Ölkatastrophe jemals einen Brand dieser Größenordnung ausgelöst hätten.«

Ja, weil die Helmse das sonst immer verhindert haben, dachte Alea bei sich.

Der Bericht ging weiter. »*Völlig unerwartet entfachte sich ein immenser Feuersturm auf dem Nordmeer. Dieser scheint Experten zufolge dazu geführt zu haben, dass ein Großteil des ausgelaufenen Öls abbrennen konnte. Wie durch ein Wunder geriet keines der Schiffe, die sich auf dem Meer befanden, in Brand. Ebenso griff das Feuer nur an überraschend wenigen Stellen aufs Land über. Sämtliche bewohnte Küsten- und Ferienorte im verseuchten Gebiet blieben vom Feuer verschont. Einige Augenzeugen berichten in diesem Zusammenhang von Elmsfeuer, das sich dem Brand entgegengestellt habe.*« Der Tonfall des Sprechers machte deutlich, dass er das für kompletten Unsinn hielt. »*Wissenschaftler vermuten hingegen, dass der Regen für das Nichtübergreifen des Feuers verantwortlich war …*«

Lennox winkte Alea zu sich. Sie setzte sich neben ihn aufs Sofa. »Der Ölteppich ist fast komplett abgebrannt«, fasste er zusammen. Anscheinend schaute er schon länger fern. »Das Nordmeer hat gute Chancen, sich zu regenerieren.«

»Es wird allerdings Jahrzehnte dauern, bis alles wieder so ist, wie es war«, warf Ben ein und stellte den Fernseher aus. »Der ganze Rauch war eine tierische Umweltbelastung, und die toxischen Stoffe aus dem Öl sind ja nicht völlig verschwunden.«

»Aber das Feuer war das kleinere Übel«, entgegnete Lennox. »Das viele Öl war schlimmer als der Brand.«

Ben seufzte. »Ja, das stimmt auch wieder.«

Tess ging zur Küchenzeile und hantierte dort herum. *»Die Natur hat sich selbst gerettet!«*, zitierte sie offenbar etwas, was in den TV-Berichten gesagt worden war. »Wenn die wüssten …«

»Ich bin so froh, dass die Helmse mitgemacht haben …« Alea nahm dankbar den Becher mit dampfendem Tee entgegen, den Tess ihr reichte. »Es muss für sie wahnsinnig schwer gewesen sein, sich dermaßen gegen ihre Instinkte zu verhalten.«

»Sie haben auf dich gehört«, sagte Lennox. »Genau wie der Kra. Genau wie die Gilfen. Genau wie die Finjas, die dir Fragen beantworten und Sachen machen, die sie sonst wohl nie tun würden! Die Magischen vertrauen dir. Und sie brauchen dich. Ebenso wie der Rest der Meerwelt.«

Alea fiel nichts ein, was sie darauf hätte erwidern können.

»Wohlgesprochen, Scorpio«, kommentierte Sammy, während er Fussel einen kleinen Fisch hinhielt. Alea hatte keine Ahnung, wo er den herhatte.

»Ich mache mich jetzt auf den Weg zurück nach Rubenacht«, brachte Franklin sich in Erinnerung. Er stand auf der Sofalehne. »Ihr seid zwar alle echt supernett und so, aber Barkiustus will mir total krasse Sachen beibringen. Zum Beispiel, wie man aus Koboldsandtürmen richtig feste Gebäude machen kann. Vielleicht werde ich der erste Koboldbaumeister!«, quasselte er drauflos. »Und dann baue ich die allererste Koboldstadt, und die nenne ich dann Alphastadt, euch zu Ehren!«

Alea lächelte. »Das wäre toll.«

»Kobolde können viel mehr als nur Bilder malen!«, rief Franklin großmäulig. Aber dann klang er auf einmal gar nicht mehr vorlaut, sondern richtig traurig. »Jetzt müssen wir uns verabschieden.«

Alea ließ ihn auf ihre Hand springen. »Du bist ein unerschrockener Held, Franklin«, sagte sie. »Keinen Deut weniger tapfer als Murphy.«

»Wer ist Murphy?«, fragte der Kobold.

Ihr Lächeln verbreiterte sich. »Das erzählen wir dir, wenn du uns mal besuchen kommst. Du kommst doch?«

Franklin kratzte sich zwischen den grünen Drahthaaren.

»Du musst nur eine Finde-Finja fragen.« Alea zwinkerte. »Wenn du ihr sagst, dass du ein Freund von Alea Aquarius bist, führt sie dich bestimmt zu mir, egal wie weit ich entfernt bin.«

Diese Vorstellung schien Franklin zu gefallen. »Das wäre ein Ding!«, rief er beeindruckt. »Ich mach das. Aber erst, wenn ich selbst groß und berühmt bin und was erzählen kann.«

»Abgemacht.« Alea hielt ihm ihre Fingerspitze hin, und er klatschte sie ab. Dann strich sie ihm leicht über den Kopf. »Ich werde dich vermissen.«

»Ich dich auch.« Der Kobold bekam ganz glänzende Augen, aber dann schüttelte er den Kopf. »Jetzt bloß nicht rührselig werden. Ich bin dann mal weg.« Mit diesen Worten hüpfte er auf den Boden und sauste aus der geöffneten Terrassentür. Und dann war er fort.

»Möge dich stets guter Wellenschlag begleiten«, flüsterte Alea ihm nach. Bevor sie noch anfangen würde zu weinen, stand sie schnell auf und holte etwas, was sie eben auf einer der Kommoden im Flur entdeckt hatte: einen Laptop. An der Seite des Geräts klebte ein Zettelchen mit einem WLAN-Code. »Der ist bestimmt für die Gäste«, schlussfolgerte Alea, während sie ihn auf den Tisch stellte und hochfuhr.

»Was willst du nachgucken?« Lennox setzte sich neben sie an den Esstisch. »E-Mails von Meerkindern?«

Alea griff sich an den Kopf. Daran hatte sie ja gar nicht mehr gedacht! Das Video von ihrem Song *Hinterm Wasserfall* war ja nun schon seit Tagen im Netz! Hatten womöglich andere Meerkinder ihn gehört und ihnen geschrieben?

»Das hattest du echt vergessen?«, wunderte sich Lennox.

Sie knuffte ihn in die Seite. »Ich war in den letzten Tagen irgendwie abgelenkt!«

Er grinste. »Was wolltest du denn mit dem Computer?«

»Ich hatte eigentlich vor, im Internet nach Fotos von norwegischen Stränden zu suchen«, antwortete sie. »Vielleicht erkenne ich ja irgendeinen wieder.«

Lennox nickte. »Du möchtest immer noch nach der Walwanderin suchen.«

»Ja.« Wer wusste schon, wann sie wieder nach Norwegen

kommen würden? Ihr jetziger Aufenthalt war womöglich ihre einzige Chance, die Wanderin zu finden. »In den Silberfadenbildern bin ich Hand in Hand mit ihr über den Strand gelaufen. Wir haben gelacht und wirkten glücklich«, beschrieb Alea noch einmal die Vision. »Den Strand konnte ich ganz genau erkennen! Im Hintergrund waren grün bewachsene Dünen, und es gab so etwas wie ein Restaurant mit roter Schrift über der Dachterrasse. Ich weiß nicht, was da stand, aber vielleicht erkenne ich es ja wieder, wenn ich es sehe.«

»Und falls du ein Foto davon findest, wüssten wir, wo wir suchen müssen«, ergänzte Tess, die gerade Tee für alle machte.

»Genau«, sagte Alea. Dann zog sie die Brauen zusammen. »Aber zuerst will ich wissen, ob uns Meerkinder geschrieben haben.«

Lennox lachte. »Dann lass uns nachsehen.« Er beugte sich über die Tastatur, doch dann hielt er jäh inne.

»Was ist?«

»Ich sollte die Mails nicht ungeschützt abrufen«, murmelte er. »Ich habe hier keinen Skorpionfisch …«

»Wir können doch den nehmen, der an meinem Handy klebt.«

»Nein«, entgegnete Lennox. »Ich glaube nicht, dass die Skorpionfische es mögen, wenn sie sich mal hier und mal dort dranheften sollen. Lass uns die Mails lieber erst auf der *Crucis* lesen. Da haben wir unseren Laptop-Fisch, der das Postfach schützt.«

»Aber wir könnten doch wenigstens nachsehen, wie viele Klicks der Song hat, oder?«, fragte Tess neugierig.

Lennox schaute beim größten Portal nach und rief: »Wir haben 157 000 Views!«

Sie waren verblüfft. Das war eine irre Anzahl.

Auf Tess' Gesicht breitete sich ein triumphierendes Grinsen aus. »Der Song ist halt einfach gut.«

»Wie wäre es, endlich mal zu frühstücken?«, rief Sammy. »Scorpio hat doch Brötchen organisiert.«

Alea hatte schon gesehen, dass auf der Anrichte nicht nur Aufbackbrötchen, sondern auch Butter, Marmelade, Honig und Käse lagen. »Hattest du auch Frühstück für Fussel besorgt?«, fragte sie Lennox, anstatt auf die gestohlenen Sachen einzugehen.

»Ja«, gestand er. »Sie gehört doch jetzt zur Familie.«

»Sie?«

»Ja!« Sammy strahlte. »Fussel ist ein Mädchen!«

Alea grinste. »Wunderbärchen.«

»Keks!«, schrie Sammy sofort.

»Hab keinen.«

»Dann machst du Schulden bei mir!«

»In Ordnung.« Sie lachte und wunderte sich, dass sie das schon wieder konnte. Aber es fühlte sich gut an.

Während sie sich nun daranmachten, das Frühstück vorzubereiten, meckerte Sammy: »Ich mag eigentlich keinen Käse mit Löchern.«

Alea antwortete: »Dann iss doch nur den Käse und lass die Löcher liegen.«

Sammy lachte. Er lachte sich richtig kringelig, hielt sich den Bauch und gackerte wie ein Huhn.

Ben und Lennox grinsten ebenfalls. Tess bemerkte allerdings nur: »Na, dann müsst ihr später zumindest nicht noch in alle Ecken lachen. Das Gegacker hat garantiert alle düsteren Energien aus dem ganzen Haus vertrieben.«

Alea wusste nicht, ob Tess das ironisch oder ernst meinte. So oder so fühlte sie sich jedoch ein ganzes Stück leichter als zuvor.

»Nachher gehe ich mit Fussel in den Pool«, gluckste Sammy.

»Nachher?«, fragte Alea. »Helfen wir denn nicht wieder am Strand?«

Ben schüttelte den Kopf. »Heute bleiben wir hier. Ich glaube, wir brauchen mal eine Pause. Das war alles ganz schön heftig in den letzten Tagen.«

Dem konnte Alea nicht widersprechen. »Super.« Sie freute sich über den freien Tag, denn so würde sie ganz in Ruhe das Internet nach norwegischen Stränden durchforsten können.

»Morgen müssen wir übrigens aus dem Haus raus«, fuhr Ben fort. »Es stehen Gäste auf dem Belegungsplan. Nachdem wir hier ordentlich geputzt haben, können wir ja in eins der Zelte auf dem Campingplatz umsiedeln – obwohl es da inzwischen echt voll ist.« Er schien ganz in Gedanken. »Magnus werde ich sagen, dass wir unser Wohnmobil abgeben mussten«, hängte er an, aber sein Blick war starr.

»Was ist los?«, fragte Alea.

Ben rieb sich die Augen. »Ach, im Fernsehen kamen vorhin Interviews mit ein paar *Ocean Knights*, die seit Tagen unten am Strand ackern. Alle sind total happy, dass das Öl abgebrannt ist und Revfiksanden vom Feuer verschont wurde. Trotzdem ist so unglaublich viel Natur zerstört worden.« Bedrückt fuhr er sich durch die Haare. »Die Medien sind ganz euphorisch und schlachten die tolle Story mit dem rettenden Feuer aus, aber in Wahrheit ist der Schaden doch trotzdem riesig! Zwei *Knights* haben eben im Fernsehen gesagt, dass sie wahrscheinlich Großeltern sind, bevor sich das Ökosystem wieder normalisiert hat …«

Alea wollte ihm etwas Tröstendes sagen, aber Sammy kam ihr zuvor. »Trotzdem darf man nicht den Kopf in den Sand stecken!«, belehrte er Ben. »Die Welt braucht starke Ozeankämpfer und keine frustrierten Großeltern.«

Das war nicht ganz das, was Alea gesagt hätte, aber es brachte Ben zum Lachen. »Hast ja recht.« Schmunzelnd wuschelte er seinem kleinen Bruder durch die wilden roten Haare.

Dann waren die Brötchen fertig, und die Cru frühstückte. Dabei unterhielten sie sich mit einer Fröhlichkeit, über die jeder Außenstehende wohl verwundert gewesen wäre. Doch sie wussten inzwischen, dass diese Haltung die einzige war, die in ihrer Situation Sinn ergab. Wenn man Dinge erlebt hatte wie sie, dann war es das gemeinsame Lachen, das einem die Kraft zum Weitermachen gab.

Sammy kümmerte sich darum, dass sie immer wieder Anlass dazu hatten, und Fussel half ihm dabei. Als Sammy sie fragte, ob sie noch einen Fisch wolle, johlte sie eifrig wie zur Antwort, und Alea lachte so laut wie schon lange nicht mehr.

Nach dem Frühstück suchte Alea im Netz nach dem Strand aus ihrer Vision. Sie fand ihn allerdings nicht. In Norwegen schien es so gut wie keine Dünenstrände zu geben. Berge ja – jede Menge davon! –, aber keine grün bewachsenen Sanddünen. Wie konnte das sein? Die Walwanderin hatte doch gesagt, dass sie in Norwegen lebte! Aber wo sollte Alea nach ihr suchen, wenn sie nicht herausfand, welcher Strand es war?

Eine Stunde später gab Alea auf. »Ich finde ihn nicht«, stöhnte sie und klappte den Rechner zu.

»Tut mir leid«, sagte Sammy, der hinter ihr stand und ihr während ihrer Recherche eine komplizierte Flechtfrisur gemacht hatte. »Aber du siehst bombe aus. Wie eine norwegische Sommergöttin.«

Alea erhob sich und warf einen Blick in den Spiegel über dem Sofa. Die Frisur stand ihr tatsächlich gut. »Exquisit«, lobte sie Sammy, der sich untertänigst verbeugte.

»Ich bin Samuel Draco, Hüter des Drachenschatzes und Großmeister der Flechtfrisuren.« Er strahlte mit Zahnlücke. »Ihr dürft gern niederknien.«

Ben, der gerade das Geschirr gespült hatte, verpasste ihm eine Kopfnuss.

Sammy lachte und bat mit dem nächsten Atemzug um

Bens Handy. »Ich hab noch gar keinen Bandentagebucheintrag zu gestern aufgenommen. Das muss ich unbedingt nachholen!«

Ben sagte ihm, wo das Telefon lag, und machte sich daran, ein paar schwarze Spuren von den Fliesen abzuknibbeln. Alea half ihm dabei. Mit Fingernägeln, einer Bürste und viel Seife bekamen sie den Dreck schließlich ab.

»Wo ist eigentlich Lennox?«, fragte Alea anschließend.

»Der spielt Gitarre«, erwiderte Ben, der sich nun selbst an den Laptop setzte. »Im Schlafzimmer.« Lennox und er teilten sich inzwischen den zweiten Raum, während Tess die letzten beiden Nächte auf dem Sofa verbracht hatte.

Alea wollte Lennox nicht beim Spielen stören. Er hatte ebenso viel zu verarbeiten wie sie, und seine Gitarre half ihm dabei. »Dann geh ich noch mal zum Strand und gucke, wie es nach dem Feuer dort aussieht«, überlegte sie laut. Womöglich würde ein bisschen frische Luft ihr beim eigenen Verarbeiten helfen. »Vielleicht ist das Wasser ja auch schon wieder klar genug, dass ich eine neue Botschaft an die Wanderin schicken kann.«

Ben vertiefte sich gerade in irgendeine Wetter-Website für Segler und nickte nur abwesend. Tess saß mit ihrem MP3-Player auf einem Terrassenstuhl, hörte ganz versunken Musik und wollte bestimmt auch nicht mitkommen. Alea war es allerdings ganz recht, sich allein auf den Weg zu machen. Ihr Kopf brauchte ein wenig Stille.

Sie ging in ihr Zimmer, zog sich den Overall der *Ocean Knights* an und setzte ihre meerblaue Lieblingsmütze auf, da diese die Raffnarben hinter den Ohren gut verdeckte. Die Flechtfrisur legte für Aleas Geschmack zu viel davon frei.

Ein paar Minuten später war Alea auf dem Weg hügelabwärts. Sie spazierte zuerst zu dem kleinen Strand, zu dem sie gestern die See-Helmse gebracht hatten. Mit gerunzelter Stirn betrachtete Alea das Meer. Der dicke Ölteppich war fort, doch es schwammen noch immer schillernde Ölschlieren auf der Oberfläche. Ben hatte recht. Das Meer würde viel Zeit brauchen, um zu heilen. Verdrossen dachte Alea, dass das Öl im Wasser garantiert immer noch zu stark war, um eine neue Nachricht an die Walwanderin schicken zu können, und trat mit der Fußspitze in den Sand. Sie traf eine große Muschel, deren Spitze aus dem Boden ragte. Alea bückte sich und zog die Muschel heraus. Früher, als die Meermenschenkultur noch existiert hatte, hatte es in allen Haushalten Muscheln gegeben. Sie waren aber nicht nur nett anzusehen, sondern konnten Geschichten enthalten. Muscheln waren die Bücher der Meermenschen gewesen, und in jeder, die etwa handgroß war, konnte ein Buch versteckt sein.

Plötzlich hörte Alea ganz in der Nähe eine Stimme. »*You are an Ocean Knight!*« Eine junge Frau kam auf sie zu, eigentlich eher ein Mädchen. Sie hatte dunkles Haar, ein auffallend hübsches Gesicht und eine füllige Figur. Als sie Alea nun freundlich anlächelte, erschienen zwei Grübchen in ihren runden Wangen. »*Your overall …*« Sie hatte an dem weißen Kleidungsstück erkannt, dass Alea ein *Ocean*

Knight sein musste. Und dann fragte sie etwas, was Alea nicht verstand.

»*I'm sorry*«, erwiderte Alea, während sie die große Muschel einsteckte. »*My English is not so good.*« Ihr Englisch war einfach nicht gut genug für kompliziertere Gespräche.

»Bist du deutsch?«, fragte das Mädchen, und in ihren Augen blitzte es auf. »Akzent von dir ist eindeutlich deutschartig.«

Alea verkniff sich ein Grinsen. Das Mädchen sprach selbst mit einem starken, vermutlich osteuropäischen Akzent. »Ja, ich bin aus Hamburg.«

»Ich gerade komme aus Finnland«, erzählte das Mädchen, was Alea verwunderte. Da hatte sie sich mit dem osteuropäischen Akzent wohl geirrt. »Ich suche die *Ocean Knights*. Ich bin auch eins.«

»Du hättest der Hauptstraße folgen müssen«, erklärte Alea. »Die *Knights* sind drüben in der Bucht von Revfiksanden.«

»Oh, da ich bin falsch gebogen.« Das Mädchen lachte perlig, und es klang so nett, dass Alea ebenfalls lachte.

»Bist du hier, um zu helfen?«, erkundigte sie sich.

Das Mädchen nickte. »Ja, ich nicht kann bleiben zu Hause, wenn der Ozean ist in so große Not«, sagte sie, und ihre schönen braunen Augen leuchteten. »Ich liebe das Meer. Es ist bester Freund und immer da, wenn ich brauche es. Ich sitze am Strand und erzähle meine Probleme, und Meer hört es zu. Ich male Bilder gern und versuche einzufangen Seele von Meer, damit andere Menschen Seele auch sehen können. Aber es geht Meer immer schlechterer. Schon seit Jahren das passiert. Und jetzt, wo das Öl hier gekommen ist, alles ist noch viel schlimmerer. Man muss helfen, wenn man nicht hat Herz ohne Liebe.«

Während Alea dem Mädchen zuhörte, bekam sie ein ganz warmes Gefühl im Bauch. »Ich liebe das Meer auch«, pflichtete sie ihr bei. »Ich würde für das Meer sterben.«

Das Mädchen sah sie ernst an. »Ich auch.«

Sie hielten den Blickkontakt ungewöhnlich lange. Dann nickten sie einander zu, als hätte jede in der anderen eine Gleichgesinnte erkannt.

»Ich bin ganze Nacht in Bus gesessen«, erzählte das Mädchen. »Erst mal ich muss etwas essen und Dusche nehmen, aber dann ich werde *Ocean Knights* an Strand helfen.«

»Auf dem Campingplatz gibt es nur wenige Duschen, und es sind inzwischen so viele Leute da, dass man stundenlang warten muss, bis eine frei wird«, gab Alea wieder, was Ben ihr berichtet hatte. »Komm doch mit zu uns. Da gibt es eine Badewanne, außerdem haben wir noch zwei Brötchen vom Frühstück übrig.« Während sie sprach, wurde Alea klar, dass es eher unklug war, das Mädchen einzuladen. Wahrscheinlich brockte sie sich damit jede Menge unnötige Komplikationen ein. Aber sie mochte sie auf Anhieb, und dass der Campingplatz tatsächlich völlig überfüllt war, hatte sie eben vom Hügel aus gesehen.

»Das ist super!«, freute sich das Mädchen. »Ihr habt Zimmer in Haus? Und ich darf duschen?«

»Ja, wir sind fünf Leute und haben alle für die *Knights*

gearbeitet. Wir wohnen in einem Ferienhaus. Komm ruhig mit«, lud Alea sie ein. Es würde schon gut gehen. Alle Magischen waren ja mittlerweile verschwunden.

Gemeinsam gingen sie zum Ende des Strands, wo das Mädchen einen Koffer stehen gelassen hatte. Diesen zog sie nun hinter sich her, während sie Alea die Anhöhe hinauf folgte.

»Wie alt bist du?«, fragte Alea neugierig.

»Siebzehn.« Das Mädchen strich sich die seidigen dunklen Haare aus dem Gesicht. »Ich bin schon, seit ich Kind klein war, bei *Knights*. Mitgliedschaft ich wollte zum fünften Geburtstag als Geschenk.« Sie musterte Alea. »Du warst hier gestern, als Feuer gebrannt?«

Alea schlug die Augen nieder. »Ja, es war gewaltig.« Und dann erzählte sie dem Mädchen von den Dingen, die sie gesehen hatte. Noch am vorigen Abend hatte sie kein Wort darüber sagen können, und nun platzte alles regelrecht aus ihr heraus.

Aufmerksam hörte das Mädchen ihr zu. »Ich habe es in Fernsehen gesehen. Schlimmartigste Katastrophe in diese Art von jemals, sie haben gesagt. Jeder Mensch mit schlagende Herz hat geweint.«

»Jein«, murmelte Alea und hatte das Gefühl, diesem Mädchen erzählen zu können, dass es eigentlich keine Katastrophe, sondern »das kleinere Übel« gewesen war. Doch das tat sie natürlich nicht, und dann hatten sie das Holzhaus beinahe erreicht. »Hier lang«, sagte sie und führte ihren Gast zur Terrasse. Schon von Weitem hörten sie, dass jemand Gitarre spielte und sang. Es war Ben. Er saß neben dem Pool unter einem Baum und war ganz vertieft in sein Lied.

Sammy schwamm unterdessen mit Fussel im Pool. Gerade tauchten beide am Grund entlang.

Alea blieb automatisch stehen, denn sie wollte Ben nicht stören. Ganz offenbar hatte er den Song, den er da sang, selbst geschrieben. Neben ihm lagen ein Blatt Papier und ein Kuli, und beim Singen schaute er immer wieder auf seine Notizen. Es schien um die *Ocean Knights* zu gehen.

Weiter, kämpf weiter
Die Welt braucht dich jetzt, kämpf weiter bis zuletzt
Und wenn du scheiterst, kämpf weiter
Und gib niemals auf, zieht auch ein Sturm herauf

Es war ein sehr schönes Lied. Alea war ganz gerührt davon, dass Ben damit wohl seinen Freunden und allen Menschen, die für die Meere kämpften, Mut zusprechen wollte.

»Das ist Ben«, flüsterte sie dem Mädchen zu und drehte sich mit einem Anflug von Stolz zu ihr um. Das Lied war toll, und Ben war es auch.

Da sah sie den Gesichtsausdruck des Mädchens. Sie starrte Ben erschüttert an – mit einem Blick, als bräche gerade etwas in ihr entzwei.

Dann bemerkte Ben Alea. Er stand auf, lächelte und kam auf sie zu. In der nächsten Sekunde entdeckte er das Mädchen, das halb verdeckt hinter Alea stand.

Unvermittelt blieb er stehen. Seine Miene gefror, und in seine Augen trat ein Ausdruck von unsagbarem Schmerz. »Niki«, stieß er fassungslos hervor.

Dem Mädchen standen Tränen in den Augen. »Ben.«

Sie sahen einander lange an, und die Luft zwischen ihnen schien voller Dinge zu sein, die niemals ausgesprochen worden waren.

Dann drehte Niki sich ruckartig um und lief fort.

Aufbruch

»Warum bist du Niki nicht nachgelaufen?«, fragte Sammy seinen Bruder und machte keinen Hehl daraus, dass er das falsch fand. »Du hättest sie doch einholen können!«

Ben schwieg. Mit hängenden Schultern hockte er auf dem Rasen beim Pool und starrte ins Nichts.

Sammy, Alea, Lennox und Tess saßen neben ihm.

»Sag doch mal was!«, bettelte Sammy. Ben hatte seit Nikis Auftauchen keinen Pieps von sich gegeben. »Sie hat seit dem letzten Mal, als wir sie getroffen haben, ganz schön zugenommen«, redete Sammy weiter. »Ich mein, sie war schon immer mollig, aber jetzt ist sie noch –«

»Halt die Klappe!«, fuhr Ben gereizt dazwischen. »Niki ist bildhübsch!«

Sammy verstummte. Dann murmelte er: »Ich hab doch gar nicht gesagt, dass sie nicht bildhübsch wäre. Sie ist wunderschön!«

»Außerdem fand ich sie sehr nett«, fügte Alea hinzu.

Das konnte Ben allerdings auch nicht aufheitern.

»Wie seltsam das ist …« Tess blickte Alea an. »Dass du ausgerechnet Niki triffst.«

Alea zog ihre Beine an den Körper. »Ich habe sie ganz zufällig am Strand ge–«

Sammy schnitt ihr das Wort ab. »Das war kein Zufall, sondern Schicksal!«, stellte er richtig. »Und deswegen kannst du hier nicht tatenlos herumsitzen, Benjamin Libra. Du musst mit Niki reden! Sie ist bestimmt unten am Strand oder auf dem Campingplatz. Du findest sie ganz schnell, wenn du sie suchst!«

Ben schüttelte den Kopf. Sein Erstaunen über Nikis Auftauchen schien grimmiger Entschlossenheit Platz zu machen. »Ich werde nicht zu ihr gehen.«

Während Sammy »Warum denn nicht?« rief, nickte Lennox, als verstände er genau, was in Ben vorging.

»Wir können nicht zusammen sein«, sagte Ben resigniert. »Selbst wenn Niki inzwischen bereit wäre, mit mir frei auf See zu leben …« Er lachte bitter. »In was für eine Welt würde ich sie hineinziehen? Wir werden von einem Verbrecher gejagt! Und wenn er uns jemals kriegt …«

Alea fröstelte. An Doktor Orion hatte sie in den vergangenen Tagen kaum gedacht. Aber Ben hatte natürlich recht. Orion war eine sehr reale Bedrohung, und es wäre Niki gegenüber absolut unverantwortlich, sie in das Ganze hineinzuzerren.

»Ich würde sie nur in Gefahr bringen«, schob Ben gerade nach, und in jedem seiner Worte schwang zurückgehaltene Verzweiflung mit. »Sie hat jemand Besseren verdient als mich, jemanden, mit dem sie zusammen sein kann, ohne ihr Leben zu riskieren.«

Betretene Stille breitete sich aus, und in Alea stieg eine derartig tiefe Traurigkeit auf, dass ihre Finger sich krampfhaft in den Rasen gruben. Sie war es, die ihre Freunde in diese Lage gebracht hatte! Wenn Ben sie damals nicht an Bord gebeten hätte, um mit ihnen Nudelsuppe zu essen, dann könnte er jetzt ein unbeschwertes Leben mit Niki führen!

Lennox streckte die Hand aus und berührte Alea zaghaft an der Schulter. Sie straffte den Rücken und versuchte sich zusammenzureißen.

»Wir werden Niki aber bestimmt begegnen, wenn wir in ein Zelt der *Knights* umziehen, oder?«, fragte Tess.

»Die Zelte sind sowieso voll«, antwortete Lennox. Wie Alea eben erfahren hatte, war er ihr zum Strand gefolgt, kurz nachdem sie sich allein auf den Weg gemacht hatte. Er war allerdings zur großen Bucht gegangen und hatte sie dort natürlich nicht gefunden. »Heute sind so viele Leute zum Helfen angekommen, dass die *Knights* gar nicht wissen, wohin mit ihnen. Der Campingplatz ist total überfüllt.«

»Am besten machen wir uns auf den Weg zurück zur *Crucis*«, sagte Ben tonlos, aber man hörte ihm an, dass es ihm vollkommen ernst war. »Wir werden hier nicht mehr gebraucht. Jetzt sind sogar zu viele Helfer da. Und bevor ich Niki am Strand über den Weg laufe, würde ich lieber nach Hause fahren.«

Nach Hause. Alea seufzte innerlich auf. Das wollte sie auch. »Ja, lasst uns alles zusammenpacken und zur *Crucis* zurückkehren.« Die Walwanderin würde sie ja doch nicht finden.

Ben blickte in die Runde. Alle waren einverstanden.

»Wir haben hier eine Menge geschafft, und Alea und Lennox haben Norwegen und das Meer vor noch viel größerem Schaden bewahrt.« Ben streckte die Hand in die Mitte. »Es war wichtig, dass wir hergekommen sind.«

Die anderen legten ihre Hände über seine. Dann riefen sie alle zusammen: »Alpha Cru!«

Bevor sie aufstehen und ihre Sachen zusammenräumen konnten, fragte Sammy: »Und was ist mit Fussel?«

Daran hatte Alea auch schon gedacht. Würden Sammy und Fussel sich nun trennen müssen?

»Ich habe eben einen Kutter vor der Bucht gesehen, der Lebensmittel für die *Knights* gebracht hat«, erzählte Lennox. »Anscheinend fährt er heute Nachmittag wieder zurück nach Bergen. Vielleicht nehmen sie uns mit.«

Ben horchte auf. »Bergen? Das wäre ja perfekt.«

Bergen war eine ziemlich große Stadt, die gar nicht weit von den Alvøyna entfernt lag, und vor den Alvøyna ankerte die *Crucis*.

»Und was hat das mit Fussel zu tun?«, wollte Sammy wissen.

»Man könnte sie viel leichter auf einem Kutter mitnehmen als in einem Zug«, erklärte Lennox, und jetzt begriff Sammy.

»Wir nehmen sie mit!«, schrillte er. »Wir nehmen Fussel mit zur *Crucis*?«

Sämtliche Blicke wanderten zu Ben. Der wiegte nachdenklich den Kopf. »Sie kann nicht bei uns an Bord leben. Aber falls sie der *Crucis* freiwillig im Meer folgen will, dann könnten wir sie vielleicht hin und wieder an Deck holen …«

»Oh jaaa!«, rief Sammy aufgeregt.

»Zuerst putzen wir aber die Bude«, sagte Ben und erinnerte sie damit an ihre Abmachung. Sie wollten versuchen, das Haus so zu verlassen, wie sie es vorgefunden hatten.

Und so machten sie sich an die Arbeit. Mit Geschirrspülmittel, Allesreiniger und Handseife bewaffnet, rückten sie den Ölspuren zu Leibe. Besonders schwierig war es in der Badewanne und im Pool, aber nach zwei Stunden hatten sie es geschafft, das allermeiste zu entfernen. Ben war zufrieden.

Während Lennox sich davonstahl und alles zurückbrachte, was er in den vergangenen Tagen aus anderen Häusern »ausgeliehen« hatte, packte die übrige Cru die Rucksäcke.

Schließlich war es so weit, und sie verließen das Holzhaus in den Hügeln. Sammy zupfte zum Abschied eine Fluse von der Wolldecke ab, unter der er geschlafen hatte – als Erinnerung an die Zeit in Revfiksanden. Dann schulterte er den behelfsmäßig aus Küchentüchern zusammengeschusterten Sack, den er für Fussel genäht hatte. Es war so etwas wie ein Kängurubeutel, in dem er seine Robbe tragen wollte. Alea fragte sich allerdings, wie lange er das durchhalten würde …

Mit Magnus hatten sie alles am Telefon abgesprochen. Er hatte die Kapitänin des Kutters gefragt, und die war gern bereit gewesen, fünf junge Leute mitzunehmen, die tagelang am Strand geholfen hatten.

Um Niki nicht zu begegnen, umrundete die Alpha Cru die Bucht in einem großen Bogen und bestieg wenig später den Kutter. Es war ein kleines Fischereischiff, und die Kapitänin begrüßte sie herzlich mit Handschlag. Als sie die Robbe im Beutel entdeckte – der inzwischen von Ben getragen wurde –, lachte sie bärig und sagte etwas auf Norwegisch, was niemand verstand. Aber offenbar fand sie die Sache ulkig.

Die fünf Cru-Mitglieder suchten sich einen Platz an Deck und machten es sich in einer Ecke neben eingerollten Tauen bequem. Sammy wollte Fussel hier nicht ins Wasser lassen, da ihm das Meer noch zu ölig war. Also lag das Tier bei ihnen und freute sich, wenn Sammy ihm einen Fisch zusteckte.

Die Matrosen des Kutters beäugten die Alpha Cru neugierig und fanden sie wohl reichlich sonderbar. Alea hörte zwei miteinander tuscheln. Einer fragte den anderen auf Englisch, ob es vier oder fünf Kids wären. Offenbar hatten sie Lennox zuvor gesehen, nun aber nicht mehr – und dabei saß er gleich neben Alea.

Die Reise verlief langsam. Der Kuttermotor war etwas altersschwach, deshalb würde es viele Stunden dauern, bis sie Bergen erreichten.

Jeder hing seinen Gedanken nach, und Tess schien zu

meditieren. Nach einiger Zeit begann Lennox Gitarre zu spielen. Sammy erkannte den Song und sang dazu. Ben fiel ein, dann Lennox, dann Alea und schließlich auch Tess. Gemeinsam sangen sie daraufhin mehrere Lieder.

Als Sammy schon einen weiteren Song anstimmte, sagte Tess plötzlich: »Ich hatte noch nie solche Freunde wie euch.«

Alle blickten sie überrascht an.

»Keiner kennt mich wie ihr«, fügte Tess leise hinzu, ganz ohne Pokerface. »Ihr wisst, dass ich … auf hart mache, aber eigentlich …«

»Eigentlich bist du knuddelweich!«, rief Sammy.

Tess lachte. »Nee. *Knuddelweich* nun auch nicht, aber … na ja, die meisten Leute haben keine Ahnung, wer ich wirklich bin, und halten mich für komisch. Aber ihr …«

»… wir sind genauso komisch wie du«, sagte Alea und bekam dafür ein zartes Lächeln von Tess geschenkt. »Ich hab zu Hause auch nicht viele Freunde«, gestand Alea. »Eigentlich keine. Also, keine echten. Ich wusste vorher gar nicht, wie das ist, wenn Freunde für einen da sind und man sich auf sie verlassen kann.«

»Freunde sind wie ein Leuchtturm in der Dunkelheit«, ließ Sammy sie an seiner Weisheit teilhaben und bekam dafür postwendend eine Kopfnuss von Ben. »Stimmt aber doch!«, beschwerte Sammy sich. »Wie ein Anker im Sturm!«

Lennox ergriff das Wort. »Ich bin auch immer allein gewesen«, sagte er, und Alea hielt die Luft an. Lennox redete nicht oft über die Zeit vor der Cru. »Seit ich denken kann, war ich ein … Sonderling.« Er lachte rau. »An mir ist so viel eigenartig, dass ich einfach nie irgendwo reingepasst habe.«

»Aber ich bin der schrägste Vogel von uns allen, oder etwa nicht?«, wollte Sammy wissen, doch bevor jemand antworten konnte, klinkte Ben sich ein.

»Mich wollten immer alle ändern«, erzählte er. »Aber ich will mein Ding machen. Was das angeht, kann ich ein ziemlicher Sturkopf sein.«

Sammy lachte und fragte ironisch: »Ach, echt?«

»Ich weiß genau, wie ich mein Leben leben will«, fuhr Ben unbeirrt fort. »Der Großteil der Leute versteht das allerdings nicht. So viele wollten mich irgendwo reinzwingen. Aber ich bin lieber merkwürdig als unglücklich.«

»Wohlgesprochen, Bruder«, kommentierte Sammy.

Nach einer kleinen Pause sagte Tess: »Lasst uns darüber ein Lied schreiben! Darüber, wie es ist, ein Freak unter Freaks zu sein.«

»Ja!«, rief Sammy, und seine Augen glänzten. »Wir nennen es *Anker im Sturm*!«

Und so schrieben sie das Lied und nannten es genau so. Obwohl es erst das dritte Mal war, dass sie alle zusammen komponierten und texteten, fühlte es sich ganz leicht und natürlich an. Innerhalb kürzester Zeit war der Song fertig. Jeder von ihnen sang einen Teil allein, und den Refrain schmetterten sie alle gemeinsam.

Manche Leute sagen, ich wär ein echter Sonderling
Ein richtig schräger Vogel, so total nicht normal
Ich pass in keinen Rahmen, wie ein Bild, das sich bewegt
Ich brauche euch im Rücken, denn ihr kennt mich
und uns trennt nichts

Keiner kennt mich wie ihr
Wenn ich euch brauch, seid ihr hier
Ihr seid mein Anker im Sturm
Ihr seid mein Leuchtturm

Wenn die ganze Welt im Feuersturm zugrunde geht
Dann habe ich keine Angst,
denn wir stehn auch in Flammen zusammen
Wenn die ganze Welt im Feuersturm zugrunde geht
Dann habe ich keine Angst, weil ihr bei mir steht

Jeder von uns ist doch irgendwie nicht ganz normal
Die wollen uns alle ändern, uns da reinzwingen,
ich mach mein Ding
Mit euch kann ich jetzt endlich einfach so sein, wie ich bin
Wir sind echt schräge Vögel, aber gerne, richtig gerne

Keiner kennt mich wie ihr
Wenn ich euch brauch, seid ihr hier …

Nachdem sie es mehrere Male gesungen hatten, spürte Alea ein warmes Glücksgefühl in sich. Es gab kaum etwas

Wertvolleres als wahre Freunde – als genau diese vier, die auch in den schlimmsten Situationen fest an ihrer Seite standen. Keiner von ihnen hatte jemals angedeutet, dass er es bereute, Alea kennengelernt zu haben. Keiner schien mit dem Gedanken zu spielen, die Bande zu verlassen und irgendwo in der großen, weiten Welt unterzutauchen. Lennox, Ben, Sammy und Tess waren trotz aller Ängste bereit, mit Alea in den Kampf für die Weltmeere zu ziehen. Und das war nicht nur erstaunlich. Es war das Größte, was Alea je passiert war.

»Was ist?«, fragte Tess, die ihr anzusehen schien, dass sie ganz aufgewühlt war.

»Ich … bin so froh, dass ihr bei mir seid«, brachte Alea hervor. »Dass ich mit alldem … nicht allein bin.«

Tess lächelte. »Wir stehen auch in Flammen zusammen.«

»So ist es«, bekräftigte Ben. »Wir lassen dich mit dieser Mordsaufgabe, die du da vor dir hast, nicht allein.«

Lennox sagte nichts. Aber das musste er auch nicht. Alea wusste, dass er für sie durchs Feuer gehen würde.

Da rief Sammy: »Gruppenknuddeln!«, und breitete die Arme aus.

Tess verdrehte die Augen und warnte *»Non!«*, aber Sammy zog sie einfach mit. Alle fünf Cru-Mitglieder umarmten sich, und Alea lachte glücklich. Dann merkte sie, dass die Kuttermatrosen ihnen irritierte Blicke zuwarfen.

Sammy sah es wohl auch. »Wir sind echt schräge Vögel«, sagte er grinsend.

»Aber gerne!«, kam die Antwort im Chor.

Sammy strahlte von einem Ohr zum anderen und flüsterte andächtig: »Bandenbestmoment.«

Alea wuschelte ihm durch den Rotschopf. »Samuel Draco, hab ich dir eigentlich schon mal gesagt, dass ich total verknallt in dich bin?«

Nun war es Lennox, der die Augen verdrehte, aber er grinste dabei.

Sammy drückte Alea so fest an sich, dass sie kaum noch Luft bekam. Lachend sagte sie: »Vorsicht, ihr braucht mich noch, oder?«

»Ganz sicher«, antwortete Lennox und warf Sammy einen gespielt drohenden Blick zu.

Der war allerdings nicht beeindruckt. »Guck nicht so böse, Kriegerrübe!«, tönte er und haute Lennox spielerisch auf die Nase. »Bring mir lieber noch ein paar coole Moves bei.« Sammy stand auf. Offenbar wollte er Selbstverteidigung üben.

Lennox blickte sich um. Die Matrosen spähten immer wieder zu ihnen herüber, als wäre die Cru eine Jahrmarktsattraktion.

»Dann geben wir den Leuten doch mal richtig was zu sehen.« Lennox sprang auf die Beine und klatschte laut in die Hände. Dadurch war er für sämtliche Landgänger sichtbar. »Na los, greif mich an, Flusenrübe!«, forderte er Sammy auf.

Sammy, der zuvor noch in Kampfstellung dagestanden hatte, ließ die Arme sinken. »Moment mal!«, beschwerte er sich. »Wenn schon, dann bin ich eine Drachenrübe!«

»Drachenflusenbestrübe!«, schlug Alea vor.

Damit war Sammy einverstanden. »Ja, so könnt ihr mich nennen!«

Noch während er sprach, startete Lennox einen Angriff und warf Sammy um.

Fussel fand das gar nicht lustig und röhrte protestierend. Sammy, der am Boden lag, kratzte sich am Kopf und betrachtete seine Robbe. »Ich glaube, das Training regt sie zu sehr auf.«

Nun wurden zum dritten Mal Augen verdreht, und diesmal von Lennox, Ben und Tess gleichzeitig.

Tess erhob sich. »Dann zeig *mir* doch ein paar Tricks«, bat sie Lennox.

Der nickte, und Tess und er fingen an miteinander zu kämpfen. Alea schaute überrascht zu und war froh, dass Lennox nicht unnötig grob zu Tess war. Sie ahnte, dass es ihm noch immer schwerfiel, Tess ganz normal zu behandeln. Aber er gab sich zumindest Mühe.

Sie übten lange. Einer nach dem anderen trat gegen den Krieger des Vergessens an, und Lennox brachte ihnen eine ganze Reihe zusätzlicher Verteidigungstechniken bei.

Nach einer Weile fragte einer der Matrosen auf Englisch, ob er auch mal gegen Lennox kämpfen dürfe, und schließlich rangelte Lennox mit der halben Mannschaft.

Irgendwann begann es dunkel zu werden. Die Alpha Cru setzte sich wieder in die Ecke mit den Tauen und rückte nah zusammen. Alea kuschelte sich in Lennox' Arm. Die Neugier der Matrosen war nach den Übungen gestillt, und niemand starrte sie mehr an. Alea fand den Moment geeignet, um etwas Bestimmtes auszuprobieren. Aus ihrem Rucksack zog sie die große Muschel hervor, die sie am Morgen am Strand gefunden hatte.

»Was hast du da?«, fragte Sammy wissbegierig.

»Hoffentlich ein Buch«, antwortete Alea, kuschelte sich in Lennox' Arm zurück und rieb die Muschel sauber.

»Da ist vielleicht eine Geschichte drin!«, freute sich Sammy, doch dann verwandelte sich sein begeisterter Gesichtsausdruck schlagartig in einen Sammy-Motzflunsch. »Aber das ist dann wieder alles auf *Hajara*, oder? Ich werde ständig und immer und die ganze Zeit diskrimisophiert!«

»Erst mal müssen wir gucken, ob überhaupt ein Buch hier drin ist«, wiegelte Alea ab. Wenn man Muscheln trocken hielt, war ihr Inhalt für lange Zeit lesbar. Aber Muschelgeschichten, die unablässig dem Wasser ausgesetzt waren, verblassten schnell.

»Du brauchst Wasser.« Tess kramte eine Flasche aus ihrem Rucksack und gab sie Alea.

»Danke.« Um den Inhalt einer Buchmuschel lesen zu können, musste man Wasser ins gewölbte Innere gießen. Das tat Alea nun. Dann ließ sie ihren Finger um den Rand kreisen. Gleich darauf erschien Schrift im Wasser. Die Muschel war tatsächlich ein Buch!

»Da!«, rief Lennox. Er hatte zwar Probleme mit der geschriebenen Meerschrift, aber der Titel des Buchs stand in sehr großen, fetten Buchstaben da: *Auftrags- und Sozialverhalten nordäquatorialer Finde-Finjas.*

»Das ist ein Sachbuch über Finjas!«, staunte Alea und war nun ganz aufgeregt. Sie hatte tausend Fragen zu den Magischen des Meeres, und wenn diese Muschel ihr das Verhalten der Finjas erklären konnte, war das ein absoluter Glücksgriff!

Ben beugte sich vor. »Ich sehe mal wieder nichts.« Für Landgänger war die Meerschrift unsichtbar.

»Diskrimisophierung!«, grollte Sammy noch einmal.

»Wäre es trotzdem in Ordnung, wenn ich auf *Hajara* vorlese, was hier steht?«, fragte Alea den rothaarigen Motzbesen.

»Grrr«, machte Sammy nur.

Alea wusste, dass der Text, sobald sie anfing, genau in ihrem Lesetempo vor ihren Augen ablaufen würde. Zwischendurch übersetzen zu müssen, war eher stressig. Alea setzte ihr liebenswürdigstes Lächeln auf. »Wie wäre es, wenn Tess dir in der Zeit Zöpfchen flechten würde?« Sammys Haare waren mittlerweile lang genug dafür, und die Idee gefiel ihm bestimmt.

»Ich soll *was*?«, schnappte Tess. »Kommt nicht infrage!«

»O jaaa! Taurus, machst du mir Dreadlocks?«, flötete Sammy. »Genauso welche wie deine?« Ohne die gerümpfte Nase und das *Nein-danke*-Gesicht von Tess zu beachten, pflanzte er sich vor sie hin.

»Ich kann dir keine Dreads machen!«, blockte Tess ab. »Dazu bräuchte ich einen Kamm und eine Häkelnadel.«

»Dann eben Zöpfchen!«, schwenkte Sammy um. »Ganz viele! Den ganzen Kopf voll!«

Lennox und Ben grinsten einander an, und es sah aus, als müssten sie sich schwer zusammenreißen, um nicht in Gelächter auszubrechen.

»Wir nehmen Fäden von dem kaputten Tau da drüben, um die Zöpfchen festzubinden!«, rief Sammy.

Grienend zupfte Ben ein paar Fäden aus dem Tau, da er genau danebensaß, und gab sie seinem Bruder. Der steckte sich einen Faden in die Hosentasche – bestimmt für seine Fusselsammlung – und behielt die anderen in der Hand. »Fang an!«

Tess blieb kaum etwas anderes übrig, als sich an die Arbeit zu machen. Grummelnd teilte sie die erste Haarsträhne aus Sammys üppigem Schopf in drei dünnere Strähnen und schimpfte leise auf Französisch, während sie zu flechten begann.

Alea warf Tess ein entschuldigendes Lächeln zu. Dann richtete sie den Blick wieder auf die Muschel. Hier drin gab es jede Menge Informationen, die sie schon lange haben wollte. »Also …« Sie räusperte sich und las auf *Hajara* vor. »Auftrags- und Sozialverhalten nordäquatorialer Finde-Finjas von Ulmer aus dem Stamme der Marmullas, Sohn der Onna und des Teberons …«

Lennox und Ben waren ganz Ohr. Sammy saß indessen zufrieden vor Tess, die ihm brummend ein Zöpfchen nach dem anderen flocht.

Alea begann nun die Einführung vorzulesen. Allein diese war schon voller hochinteressanter Erläuterungen. So erfuhren sie, dass Finde-Finjas Einzelgängerinnen waren, die jedoch über ein »aquarisches« Netz mit all jenen ihrer Schwestern verbunden waren, die sich im selben Gewässer aufhielten. Auf diese Weise konnte eine Finja jede Information abrufen, jeden Standort, jedes Detail, das eine ihrer Schwestern abgespeichert hatte. Dieses Abrufen geschah, während sie brütete – was aber natürlich nicht der Fachausdruck war. Vielmehr nannte sich das Ganze »Übermittlungsstarre«. Die Finja sammelte während dieser Starre alle Infos, die sie bekommen konnte, um ihren Auftrag bestmöglich ausführen zu können. Anschließend bildeten ihre Astarme einen »Rotations-Rasanz-Beschleuniger«, mit dem sie sich schneller fortbewegen konnte als jeder Meermensch.

Alea war völlig fasziniert von dem Buch und las und las. In den folgenden Kapiteln ging es darum, wie man eine Finja am besten ansprach und ihr einen Auftrag erteilte. Dabei wurde Alea klar, dass sie bisher alles falsch gemacht hatte und es kein Wunder war, dass viele Finjas ein wenig beleidigt gewirkt hatten. Zuallererst stellte man sich vor und fragte dann nach dem Namen der Finja – schon allein das hatte Alea nie getan. Danach formulierte man klar und deutlich seine Bitte. Doch niemals durfte man eine Frage stellen! Das lag daran, dass Finde-Finjas dies schon vor langer Zeit als zu gefährlich eingestuft hatten. Vor vielen Jahrhunderten hatte offenbar ein »Wesen«, das im Buch nicht näher benannt wurde, versucht an die wertvollen Informationen der Finjas zu gelangen und die Gesamtheit ihres Wissensschatzes für eigensüchtige Zwecke auszunutzen. Damals beschlossen die Finjas, dass niemand jemals mehr von ihnen erfahren sollte als den Standort dieser einen Sache, nach der er gerade suchte. Auf diese Weise war ihr gigantischer Wissensspeicher vor Missbrauch geschützt, und doch waren sie der Meerwelt von großem Nutzen. Finjas liebten nichts mehr, als etwas zu finden, und für die Meermenschen waren sie ein fester Bestandteil des Alltags gewesen. Finjas hatten für sie alles Mögliche gefunden, vom besten Anbauboden über gefahrlose Reisepassagen bis hin zu ausgebüxten Kindern.

Eine Findung musste man immer mit zwei rituellen Sätzen abschließen. Die Magische sagte: »Ich bin eine Finde-Finja, ich finde.« Und der Suchende antwortete darauf – und hier wurde das Beispiel des Schriftstellers angeführt –: »Ich bin ein Marmulla. Ich habe gesucht, und du hast gefunden.«

Ulmer vom Stamme der Marmullas riet an dieser Stelle seines Buchs dazu, nach Beendigung der Findung unbedingt noch ein Lied zu singen, zu flöten oder zu fiedeln. Gerade gegenüber Finjas, mit denen man regelmäßig verkehrte, konnte man sich so erkenntlich zeigen und sich ihres dauerhaften Wohlwollens versichern. Dieses Wohlwollen war wiederum keine Selbstverständlichkeit, denn die Finjas waren ein stolzes Volk, das durchaus auch »mit Säuerlichkeit« reagieren konnte.

Alea las immer weiter und lernte innerhalb kürzester Zeit zehnmal so viel über Finjas wie in all den vergangenen Wochen. Schließlich hatte sie das ganze Buch vorgelesen.

Es kamen nur noch ein paar Danksagungen. Ulmer dankte »Finni Carlotuti, Finni Leotini und Finni Julionfiti« für ihre große Unterstützung. Dann erschien im Wasser der Muschel kein Text mehr. Alea goss das Wasser vorsichtig aus und wischte die Muschel mit ihrem Ärmel trocken.

»Das erklärt 'ne ganze Menge«, sagte Lennox, der gespannt zugehört hatte.

»Ich hab höchstens die Hälfte verstanden«, entgegnete Ben, »aber stand da wirklich, dass Finjas sich gern an Schiffsrümpfen reiben, damit ihre Farbe stärker leuchtet?«

Alea lachte. »Ja, das stand da wirklich.«

»Aha«, sagte Sammy. Er lag mittlerweile lang ausgestreckt auf dem Boden, den Kopf auf Bens Schoß. Seine Haare waren von Tess zu unzähligen Zöpfchen geflochten worden, und er sah alles in allem ein wenig … eigentümlich aus. »Vielleicht knarzt die *Crucis* deswegen so oft«, überlegte Sammy laut. »Weil Finjas sich am Schiff schön schubbeln!«

Alea kicherte. Offenbar war Sammy nicht mehr böse, dass alles auf *Hajara* gewesen war. Er wirkte vielmehr ziemlich müde, was zu dieser Uhrzeit nicht verwunderte. Die Sonne war schon lange untergegangen, und am Himmel prangte ein riesiges Sternenzelt.

»Legen wir uns aufs Ohr«, schlug Ben vor und holte seinen Schlafsack. Tess hatte das schon vor mindestens einer Stunde getan und schlief bereits, den Kopf auf einem der dicken Taue.

Sie kuschelten sich nun alle in ihre Schlafsäcke, und Alea

rückte an Lennox heran. Lächelnd legte er den Arm um ihre Schultern und zog sie eng an sich.

Während Sammy »Nacht, liebe Gang« murmelte und Ben sich auf die andere Seite drehte, blickte Alea in den Sternenhimmel. Der Polarstern strahlte hell und klar und stand noch immer, nach all diesen Nächten und gewiss auch noch in all jenen, die kommen würden, wie ein Fels in der Brandung über ihnen.

Alea schloss die Augen und atmete Lennox' Duft ein. Sofort wurde sie von einem Gefühl von Weite, Wärme und Wasser umfangen und entspannte all ihre Glieder. Hier war sie sicher. Sie brauchte keinen anderen Oblivion, keinen »vollständigen« Krieger. Lennox hatte sie im Meer unter Einsatz seines Lebens beschützt, und das hatte er vor allem deshalb getan, weil er sie liebte. Seine Liebe zu ihr vervollständigte ihn. Sie wollte niemand anderen an ihrer Seite. Sie brauchte niemand anderen.

Und doch war sie ungemein neugierig darauf, ob ihnen inzwischen verschollene Meerkinder E-Mails geschrieben hatten. Immer wieder hatte sie seit heute Morgen daran gedacht – war ihr Video zu den anderen durchgedrungen? Waren sie dort draußen und durch den Song nun gar nicht mehr so unerreichbar?

Nichts hoffte Alea mehr als das. Falls jedoch eines dieser Kinder ein Oblivion sein sollte, würde sie Lennox sagen, dass es für sie nicht infrage kam, im Meer von jemand anderem begleitet zu werden. Mit diesem Gedanken legte Alea den Kopf in Lennox' Schulterbeuge und schlief ein.

Straßenbestband

Alea träumte von Anthea. Im Traum ging sie gemeinsam mit ihrer Zwillingsschwester auf Trosk – sie begleiteten Wale auf ihren Wanderungen durch das Meer. Anthea und sie finnsegelten dicht unter dem Wind an riesigen Orcas. Sie lachten und warfen einander immer wieder Blicke zu, so als könnten sie beide kaum glauben, dass die andere da war.

Ein lautes Hornsignal weckte Alea. Senkrecht fuhr sie in die Höhe. Der Kutter tuckerte gerade in einen Hafen. Offenbar hatten sie Bergen erreicht.

»*Misch Lateyna*«, murmelte Ben, der sich schläfrig die Augen rieb.

»*Misch Lateyna.*«

»Nett hier!«, rief Sammy, der an der Reling stand. Fussel war gleich neben ihm.

Alea schälte sich aus ihrem Schlafsack, schlurfte zu Sammy, lehnte sich wie er mit den Armen auf die Reling und sah es sich an, dieses Bergen.

Der Hafen wirkte wie ein geschäftiger Ameisenhaufen, gleichzeitig war er von malerischer Schönheit. Vor einer grünen Hügelkulisse reihten sich die typisch norwegischen gelben, roten und weißen Häuser eng aneinander, standen in Reih und Glied, als hielten sie für den Betrachter still und würden es sich gemütlich machen, sobald man wegschaute.

Eine halbe Stunde später hatte der Kutter angelegt. Die Alpha Cru bedankte sich bei der Mannschaft und der Kapitänin, ging von Bord und schlenderte durch den von Menschen wimmelnden Hafen. Bis Ben stehen blieb.

»Besser, wir gehen nicht sofort zur *Crucis* zurück«, sagte er und zog sich den Kängurubeutel mit Fussel zurecht. Zum Glück hatte die kleine Robbe sich in der Zwischenzeit an den Beutel gewöhnt und reckte kaum noch den Kopf heraus. So fiel niemandem auf, was der große junge Mann mit der Rockstar-Frisur da bei sich trug. »Wir sollten auftreten. Hier sind viele Touristen.«

»Aber wir haben unsere Instrumente gar nicht dabei«, wandte Tess ein.

»Lennox hat doch seine Gitarre. Wir anderen singen einfach nur.« Ben schien sich bereits nach einem guten Platz für einen Auftritt umzusehen. »Mit dem Geld kaufen wir noch ein paar Vorräte, bevor wir wieder lossegeln.«

Das klang vernünftig. Dennoch war Alea nicht sicher, ob es eine gute Idee war. »Können wir denn überhaupt wieder als Band auftreten, so als wäre nichts?«

Ben legte die Stirn in Denkfalten. »Es wäre zwar bestimmt klüger, nirgendwo aufzufallen und niemals das Risiko einzugehen, dass Orion Wind davon bekommt, wo wir sind. Aber mit der Straßenmusik verdienen wir unseren Lebensunterhalt. Wir können nicht damit aufhören.«

»Und was, wenn Orion das auch weiß?«, fragte Tess. »Was, wenn er in allen großen Küstenstädten Spione hat, die speziell auf Straßenmusiker achten?«

Ben schien ihren Einwand ernst zu nehmen. »Wir müssen schnell sein.« Er blickte nacheinander jedes Cru-Mitglied an. »Vier Songs, mehr nicht.«

Alle nickten.

Ben wies auf eine Stelle gleich am Wasser. Unzählige Leute flanierten hier vorbei.

»Wartet kurz«, sagte Tess. »Ich habe da drüben einen Kramladen gesehen, in dem ich vorher noch was kaufen will.« Bevor irgendjemand etwas entgegnen konnte, war Tess schon verschwunden. Sammy ebenfalls. Offenbar hatte er sich Tess angeschlossen.

Ben, Lennox und Alea gingen zu der Stelle am Wasser und warteten dort auf die beiden. Kurz darauf kamen Tess und Sammy zurück. Sammy trug einen Zylinder auf dem Kopf.

»Wo hast du den denn her?«, wunderte sich Alea. Der großspurige Hut stand Sammy verdammt gut. Die vielen abstehenden Zöpfchen, die darunter hervorblitzten, schmälerten den hippen Effekt zwar ein wenig, aber Sammy war eben ein Gesamtkunstwerk.

»In dem Kramladen gab es im Keller einen Theaterfundus!«, rief Sammy und schwenkte etwas, was wie ein

Kostüm aussah. Bei genauerem Hinsehen erkannte Alea, dass es eine Sergeant-Pepper-Jacke war – eine knallrote Zirkusdirektor-Kluft. »Die ist für dich!« Sammy überreichte sie Ben.

Der nahm sie schmunzelnd entgegen. »Cool«, fand er und zog sie an. Sie passte wie angegossen.

»Wir haben die Sachen für insgesamt zwanzig Euro bekommen«, erklärte Tess erfreut. »Wir haben ja keine norwegischen Kronen, aber die Frau dort hat auch Euro akzeptiert.« Sie hielt das hoch, was sie für sich selbst gekauft hatte: eine Mundharmonika.

»Kannst du die spielen?«, fragte Ben überrascht.

»Ja.« Tess zuckte mit den Achseln. »Ich hatte nur keine, seit ich von zu Hause weg bin.« Schon setzte sie das kleine Instrument an die Lippen und spielte eine Melodie.

Ben, der schon seit dem Zylinder gegrinst hatte, begann nun richtig zu strahlen. »Hammer!«

»Besthammer!« Sammy schaute nach Fussel, die in ihrem Beutel neben Ben auf dem Boden lag und recht zufrieden mit allem zu sein schien.

»Lasst uns anfangen.« Lennox stand ein wenig abseits, um die Umgebung im Blick zu behalten. »Wir wollten doch schnell sein …«

»Erst müssen wir uns aufstylen!« Sammy drückte Alea eine goldene Stola in die Hand, die er ebenfalls in dem Laden gefunden haben musste.

Alea trug heute ihre ganz normalen Klamotten – ihre meerblaue Mütze, rosa Seidenjacke, mehrere lange Halsketten, ihre abgeschnittenen Handschuhe, einen kurzen Jeansrock, grüne Strumpfhosen und schwere Boots. Die goldene Stola passte gut dazu.

»Keine Zeit für Styling«, mahnte Lennox, der wie immer Bluejeans und seine schwarze Lederjacke anhatte. Sammy band ihm jedoch kurzerhand eine Krawatte um den Hals, was gar nicht mal schlecht aussah. Dann verwuschelte er Lennox' Haare, lehnte sich zurück, betrachtete sein Werk und sagte: »Skandalös pompös!«

Lennox lächelte milde, holte seine Gitarre heraus und sagte zu Tess: »Die Tonarten und Akkorde kennst du ja. Spiel mit der Mundharmonika einfach irgendwas dazu.«

»Hatte ich auch nicht anders vor«, antwortete Tess.

»Dann lasst uns mal ein paar norwegische Kronen verdienen«, gab Ben den Startschuss.

Sie stellten sich auf. Eine Absprache war nicht nötig, da sie alle ihr Repertoire in- und auswendig kannten. Lennox begann in die Saiten zu hauen, und Ben, Sammy und Alea sangen dazu. Tess spielte Mundharmonika, und das klang wirklich gut. Leider konnte sie aber nicht gleichzeitig singen und spielen, und das schlug sich in ihren Einnahmen nieder. Nach dem ersten Song hatten sie zwar etwas Geld eingenommen, aber längst nicht so viel wie sonst.

»Sing lieber mit«, sagte Sammy. »Ohne die Stimme unserer Piratenrockrampensauprinzessin sind wir nur halb so gut!«

Er hatte recht, Tess war eine richtige »Rampensau«. Und normalerweise stand sie ganz vorn und fesselte die Leute so sehr, dass diese gar nicht anders konnten, als stehen zu bleiben.

»*Bon.*« Tess trat vor und ging dabei in den Frontfrau-Modus – Alea sah, wie sie die Schultern zurücknahm, wie ihr Blick siegessicher wurde und ein selbstsicheres Lächeln ihre Mundwinkel umspielte.

Lennox begann mit dem nächsten Song, und Tess fing an zu singen. Alea lief eine Gänsehaut über den Körper, als die unbändige Kraft ihrer Stimme sich nun anschickte, den Hafen zu erobern. Die Leute drehten die Köpfe nach ihnen um und blieben stehen. Rasch sammelte sich eine Traube von Menschen an, und die Alpha Cru wurde mit großen Augen angestaunt. Die größte Aufmerksamkeit galt eindeutig Tess, die den Rockstar aus sich herausholte. Ein paar Zuhörer entdeckten Fussel, aber Tess' Gesang lenkte sie bald wieder von der Robbe ab.

Die ersten Scheine wanderten in Lennox' Gitarrenkoffer, der aufgeklappt vor ihnen stand. Getragen vom Augenblick, sangen sie alle noch besser als zuvor. Sammy sprang sogar nach vorn und tanzte seinen Wespentanz.

Als das Lied zu Ende war, blickte Tess Sammy stöhnend an. »Ich hab dir zwar deine Zöpfchen gemacht und den Zylinder gekauft, aber dass du hier so komisch rumzappelst, finde ich keine so gute Idee.«

Sammys Miene wurde sehr ernst. »Ich muss aber.«

Tess stöhnte noch einmal. »Warum nur?«

»Wenn man tanzen will, sollte man niemals nicht tanzen«, erwiderte Sammy.

Tess fügte sich in ihr Schicksal. Sie sangen noch zwei weitere Lieder, begleitet von Sammys bizarrem Tanz, und dann gab Ben das Handzeichen für *Zusammenpacken*. Sie verbeugten sich und dankten den Leuten für ihre Aufmerksamkeit. Der Gitarrenkoffer war gut gefüllt.

Sobald Ben die Robbe im Beutel geschultert und Lennox das Geld eingesteckt hatte, marschierten sie weiter. Ben führte sie um mehrere Straßenecken in eine kleine, ruhige Gasse. Offensichtlich kannte er Bergen recht gut – was nicht verwunderlich war, denn Ben war schon beinahe überall gewesen.

Lennox lehnte sich an eine Hauswand und zählte das Geld. Es waren 3389 Kronen.

»Das sind über vierhundert Euro! Ich flipp aus!« Sammy hüpfte vor Freude auf und ab. »Wir kaufen ein Aufnahmestudio!«

Ben legte ihm die Hand auf die Schulter. »Ruhig, Flipper. Dafür reicht es noch lange nicht. Um Vorräte zu kaufen, ist es genug. Lebensmittel sind in Norwegen allerdings teuer …«

Wieder folgten alle Ben, und wenig später erreichten sie einen Supermarkt. Ben legte Fussel in einen Einkaufswagen, den er vor sich herschob, und dann stürmten sie durch die großen Türen. Alea holte sich als Erstes eine lange Liste von Kekszutaten, und Sammy lief zur Fischtheke, um frischen Fisch für Fussel zu besorgen. Währenddessen sah Alea, wie Lennox jede Menge Rohkost in seinen Einkaufskorb häufte, und schließlich trafen sie sich alle in der Kosmetikabteilung wieder, wo Tess gerade ein pinkfarbenes Duschgel aus dem Regal nahm.

Als Ben das sah, schüttelte er vehement den Kopf. »Das kaufen wir auf keinen Fall.«

»Aber das ist gar nicht so teuer«, antwortete Tess, doch Ben unterbrach sie.

»Es geht nicht um den Preis.« Seine Stimme klang unerbittlich. »Da ist so ein Peeling-Zeug drin.«

»Ja, und?«, fragte Tess verwundert. »Das soll gut für die Haut sein.«

Ben nahm ihr das Duschgel aus der Hand und deutete auf den alarmfarbenen Inhalt, in dem feine Kügelchen schwammen. »Das sind winzige Kunststoffteilchen! Die gehen beim Duschen ins Abwasser, und die Kläranlagen können sie nicht herausfiltern. Das heißt, diese Dinger landen letzten Endes in den Gewässern und können von Fischen für Nahrung gehalten werden.«

Tess starrte ihn an. »Das wusste ich nicht.«

»Die meisten Leute machen sich keine Gedanken darüber«, seufzte Ben. »Und diese Mikroplastikteilchen sind ja auch in allem Möglichen enthalten: Shampoos, Zahnpasta, Make-up, Seife, Hautcremes und so weiter. Dabei braucht das doch kein Mensch!«

Mit betretener Miene stellte Tess das Duschgel ins Regal zurück. »Aber was kann man denn überhaupt kaufen?«

»Hier.« Ben ging ein paar Schritte weiter und zog ein anderes Duschgel von einem Regalbrett. »Das hier ist biologisch abbaubar. Auch die Verpackung.«

»Das ist aber teurer«, sagte Lennox in beinahe vorwurfsvollem Tonfall. »Die Bio-Sachen sind immer teurer.«

»Das stimmt, und das ist einfach … richtig Mist«, antwortete Ben bitter. »Wenn Bio billiger wäre, würden auch mehr Leute Bio kaufen.«

»Aber ist denn die Herstellung von Bio nicht teurer?«, fragte Tess. »Da kann der Preis ja gar nicht so niedrig sein wie bei den anderen Sachen.«

»Auch das stimmt leider«, bestätigte Ben verdrossen.

»Manche Leute können sich Bio einfach nicht leisten«, knurrte Lennox, der ehemalige Straßenjunge.

Auch Alea wusste, wie es war, nicht viel Geld zu haben. Marianne war alles andere als reich. »Aber was kann man denn machen?« Diese Frage trieb sie schon so lange um. Wie konnte man gegen die vielen Probleme vorgehen? Hier im Supermarkt schienen diese sie regelrecht zu umzingeln. »Es ist ja nicht nur das Mikroplastik in Gels, sondern es sind vor allem auch die ganzen Verpackungen.« Sie sah sich um. »Fast alle Sachen hier sind in Plastik verpackt!«

Finster blickte Lennox in seinen Einkaufskorb. »Selbst die Gurke ist eingeschweißt …«

Es hatte Alea schon oft geärgert, dass es so schwierig war, beim Einkaufen auf Plastik zu verzichten. Es schien beinahe unmöglich, und das hatte noch nicht einmal etwas mit dem Preis zu tun – viel zu viele Dinge gab es ausschließlich plastikverpackt.

Plötzlich fühlte sie sich ganz niedergeschlagen. »Wir

haben den Seh-Saffieren versprochen, den Landgängern klarzumachen, was sie mit ihrem Verhalten anrichten«, sagte sie mit gesenktem Kopf. »Und dabei kaufen wir selbst Sachen in Plastikverpackungen.«

»Das ist das eine Problem: Es geht nicht anders«, antwortete Ben in frustriertem Tonfall. »Aber das andere ist, dass viele Landgänger gar nicht erst darauf achten, obwohl es bei manchen Sachen ja schon Alternativen gibt. Daran könnte man etwas ändern, indem man die Leute besser informiert!«

»Aber die Landgänger wissen doch längst, wie gefährlich der ganze Plastikmüll ist!«, rief Lennox. In diesem Punkt war er ganz anderer Meinung als Ben.

»Nein, Tess wusste zum Beispiel auch nicht, dass in Peelings Mikroplastik enthalten sein kann!«, konterte Ben.

Lennox verzog das Gesicht. »Es gibt drei Sorten von Landgängern: die, die sich bemühen und die umweltfreundlichen Produkte kaufen, wo es geht. Zweitens die, die sich das nicht leisten können. Und dann die, denen es einfach egal ist. Und ich fürchte, das sind die meisten.«

Traurig schaute Ben ihn an. »Das will ich einfach nicht glauben.« Man konnte ihm deutlich ansehen, wie sehr ihn diese Vorstellung schmerzte. »Wir müssen den Leuten bewusst machen, wie schlimm –«

»Aber wie?«, fragte Alea dazwischen. »Sollen wir uns hier in den Supermarkt stellen und den Leuten erklären, wie wichtig es ist, was jeder Einzelne einkauft?«

»Wir können ja noch nicht mal Norwegisch …«, knirschte Lennox zwischen den Zähnen hervor.

»Wir brauchen einen Plan.« Alea seufzte schwer. Wie oft hatte sie diesen Satz schon gesagt?

»Ja, dringend«, stimmte Ben zu, und auch Lennox nickte. Damit war das Thema vorerst beendet. Aber Alea wusste, dass sie noch oft darüber diskutieren würden – diskutieren mussten.

Sie kauften nun, was sie benötigten, und machten sich vollbepackt auf den Weg zu einer Bushaltestelle. Zum Glück fanden sie einen Bus, der sie zu den Alvøyna brachte. Zwar blieb es ihnen nicht erspart, noch ein recht weites Stück zu Fuß zu der Steilküste zu laufen, vor der die *Crucis* ankerte – und Ben trug zusätzlich zu zwei Einkaufsbeuteln und seinem Rucksack auch noch eine Robbe! Aber zu guter Letzt standen sie wieder dort, wo sie die *Hercules* versteckt hatten. Ihr Beiboot wartete unbeschädigt auf sie, doch etwas anderes ließ Alea zusammenfahren. Die *Crucis* war nicht mehr getarnt! Ungeschützt und für alle Augen sichtbar schaukelte sie auf den Wellen.

»Wenn du die Skorpionfische nicht regelmäßig bittest zu bleiben, schwimmen sie anscheinend weg«, sagte Ben überrascht.

»Wahrscheinlich nur, weil die *Crucis* ein Landgängerschiff ist«, erwiderte Lennox. »An Gegenständen oder Gebäuden unter Wasser bleiben sie jahrelang oder sogar jahrzehntelang haften, ohne dass ein Oblivion sie immer wieder darum bitten müsste.«

»Das ist Diskrimisophierung«, erklärte Ben erschöpft. Dann hob er das Kinn. »Okay. Lasst uns schnell übersetzen und wieder unter Tarnung gehen.« Ben sprach es nicht aus, aber sein Unbehagen war beinahe mit Händen zu greifen. Was, wenn Orions Leute das Schiff entdeckt hatten? Was, wenn der Doktor höchstpersönlich auf der *Crucis* auf sie wartete?

Lennox schien dasselbe zu denken. »Ich gehe zuerst allein rüber«, sagte er, stellte seinen Rucksack und die Einkaufsbeutel ab, zog seine Jacke, seine Krawatte, das T-Shirt, Schuhe und Socken aus und sprang ins Wasser.

Alea sah ihm nach, als er in den Wellen untertauchte, und schluckte das ungute Gefühl herunter, das sich gerade in ihr breitmachen wollte. Wenn sich jemand wehren konnte und sogar mit mehreren Männern gleichzeitig fertigwurde, dann war es Lennox.

Sie setzten sich ans Ufer. Als Ben den Beutel mit Fussel zu Boden ließ, begann die Robbe laut zu johlen. Dann rutschte sie zum Wasser und war gleich darauf im Meer verschwunden.

»Fussel!«, schrie Sammy ihr erschüttert nach. »Fussel …«

Ben nahm ihn in den Arm. »Es war nur eine Frage der Zeit, bis sie nach Hause zurückkehrt.«

Sammy starrte aufs Wasser. Hier vor den Alvøyna war das Meer nicht vom Öl beeinträchtigt, wenngleich auch farblos und ohne jedes Stimmungsspiel, wie Alea traurig feststellte. Es gab keinen Grund, die Robbe nicht wieder hineinzulassen. Keinen – außer, dass Sammy sie inzwischen wohl furchtbar lieb gewonnen hatte. Mit der Faust wischte er sich eine Träne fort. »Vielleicht kommt sie ja zurück.«

Niemand widersprach.

Sie saßen und warteten. Alea war so angespannt, dass sich ihre Fingernägel tief in ihre Handballen bohrten. Würde Lennox fliehen können, falls Doktor Orion und seine Männer auf dem Schiff waren? Würden sie alle fliehen können?

Da sah sie ihn an Bord. »Lennox!«, brach es aus ihr heraus. »Er winkt!«

Lennox stand mit erhobenen Armen an Deck und fuchtelte herum. Offenbar sollten sie kommen.

»Die Luft ist rein«, schloss Tess.

»Wir können rüber«, schob Ben hinterher und klang unendlich erleichtert.

Schnell ließen sie die *Hercules* zu Wasser, setzten sich mit all ihren Sachen ins Boot und ruderten los. Während sie in hohem Tempo auf die *Crucis* zusteuerten, verschwand diese plötzlich vor ihren Augen. Von einem Moment auf den anderen war sie fort, nur das glitzernde Meer und der blaue Himmel waren noch zu sehen.

»Lennox hat die Skorpionfische zurückgerufen!« Alea atmete auf. Gleich waren sie wieder in Sicherheit.

»Hier drüben!«, erklang Lennox' Stimme.

»Ich müsste eigentlich direkt auf die *Crucis* zusteuern ...«, murmelte Ben. Laut rief er: »Aye!«

Fünf Minuten später stieß die *Hercules* gegen die *Crucis*, und das Schiff wurde wieder sichtbar für sie. Lennox hing an der Außenleiter. »Alles in Ordnung?«

Alea lächelte. »Ja, jetzt schon.«

Rasch brachten sie ihre Ladung an Bord, und Alea atmete tief aus, als sie endlich wieder auf den knarrenden Planken der *Crucis* stand.

Zu Hause.

Sie war zu Hause.

Nach Süden

Die Alpha Cru segelte wieder. Gleich nachdem sie an Bord gekommen waren, hatten sie die Segel gesetzt. Der Wind stand gut, blies kräftig aus Nordnordost und würde sie rasch nach Süden bringen. Ihr Ziel war Belgien. Brügge. Denn dort wollten sie sich mit den verschollenen Meerkindern treffen – falls ihnen welche geschrieben hatten.

Nachdem die Schichten am Steuer verteilt waren, hielt Alea es kaum noch aus. »Lass uns sofort nachsehen, ob wir Mails bekommen haben«, sagte sie zu Lennox und lief zur Bordtür.

Lennox lachte und folgte ihr.

Alea nahm die steile Treppe mit einem Satz, preschte an der Küchennische und am Bad vorbei und ließ sich mit Schwung auf einem der Sofas nieder. Der alte Laptop der *Crucis* stand auf dem Couchtisch, und der Skorpionfisch klebte pflichtschuldig und mit halb geöffneten Glupschaugen daran wie zuvor. »Er ist noch da!«, freute sich Alea. »Er hat den Rechner nicht verlassen, obwohl es ein Landgängerteil ist.«

Lennox setzte sich neben sie. »Das könnte auch daran liegen, dass der Fisch von hier nicht wegschwimmen kann.«

Wie auch immer, sie konnten nun endlich nachschauen, ob Post von Meerkindern da war! Alea hatte immer wieder daran denken müssen und die Ungewissheit kaum noch ertragen.

Während Lennox den Laptop anschaltete und dabei einmal gegen die rechte Seite schlug, rutschte Alea unruhig auf ihrem Platz herum. Auch Lennox schien nervös zu sein und trommelte ungeduldig mit den Fingern auf den Tisch, als es mal wieder ewig dauerte, bis der Rechner hochgefahren war.

»Ich gucke erst mal nach den Klickzahlen von unserem Songvideo«, sagte er, als es endlich so weit war.

»Nein.« Alea legte ihm bittend die Hand auf den Arm. »Sofort zu den Mails!«

Lennox lächelte. »Hast recht. Ich will es jetzt auch wissen.« Er klickte ein paarmal herum, gab mehrere Passwörter ein und sagte dann zu dem Skorpionfisch: »Bitte sorge dafür, dass nur E-Mails von echten Meerkindern in diesem Postfach sichtbar sind. Tarne alles andere.«

Alea kamen wieder Zweifel. »Kann der Fisch das wirklich unterscheiden?« Wenn es funktionierte, war es genial. Denn so konnten sie gar nicht erst auf falsche Mails hereinfallen – zum Beispiel auf eine Nachricht von Doktor Orion, der ihnen vielleicht unter anderem Namen geschrieben hatte. Aber war es wirklich möglich, dass ein Meerwesen etwas Derartiges zustande brachte?

»Ich habe dem Fisch vor ein paar Tagen, als ich den Song eingestellt habe, ja schon alles erklärt.« Lennox schien sich seiner Sache überraschend sicher zu sein. »Das Verbergen der falschen Mails ist die benötigte Tarnung. Der Fisch muss dazu gar nichts über Technik wissen. Er benutzt ja Magie.«

Der Skorpionfisch starrte bewegungslos vor sich hin, aber Alea vermutete, dass er Lennox dennoch zugehört hatte und genau das tun würde, was der Oblivion wünschte.

Und dann war es so weit. »Bereit?«, fragte Lennox sie.

»Bereit.« Ihre Handflächen waren ganz feucht.

Lennox öffnete das Mail-Postfach. Eine Zahl fiel Alea ins Auge.

Einhundertunddrei.

Einhundertunddrei Mails warteten auf sie.

Ihr schwindelte. Jede einzelne dieser Mails stammte von einem Meerkind! Der Skorpionfisch hatte alles andere unsichtbar gemacht. Das bedeutete, dass hundertdrei Meerkinder ihnen geschrieben hatten!

Lennox saß da wie vom Blitz getroffen. »Das ist … unglaublich«, stammelte er. »Wir haben sie gefunden! Wir haben hundertdrei Meerkinder gefunden!«

»Ja!«, presste Alea hervor und konnte es kaum fassen. Insgeheim hatte sie auf fünf bis zehn E-Mails gehofft und hätte sich furchtbar darüber gefreut. Doch das Internet hatte den Song in die ganze Welt hinauskatapultiert, und wie sie beim schnellen Überfliegen der langen Liste von Mails sehen konnte, stammten die Kinder aus Ländern, die über den gesamten Globus verstreut waren. »Guck dir die Adress-Endungen an!«, rief sie. ».*jp* – das ist garantiert Japan! Was ist denn .*mg*? Und was ist .*pa*?«

»Papua-Neuguinea?«, riet Lennox, der ebenso aufgeregt zu sein schien wie sie. Er scrollte durch den Inhalt des Posteingangs, und Aleas Augen suchten einen bestimmten Namen. Den *einen* Namen, dessen Erscheinen in dieser Liste alles ändern würde.

Lennox schien ihre Gedanken zu erraten. »Vielleicht heißt Anthea inzwischen gar nicht mehr Anthea. Könnte doch sein, dass ihre Pflegeeltern sie umbenannt haben.«

»Das wäre möglich.« Alea entspannte sich ein klein wenig. Vielleicht verbarg sich ihre Schwester ja wirklich hinter einem der fremden Namen in dieser Ansammlung.

Sammy kam in den Salon gepoltert. »Was macht ihr? Guckt ihr etwa Meerkinder-Mails? Ich will mitgucken!«

»Wir haben hundertdrei Leute erreicht!«, sagte Alea mit wankender Stimme. Es klang für sie noch immer absolut unwirklich.

»Das ist …« Sammy war sichtlich von den Socken. »… krass.« Er quetschte sich neben Alea auf das Sofa und schaute ihr über die Schulter. »Wow! .*nz* – Neuseeland!«, rief er beeindruckt. ».*bs* – Bahamas!« Anscheinend kannte er all die Kürzel.

»Was ist .*pa* und .*mg*?«, fragte Alea.

»Panama und Madagaskar. Und hier: Indien und Brasilien! Habt ihr schon was gelesen?«

»Nein, noch nicht. Aber jetzt!«

Lennox öffnete die erste Mail. Sie kam von einem vierzehnjährigen Mädchen aus Tschechien und war auf Englisch verfasst. Das Mädchen, das Zuzana hieß, erzählte, wie es *Hinterm Wasserfall* gehört hatte und vollkommen gebannt gewesen war. Das Lied beschrieb genau ihr Leben! Sie litt an Kälteurtikaria und hatte deswegen starke Hautprobleme. Ihre Pflegeeltern hatten immer sehr streng darauf geachtet, dass sie nicht mit kaltem Wasser in Berührung kam, und dennoch wies ihre Haut viele Narben auf. Ihre Familie lebte neben einem wunderschönen See, und dieser schien Zuzana schon ihr ganzes Leben lang tief in ihrem Herzen gerufen zu haben. Nun wollte sie unbedingt erfahren, ob es noch mehr Menschen wie sie gab. War ihre Sehnsucht nach dem Wasser womöglich gar nicht tödlich? Was steckte dahinter?

Als Lennox fertig übersetzt hatte, rief Alea: »Ich will Zuzana unbedingt kennenlernen!«

»Diesen Satz wirst du wahrscheinlich bei jedem Meerkind sagen, das uns geschrieben hat«, neckte Lennox sie, doch seine Miene blieb ernst, als könnte er es kaum erwarten, die nächste E-Mail zu lesen.

Diese war allerdings in seltsamen Schriftzeichen verfasst. »Mist«, brummte Lennox. »Was ist das?«

»Das ist Arabisch«, antwortete Sammy. »Wartet, ich hole Ben. Der kann Arabisch!« Er lief an Deck.

Alea und Lennox tauschten einen Blick. »Was für ein tierisches Glück wir haben, dass unser Kapitän so ein Sprachgenie ist«, bemerkte Lennox.

Alea kam ein Gedanke. »Ob diese Kinder auch alle *Hajara* können?«, fragte sie. »Immerhin haben wir beide es doch von einem Moment auf den anderen gesprochen, ohne es je gelernt zu haben.«

»Falls sie es können, wissen sie es noch nicht«, entgegnete Lennox. »Aber es ist so oder so unmöglich, in *Hajara* auf die Mails zu antworten, falls du das im Sinn hast. Auf keiner Tastatur der Welt gibt es auch nur einen einzigen Buchstaben der Meerschrift.«

Damit hatte er natürlich recht. Es wäre wohl auch zu einfach gewesen.

Sammy und Ben kamen in den Salon geeilt. Tess hatte Schicht am Steuer und würde oben bleiben.

»Ihr habt hundertdrei Mails?«, rief Ben. »Und eine ist in Arabisch?«

»Ja, schau dir das mal an«, bat Lennox.

Ben las die Mail. Dann sagte er: »Sie ist von einem elfjährigen Jungen namens Yasin. Er schreibt, er habe komische Knubbel zwischen den Fingern und Zehen und hinter den Ohren, und er fragt, ob wir die auch haben. Im Songtext wurde das ja angedeutet. Außerdem ist er gegen kaltes Wasser allergisch und fand das schon immer *irgendwie nicht richtig*. Er fragt, was wir darüber wissen.«

Alea war ganz überwältigt. »Ich will Yasin unbedingt kennenlernen!«

Lennox lachte in sich hinein. »Hier ist die nächste.« Er kniff die Augen zusammen. »Sie ist aus … Berlin.«

Alle lehnten sich vor und lasen.

Hallo, Alpha Cru!
Ich bin Isla und fünfzehn Jahre alt. Euer Lied ist wirklich etwas Besonderes. Was ihr da beschreibt (die Sehnsucht nach dem Meer trotz Wasserallergie) – ich weiß ganz genau, was ihr damit meint! Ich kenne meine leiblichen Eltern nicht und lebe bei Adoptiveltern. Sie haben mich vor vielen Jahren im Urlaub auf Mallorca von einem verzweifelt aussehenden Paar bekommen, das mich einfach vor sie hinstellte, ihnen einen Zettel gab, auf dem stand, dass ich an Kälteurtikaria leide, und dann weglief. Ich frage mich schon mein ganzes Leben lang, wer meine Eltern waren und wer ich eigentlich bin. Ich habe nicht nur knubbelige Wundmale an mehreren Stellen, sondern ich bin auch (lacht jetzt bitte nicht!) extrem stark. Ich habe Muskeln wie ein Bodybuilder, ganz ohne zu trainieren, und ich besiege selbst kräftige Männer locker im Armdrücken. Irgendetwas an mir ist sehr eigenartig, und in eurem Lied klingt es, als ob ihr mich kennt und etwas über mich wüsstet. Im Songtext sagt ihr, man soll sich euch anschließen und dass ich euch hinter dem Wasserfall treffen soll. Was für ein Wasserfall? Wo ist der? Wenn ihr mir das verratet, komme ich zu euch. Egal, wie weit es ist.
Alles Liebe, Isla

Alea hatte beim Lesen fast vergessen zu atmen und schnappte nun hektisch nach Luft. »Sie ist eine Zalti! Ihre Stärke … Sie muss eine Zalti sein!«

Die anderen waren derselben Ansicht, wollten aber nicht

weiter spekulieren, sondern sofort die nächste Mail lesen. Sie kam von einem Mädchen aus Kanada. Ihre Mail war der von Zuzana ganz ähnlich – keine leiblichen Eltern, Kälteurtikaria, trotzdem hegte sie den Traum vom Wasser.

Nach und nach lasen sie nun alle E-Mails. Die meisten waren in Englisch verfasst, doch bei einigen benötigten sie Bens Hilfe. Er übersetzte portugiesische Mails, niederländische, spanische und französische. Russische, vietnamesische und japanische konnte allerdings auch er nicht verstehen, deswegen übersprangen sie diese und lasen die anderen. Obwohl es derart viele waren, war Alea bei jeder neuen so aufgeregt, als wäre es die erste. Immer wieder beschrieben Kinder, dass sie sich in dieser Welt fehl am Platz vorkämen und das Gefühl hätten, eigentlich woandershin zu gehören. Ein Junge berichtete, dass er etwas Merkwürdiges an sich festgestellt hätte: Wenn er jemanden ansah, konnte er erkennen, ob derjenige gesund oder krank war. Das fand er selbst ein wenig gruselig. Alea fand es aber alles andere als das! Dieser Junge war sicherlich ein Roix – ein Heiler. Doch wie schlimm musste es sein, Gaben zu besitzen, die in der Landgängerwelt keinen Platz hatten und einen entweder zum Freak oder zur Zirkussensation machten?

Sie lasen immer weiter, und Alea ahnte, dass Lennox auf einen Hinweis wartete, der eines der Kinder als Oblivion auswies. Ständig von allen übersehen zu werden, war doch vielleicht etwas, was man in einer solchen Mail erwähnen würde! Doch sie lasen nichts dergleichen. Ebenso wenig gab es einen Anhaltspunkt dafür, dass eines der Mädchen Anthea sein könnte.

Schließlich hatten sie fast alle Mails gelesen. Nur die vietnamesische, japanische und russische nicht. Alea schwirrte der Kopf von all den Geschichten und Informationen. So viele Meerkinder waren auf der Suche nach ihren Wurzeln …

»Antworten wir ihnen«, sagte Lennox. »Schreiben wir ihnen, wo der Wasserfall ist und wann sie uns dort treffen sollen.«

»Am besten geben wir den zehnten August als Datum an«, schlug Ben vor. »Wir brauchen von hier aus etwa vier Tage bis Brügge und könnten am zehnten dort sein.«

»Und dann treffen wir die Meerkinder hinter dem Wasserfall im Veranstaltungsraum der *Wafelfabriek*!«, rief Sammy. »Wir kennen ja den Besitzer ganz gut. Der reserviert uns den Raum bestimmt. Da passen locker hundert Leute rein!«

»Es werden garantiert nicht alle kommen«, bremste Lennox seine überschwängliche Freude.

»Die allermeisten werden nicht kommen können«, sagte Ben. »Dafür ist es einfach zu weit, die Reise zu teuer und der Termin zu kurzfristig. Außerdem ist es immer schwierig, wenn Minderjährige ohne Eltern reisen wollen. Es sind ja auch bestimmt nicht überall Ferien …«

»Ja, das stimmt wohl«, brummte Alea.

Lennox rieb sich den Kopf, als dächte er angestrengt nach. »Wie wäre es, wenn wir später, nach dem Treffen, eine Videokonferenz mit all denen machen, die nicht dabei sein können?«

Alea setzte sich kerzengerade auf. »Ja! Unbedingt! So können wir mit allen sprechen!«

»Dabei kannst du dann auch gleich ausprobieren, ob die anderen *Hajara* verstehen«, sagte Lennox.

»Gute Idee!« Alea runzelte die Stirn. *»Ich?«*

»Natürlich wirst *du* mit ihnen reden.« Für Lennox schien das ganz selbstverständlich zu sein. »Du bist die Elvarion. In Brügge und später bei der Videokonferenz wirst du die Führung übernehmen.«

Alea musste das erst einmal verdauen, während Sammy in einen Freudensturm ausbrach und »*Wafelfabriek*, wir kommen!« sang. »Es werden doch bestimmt alle nach Brügge reisen, die in Belgien, Holland, Deutschland, Frankreich, Luxemburg oder England leben!«, vermutete Sammy. »Und das waren ja ein paar! Denen schreiben wir, dass *De Wafelfabriek* das weltbeste Bestcafé der Welt ist und dass sie sich nicht nur auf uns, sondern auch auf königlich köstliche Waffeln mit Schoko, Nougat, Krokant, Mandelsplittern und Erbeerlimettensoße freuen können!«

»Das schreibe ich garantiert nicht.« Lennox grinste. »Ich nenne ihnen nur die Adresse, das Datum und sage, dass wir ihnen einiges zu erzählen haben, was sie ohne Frage interessieren wird.« Gleich darauf machte er sich schon ans Tippen. Auf Deutsch und Englisch schrieb er die Antworten selbst, in sechs anderen Sprachen verfasste Ben die Mails.

»Jetzt brauchst du an einem einzigen Tag alle Sprachen, die du kannst!«, merkte Sammy an.

»Nicht alle«, bedauerte Ben.

Sammy boxte ihm leicht auf den Arm. »Ich finde es nicht wirklich überraschend, dass niemand auf Latein geschrieben hat.«

Ben lachte.

Lennox wandte sich nun noch einmal an den Skorpionfisch. »Stelle sicher, dass unsere Antworten nur Meerkindern angezeigt werden – für alle anderen sollen sie unsichtbar sein. Ausschließlich Kinder und Teenager mit Meermenschenblut in den Adern erhalten die Information, wo wir uns treffen wollen. Niemand sonst.«

Dann schickte er die Mails ab.

Alea saß da und spürte ihr Herz pochen. Der Anfang war gemacht. Womöglich war es der erste Schritt in eine Welt, in der die Meermenschenzivilisation neu entstehen würde und in der Land und Wasser friedlich und freundschaftlich miteinander lebten. All diese Kinder waren an Land aufgewachsen. Konnte es eine bessere Voraussetzung dafür geben, dass die Meermenschen und die Landgänger einander die Hände reichten?

Alea wurde allerdings ganz nervös bei dem Gedanken daran, dass sie allein zu den anderen sprechen sollte. Per Video in einer weltweiten Konferenz war es für sie sogar noch beängstigender als Auge in Auge in einem Café in Brugge. Doch es ergab absolut Sinn, dass sie als Elvarion der letzten Generation diese Aufgabe übernahm. Sie musste nur den nötigen Mut aufbringen. Zum Glück hatte sie noch ein paar Tage Zeit dafür – Zeit, sich zu überlegen, was genau sie den Kindern sagen wollte, und Zeit, sich darüber zu freuen, dass Doktor Orion mit seinen entsetzlichen Plänen und seinen Gretzern ernsthafte Gegner haben würde, wenn die Meerkinder erst wieder vereint waren.

Ein neues Bandenmitglied

Alea stand am Bug und blickte auf das graue Meer. Inzwischen waren sie schon wieder einen ganzen Tag unterwegs und durchsegelten gerade die Nordsee westlich von Dänemark. Obwohl die Ölpest in dieser Region nicht gewütet hatte, hatten sich die prangenden Farben des Meeres, die Alea normalerweise im Wasser sah, dennoch in eine blasse, von milchigem Grau durchzogene Einöde verwandelt. Es war, als wäre das Meer auch hier im Schockzustand. Die Auswirkungen der Ölkatastrophe reichten weiter als gedacht, und wer wusste, wie lange es dauern würde, bis alles wieder war wie zuvor …

Während Sammy und Tess lauthals darüber stritten, wer von ihnen auf der Mundharmonika spielen durfte, kletterte Alea an der Außenleiter hinab, ließ die nackten Füße ins Wasser baumeln und konzentrierte sich auf ihr Herz. Sie wollte eine neue Botschaft an die Walwanderin schicken.

Als sie ihr Spiegelbild als Oval auf der Wasseroberfläche sah, begann sie zu sprechen. »Hallo, hier ist Alea. Du hast meine vorherigen Nachrichten wegen der Ölpest bestimmt nicht bekommen. Deine sind wohl auch stecken geblieben, oder sie finden unser getarntes Schiff einfach nicht. Aber ich hoffe, dass es jetzt wieder einigermaßen geht. Ich finde es sehr schade, dass wir schon wieder aus Norwegen wegmussten. Aber ich wusste auch nicht, wo genau ich dich suchen soll, und wir segeln nun weiter nach Brügge. Ich hätte dich so gern getroffen! Gibt es eine andere Möglichkeit, dich zu sehen, als in Norwegen? Bitte antworte doch. Deine Alea.« Sie lächelte. Dieses Mal hatte sie es geschafft, sich ordentlich zu verabschieden. Ob die Botschaft die Wanderin erreichen würde, stand in den Sternen. Aber sie wollte es zumindest versucht haben.

Nachdem die Botschaft sich zusammengefaltet hatte und in Flitzgeschwindigkeit verschwunden war, stieg Alea zurück an Deck.

Sammy hing mit Schmollmiene an der Reling.

»Tess rückt ihre Mundharmonika nicht raus, was?«, fragte Alea.

Mit düsterem Blick starrte Sammy ins Leere.

»Hast du heute eigentlich schon gelacht? Am Morgen waren wir so mit der plötzlichen Flaute beschäftigt, dass wir es ganz vergessen haben.« Sie betrachtete Sammys Gesicht und war überrascht, wie geknickt er aussah.

»Ich bin traurig«, kam es leise aus ihm heraus. »Aber nicht wegen der Mundharmonika, sondern wegen Fussel.«

»Ach so.« Vorsichtig legte Alea den Arm um Sammys Schultern.

»Selbst wenn sie zu mir zurückkommen wollte, könnte sie mich gar nicht finden! Die *Crucis* ist ja getarnt.«

Alea wusste nicht, was sie sagen sollte. Sie drückte Sammys Schulter und lehnte ihren Kopf an seinen.

»Noch einer mit 'nem gebrochenen Herzen«, hörte Alea Lennox' Stimme hinter sich. »Ben denkt die ganze Zeit nur an Niki.« Lennox stützte sich ebenfalls auf die Reling. »Er redet zwar nicht mehr darüber, aber ich bin mir sicher, dass er richtig schlimmen Liebeskummer hat. Und ich glaube, den hat Sammy auch.«

Sammy lächelte verhalten. »Das kannst du laut sagen.«

Da hatte Alea plötzlich eine Idee, die einfach in ihren Kopf hereinstürmte und sie in die Höhe fahren ließ. Das konnte funktionieren! »Warte mal!«, rief sie und eilte nach unten in die Mädchenkajüte. In dem ganzen Chaos war es schwer, etwas zu finden, aber kurz darauf schloss sich ihre Hand um den Gegenstand, den sie gesucht hatte. Sie rannte wieder nach oben.

»Was hast du da?«, fragte Sammy neugierig.

Alea zeigte es ihm. »Das ist eine Trillerpfeife«, antwortete sie. »Eine magische Trillerpfeife.« Doktor Orion hatte sie ihr bei ihrem Unterwasserausflug nach Faramont geschenkt – wahrscheinlich nur, um sie zu umgarnen. Aber nun konnte das Ding tatsächlich für etwas gut sein. Mit dieser Trillerpfeife konnte man ein ganz bestimmtes Wesen rufen: die eigene Robbe. Alea hatte erlebt, wie Orions Robbe sofort zu ihm gekommen war, als der Doktor in die Pfeife geblasen hatte.

Diese Trillerpfeife war wahrscheinlich noch nie benutzt worden. War es möglich, dass sie noch nicht auf jemanden geprägt war und Sammy und Fussel zusammenbringen konnte?

»Wenn man reinbläst, ruft man damit seine Robbe zu sich«, erklärte Alea.

Schlagartig hellte sich Sammys Gesicht auf. »Was? Ich kann Fussel damit herholen?«

»Versuch es«, sagte Alea lächelnd. »Steig am besten runter zum Wasser, halt dich an der Außenleiter fest und blas unter der Oberfläche in die Pfeife. So reicht der Ton am weitesten.« Wasser trug Schall wesentlich besser als Luft.

Sammy schwang sich, ohne zu zögern, über die Reling, stieg an der Leiter hinab und ließ sich in Jeans und T-Shirt ins Wasser plumpsen. Mit einer Hand klammerte er sich an der untersten Sprosse fest, mit der anderen hielt er die Trillerpfeife, in die er nun kräftig hineinpustete.

Obwohl der Ton unter Wasser entstand, hörten Alea und Lennox ihn deutlich. Schrill und hoch, fuhr er ihnen durch Mark und Bein. Es war ein gänzlich anderer Ton als der, den Doktor Orion damals mit seiner Pfeife produziert hatte, viel trillernder, und Alea vermutete, dass jeder Mensch und jede Robbe einen ganz eigenen Pfiff besaßen.

Sammy wartete. Er wartete sehr lange, doch Fussel ließ sich nicht blicken. Immer wieder blies er in die Trillerpfeife, aber nach über einer Stunde kam er zurück an Bord. »Vielleicht braucht sie ja einfach etwas Zeit, um herzukommen«, brummte er Alea zu, die mittlerweile eng an Lennox geschmiegt auf einer Kiste saß und Musik mit ihm hörte – einen der beiden Ohrstöpsel hatte Lennox im Ohr, den anderen sie.

Alea spürte, dass sie rot wurde. Es war ihr immer noch peinlich, wenn ein anderes Cru-Mitglied sie beim Schmusen mit Lennox erwischte. »Du solltest es unbedingt immer wieder mit der Trillerpfeife versuchen«, riet sie ihm, obwohl sie natürlich selbst nicht wusste, ob das Ganze überhaupt klappen konnte.

Sammy schnaufte kläglich und trottete unter Deck.

»Armer Kerl.« Lennox seufzte. »Aber davon abgesehen – wo kann man hier eigentlich mal allein sein?«

»Nur im Meer«, lautete Aleas Antwort.

Auf Lennox' schönem Gesicht erschien ein Lächeln. »Dann gehen wir doch schwimmen.«

Alea lächelte zurück. »O ja.«

Innerhalb kürzester Zeit hatte Lennox die Tauchflasche und seine übrige Ausrüstung angelegt. Nachdem sie Ben Bescheid gesagt hatten, dass er die *Hercules* herunterlassen sollte, ging es schon ins Wasser. Sie hatten kein bestimmtes Ziel, wollten einfach nur zusammen sein. Und so schwammen sie langsam ins Blaue hinein, genossen das Wasser, die Strömung und die Anwesenheit des anderen. Hand in Hand glitten sie voran, und Alea fühlte sich an ihr Erlebnis mit den Jarias erinnert, als sie für einen kurzen Augenblick einfach nur glücklich und sorglos hatten sein dürfen.

Doch hier waren keine Jarias. Es schienen auch keine anderen Magischen in der Nähe zu sein. Eigentlich wirkte das ganze Meer eigenartig verlassen, und selbst Fischschwärme kreuzten nur äußerst selten ihren Weg. Lag das am Öl? Hatte es sich hier in der Nordsee doch stärker ausgebreitet als gedacht? Beim Atmen merkte Alea nichts Ungewöhnliches.

Da kam ihr der Gedanke, dass es für Cassaras schwierig gewesen sein könnte, ihnen zu folgen. Ging es ihm gut, oder hatte das Öl auch ihm Probleme bereitet? Sobald sie merkte, was sie da gerade gedacht hatte, ließ sie das Bild des Prinzen wieder aus ihrem Kopf fahren.

Alea und Lennox schwammen so lange, wie Lennox' Tauchflasche ihm Luft schenkte, und kehrten erst nach einiger Zeit zur *Crucis* zurück. Sie fanden die *Hercules* ohne Probleme und kletterten an Bord.

Sammy saß an die Steuerbord-Reling gelehnt auf dem Boden und starrte missmutig vor sich hin. Neben ihm lag die Mundharmonika, aber er hatte offenbar gar keine Lust, darauf zu spielen.

Während Lennox das Tauchzeug ablegte, kniete sich Alea neben Sammy. »Vielleicht –«, begann sie, aber sie kam nicht weiter, denn aus dem Wasser erklang ein lautes Grölen.

Jählings sprang Sammy auf. »Fussel!«

Alea rannte mit ihm nach Backbord zur Reling. »Da ist sie!« Aus den Wellen schaute ein kleiner Robbenkopf. »Sie ist es wirklich!« Es bestand gar kein Zweifel. Die ziegenartigen Zwischentöne waren unverkennbar.

Mit einem Satz hüpfte Sammy über die Reling ins Wasser

und kraulte zu seiner Robbe. Als er sie erreichte, röhrte das Tier aufgeregt, als wäre es genauso überglücklich wie Sammy.

Lennox stampfte zweimal mit dem Fuß auf die Planken. Ben sollte nach oben kommen. Tess war bereits aus dem Deckshäuschen hergeeilt und beobachtete die Wiedervereinigung. »Oh, sie ist wieder da«, murmelte sie, mehr zu sich selbst, aber Alea hörte genau, wie sehr Tess sich für Sammy freute.

Sammy schwamm nun mit strammen Zügen zur *Hercules*. Fussel folgte ihm. Dann hangelte Sammy sich am Seil zur *Crucis*. Fussel wich nicht von seiner Seite. An der Außenleiter hielt Sammy jedoch inne und blickte ratlos zu ihnen nach oben. »Wie kriege ich Fussel an Bord?«

Ben, der gerade neben Alea auftauchte, freute sich sichtlich für Sammy. Gleichzeitig machte er: »Hmmm …«

Tess schien einen Einfall zu haben und lief zum Heck. »Hilf mir mal!«, forderte sie Ben auf, und wenig später kamen die beiden mit dem alten Fischereikorb zurück, der schon seit Monaten am Heck in der Ecke gestanden und dort vor sich hin gegammelt hatte. »Wir bauen daraus einen Aufzug!«, verkündete Tess und grinste wie ein Honigkuchenpferd. »Einen Robbenaufzug!«

Es dauerte nur wenige Minuten. Tess holte ein langes Seil und zog es unter dem Griff des Korbs hindurch. Der Korb hing nun am Seil und konnte zum Wasser hinuntergelassen und wieder heraufgezogen werden.

»Das ist grandios!«, rief Alea.

Tess grinste. »Lassen wir ihn runter.« Sie hievte den Korb über die Reling und senkte ihn mithilfe des Seils ab.

Als Sammy das sah, fing er an zu quietschen. »Das gibt's ja nicht! Ihr seid die Besten! Die weltbesten Bestseebären!«

Kaum dass der Korb auf dem Wasser aufsetzte, schob Sammy Fussel hinein. Die Robbe grölte verdutzt und war noch verdutzter, als sich der Korb in die Höhe bewegte. Doch Sammy sprach beruhigend auf sie ein, und sie blieb brav liegen.

Oben zogen sie den Korb wieder an Bord, und Sammy flitzte die Außenleiter empor. »Oh, meine Fussel!«, jodelte er strahlend. »Herzlich willkommen auf der *Crucis.*« Er verbeugte sich tief. »Mögest du dich hier sauwohl fühlen und von allen unfassbar verwöhnt werden.« Er grinste zahnlückenbreit. »Das ganze Tiefkühlfach ist voll mit Fisch.«

»Sie muss irgendwann wieder ins Wasser zurück«, verpasste Tess seiner Freude einen Dämpfer.

»Weiß ich doch«, wehrte Sammy ab. »Aber erst mal ist sie hier. Und wenn sie wieder ins Meer will, lasse ich sie natürlich. Ich kann sie ja anscheinend mit der Trillerpfeife zu uns zurücklotsen.« Er war vor Freude ganz rappelig, und das war ansteckend. Ben und Lennox grinsten einander an. Da sagte Sammy: »Wir müssen unbedingt das Bandenritual mit ihr machen.«

»Was?« Ben bröckelte das Grinsen aus dem Gesicht. »Du willst der Robbe einen Bandennamen geben?«

»Unbedingt!« Sammy nickte, als wollte er sich selbst

beipflichten. »Jedes Bandenmitglied hat einen Sternbild-Bandennamen, und deswegen braucht Fussel auch einen.«

Tess stöhnte lautstark. Aber niemand versuchte auch nur zu diskutieren. Sie wussten alle, dass Sammy letztlich doch immer seinen Willen bekam, egal was er sich in den Kopf gesetzt hatte.

Ben zuckte ergeben mit den Achseln. »Ich hole das Buch.« Zwei Minuten später war er wieder da – einen Teller mit Fisch in der einen und das antike lateinische Buch über Sternbilder in der anderen Hand.

Zwar musste der gefrorene Fisch erst einmal auftauen, aber Sammy rieb trotzdem dankbar seinen Kopf an Bens Arm und sagte: »Bestbruder.« Dann nahm er das Buch, legte es vor Fussel auf die Planken und sah das Tier erwartungsvoll an.

»Wartest du darauf, dass sie es durchblättert?«, erkundigte sich Tess trocken.

Sammy lächelte unbeirrt. »Irgendetwas wird passieren. Irgendetwas wird dafür sorgen, dass Fussel jetzt und hier ihren Bandennamen erhält. Denn Bandennamen sind immer Schicksal.«

Tess verschränkte mit sehr misstrauischer Miene die Arme.

Da blies mit einem Mal ein Windstoß über das Deck. Er war so stark, dass er das Buch aufschlug und durch die Seiten fegte. Dann verschwand er so plötzlich, wie er herangebraust gekommen war. Das Buch lag nun aufgeklappt da.

»Habt ihr das gesehen? Habt ihr gesehen, wie der Wind das Buch aufgeschlagen hat?«, schrie Sammy.

Tess sagte »Nein«, wirkte aber ein klein wenig irritiert. Auch Ben und Lennox blickten staunend auf das Buch, und Alea stellten sich die Nackenhaare auf.

Fussel gab blökende Laute von sich und sah zu Sammy.

Der ließ sich mit aller Achtsamkeit – als würde er vor einem Schrein knien – vor dem Buch nieder.

»Welches Sternbild ist es?«, fragte Lennox.

Sammy sah nach. *»Auriga«*, wisperte er.

»Der Fuhrmann«, sagte Ben und hockte sich neben Sammy, um den lateinischen Text zu diesem Sternbild, das Alea kaum kannte, zu überfliegen. »Bla, bla, bla … Wartet, hier! Das Sternbild des Fuhrmanns erinnert auch an eine Ziege«, übersetzte er, und Alea klappte der Unterkiefer herunter. »Laut der Überlieferung gehörte das Horn der Ziege der Glücksgöttin Fortuna.«

»Fussel ist ein Glücksbringer …«, flüsterte Alea. »Sie bringt uns Glück!«

Tess schüttelte den Kopf, murmelte irgendetwas auf Französisch und stapfte davon.

Mit einem leisen *Schnapp!* klappte Sammy das Buch zu und sah seine Robbe andächtig an. »Fussel Fuhrmann, du bist nun ein offizielles Mitglied der Alpha Cru.«

Brügge

Fussel Fuhrmann besuchte sie oft auf der *Crucis*. Sammy benutzte immer wieder seine Trillerpfeife, um ihr den Weg zu ihnen zu weisen, und meist tauchte die Robbe wenig später auf. Sammy schlug dann mit einem Holzstück auf die Reling, und Fussel wusste, dass sie das unsichtbare Schiff gefunden hatte. Anschließend zog er sie mit ihrem Aufzug an Bord, und das Tier machte es sich an Deck gemütlich. Fussel liebte es, in der Sonne zu dösen, sich streicheln zu lassen oder Ball zu spielen. Gern lag sie auch neben Lennox, wenn er Gitarre spielte, doch am liebsten war sie bei Sammy, platzierte bei jeder Gelegenheit ihren Kopf auf seinem Oberschenkel und schlief oftmals so ein.

Die Alpha Cru befand sich auf direktem Weg nach Brügge, und mittlerweile hatte sie auch wieder den Wind im Rücken. Ihre Reise dauerte insgesamt vier Tage, während derer nicht viel geschah. Sammy fand kaum Themen, die er für sein Bandentagebuch besprechen konnte. Doch Alea gefiel es, endlich einmal ein paar Tage Ruhe zu haben. So ruhig es aber auch an Bord zuging – in Aleas Innerem sah es ganz und gar anders aus. Über Mail hatten ihnen inzwischen fünfundzwanzig Meerkinder zugesagt, zum Treffen in der *Wafelfabriek* zu kommen. Fünfundzwanzig! In Aleas Kopf hüpften die Gedanken wild auf und nieder, und manchmal setzte sie sich zu Tess, wenn diese im Schneidersitz irgendwo saß und meditierte. Dann versuchte Alea ganz ruhig zu werden, ihren Geist von allem Ballast zu befreien und einfach nur da zu sein. Manchmal klappte es, und dann tat es ihr sehr gut, aber meistens klappte es nicht. Sie musste wohl noch viel üben.

Was sie ebenfalls ausgiebig übte, war Englisch. Ben und sie saßen oft stundenlang zusammen. Sie brachte ihm weitere *Hajara*-Wörter und Redewendungen bei, die er meist schon beherrschte, nachdem er sie ein- oder zweimal gehört hatte. Ben versuchte ihr im Gegenzug das *Past Progressive* einzutrichtern, was sich etwas schwieriger gestaltete.

Am Morgen des zehnten Augusts erreichten sie Belgien. Als Alea erwachte, klapperte sie vor Aufregung mit den Zähnen. Aber eine Runde Training mit Lennox half ihr, alle überschüssigen Energien herauszuboxen und sich auf das zu konzentrieren, was wichtig war. Heute würde sie endlich auf andere Meerkinder treffen und ihnen erzählen können, wer sie waren. Sie würde ihnen gegenüberstehen, ihnen in die Augen schauen und sie fragen, ob sie gemeinsam mit ihr in den Kampf für die Ozeane ziehen würden und irgendwann eine neue Welt am Grunde des Meeres mit ihr aufbauen wollten – falls sie Doktor Orions Gegenmittel bis dahin hatten.

Sollte sie zu nervös sein, würde sie die Elvarion-Stärke herbeirufen. Und wenn die anderen doch kein *Hajara* verstanden, war ja Ben da, der in mehrere Sprachen übersetzen konnte. Sie hatte an alles gedacht. Hundertmal war sie im Kopf alles durchgegangen. Sie war bereit. Auch wenn ihr Bauch grummelte, als stünde die schwierigste Matheprüfung aller Zeiten bevor.

Sie ankerten vor einem Ort namens Blankenberge. Von dort aus war es nicht weit bis nach Brügge, das etwas weiter im Landesinneren lag. Gleich neben einem großen Seezeichen warfen sie ihren Anker aus, denn sie hofften, dass andere Schiffe es weiträumig umfahren würden. Sie hatten keine Ahnung, wie lange die Skorpionfische die *Crucis* verbergen würden, wenn Lennox nicht an Bord war. Aber vielleicht würden die Meister der Tarnung ja wenigstens bis zum Abend am Rumpf haften bleiben.

Die Alpha Cru sprang in die *Hercules* und ruderte zum Festland, wo sie das Schlauchboot an einem Pier festmachte und ausstieg. Es war ein wunderschöner Sommertag. Die Sonne lachte vom Himmel, und die Menschen waren in Urlaubsstimmung. Restaurants, Liegen und unzählige Kinderspielplätze säumten den Strand. Überall wurden Eiskugeln verspeist, Sandburgen gebaut und Ferienfotos gemacht.

Während die Cru zu einer Bushaltestelle marschierte, fragte Tess: »Was ist eigentlich, wenn Meerkinder sich uns anschließen wollen? Auf der *Crucis* ist doch kein Platz mehr.«

Darüber hatte Alea auch schon nachgedacht. »Wir brauchen noch ein Schiff.«

Ben lachte. »Du willst eine Meerkinderflotte auf die Beine stellen, was?«

Tess lachte auch, aber Alea war es durchaus ernst damit.

Sie nahmen den nächsten Bus nach Brügge. Alea konzentrierte sich auf ihren Atem, um ihre Nervosität im Zaum zu halten, und blickte dabei aus dem Fenster. Sie fuhren an Backsteinhäusern und Gehöften mit leuchtend orangefarbenen Dächern vorbei. Das Land war sehr flach, und die weitläufigen Weiden schienen sich bis zum Horizont zu erstrecken. Überall waren Kühe.

Nach einiger Zeit hatten sie die Stadt erreicht und stiegen aus dem Bus. »Wow«, entfuhr es Tess, die sich aufmerksam umschaute. »Das ist die vollste Stadt, in der ich je gewesen bin – und ich komme aus Paris!«

Brügge war tatsächlich völlig überfüllt. Das Städtchen schien vor lauter Menschen aus allen Nähten zu platzen, was wahrscheinlich vor allem daran lag, dass es wunderhübsch war. Die stolzen Häuser waren malerisch schön und größtenteils wohl uralt. Pferdekutschen fuhren vorüber, zahllose Brücken spannten sich über ein plätscherndes Flüsschen, und überall zweigten romantisch verwinkelte Gassen von den Hauptstraßen ab. Beeindruckt ließ Alea den Blick schweifen, doch das war inmitten der Menschenmassen gar nicht so leicht.

»Ich freu mich so!«, quietschte Sammy. »Gleich essen wir die besten Waffeln der Welt!«

Alea war nicht nach Essen zumute, aber Sammy würde sich garantiert um sein Projekt Wampe kümmern – Meerkinder hin oder her.

Sammy führte sie durch die vollen Straßen, bis sie einen etwas ruhigeren Bereich ohne Geschäfte erreichten. Der kleine Fluss floss hier gemächlich dahin. Doch was war das da vorn? Die Straße fiel unvermittelt steil ab, und der Fluss rauschte über ein Gefälle. Alea staunte nicht schlecht. Mitten in diesem uralten Städtchen schäumte ein Wasserfall.

Sie folgten der langen Straße bis zu ihrem Ende und trafen hier wieder mehr Menschen an. Eine lange Warteschlange wand sich zum Eingang eines urigen, wildwinkeligen Gebäudes. Über dem prachtvollen Eingang prangte ein Schriftzug: *De Wafelfabriek*.

»Skandalös pompös«, murmelte Alea.

»Warte erst mal ab, bis du eine Waffel gegessen hast!«, rief Sammy, und seine Stimme überschlug sich vor Aufregung.

Alea war auch aufgeregt. Aber das hatte weniger mit Waffeln, sondern eher damit zu tun, dass in der langen Schlange vielleicht Meerkinder anstanden. »Wir sind ein bisschen spät dran, oder?«, fragte sie. »Wir haben den anderen zwölf Uhr mittags als Zeitpunkt genannt, richtig?«

»Ja.« Ben sah auf sein Handy. »Es ist fünf nach zwölf. Wir sollten direkt zum Wasserfall gehen.«

»Och, menno!«, beschwerte sich Sammy. »Ich wollte doch zuerst –«

»Die Meerkinder sind wichtiger«, unterbrach ihn

Lennox, der angespannt wirkte. Bestimmt war er ebenso nervös wie Alea.

»Wartet hier.« Ben drängte sich an den Wartenden vorbei zum Eingang. Ein paar Minuten später kam er zurück. »Daan hat gesagt, er hat bereits jedes Kind, das nach dem Wasserfall gefragt hat, in den Veranstaltungsraum gebracht.« Daan war der Besitzer des Waffelcafés, den Ben und Sammy gut kannten und der heute exklusiv für sie den Raum hinter dem Wasserfall reserviert hatte. »Er sagt, es sind schon einige da.«

Alea wurden die Knie weich. Sie waren hier. Sie waren gekommen.

Ben lächelte hektisch und sagte: »Hier geht's lang.« Er lotste sie um das Café herum. Nun sah Alea die kleine Brücke, die von der Straße hinter den Wasserfall führte, wo der Raum in eine Höhle hineingebaut worden war. Ben und Sammy hatten ihr die Brücke zuvor schon auf Internetfotos gezeigt, und die Bilder hatten Alea beruhigt, denn die Brücke besaß ein Glasdach und Glaswände. Wenn man über sie zum Veranstaltungsraum lief, wurde man nicht nass – und das war natürlich extrem wichtig, denn vollständige Meerkinder durften nicht mit kaltem Wasser in Berührung kommen, sonst starben sie innerhalb kürzester Zeit am Virus.

Jetzt gingen sie unter dem Wasserfall hindurch. Wasser spritzte auf das Glasdach der Brücke, doch kein Tropfen erreichte sie.

Aleas Beine schienen nur noch aus Wackelpudding zu

bestehen, und ihr Herz schlug so laut, dass sie dachte, jeder müsste es hören.

Sie erreichten eine Tür. Lennox legte seine Hand auf die Klinke und sah Alea fragend an.

Sie nickte.

Lennox öffnete die Tür und trat ein. Kurz überprüfte er den Raum mit Blicken, dann bedeutete er ihr, dass sie hereinkommen konnte.

Begleitet von Ben, Sammy und Tess schritt Alea hinein.

Als sie in die Gesichter sah, die sie dort erwarteten, wurde etwas in ihrem Innersten schlagartig ganz ruhig. Langsam und tief atmete sie durch und schaute die Meerkinder an.

Es waren weniger als fünfundzwanzig. Es waren zehn. Aber das konnte Alea in diesem Moment nicht enttäuschen. Zehn Meerkinder waren gekommen! Die meisten waren etwas älter als elf oder zwölf Jahre, vielleicht vierzehn oder fünfzehn. Keines von ihnen war Anthea.

Vier Jungen und sechs Mädchen.

Sie alle waren verstummt, als Alea hereingekommen war.

Tess, Ben und Sammy traten still zur Seite und setzten sich an den Rand. Nur Lennox blieb bei Alea stehen.

Es war mucksmäuschenstill im Raum.

Aleas Geist war klar und fokussiert. Der Elvarion-Modus hatte ganz von selbst eingesetzt. Sahen die Kinder ihr die Elvarion an? Alle Augen waren auf sie gerichtet, als wussten die anderen, dass sie es war, die sprechen würde.

Alea nahm sich die Zeit, zuerst jeden Einzelnen anzublicken, einen nach dem anderen …

Den Jungen mit den klargrünen Augen.

Das Mädchen mit den ungeheuer breiten Schultern.

Das Mädchen mit der schuppigen, leicht grünlichen Haut.

Das Mädchen mit den azurblauen Augen.

Aleas Herz setzte einen Schlag lang aus. Eine Oblivionin war gekommen.

Konzentriert riss sie sich zusammen und schaute weiter jedem einzelnen Meerkind ins Gesicht.

Manche lächelten Alea zaghaft an, manchen standen tausend Fragen in den Augen, manche schienen von der offensichtlichen Größe des Moments ganz eingeschüchtert zu sein.

Langsam zog Alea ihre Handschuhe aus, setzte die Mütze ab und schob ihr Haar zurück.

Einige der Anwesenden schnappten nach Luft.

Alea hob die Hand, spreizte ihre Finger und sagte: »Wir sind der Anfang.«

Die letzten Meerkinder

»Ich bin Alea.« Ihre Stimme klang stark und klar. »Man nennt mich auch Alea Aquarius. Ich bin ein Meermädchen.«

Totenstille herrschte im Raum.

»Was … was ist das für eine Sprache, in der du da redest?«, fragte der Junge mit den klargrünen Augen.

»Wie heißt du?«, stellte sie eine Gegenfrage.

»Mio. Wieso verstehe ich dich?« Er fasste sich an den Hals und dann an die Lippen. »Wieso kann ich diese Sprache auch?«

Die übrigen Meerkinder sahen ebenso verwirrt aus wie er.

»Das ist *Hajara*, die Sprache des Meeres«, erklärte Alea. »Ihr beherrscht sie, weil ihr Meerkinder seid.«

Lautes Gemurmel brandete auf. Es war, als ob jeder ausprobieren wollte, ob er tatsächlich auch so sprechen konnte wie Alea. Wie es schien, war das bei allen der Fall. Alea sah faszinierte, begeisterte und völlig überwältigte Mienen. Ein Junge mit glänzender nachtschwarzer Haut und seltsam hellen Augen, der sich mit diesem Aussehen in der Landgängerwelt alles andere als normal fühlen musste, weinte sogar. Alea erinnerte sich daran, was für eine tief greifende Erfahrung es für sie gewesen war, als sie das festgestellt hatte: Da lag eine Sprache in ihr verborgen, die sie nie zuvor benutzt hatte.

Schließlich hob Alea die Hand, und das Gemurmel verebbte sofort. »Ich bin hier, um euch zu sagen, wo ihr herkommt und wer ihr seid.«

Das Mädchen mit den breiten Schultern hob den Arm wie in der Schule. »Ich bin Isla aus Berlin«, sagte sie und schien sich erst an *Hajara* gewöhnen zu müssen. »Ich … bin allergisch gegen kaltes Wasser … wie kann ich da ein Meerkind sein?«

Zustimmendes Raunen erklang.

»Und was ist überhaupt ein Meerkind?«, schob Isla nach. Doch ihr Gesichtsausdruck verriet Alea, dass sie es tief in ihrem Inneren wusste.

»Hast du nicht geschrieben, dass du die Sehnsucht nach dem Meer in dir spürst – trotz Wasserallergie?«, fragte Alea.

»Ja, so geht es mir auch!«, rief ein anderes Mädchen – das mit der leicht grünlichen, schuppigen Haut. »Ich bin Zuzana.« Sie lächelte scheu. »Ich wollte mein ganzes Leben lang am liebsten in den See neben unserem Haus springen. Ich dachte schon, ich wäre lebensmüde.«

Viele schienen ganz ähnliche Erfahrungen gemacht zu haben wie Zuzana, und jetzt begannen wieder alle auf einmal zu reden. Nur das Oblivion-Mädchen saß stumm da und wackelte unablässig mit einem Bein. Alea kniff die Augen zusammen. Was stimmte nicht mit diesem Mädchen? Es wirkte … flatterig.

»Wie heißt du?«, fragte Alea.

Das Mädchen erschrak, als Alea es so direkt ansprach, und schob sich hektisch eine Strähne ihres langen blonden Haars hinter das Ohr. »Xalia«, erwiderte sie schüchtern. Man merkte Xalia deutlich an, dass es ihr lieber gewesen wäre, sie hätte nichts sagen müssen.

Alea erinnerte sich an Xalias Mail. Sie war sehr kurz gewesen. Nun bemerkte Alea, dass Lennox den Kopf schief legte und das Mädchen gründlich musterte. Fand er sie auch seltsam?

Xalia stierte Lennox an. »Du hast … Augen wie ich«, stotterte sie. Ganz offensichtlich hätte sie gern mehr über Lennox und die ungewöhnliche Farbe ihrer Augen erfahren, aber jetzt schüttelte sie den Kopf, als wäre ihre Bemerkung völlig unangebracht gewesen.

»Geht es dir gut?«, fragte Alea freiheraus.

Das Mädchen errötete. »Ja! Ich … ähm … alles fein!«

Alea konnte sich keinen Reim auf die eigenartige Fahrigkeit des Mädchens machen. Aber sie durfte sich nicht ablenken lassen. »Ich habe selbst erst vor ein paar Wochen erfahren, dass ich ein Meermädchen bin«, fuhr sie nun fort, und alle hörten ihr gespannt zu. »Bis dahin hatte ich gedacht, ich würde sterben, wenn ich mit kaltem Wasser in Berührung komme. Dann bin ich bei einem Sturm ins Meer gefallen.«

Einige der Kinder rissen entsetzt die Augen auf.

»Aber ich bin nicht gestorben«, erzählte Alea. »Ich –« Abrupt hielt sie inne, denn die Tür wurde gerade aufgerissen.

Jemand stürzte in den Raum.

Lennox sprang reflexartig auf den Jemand zu. Doch dann blieb er urplötzlich stehen.

Alea konnte es kaum glauben.

In der Tür stand eine Frau mit kurzem, dunklem Haar und klargrünen Augen – die Walwanderin.

Der Blick der Frau schweifte hastig durch den Raum und traf auf Alea.

Sie starrten einander an, einen winzigen Moment nur, doch irgendetwas in Alea platzte auf wie ein Knoten, der zu lange festgeschnürt gewesen war. Auf einmal war sie den Tränen nahe. »Was …«, stieß sie hervor.

Die Walwanderin eilte zu ihr. »Alea, hör mir gut zu!«, sagte sie und blickte fieberhaft zur Tür. »Ihr müsst sofort weg von hier.«

»Warum?«, fragte Lennox alarmiert, während er die Tür im Auge behielt.

Alea konnte gar nichts sagen, starrte die Frau nur an.

»Ich habe deine Nachricht bekommen, allerdings nur bruchstückhaft wegen des Öls«, erklärte die Frau schnell. »Ich habe aber gehört, wie du gesagt hast, dass ihr nach Brügge segelt. Ich bin seit zwei Tagen hier, auf der Suche nach dir. Und gerade eben habe ich Doktor Orion gesehen.«

Ben schrie auf.

Lennox knurrte wie ein Raubtier.

»Ich wollte zu ihm und ihm für all das danken, was er für die Meerwelt getan hat«, fuhr die Walwanderin angespannt fort. »Aber dann habe ich ihn mit einem anderen Mann reden gehört. Sie sprachen über dich! Ich konnte es kaum glauben. Sie sind hinter dir her!«

Lennox lief zur Tür und spähte auf die Brücke hinaus. Sein Körper war bereit zu kämpfen.

Alea hörte der Frau genau zu. Einerseits hatte sie den starken Impuls, sie in ihre Arme zu schließen, andererseits war sie in höchster Alarmbereitschaft. Aleas Gehirn nahm alle Informationen präzise auf und suchte bereits nach einer Lösung, während die Frau weitersprach.

»Ich weiß nicht, warum, aber sie haben nichts Gutes mit dir vor«, fügte die Wanderin aufgewühlt hinzu. »Ich habe gehört, dass sie dich am Wasserfall abfangen wollen. Ich bin so schnell gerannt, wie ich konnte. Ich weiß nicht, wann sie hier sein werden – oder ob sie es nicht schon sind!«

Die anderen Meerkinder erhoben sich ängstlich, und Ben übersetzte für Tess und Sammy, was die Wanderin gesagt hatte.

»Wir müssen hier weg!«, schrie Sammy.

Da stand Xalia auf. »Es tut mir so leid«, stammelte sie mit bleichem Gesicht. »Dieser Doktor hat mir viel Geld dafür gegeben, dass ich ihm den Treffpunkt verrate. Ich wollte niemandem schaden – vor allem niemandem, der vielleicht so ist wie ich und mir erklären kann, was ich bin.« Sie begann zu schluchzen. »Aber meine Familie ist sehr arm …«

Alea hörte ihr nicht weiter zu. Ihr Hirn arbeitete auf Hochtouren. »Gibt es hier einen Hinterausgang?«, schoss sie eine Frage an Ben ab.

»Ja.« Ben wies auf eine Tür an der Rückseite des Raums. »Wenn wir durch die Toilettenfenster klettern, kommen wir an der Straße raus.«

»Dann los!«, rief Alea.

Die Meerkinder, Tess, Ben und Sammy rannten zur Hintertür und waren schon hindurch verschwunden, als Lennox gellte: »Da ist Jinx!«

Alea wurde eiskalt. Jinx war die rechte Hand von Doktor Orion.

Die Wanderin sah sie eindringlich an. »Flieh, Alea. Ich bleibe zurück und halte ihn auf.«

»Ich bleibe auch«, sagte Lennox.

»Nein.« Die Wanderin schüttelte den Kopf. »Bleib bei Alea und schirme sie ab. Ich kümmere mich um den Mann.«

Lennox wirkte verblüfft, aber dann nickte er. Als er Alea fortzog, blickte sie noch einmal zu der Wanderin zurück. »Du könntest verletzt werden …«

Mit unnachgiebiger Entschlossenheit antwortete die Frau: »Ich werde dich mit meinem Leben beschützen.«

»Aber … warum?«

»Weil ich deine Mutter bin.«

Alea erstarrte. Die Erkenntnis traf sie wie ein Hammerschlag. Fassungslos starrte sie die Wanderin an.

»Lauf, Alea. Bring dich in Sicherheit«, flehte die Frau, die Nelani war. Nelani, ihre Mutter. »Ich werde dich wiederfinden. Und wenn meine Nachrichten dich wegen des Öls nicht erreichen, finde ich einen anderen Weg. Lauf!«

Da jagte ein Mann durch die Tür in den Raum – Jinx, der spindeldürre Gefährte von Doktor Orion. Er war schnell wie ein Panther. Als er Alea sah, blitzten seine Augen auf. Angriffsbereit rannte er auf sie zu. Doch bevor er sie erreichte, warf sich Nelani dazwischen. Mit einem wuchtigen Beinmanöver brachte sie Jinx zu Fall. »Lauf, Alea, lauf!«, schrie sie.

Und Alea rannte los. Lennox war an ihrer Seite, und gemeinsam hetzten sie durch die Hintertür, einen langen Gang entlang zu den Toiletten. Das Fenster stand offen. Mit einem Satz sprang Alea hoch und kletterte hindurch. Sie kamen am Flussufer heraus, gleich neben der Straße.

Ben, Tess und Sammy warteten dort auf sie. Neben ihnen standen Isla, Zuzana und der Junge mit den klargrünen Augen – Mio. Die anderen Meerkinder waren fort.

»Jinx ist aufgetaucht«, erklärte Alea atemlos.

Im selben Moment rief Tess: »Da drüben!«

Am unteren Ende der Straße sprinteten ein paar Männer über den Asphalt, und sie liefen direkt auf sie zu.

»Scheiße!«, entfuhr es Ben. »Weg hier!«

Alea unterdrückte ihren Fluchtimpuls für einen kurzen Augenblick und sagte zu den drei Meerkindern: »Bringt euch in Sicherheit. Euch werden sie nicht folgen. Sie wollen uns.«

»Aber …«, sagte Zuzana verzweifelt.

»Wir sehen uns wieder«, versicherte ihr Alea und setzte sich in Bewegung. »Wir schreiben euch. Rennt jetzt weg!«

Die Alpha Cru spurtete los. Alea drehte sich im Laufen noch einmal um und sah, dass Zuzana und Mio verschwunden waren. Isla stand jedoch mitten auf der Straße, breitbeinig wie ein Bollwerk. Die Zalti würde kämpfen. Eine Woge der Dankbarkeit durchflutete Alea.

Lennox schaute sich ebenfalls um. Als er Isla in Kampfhaltung sah, nickte er erleichtert. Genau so hatte er sich das erhofft – sie fanden andere Meerkinder, und diese halfen ihnen im Kampf gegen Orion.

Dann war plötzlich Nelani da, stellte sich neben Isla und warf sich den Männern entgegen, als diese sie erreichten. Mit zielsicheren Handkantenschlägen und harten Fußkicks griff Nelani mehrere Männer gleichzeitig an.

Lennox staunte. »Jetzt weiß ich, woher du dein Talent zum Kampfsport hast …«

Isla hatte ganz klar keine Kampfsporterfahrung. Doch sie nutzte ihre Größe und ihre Muskeln, um die Männer aufzuhalten.

»Guck nach vorn!«, rief Tess und warnte Alea damit im letzten Augenblick davor, gegen eine Hausecke zu rennen.

Alea wandte sich von dem Geschehen hinter ihnen ab, sagte im Geiste *Auf Wiedersehen* zu ihrer Mutter und meinte es genau so: Bis sie einander wiedersahen …

Mit der Angst im Nacken hetzten sie durch die menschenwogenden Straßen von Brügge. »Wir müssen zum Schiff!«, rief Alea.

Lennox blieb stehen. »Wie sollen wir dahin kommen? An einer Haltestelle auf den Bus warten?«

Orions Männer konnten jede Sekunde wiederauftauchen.

Ben sah sich verzweifelt um, aber auch er schien keine Lösung zu finden. »Laufen wir weiter«, sagte er nur, und das taten sie.

Alea ging in Gedanken rasend schnell alle Möglichkeiten durch. Zu Fuß würden sie es nicht zur *Crucis* schaffen. Dafür war es zu weit, und Orions Männer hätten zu viel Zeit, sie aufzuspüren, ehe sie wieder im Schutz der Skorpionfischtarnung untertauchen konnten.

Ben lief voran und führte sie auf weniger überfüllte Straßen. Hier konnten sie besser rennen – andererseits schützte die Menschenmenge sie auch nicht mehr.

Da sah Alea einen Mann auf einem Fahrrad hinter ihnen.

Blankes Entsetzen schoss ihr die Wirbelsäule hinauf.

Es war Doktor Orion. Mit verbissener Miene trat er in die Pedale. Sein Blick war eisern auf sie gerichtet.

Wenn ihr nicht schnell etwas einfiel, hätte er sie bald erreicht. Sollten sie in ein Haus flüchten? In den Fluss springen? Könnte Lennox mit ihm kämpfen?

Doch nun erkannte Alea, dass hinter Doktor Orion mindestens ein Dutzend weitere Männer auf Fahrrädern heranpreschte. Fast alle von ihnen hatten nachtschwarze Haut und stechend helle Augen – wie der Meerjunge! Waren das Meermenschen? Welchem Stamm gehörten sie an?

Skrupellos fuhren sie nun mitten durch Spaziergängergruppen und nahmen keinerlei Rücksicht auf die Leute. Offenbar galt all ihr Denken dem Ziel. Und das war Alea.

Die Armee auf Fahrrädern kam unerbittlich näher.

Alea war wie gelähmt, denn ihr Kopf hatte ihr gerade vorgerechnet, dass sie nicht entkommen konnten.

Doch plötzlich hörte sie jemanden rufen: »Hier lang!«

Alea erkannte die Stimme. Ohne zu zögern, folgte sie ihr, und die Cru folgte Alea.

Sie rannten um eine Hausecke herum, und da war Cassaras. Er stand neben einem Auto mit vier geöffneten Türen. »Ihr habt in Island Autofahren gelernt, richtig?«, fragte er Lennox und Ben.

Die beiden waren sprachlos.

»Steigt ein!« Cassaras drängte sie ins Wageninnere. »Fahrt mit dem Auto zu eurem Beiboot zurück. Schnell!«

Ben und die anderen stiegen bereits ein. Alea sah sich nach dem Nixenprinz um, aber da war er schon nicht mehr da – als hätte er sich in Luft aufgelöst. Lennox zerrte Alea in den Wagen. Sie war sich bewusst, dass sie in ein gestohlenes Fahrzeug einstieg. Niemals wäre sie von selbst auf die Idee gekommen, ein Auto zu knacken. Aber dadurch hatten sie nun tatsächlich eine Chance, Orion und seinen Männern zu entkommen.

Ben saß hinter dem Steuer. Er hatte nur eine einzige

Fahrstunde gehabt, damals in Orions Villa. Beim ersten Versuch würgte er den Wagen ab, doch beim zweiten Mal sprang er an. Mit quietschenden Reifen fuhr Ben los.

Gleich darauf bogen Orion und seine Leute um die Ecke. Als Orion sah, dass die Alpha Cru in einem Auto saß, fluchte er lautstark.

Ben gab Gas und bretterte in einem irren Tempo die Straße hinab. Orion folgte ihnen mit wild verzerrtem Gesicht, aber er hatte auf dem Rad keine Chance. Der Doktor blieb immer weiter zurück, und schließlich hatten sie ihn abgehängt.

Niemand jubelte. Sie alle wussten, dass sie es noch nicht geschafft hatten. Orion hatte bestimmt noch ein Ass im Ärmel.

Ben überquerte ein paar Kreuzungen, und dann erreichten sie die Landstraße, die sie so schnell entlangsrasten, dass Alea sich an ihrem Sitz festkrallte. Lennox schnallte sie mit dem Gurt an. Doch alles ging gut. Sie erreichten Blankenberge wenig später. Falls Orion ihnen inzwischen in einem Auto folgte, hatten sie es noch nicht bemerkt. Aber sie waren mehr als auf der Hut.

Nachdem sie aus dem Wagen gesprungen waren, ließen sie ihn mit geöffneten Türen stehen. So würde die Polizei schnell auf das Fahrzeug aufmerksam werden und es seinem rechtmäßigen Besitzer zurückgeben.

Sie rannten zum Pier. Die Luft schien rein. Die *Hercules* lag noch dort, wo die Cru sie zuvor vertäut hatte. Sie kletterten hinein, und Ben ruderte los. Auf dem Meer waren sie schutzlos. Wenn jetzt einer von Orions Hubschraubern auftauchte, waren sie geliefert.

Ben steuerte auf das Seezeichen zu. Die *Crucis* war noch immer getarnt. Aber als die *Hercules* gegen das Schiff stieß, verlor es seinen Tarnschutz für sie.

Im Eiltempo stiegen sie an Bord und hievten das Beiboot hinterher. Keine Minute zu früh, denn schon hörten sie den dröhnenden Klang eines sich nähernden Hubschraubers. Wenige Augenblicke später sahen sie ihn, und als der Helikopter über sie hinwegdonnerte, erkannte Alea, dass Doktor Orion selbst mit hochroter Zornesmiene im Cockpit saß. Doch vor seinen Augen blieben sie verborgen.

Die Alpha Cru stand bewegungslos an Deck und starrte hinauf. Als der Hubschrauber endlich fort war, sagte Ben: »Anker lichten. Motor an. Wir müssen sofort weg von hier.«

Entkommen

Der Anker war gelichtet. Ben steuerte die *Crucis* unter Motorkraft gegen den Wind von der Küste fort. Sie hatten es geschafft. Sie waren Doktor Orion ein weiteres Mal entkommen.

Die Anspannung und Furcht fielen nun nach und nach von Alea ab, und ihr wurde bewusst, was soeben eigentlich passiert war. Sie waren nicht nur Orion entwischt, sie hatten außerdem endlich, nach all dieser Zeit des Hoffens und Träumens, andere Meerkinder getroffen! Doch selbst dies verblasste gegen die eine Sache, die Alea noch immer kaum glauben konnte: Die Walwanderin war Nelani. Sie hatte ihre Mutter gefunden! Am liebsten wäre Alea auf der Stelle in die Stadt zurückgefahren, um Nelani zu suchen. Natürlich war das völliger Irrsinn. Aber es machte sie ganz verrückt, dass sie fortsegeln mussten, während ihre leibliche Mutter doch so nahe war.

In Aleas Kopf sprangen die Gedanken kreuz und quer durcheinander, und ihr Herz machte einen himmelhochjauchzenden Salto. Ihre Mutter war gar nicht tot! Im nächsten Moment verwandelte sich der Salto jedoch in ein

Fragezeichen. Wie konnte es überhaupt sein, dass sie noch lebte? War sie denn nicht am Virus gestorben? Wenn Alea doch nur länger mit Nelani hätte reden können!

Lennox trat neben sie. »Ich gehe sofort runter und schreibe den Meerkindern. Ich sage ihnen, dass sie Brügge auf schnellstem Weg verlassen sollen. Wenn wir die Videokonferenz machen, können wir die, die heute da waren, ja auch dazuschalten. Und dann erklärst du ihnen, wer sie sind und all das, was du eigentlich heute sagen wolltest.«

Lennox schien vollständig darauf konzentriert zu sein, was zu tun war. Aleas Kopf war jedoch gerade mit etwas ganz anderem beschäftigt.

Lennox redete weiter. »Orion wird uns nicht davon abhalten, die Meerkinder zu vereinen.«

Alea brauchte einen Moment, aber dann antwortete sie ihm: »Orion hat einen Weg gefunden, unseren Treffpunkt herauszubekommen, obwohl du so viele Passwörter und einen Skorpionfisch hattest …«

»Orion hat Xalia benutzt.« Man hörte die unterdrückte Wut in Lennox' Stimme. »Ich frage mich, woher er sie kennt.«

»Sie kommt aus Irland, oder nicht?« Daran erinnerte sich Alea aus Xalias kurzer E-Mail. Irland war nicht allzu weit von Island entfernt. »Hat Orion uns nicht mal erzählt, dass er in seiner Funktion als Arzt in unzähligen Schulen nachgefragt hätte, ob es Kinder mit Narben zwischen den Fingern und Zehen und hinter den Ohren gäbe?«

»Ich hatte eigentlich gedacht, das wäre nur eine von seinen vielen Lügen gewesen«, murmelte Lennox.

»Was, wenn nicht? Was, wenn er tatsächlich Meerkinder gefunden hat, schon lange vor uns?«

»Dann dürfen wir ihnen nie wieder einen Hinweis darauf geben, wo wir uns aufhalten«, erwiderte Lennox finster. »Jedes von ihnen könnte ein Verräter sein. So wie Xalia.« Seine Kiefermuskeln spannten sich vor Zorn an. »Sie –« Als er Alea ins Gesicht sah, hielt er abrupt inne. Plötzlich schien ihm etwas aufzugehen. »Ich rede die ganze Zeit nur von den Meerkindern, und du …« Behutsam zog er sie in seine Arme. »Du hast deine Mutter gefunden – und gleich wieder verloren.«

Alea schloss die Augen und ließ sich trösten.

Wenig später gesellte sich Sammy zu ihnen. Er war kreideweiß, was kein Wunder war. Wenn Cassaras nicht aufgetaucht wäre, hätte Orion sie geschnappt! Alea streckte einen Arm aus, und Sammy schmiegte sich in die Dreierumarmung. Lennox stand zwar etwas steif da, aber so langsam hatte er sich wohl an die Sitten auf der *Crucis* gewöhnt.

»Wir haben gar keine Waffeln gegessen«, beschwerte Sammy sich, aber sein Tonfall war eher nachdenklich als nörgelig.

Ungelenk tätschelte Lennox ihm den Kopf.

»Was waren das für helläugige Männer bei Orion?«, fragte Sammy dann. »Die sahen alles andere als gewöhnlich aus!«

»Die müssen einem Meermenschenstamm angehören, den wir noch nicht kennen«, vermutete Lennox und bestätigte damit Aleas Überlegung.

»Und hab ich das richtig verstanden?«, fragte Sammy gleich weiter. »Diese Frau war die Walwanderin – und die ist deine Mutter?«

»Ja, sie ist meine Mutter.« Es fiel Alea leicht, das zu sagen. Es war sogar mehr als leicht. Es war unendlich schön.

»Aber wie ist das möglich?«, mischte sich Tess ein, die etwas abseits stand. Als Alea, Lennox und Sammy sich nun aus der Umarmung lösten und keine Gefahr mehr bestand, mitkuscheln zu müssen, kam Tess zu ihnen herüber. »Dachtest du denn nicht, dass deine Mutter tot ist?«

»Ja«, antwortete Alea. »Mein Vater hat das ebenfalls geglaubt, weil Nelani ja den Virus hatte. Außerdem gab es in Rach Turana keine Botschaft von ihr – obwohl wahrscheinlich alle überlebenden Eltern dort etwas für ihre Kinder hinterlassen haben. Deswegen sind wir davon ausgegangen, sie wäre tot.«

»Ist sie aber nicht«, hielt Sammy fest.

»Nein, sie ist nicht tot.« Auch diese Worte waren unendlich schön. Während Alea sie aussprach, spürte sie eine große Beruhigung in sich – oder vielmehr eine Heilung. Durch die Worte schien ein Teil ihres Herzens zu genesen, von dem sie gar nicht gewusst hatte, wie krank er war.

»Aber wie kann es sein, dass sie noch lebt, obwohl sie infiziert war?«, fragte Lennox nachdenklich. »Nach allem, was wir wissen, ist der Virus unheilbar!«

»War sie vielleicht doch nicht krank?«, hakte Tess nach.

Alea überlegte. Dann schüttelte sie den Kopf. Sie erinnerte sich noch genau, was Keblarr ihr erzählt hatte, deswegen gab sie es den anderen nun wieder. »Als der Virus damals ausbrach, war mein Vater gerade allein mit unserer Walfamilie auf Trosk. Anthea und ich sind noch nicht groß genug gewesen, um mit Walen zu schwimmen, deswegen hat Nelani vorübergehend mit uns bei sesshaften Freunden in einer Unterwasserstadt gewohnt.« Alea wiederholte Keblarrs Erzählung so gewissenhaft wie möglich. »Als er erfuhr, dass ein Virus grassiert und unzählige Menschen sterben, hat er sich sofort auf den Weg zu uns gemacht. Aber als er in der Stadt ankam, waren wir schon nicht mehr dort. Eine Nachbarin erzählte ihm, dass Nelani sich mit dem Virus infiziert hat und sich mit Anthea und mir auf den Weg zur Küste gemacht hat. Sie hatte vor, uns dort an Landgänger zu übergeben ... weil sie wusste, dass sie selbst sterben würde.« Alea blickte Lennox an. »Wenn Nelani nicht wirklich von dem Virus betroffen gewesen wäre, hätte sie Anthea und mich niemals im Stich gelassen.«

»Das glaube ich auch«, sagte Sammy. »Wir haben ja eben gesehen, dass sie für dich, ohne mit der Wimper zu zucken, ihr Leben riskiert.«

Lennox sah aus, als versuchte er sich einen Reim auf die ganze Sache zu machen. »Das heißt, Nelani war krank, ist aber wieder gesund geworden.«

Alea nickte. »Ja, so muss es gewesen sein.«

Tess zuckte die Achseln. »Wäre ja nicht total überraschend, wenn deine Mutter was im Blut hat, was mit dem Virus klarkommt. Irgendwoher musst du deine Immunität ja haben.«

Alea war nun ganz in Gedanken vertieft. »Das wäre … tatsächlich möglich«, murmelte sie.

»Du wirst erst genau wissen, was damals passiert ist, wenn du deine Mutter wiedersiehst«, sagte Sammy.

Bei dem Gedanken prickelte Aleas ganzer Körper vor Aufregung. »Ich will Nelani sofort eine Nachricht schicken!«, rief sie unvermittelt. »Zwar hat sie gesagt, dass das wegen des Öls immer noch problematisch ist, aber Bruchstücke meiner letzten Botschaft hat sie ja bekommen. Ich muss es noch mal versuchen.«

Schnell lief sie nach Backbord, schwang sich über die Reling und die Außenleiter hinab und setzte sich auf die unterste Sprosse. Im gleichen Augenblick vernahm sie ein merkwürdiges Surren. Es klang wie das Brummen einer riesigen Biene. Da erkannte Alea etwas Helles, Flaches auf den Wellen. Das war eine Wanderernachricht! Ihr Herz machte einen Sprung. Bestimmt war sie von Nelani! Schnell hielt Alea die Hand ins Wasser. »Hierher!«, rief sie der Botschaft zu, die offenbar Probleme hatte, sie unter Tarnung zu finden.

Nun schoss das helle Ding heran und prallte mit Karacho gegen das Schiff. Es schüttelte sich, schien sich kurz zu sammeln, setzte zurück und dümpelte dann ein Stück vor Alea. Ein Abbild von Nelanis Gesicht war im Wasser zu erkennen.

»*Hallo, Alea*«, sagte sie gehetzt. »*Ich hoffe, ihr konntet fliehen – aber ich glaube ganz fest daran, dass ihr es geschafft habt. Und ich hoffe, du kriegst diese Nachricht. Ich konnte Orion und seinen Leuten ebenfalls entkommen. Außerdem habe ich dafür gesorgt, dass Isla unbeschadet in einen Zug nach Deutschland steigt.*« Nelani sah über ihre Schulter, als hätte sie Angst, jemand könnte sich heranschleichen. »*Hör zu, Alea: Segelt weiter nach Süden. Ich möchte dich in Frankreich treffen. Das ist nicht weit. Im Norden Frankreichs gibt es eine Region namens Oye-Plage. Das ist ein Naturschutzgebiet an der Küste. Ich kenne dort ein Strandrestaurant, das einzige weit und breit in dieser Gegend. Es heißt Le garde-côte.*« Sie sprach den Namen ganz langsam aus, damit Alea ihn sich einprägen konnte. »*Ich werde jetzt sofort dorthin aufbrechen und am Restaurant auf … warten. Halte Ausschau … mir. Wahrscheinlich sitze ich auf einer Düne.*« Die Qualität der Nachricht wurde immer schlechter. Das Bild verschwamm, und auch der Ton hatte immer mehr Lücken. »*Ich will dir nicht … Handynummer geben. Ori … hört dich doch wahrsch … ab.*« Nelanie schien abermals über ihre Schulter zu blicken. »*Ich … so unendlich froh, dass … nach all … Jahren gefunden habe. Wie lange suche … dich … viellei … weißt du … aber du hast … Zwillingsschwester … Anthea. Sie …*«

Und dann verstummte die Nachricht, klappte regelrecht zusammen und hauchte mit einem Seufzer ihr Leben aus.

Alea starrte ins Wasser. Was hatte ihre Mutter ihr bloß über Anthea erzählen wollen?

Rasch kletterte Alea an der Außenleiter hinauf.

Tess kam ihr entgegen. »Hast du –«

Alea ließ sie nicht ausreden, sondern nahm sie am Arm. »Komm bitte mit.«

»Warum?«

Alea zog sie am Ärmel. »Wie schreibt man *Oye-Plage*?«

»Oye-Plage? Da war ich schon mal in den Ferien!«

»Und kennst du auch *Le garde-côte*?«

»Den Küstenwächter?«, übersetzte Tess verwundert. »Ich kenne keinen Küstenwächter … persönlich. Woher hast du dieses Wort?«

Anstatt zu antworten, stürmte Alea mit ihr durch die Bordtür in den Bauch der *Crucis*.

Lennox saß am Laptop und schaute auf, als sie hereinkamen. »Ich habe allen geschrieben. So bald wie möglich machen wir die Videokonferenz.«

»Mhm«, murmelte Sammy, der Lennox mit Zylinder gegenübersaß und seine Fusselsammlung auf dem ganzen Tisch um Lennox und den Laptop herum ausgebreitet hatte. Als er Aleas Blick bemerkte, sagte Sammy: »Flusen beruhigen mich.«

»Ich habe eine Nachricht von meiner Mutter bekommen!«, platzte sie nun heraus. »Sie will mich in Nordfrankreich treffen!«

»Oh«, sagte Tess erstaunt und erfreut zugleich. »In Oye-Plage?«

An Deck klapperte und rumpelte irgendetwas, aber Alea ließ sich davon nicht ablenken. »Ja, kannst du das und den

Küstenwächter mal in eine Suchmaschine eingeben?«, bat Alea aufgeregt.

Tess setzte sich neben Lennox, klaute ihm die Maus und gab die Begriffe ein. Gleich darauf erschien ein Bild. Es war ein Strandrestaurant. Im Hintergrund waren grün bewachsene Dünen zu erkennen, und über der Dachterrasse des Restaurants prangte ein roter Schriftzug: *Le garde-côte*.

»Das ist es«, stieß Alea hervor. »Das ist der Strand, den ich in der Silberfadenvision gesehen habe. Über diesen Strand bin ich Hand in Hand mit der Walwanderin gelaufen – mit meiner Mutter.«

»Er ist gar nicht in Norwegen.« Lennox atmete tief aus. »Du hast ihn endlich gefunden.«

»Ja, und dort werden wir sie treffen.« Aleas Stimme zitterte. »Sie wird dort sein, wenn wir kommen – denn das ist schon lange die wahrscheinlichste Version der zukünftigen Ereignisse.«

»Dann setzen wir die Segel!«, sagte Ben, der plötzlich hinter Alea stand und offenbar alles mit angehört hatte. »Machen wir uns auf den Weg nach Frankreich.« Er grinste. »Wisst ihr, das ist mein absolutes Lieblingsland. Und im August ist es dort am schönsten.«

Alle lachten, und dann rannten sie an Deck, um die Segel zu hissen.

»Fussel!«, rief Sammy überrascht. Die Robbe lag gemütlich auf ihrer Lieblingsplanke in der Sonne und grölte der Alpha Cru freundlich entgegen.

»Das war das Klappern und Rumpeln, das ich eben gehört habe!«, rief Alea.

Ben grinste sein breitestes Grinsen. »Ja, sie ist laut johlend rumgeschwommen, und ich habe mit dem Holzstück auf die Reling geschlagen, damit sie uns findet.«

»Was steht ihr denn da so in der Gegend herum?«, fragte Tess. »Hissen wir endlich die Segel!«

Und genau das taten sie. Jedes Mitglied der Alpha Cru wusste genau, was zu tun war, und sie funktionierten wie ein Uhrwerk. Kurz darauf erhob sich ihr Vorsegel, dann ihr Hauptsegel – zwei stolze weiße Flaggen über einem alten, majestätischen Schiff.

»Ich komme«, flüsterte Alea dem Wind zu und ließ ihn ihr Versprechen mitnehmen, auf dass er es zu Nelani tragen möge.

Da bemerkte sie, dass die anderen sie ansahen. »*Wir* kommen«, verbesserte Lennox und lächelte.

»Wir«, wiederholte Alea in feierlichem Tonfall.

»Wir«, sagten nun alle nacheinander und legten ihre Hände aufeinander – Benjamin Libra, Samuel Draco, Tess Taurus, Lennox Scorpio und Alea Aquarius.